U0141057

NEW INSTITUTIONAL VIEW ON

ORGANIZATION AND STRATEGIC MANAGEMENT

郭毅　胡美琴　王晶莺　刘亦飞　等著

组织与战略管理中的
新制度主义视野

理论评述与中国例证

格致出版社　上海人民出版社

前　言

自《管理学的批判力》出版距今已经有一年半的时间了。此书在管理学界尤其是中青年学者和博士生中得到了正面的反响。就最近的国内管理学界的研究成果和博士论文来看,中青年学者对组织理论的了解和应用正在逐步展开中,我对此感到欣慰。

可能有人会觉得奇怪,为什么我对组织理论如此感兴趣。这绝对不是我有社会学的情结,也不是想去赶什么时髦,或者对制度理论有偏爱之嫌(有人称我是 institional guy)。20 世纪 70 年代以来,组织理论将组织视为一个开放性系统来研究,从而使我们意识到,组织与环境的关系才是管理学研究的前提,组织对环境的遵从与组织同构化的过程、形式、内容与机制才是管理学者所要研究的重点,而非现在管理学界主流所遵循的"差异说"。只有这样,管理学科才能走向科学化。这就是说,策略、对策永远是机会主义的产物,它不具备一般性。如果只是就事论事地讨论问题,那么管理学不会具有科学性。然而,组织行动策略的来源——组织与环境的关系却是可以有根可寻,有因可查。因此,新制度主义为管理学者提供了一个"由一般到具体"的研究途径。

我曾经说过,国际管理学界自 20 世纪 80 年代以来,就陷于"权变"、"情境"、"本土化"等等情结上而不能自拔,同时全球的人文科学却发生了巨大的变化,由经典注解式的、概念争辩式的学究作风转向知识创造和理论建构式的后现代思潮，从而引发了知识的革命，进而对现实社会产生了积极的影响。

值得注意的是，战略管理的前辈——安索夫的思想与这个潮流相符合，即战略来自组织与环境互动的定义。可惜的是，管理学主流并未在此基础上有所进步，反而在错误的道路上越行越远。现在，虽然管理学者对经济学家的模型很不服气，但经济学家的理论建构能力明显地强于管理学者，比如，迈克尔·波特的竞争战略、竞争优势以及国家竞争战略和优势的学说，其理论的建构能力远远大于其对纵段产业数据的整理和分析能力。可以说，管理学者的失败源出于此。

无论今天的管理学者在共同演化或复杂性等新方法上如何下工夫，恐怕还是不能超越经济学家，比如上述的迈克尔·波特先生。这又回到了科学学的原点上——知识的科学来自范式化，而范式化最需要演绎式的推导和论证，即所谓的"我思，故我在"。我们管理学者在博士学习阶段，就缺乏较为扎实的理论训练尤其是批判性思维的训练，大家都喜欢向统计学、心理学等学科借来许多方法，博取一个新的研究发现，在排名较前的管理学术刊物上发表大作。请问如此下去，何以超越经济学家呢？哪里还有"我思，故我在"，只有"我发表，故我在"。

现在我们知道了，日本长期雇佣制并不是后人说的是当时的日本企业决策层深思熟虑的结果，而是在当时，美国人在日本推行西方民主，制造出强大的工会，来对抗政府和企业。在此压力下，新一代的日本企业决策层，出于照顾往日一起工作的兄弟姐妹的情感或出于维系其身份地位需要所做出的对员工让步的结果，长期雇佣制随之出笼。实际上，今日的国际管理学术界的标准化、规范化和规模化也不完全是什么学术进步的结果。有人告诉我，20世纪60年代中期，西方国家学生造反，学生喜欢闹事而不喜欢读书，学校以往自由自在的学术规范也不再具备约束性，因此需要一个新的规范,这就是流行了 40 年的研究实证规范和论文发表制度。今天,出于美国人利益的需要,这套规范和制度又在当时遵循这套规范和标准实践的一流美国学者(请注意,不是现在的一流,而是当时的一流)努力下,向全世界推广,形成了今天人人皆知的国际化的学术规范和标准,也算是"全球化"的一部分。

我想在这里强调指出的是,这仅仅是事物的一个方面。很多在西方顶尖高校学习和工作过的国人,除了学习和掌握了这套规范和标准之外,更多的是看见,"我思,故我在"的知识创造过程。这就是我说的欧洲后现代主义的影响,开始部分地为美国人所接受。这也就是说,我们今天在美国的顶级学术刊物看到了,那些具有前沿性质的,甚至有点离经叛道的学术论文。我认为,这就是件好事! 说明管理学开始回归国际人文社会科学的主流。

现在还是回到新制度主义这个话题上来吧。

应用组织理论于管理学的研究,确实有个转化的过程。比如,在本书中,胡美琴老师将合法性、资源基础和战略选择等理论结合在一起,形成了具有管理学意义的研究途径。这就是说,管理学者要遵从的是组织理论的思想,因为它是全人类共同的思想结晶,是优秀中外哲理在当代的传承与体现。同时管理学者还要将它与其他理论或学说有机地结合在一起,以适应管理学研究的特定需要。

20 多年来,随着新制度主义、社会网和种群生态等组织理论的新学说为社会科学界有关学科所接受,各学科领域的研究成果正在丰富化。在管理学界,将组织理论和传统的管理理论相结合,社会化、制度化和关系化的层面因素被吸收到管理学的学术研究中,使管理学界有可能直面那个在全世界一直在争执不休的问题——管理的"情境导向"和"本土化"。对于中国管理学者来说,转轨过程中的制度环境压力以及组织的回应之间的关系,更是我们无法回避的重要内容。

本书是笔者继《管理学的批判力》之后的第二本有关组织管理的研究专著,其重心是:管理学的新制度主义视野:理论概述和中国例证。本书除了概述篇和竞争篇是对新制度主义理论及其应用的概述之外,其余均为对中国组织管理现实问题的实证性分析和讨论,包括,组织合法性的来源及其机制、组织变革的演化机制与发展战略、外包企业与跨国公司的关系演进以及在华跨国公司生态环境的影响因素等专题。

本文集的专题研究,均为华东理工大学商学院的教师和研究生近年来的研究成果。概述篇作者是郭毅、徐莹和陈欣,竞争篇作者是郭毅、王晶莹,认同篇作者是郭毅、忻锋光,代工篇作者是郭毅、王晶莹,变革篇作者是郭毅和刘亦飞,生态篇作者是胡美琴。这只是对新制度主义在组织与战略研究中初步探讨的结果。希望有更多的同仁加入进来,也希望能得到国内同仁的积极响应和批评指正。

在我们的研究中,得到了国内外许多人士的关心和支持,在此一并表示感谢!

让我们共同努力,来体现中国社会中的组织与环境关系的特征,为中国组织管理研究做出我们的努力!

郭 毅

2008 年 5 月

目 录

概　述　篇

新制度主义
——由组织概念争辩转向对客观存在的阐释

❑ 郭毅　徐莹　陈欣

制度研究是学术界研究的热点,其研究领域涉及经济学、政治学、社会学、心理学等。制度研究最早可以追随到19世纪。在100多年的发展过程中,制度研究吸引了大量优秀的学者,取得了许多重要的成果。

制度研究大致可以分为两个阶段:20世纪中期之前是早期的制度研究阶段;20世纪70年代的组织被引入制度研究领域,并且获得了学术界广泛的关注,由此拉开了新制度主义研究的序幕。

一、早期的制度研究

制度研究萌芽于19世纪晚期。早期的制度研究与现在的研究在方法、手段等方面存在着很大的不同,但是却是目前制度研究的鼻祖,有着不可忽略的意义。早期的制度研究涉及经济学、政治学与社会学三个学科领域,下面我们根据学科分别对19世纪晚期至20世纪中叶的早期制度研究的发展状况作简要概述。

(一)经济学中的旧制度主义

经济学的旧制度主义与后来发展的由Coase、North倡导的新制度主义理论可以说是迥然不同,关于经济学的旧制度主义最早可以追溯到19世纪晚期的德国和奥地利,许多经济学家从早期的浪漫主义运动(romantic movement)以及Kant和Hegel的理论汲取灵感,当时学术界最大的争论就是质疑经济学是否可以被简化为一系列普遍的规律。以 Gustav Schmoller 为代表的历史学派认为,经济研究应该在一定的社会框架内进行,而社会环境又会反过来影响经济活动。因此,比较的、历史的研究方法是经济学研究所必需的。此外,历史学派认为经济学应该放弃简单的"经济人"假设,而采用更为现实的人类行为模型;与此相对应,以维也纳经济学家 Carl Menger 为代表的学派,是传统研究方法的捍卫者。强调经济学中简单假设的有用性,以及发展抽象的、恒久的经济规律的重要性,但是这个学派同样认为制度作为一种社会现象需要理论的解释。Langlois(1986)认为,Menger 在旧制度主义学家中更倾向于一个新制度主义经济学家。简言之,历史学派和 Menger 学派对经济学的方法论的争论持续了很久,但是没有一方最终能够说法对方。

后来,历史学派的许多观点被一批美国经济学家所继承和发展,他们中许多人曾经接受过德国的教育。在 19 世纪和 20 世纪初,出现了三位极具影响力的制度经济学家,他们是 Thorstein Veblen、John Commons 以及 Westley Mitchell(Scott,2001)。

Thorstein Veblen 的《有闲阶级论》(1899)、《企业论》(1904)等为制度经济学的发展奠定了基础,建立以研究制度演进过程为基本内容的经济理论,反对把制度因素作为分析经济活动的前提,主张从制度或结构上来改革资本主义。Veblen 区分了两种不同的制度:一是财产所有权或金钱关系的制度(产权);二是物质生活的生产技术或物质生活的工具供给(技术)。在资本主义社会中,两种制度的具体形式是"机器利用"和"企业经营"。机器利用引导出工厂制度、大规模生产、信用制度等一系列与工业革命相关的制度变革,其目的是无限制的商品生产。"企业经营"则通过资本的投资,对商品生产和流通的全部过程进行组织控制,其目的与"机器利用"不同,不是产量最大化,而是企业利润的最大化。由于机器利用和企业经营服务的不同目的,Veblen 认为,二者之间的矛盾是资本主义社会一切矛盾和弊端的根源。

Thorstein Veblen 所开创的制度分析学派,在 John Commons 那里得到进一步发展。John Commons 把交易分为"买卖的交易"、"管理的交易"和"限额的交易",并把资本主义社会关系解释为一种交易关系,认为资本主义社会存在着众多的利益集团,因而存在着众多的利益冲突,就需要制度为各方建立一个行动规则,使交易各方处于协调之中。他强调经济的、法律的和伦理的作用,把资本主义的产生归功于法律制度,认为资本主义制度本质上是一种法律制度,因为它完全以所有权为基础。

Westley Mitchell 将 Thorstein Veblen 的制度研究同经济周期分析结合起来,说明资本主义经济。他把资本主义经济制度的基本特征看做货币经济,并以此为基础来解释他所谓的商业循环。

综上所述,虽然三人的观点各有不同,但他们都批判了传统经济模型的非现实性,并且都主张应该采用历史的、演进的观点来研究经济现象。除了德国历史学派,早期的美国制度经济学家们还受到了本土实用主义哲学家 Dewey、James 等理论的影响。他们对于抽象的普遍原理产生怀疑,开始热衷于解决实际问题,并且意识到了随机事件与历史结合的重要性。

Jaccoby(1990)指出,早期的制度经济学与主流的新古典经济学主要存在四个方面的显著差异:首先是不确定性与确定性,传统经济模型研究的是一种均衡状态,而制度学家强调的是不确定性;其次是偏好的内生性与外生性,新古典经济学家认为个人偏好与需求是内生的,而制度学家则认为人是制度人,个人的偏好受到社会制度的影响而被型构;再次是简化假设与行为的现实性,传统的经济学采用功利主义的简化假设,而制度学家则使用实际的现实的行为模型;最后是即时性分析与历史分析,新古典经济学家采用的是与时间和地点无关的假设,而制度学家则认为经济现象会随着实际和地点的不同而不同。

事实上,早期的制度经济学并没有取代新古典经济学成为经济学研究的主流。在 20 世纪 70 年代新制度经济学兴起之前,新古典经济学一直占据着经济学研究的首要位置,当然也有少数的经济学家坚持运用制度学的研究方法来研究经济现象,其中包括 J. A. Schumpeter、Karl Polanyi、John Kenneth Galbraith 以及 Gunnar Myrdal(Swedberg, 1991)。Scott(2001)认为,早期的制度经济学之所以难以被广泛认同,主要存在以下两个原因:一是德国历史学派过分强调经济系统的独特性,从而低估了分析性研究的价值;二是早期的制度经济研究方法退化成了单纯的实证主义与历史主义。

（二）政治学中的旧制度主义与行为主义

19 世纪末至 20 世纪前 20 年,制度研究方法在欧洲和美国的政治科学领域中占据了主导地位,其中最为著名的学者有 Burgess、Wilson 以及 Willoughby。政治学的旧制度主义主要源自于以下四个原理:

律法主义:这个方向主要研究法律以及法律在治理中的核心地位。在 19 世纪末 20 世纪初的法国,出现了法律制度学派,它试图建立更为实证的法律研究方法。它认为,法律是人类的产品,但它同时也是经验的现实,表达着通过制度方式产生的选择。另外 Oliver Wendell Holmes(1909)对习惯法产生的背景和运作方式进行了详尽的研究,他认为习惯法是进化的,同时也是制度的。

结构主义:结构主义倾向于关注政治体系主要的制度特征,比如它们是总统制还是议会制,是联邦制还是单一制等等。结构主义几乎没有为个人影响留下任何空间,排除了那些历史巨人从政府内部对事件过程的影响,所以假如结构主义者能够辨别结构的显著特征,他就能对系统行为做出预测。

整体主义:整体主义者倾向于对整个系统进行比较,而不是对像立法机构这样的单个机构进行考察。

历史主义:历史主义者的分析是以历史为基础的。他们关注的是当代政治体系是如何嵌入到历史发展和社会经济以及文化现实中去的。其潜在结论是:为了彻底了解特定国家的政治实践,研究者就必须了解使政治系统得以产生的发展模式。此外,个人行为(或精英行为)只是集体历史及其理解历史影响政治的意义的一种功能。

旧制度主义是学术研究中丰富和重要的组成部分,但是旧制度学派仍然有许多明显的不足,譬如旧制度主义总是从宏观整体开始进行分析,它使概括和理论建构显得极为困难,而且旧制度主义者在其分析中表现出一种很强的规范因素,将个人价值观融入研究过程中将大大不利于对事实的阐述,从实证意义上来看,旧制度主义者的研究并不科学。

从 20 世纪 30 年代中期到 20 世纪 60 年代,行为学研究方法取代了传统研究方法,成为政治制度学研究的重点,这一趋势使得规范分析不再是政治学研究的主流。行为主义者试图将政治科学重建成为一门理论指导下的实证科学(Easton,1965),他们认为政治学要成为一门真正的科学必须形成一种总体的、内在一致的论述,从而对各种背景中的现象进行解释。此外,更值得关注的是,行为学研究方法的引入使得政治制度学家们的关注焦点从制度构建转为政治性行为,例如投票行为、政党形成以及大众意见等。而将行为视为是一系列自我利益的产物的功利主义思想更是推动了这一理论的发展,研究者开始以一个工具主义者的观点来看待政治,认为政治家关注的核心是资源,而政治行为就是资源的分配(March and Olson,1984)。

20世纪70年代到80年代兴起的"理性革命"(rational revolution)更是进一步强化了政治制度领域中的行为主义观点。他们认为,只有处于政治场景中的行为者才是个人,因此政治研究唯一合适的目标就是个人及其行为。理性选择的研究方法实质上是经济学假设在政治领域中的应用,这一方法的引入可以说是使得政治科学发生了根本性的变革。正如Peters(1999)所指出的,行为主义与理性主义使得政治学研究具有以下的特点:一是强调严密的演绎的研究方法;二是对于规范的说明性的方法的偏见;三是以个人为研究对象,假设个人行为的动机是个人效用最大化;四是强调投入机制。

虽然,行为主义在构建科学的政治学科构架方面贡献很大,但是其理论也有它过于极端的一面,它总是假设制度只是制度中的个人在集体层面表达其偏好的手段,对制度在塑造制度参与者偏好方面具有的作用予以否认,对制度参与者来说,制度似乎是外在的和预先决定的,而这与事实严重不符,并遭到了其后新制度主义者的强烈抨击。

(三)社会学中的早期制度研究

在20世纪50年代以前,社会学家对于制度的关注程度远高于经济学家和政治学家,涌现出了一大批杰出的制度研究者。现代社会学的先驱Durkheim甚至将社会学定义为关于制度的科学,定义经济学为关于市场的科学。社会学中的早期制度研究大致可以分为四类:有些学者强调制度的功能性作用,另一些学者强调制度与个人的相互依赖与作用,还有一些学者试图将各方观点进行融合,最后一类学者重视象征性系统的意义。

以 Spency 和 Sumner 为代表的部分学者强调制度的功能性作用。Spency 是 20 世纪社会学领域内最重要的制度学家之一。其认为制度是一个根据时间演化的有机系统,这一定义广泛地为主流社会学家所采用。Spency 的主要研究工作是对制度进行比较分析,试图通过不同社会中制度的对比和比较来勾画出制度发展的普遍性规律(Scott,2001)。Sumner 继承和发展了 Spency 的主要概念和研究成果。他认为,制度是由观念和结构组成的,观念定义了制度的目的和功能;而结构则包含了制度的意义以及手段。Sumner 认为,社会演进的过程就是从个人行为到社会习俗,再到规范,最后达到完善的制度。制度可以是随着时间缓慢演化而形成的,也可以通过理性行为而颁布(Sumner,1906)。后来的社会学家抛弃了 Spency 和 Sumner 所采取的生物的演化的分析逻辑,但是他们仍然将制度视为社会的中心。Davis(1949)将制度定义为是围绕一个或多个功能所建立的一套习俗、规则和法律的混合物,并且其认为用制度的概念来传递部分的规范性规则是最合适不过的。从 Spency 和 Sumner 到 David 的研究虽然观点各有不同,但是他们都是从功能性角度来定义制度的,都将制度视为是一个功能性的特定范围。当代学者 Frielland 和 Alford(1991)继承了早期的理论,并且强调多元的、差异化的、部分制度范围冲突对于社会变革的重要性。

以 Cooley 和 Hughes 为代表的部分学者强调制度与个人的相互依赖作用。Cooley 认为,个人与制度、制度结构与社会结构的相互依赖性。虽然大量的制度,例如语言、政府、教堂、法律以及习俗是独立于个人行为的,但是他们是通过与个人的互动而发展和维持的(Cooley,1902)。Hughes 继承和发展了相互依赖模型,将制度定义为是一个已经建立的关于明确社会方式的永久关系(Hughes,1936)。他指出,虽然制度代表着一贯和稳定,但是只有当个人推进这一制度安排时其才能够存在。在其大部分的研究中,Hughes 关注的是制度结构对于个人行为,尤其是个人职业的影响和支持(Hughes,1958)。

此后的部分学者继承了 Cooley 和 Hughes 的研究,对制度与个人的相互依赖和作用进行了大量的实证研究。例如有的研究检验的是强制度环境,如精神病院和医学院(Becker,1961;Goffman,1961)等。

还有的学者试图将各方观点进行融合,主要是 Marx、Durkheim、Weber 和 Parsons 等学者。Marx 是欧洲制度研究的先锋,他通过对于 Hegel 的批判继承形成了自己的制度理论。Marx 是一位唯物主义者,他认为,信仰、规范、权利关系等结构是人类思想和行为的产物,但是却是外在的、独立于行为者的。思想和意识形态反映了物质现实,并且试图证明物质现实(Marx,1844)。Durkheim 是另一位重要的欧洲学者,他沉溺于研究伴随着工业革命的社会规则变革基础。在早期的理论研究中,他区分了机械性的稳定和有机性的稳定,他认为前者是以传统社会的共享宗教信仰为基础的,而后者则是与劳动分工相关的(Durkheim,1893)。但是到了晚期,他修正了自己的理论,转而强调象征性系统的关键作用,认为信仰、共享认知结构等道德精神系统对于制度的重要作用(Durkheim,1912)。Weber 是早期制度主义的集大成者,他的理论试图融合 19 世纪末 20 世纪初的三种表明上相互矛盾的思想。首先,他强调社会科学研究的重要意义;第二,他的理论综合了 Marx 等唯物主义者对于物质环境和利益的重视,以及 Durkheim 等唯心主义者对于象征性系统的关注,认为是上述两者的合集激励和制约了个人的行为(Alexander,1983);第三,他同时继承了制度学家关于经济学应该采用历史的、比较的研究方法的思想,以及古典经济学家关于理论模型和抽象理论研究的意义,认为经济社会性可以同时强调历史环境与分析理论的发展(Swedberg,1991)。Parsons 是另一位试图综合早期理论研究成果的学者,他通过融合 Durkheim、Weber 和 Freud 等学者的观点,建立起了一套自己的行为唯意志论(Scott,2001)。

Mead、Schutz、Berger 和 Luckmann 等学者强调象征性系统的重要作用。Mead 的理论研究和 Cooley 一样,强调个人和社会的相互依赖作用,但是他更为关注象征性系统在创建个人和社会过程中的作用。Mead 认为,意义在交互过程中作为一种表示被建立,这会引起个人和社会的共同反应(Mead,1934)。Schutz 是与 Mead 同时代的学者,他同样通过研究检验了在个人相互作用过程中产生的共同意义。然而,Schutz 将这一研究拓展到了更为广泛的社会环境的构建之中,指出我们涉及的社会环境存在着巨大的差异(Schutz,1932)。Berger 和 Luckmann(1967)受到了 Mead 和 Schutz 的理论的影响,但是他们关注更为主流的社会研究热点。他们认为,社会性的研究必须关注那些被视为是社会学"知识"的所有问题。社会现实是人类的建构,是社会相互行动的产物。此外,他们强调语言(象征系统)和认知在社会化过程中的中介作用,语言和认知是行为的产生、重复和稳定的重要的途径,而这一过程就是制度化的过程(Berger and Luckmann,1967)。

(四) 小结

早期的制度研究从 1880 年到 20 世纪中期大致经历了七八十年。在经济学、政治学和社会性三个领域,制度研究受到了广泛的关注。早期的制度经济学家大都采取德国历史学派的研究方法,对传统的古典经济学提出了挑战,其中以 Thorstein Veblen、John Commons 以及 Westley Mitchell 的贡献最为卓越。政治学中的制度学家们注重规范分析,主要采用的原理论为律法主义、结构主义、整体主义以及历史主义,而 20 世纪 30 年代理性选择模型的引入使得制度学家能够更好地探究政治制度的构建和功能;社会性是早期制度学家最为活跃的学术领域,涌现出了一大批杰出的制度学家,制度对于社会的构建、共享规范对于个人行为的限制和塑造、象征性系统对社会生活的塑造和支持等都是社会制度学家研究的重点。

虽然早期的制度学研究取得了丰硕成果,但是存在着一个共同的缺陷:关于组织的研究几乎没有。部分学者关注广泛的制度结构,例如政治系统、语言和法律系统等;有的学者关注公共意义和规范框架的出现。但是几乎没有学者研究作为一种制度化形成的组织本身。

二、新制度主义研究

早期的制度研究很少关注组织。但是从 20 世纪 40 年代起,组织开始受到制度学家的关注,并且逐渐成为制度领域的研究重点,这是新制度主义诞生的标志。

March(1965)指出,关于组织的研究大约出现在 1937 年至 1947 年间。Scott(2001)认为,组织与制度研究有三大重要的推动力量:一是 Weber 关于科层制(bureaucracy)的研究著作被翻译成英文,引起了哥伦比亚大学一大批社会学家的广泛兴趣,其中最重要的代表人物是 Merton 和 Selznick;二是当时美国社会学界的泰斗 Paraons 对制度学理论与组织的研究,他翻译了 Weber 的著作,将自己的文化制度理论应用于组织的研究;三是 Simon 在卡内基技术学院所进行的关于组织决策的研究,以及后来与 March 合作进行的关于组织合理性本质的研究。

组织与制度为研究者带来了新的研究重点和研究调整,于是一大批制度学家开始在新制度主义的框架内研究组织与制度。虽然与早期的制度研究在重点和方法上存在着一定的差异,但是新制度主义并不是对早期制度研究的完全替代和断然分离。下面对经济学、政治学,以及社会性领域内的新制度主要的发展状况作简要回顾与论述。

(一)经济学中的新制度主义

许多不同的理论研究促进了新制度主义在经济学领域内的蓬勃发展。但是具有讽刺意味的是,新制度经济学家并没有继承早期制度经济学家的研究成果,而是走上了一条截然不同的道路(Langlois,1986)。大部分新制度经济学家并没有通过研究不同的制度环境来继承和发扬传统的经济理论,而是形成了自己独特的制度经济理论。

Langlois(1986)在系统地回顾了前人的研究之后,指出新制度经济学的主要贡献者有 Simon,研究交易成本和产权理论的 Coase(1973),现代奥地利学派的重要代表 Hayek(1948),致力于创新理论研究的 Schumpeter(1926)以及对演进理论做出卓越贡献的 Nelson 和 Winter(1982)。他们的主要贡献有以下三个方面(Langlois,1986;Kundsen,1993):

一是这些研究采用了一个更为宽泛的经济行为者的概念,以替代早期行为者是在一系列已知选择中进行最大化选择的假设。新制度经济学家们通常从更为宽广的角度来看待经济活动参与者的一系列行为。例如,交易成本经济学家 Williamson 的研究中就包含了 Simon 的有限理性的概念,而奥地利学派和演进经济学家则采取了包括过程理性在内的更为宽广的视角。

二是新制度经济学将研究重点放在对于经济过程的探究,而不是单纯地关注均衡状态的逻辑研究。他们认为,经济系统是随着时间的发展而演进的,这一过程可以通过对行为者的研究得到部分的反映。传统的经济学家将大部分的精力用于研究不同形式的均衡状态下的经济系统,而很少关注均衡状态是如何形成的。新制度经济学家则主要关注那些均衡状态的发展过程。他们不是将制度视为一种影响经济行为额外生变量,而是研究影响经济交易的制度的产生、维持与变革。

三是新制度经济学所定义的经济活动并不仅仅指简单的以市场为中介的交易活动,而是包含了许多类型的制度结构,并且它们本身也是研究的重点。新制度经济学家认为,除了传统经济理论包含的政府管理系统,其他的制度结构也应该得到经济学家的关注,最为重要的是,这些制度结果是嵌入在特定的组织内的。

新制度经济学大致可分为两个流派:交易成本经济学和演化经济学。

1. 交易成本经济学

新制度经济学的一大分支是交易成本经济学(transaction cost economics),其主要关注的是企业水平的组织内部规范和管理经济性交易的法规和管理系统。这一领域最主要的经济学家是 Coase (1937),他在《企业的本质》一书中提出了这样的问题:为什么有些经济交易在充斥着规则、等级机制等管理结构的企业内部发生,而有些交易则在受到价格机制作用的市场中发生。Coase 提出的解释是,使用价格机制是要付出成本的,并将这一成本被定义为:发生在市场中的每一次交易过程中的磋商和契约的成本。Coase 认为,正是由于存在着交易成本,企业才开始出现。

交易成本经济学的另一位大家是 Williamson,他的研究体现了对于 Coase 理论的继承和发展。Williamson 认为,在两种情况下交易成本会增加：一是当个人的理性是有限的，而环境的复杂性和不确定性增加时，交易成本会上升；二是当个人是机会主义者，而面临的合作伙伴的数目增加时，交易成本会上升。在上述的情况下，交易活动更可能远离市场而在企业中发生，并且如果交易活动已经在市场中发生了，那么一系列严格的规则会出现以约束参与者的行为（Williamson，1975）。Williamson 发展了 Coase 的理论，将研究的领域从市场和企业推广到了跟我宽泛的管理系统中，包括了特许经营企业、联盟企业等混合组织形式，以及单一制企业和多元化企业等等级结构组织。因此，Williamson 是从中观水平而不是从宏观水平来进行理论分析的，其研究的主要是不同的管理形式在减少交易成本方面的有效性比较（Williamson，1991）。

North 是交易成本经济学的另一位重要贡献者，他的研究与前两位学者有着明显的不同。North 从更高的水平来分析经济现象，他检验了文化、政治和法律体系的形成，以及其对经济形式和经济发展过程的影响。作为一位经济史学家，North 的研究重点是经济形式的发展和变革，而不是不同经济形式的比较（North，1989）。虽然在 North 的经济分析中涉及了交易成本的概念，但是他更倾向于将其视为是受到更广泛制度框架影响的因变量，而不是能够解释行动者在管理机制中的不同行为选择的自变量（Hirsh and Lounsbury，1996）。

2. 演化经济学

新制度经济学的第二大重要分支是演化经济学（evolutionary economics），主要代表人物是 Nelson 和 Winter（Winter，1964；Nelson and Winter，1982）。他们的理论渊源主要是 Veblen 的理论思想、Schumpeter（1926）的创新理论以及 Alchian（1950）的经济行为者易于受到适应和选择过程的影响的言论。Nelson 和 Winter 将生物学中的演化概念引入企业理论研究，认为企业的"惯例"就像植物学和动物学中的基因。惯例是由参与者在执行组织任务时的一系列有意识的、默许的知识和技能构成的。企业为了生存，就必须不断地重建和修正自己的惯例以适应环境的变化。

Nelson 和 Winter 主要是从产业和组织数量的水平上来分析和发展其经济演化理论的。他们检验了企业内部竞争性过程的运作方式，认为具有那些能够很好适应当前环境的惯例的企业才能够很好地生存与发展,而那些无法适应环境的企业则必将没落。Nelson 和 Winter 建立了一个关于知识和能力积累的动态模型,取代了传统经济学的静态模型。企业被视为是历史的实体,惯例被视为是一种企业内在的、以经验为基础的学习过程的产物。

Nelson 和 Winter 在他们的研究中从未使用过制度这一概念,但是他们关于组织惯例的定义可以被认为是制度化行为的一种方式。此外 Nelson 和 Winter 采用了一个较之交易成本经济学家更为广泛的塑造组织行为和结构的因素的概念。他们的研究可以认为是过程导向的,而不是简单的静态比较。

(二) 政治学中的新制度主义

与经济学中的新制度主义研究意义,新制度主义学家在政治科学和政治社会学领域中也可以分为两个独立的流派:历史主义以及理性选择主义。这两个学派在一些方面存在着显著的区别。

1. 历史制度主义

历史制度主义(historical institutionalism)在很多方面继承了 19 世纪末 20 世纪初研究政权制度和管理机制的制度学家的思想。这一领域的主要研究者有 March 和 Olson(1984,1989)、Krasner(1988)、Hall(1986)、Skocpol(1985)以及 Zysman(1983)。历史制度主义者认为,制度既包含了正式的结构,又包含了非正式的规则和结构指导过程(Thelen and Steinmo,1992)。历史制度学家指出:政治制度并不是完全来自于其他社会结构,但是却对社会现象具有独立的影响;社会制度安排并不仅仅是由于累计的个人选择和行为所造成的;许多社会结构和产出并不是计划的和有目的建立的,而是不曾预料到的行为和受限制的选择的结果;历史并不总是能够解决特殊的问题,而是一个不确定的、依赖于环境的过程(March and Olson,1984)。

从历史制度主义者的观点来看,政治系统并不是一个充斥着各种利益竞争的中立系统,而是一个更为复杂的系统,其能够产生独立的利益和优势,并且对参与其中的活动具有重要的影响作用(Skocpol,1985)。历史制度主义学者还认为,建立政治制度的主要方法是历史性的重构,个人在构建这些制度时进行选择是受到过去选择的制约和影响的(Skowronek,1982)。

2. 理性选择理论

政治学领域的新制度主义的第二大学派是理性选择理论(rational choice theory),包括了 Moe、Shepsle 以及 Weingast。理性选择理论家将制度视为管理或规则系统,他们认为制度代表了一种理性建构体系,是个人在促进和维护自身利益的情况下建立起来的。理性选择学派实际上所开展的研究是新制度主义经济学理论在政治系统中的应用研究。Tullock(1976)就提倡用经济模型来解释政治行为,他认为投票者的行为和顾客行为在本质上是相同的。Moe(1984)列举了能够应用于政治学研究的经济学模型的构成要素:组织的契约本质,市场与水平,交易成本,结构的理性化,个人主义的解释以及经济模型分析。此外新古典经济学的核心——边际最大化和均衡,也是政治领域的研究重点。

新制度政治学家认为将经济学理论运用于政治学的研究需要对经济组织模型进行修正,但是他们同时又坚持,许多基本理论在两个学术领域是可以通用,他们认为,政治组织和制度可以同样使用经济分析的方法来解释:他们得以产生并且获得独特的结果形式,是因为他们解决了一系列的行为问题,从而促进了交易的获利(Moe,1990)。

部分政治学家认为政治系统是具有特殊性的,但是在政治系统的特殊性具体体现在哪里的问题上,研究者有着不同的看法。Weingast(1989)认为,政治系统与市场是不相同的,在政治系统中行为者并不是像在市场中简单的行动,而是必须在规则的限制下作出决策。Shepsle(1989)指出,政治系统最主要的任务是正确地获得财产权利,只有建立这样的规则系统才能促进经济学组织的有效运作。Moe(1990)认为,政治性决策具有特殊性,因为其本质上是与公共权力的行使相关联的,因此需要获得独特的强制性权力。

(三)社会学中的新制度主义

社会学领域的新制度主义研究融合了许多其他领域的重要理论和模型,形成了组织社会学领域的制度分析方法。制度学家从社会心理学领域和人类学领域引入认知理论和文化理论,并且形成了社会学的一大分支——民族方法学(常人方法学)。下面我们首先回顾一下社会学中新制度主义的理论基础,然后介绍组织社会学领域的制度研究的概况。

1. 理论基础

组织社会学中制度分析的理论基础主要有三个:认知理论、现象学和文化理论以及常人方法学。

(1)认知理论。

认知理论(cognitive theory)来源于社会心理学,是 Simon 关于组织决策制度过程的研究在社会心理学领域的广泛应用。当认知理论被引入社会学,其引起了社会学领域内的认知革命(Scott, 2001)。心理学中的认知理论强调个人作为信息处理者和决策制定者是具有缺陷的。但是认知心理学家同时又认为,个人是积极参与感知、解释和了解所处环境的活动之中的。直到最近,社会学家才开始关注环境因素对于认知的影响,他们将个人视为是被动的、倾向于符合他们的社会系统和角色需要的个体。此外,社会学家还提出了纠正过度社会化现象的认同理论,该理论重新关注那些创造、维持和改变社会结构的行为和自我反射(Rosenberg, 1979; Stryker, 1980; Burke and Reitzes, 1981)。

(2)现象学和文化理论。

文化理论(cultural studies)来源于人类学,现象学(phenomenology)是哲学的一大分支。这些理论的引入推动了组织社会学中的制度分析的发展,产生了许多新的理论火花:一是文化的符合性功能开始得到关注(Geertz, 1973),并且现象学的引入使得社会学家强调对于符合意义行为的深层次探究(Wuthnow, 1987);二是开始重视共享知识和信仰系统对于行为的重要作用(Durkheim, 1893; Parsons, 1956; DiMaggio and Powell, 1991);三是社会学家认识到文化概念的多样化(Martin, 1992; Swidler, 1986; DiMaggio, 1997);四是部分学者认识到象征性系统不仅是内在的,也是外在的结构(Wuthnow, 1987; Berger and Luckmann, 1967);五是强调文化系统并不是附属于社会结构,而是对于社会结构具有独立的作用(Scott, 2001)。

（3）常人方法学。

常人方法学（ethnomethodology）是 Garfinkel（1974）创造的术语，指的是一系列指导特定社会范围内行动的常识。这一领域的社会学家主要研究的是组织的雇员或者其他参与者的行为，例如警察局、福利机构以及精神病院等（Garfinkel，1967；Cicourel，1968；Zimmerman，1969）。DiMaggio 和 Powell（1991）认为，常人方法学家通过强调行为的认知而不是规范性的评价，修正和补充了 Parson 的理论模型。并且他们颠覆了新古典经济学家的决策制度模型，强调组织系统的决策制度是以静态的规例为导向的。

2. 组织社会学的制度研究

最早将新制度主义引入社会学组织研究领域的是 Silverman（1971），他试图构建一套组织的行为理论。Silverman 批判了几乎所有的主流的组织模型。通过回顾 Durkheim、Schutz、Berger 和 Luckmann，以及 Goffman，他以一个现象学家的视角来看待组织，并且将研究重点放在组织的意义系统，以及社会形态构建和重构组织的方式。Silverman（1971）认为，共享意义不仅是内在的，也是存在于社会制度中的客观实际。组织的环境不仅应该被定义为是资源的提供系统和产出的目标系统，而且应该被定义为是组织成员的意义来源。

Silverman 对于组织理论的批判和重建对于欧洲学者产生了极大的影响（Salaman，1978；Burrell and Morgan，1979）。一大批学者将新制度理论与组织社会学相结合，其中最重要的文章是 Meyer 和 Rowan（1977）以及 Zucker（1977）。Meyer 和 Rowan（1977）从宏观角度来考察组织中的制度现象。他们将制度视为一个文化规则的集合体，强调理性信仰的重要性。他们认为，组织并不仅仅是技术性的产物，或者是复杂的关系模式的产物，组织同样也是文化规则的理性化的产物，这种文化规则为组织的建立提供了独立的基础。Zucker（1977）与 Meyer 和 Rowan 不同，她强调的是制度的微观基础。Zucker 主要研究的是认知信仰对于行为的锚定作用。她认为，社会知识一旦被制度化了，就会作为一种实际、一种客观事实而存在，并且其可以在这一基础上直接进行扩散。

组织社会学领域内的其他有影响的制度研究还有 DiMaggio 和

Powell(1983)以及 Meyer 和 Scott(1983)，他们都是从宏观领域来研究制度的。DiMaggio 和 Powell 区分了制度在组织或组织场域范围内扩散的三种主要机制：强迫性机制(coercive)、模仿机制(mimetic)和规范性机制(normative)，并且指出，组织趋同性(isomorphism)是竞争性过程和制度化过程的共同结果(DiMaggio and Powell，1983)。Meyer 和 Scott(1983)认为，虽然所有的组织都是技术环境和制度环境共同塑造的，但是部分组织更容易受到技术环境的制约，而其他组织则更容易受到制度环境的影响。

此外，与政治学领域相同，理性选择理论也被引入了社会制度学的研究中来，并且其研究假设和研究方法与政治学领域十分相似。虽然社会学中的理性选择学派的规模很小，但是却依然包含了不少著名的社会学家，如 Coleman(1990)，Hechter(1987)，Hechter、Opp and Wippler(1990)以及 Nee(1998)。这些学者的研究中都包含了行为者的个人利益最大化原理，以及有限理性的假设(Coleman，1994)。

（四）小结

20 世纪 40 年代组织的概念出现在制度研究领域中，研究者开始将制度理论与组织的结构和行为联系起来，形成了新制度主义。新制度经济学家们采取了与传统经济学家完全不同的研究假设和研究方法，一部分学者研究交易成本与组织和制度存在的关系，还有的学者将演进的概念引入经济学研究，认为制度和组织是一个不断演进的过程。政治学领域的新制度主要分为两个流派，部分学者将理性选择模型应用于经济学的研究之中，另一部分学者则用历史的视角来看待制度，并且强调其在构建行为和利益方面的广泛作用。社会学领域的新制度主义没有形成系统的流派，研究主要涉及认知心理学、文化理论、现象学以及民族方法学等。

三、新制度主义对组织理论的贡献

通过前面两节的历史性回顾，我们可以发现，早期的制度研究只是一种学术上的争辩,而新制度主义的一大特点就是开始关注组织、组织与制度的关系。此外,两个不同时期的制度学家所采用的研究方法也是有所区别的:早期的制度研究主要是理论性的分析,只有在一些偶尔的情况下才会使用论证;而新制度经济学研究则广泛采用实证研究的方法,并且实证研究的数目逐年上升。

对于制度研究,研究者通常采用两种实证分析框架:第一种分析框架是根据制度所实施或针对的不同水平来进行,主要有世界系统(world system)、社会(society)、组织域或组织场域(organizational field)、组织群(organizational population)、组织(organization)、组织子系统(organizational subsystem)六个不同的分析水平(Scott,2001)。有的学者关注的是世界系统、社会等宏观水平,有的学者则从组织或组织子系统等微观水平来进行制度分析,还有的学者采取组织场域等中观层次的分析概念与分析单位。第二种分析框架是根据制度的要素来进行分类,主要有管控性系统(regulative)、规范性系统(normative)以及文化认知系统(culture-cognitive)(Scott,2001),管控性系统包括了法律、规则、制裁等强制约束人们行为的制度;规范性系统是指价值观与标准;文化认知系统是共同信仰、共享行为逻辑等社会共同认知。

在下面的回顾中,我们将采用上述两种制度分析框架来对新制度主义的实证研究进行系统的综述。我们的回顾主要从制度的产生、维持、扩散与变革,制度化对组织内部的影响,以及制度化对组织外部的影响等三个方面来进行。

(一)制度的产生、维持、扩散与变革

制度可以被认为是一系列法律、规则、价值观、认知系统等的集合体。部分学者将研究的重点放在制度本身,研究诸如制度建构(institutional construction)、制度维持(institutional maintenance)、制度扩散(institutional diffusion)以及制度变革(institutional change)。

1. 制度建构

制度并不是在真空中出现的,其通常通过挑战传统制度,或是借用其他领域的制度等方式在不同程度上替代先前的制度。制度产生

过程与制度变革过程是很难区分的,有的学者指出:如果一项研究重点放在产生新规则以及相关行为的环境和过程,那么该研究就是关于制度建构的研究(Scott,2001)。关于制度建构的研究数量比较多,并且不同的学者从不同的水平来进行制度的分析研究,表 1 给出了关于制度产生的主要实证研究概况。

表 1　关于制度建构的主要实证研究概况

年份	研究者	研究内容	分析水平	制度要素
1949	Selznick	田纳西工程管理局的成立与发展	组织	文化认知系统
1973	North and Thomas	私用产权制度的建立与社会经济增产的关系	世界系统	调节性系统
1978	Armour and Teece	石油企业的管理结构与经济表现的关系	组织	规范性系统
1981	Teece	规模和产品线相似的企业的不同表现比较	组织	规范性系统
1984	Walker and Weber	大型汽车制造企业自主生产还是购买的决策选择	组织	规范性系统
1984	Axelrod	囚徒困境与组织成员的决策制度过程	组织子系统	规范性系统、文化认知系统
1990	Moe	美国消费者产品安全委员会的成立	组织	调节性系统
1991	DiMaggio	美国艺术博物馆的发展与维持	组织场域	文化认知系统
1994	Mohr and Pearson	纽约福利组织的出现以及组织数量的变化	组织群	调节性系统、规范性系统、文化认知系统
1995	Suchman	加利福尼亚州砂谷中半导体企业的建立	组织群	规范性系统、文化认知系统
1996	Dezalay and Garth	跨国贸易冲突的仲裁法规的建立与实践	组织场域	规范性系统
1996	Vaughn	"挑战者号"失事与美国航空航天局的决策制订	组织	规范性系统、文化认知系统

North 和 Thomas(1973)从世界系统的水平对私人产权制度与社会经济发展的关系进行了研究。他们历史地回顾了从中世纪到 18 世纪早期的欧洲政治经济发展状况,尤其是详尽分析和比较了 1500 年至 1700 年之间英国、荷兰、西班牙和法国的不同政治和经济发展。他们指出,荷兰和英国正是由于在 18 世纪早期建立了私人产权制度才

确保了这两个国家经济的迅猛发展(North and Thomas，1973)。

以组织场域作为分析概念与分析单位进行制度研究的学者主要有 Dezalay 和 Garth 以及 DiMaggio。Dezalay 和 Garth(1996)研究的是解决不同国家商业争论的制度框架的建立：跨国商业仲裁法规与实践。他们通过研究发现：在 20 世纪 70 年代的跨国商业冲突是由总部位于巴黎的一个元老俱乐部来进行仲裁的。但是随着冲突数量的上升，一个位于美国的"专家技术论者委员会"应运而生，并且得到了国际商会的认可。他们的结论是：合法性机制的维持是保障仲裁行为得以继续实施的必要因素，因为其为管理经济和政治实体提供了基础。DiMaggio(1991)研究的是 19 世纪晚期美国社会中专业人士通过建立文化环境，以支持艺术博物馆的发展和维持。他的研究发现，慈善机构在促进馆长、艺术历史学家等专业人士的利益方面起到了重要的作用，而这些专业人士通过文化认知系统确保了艺术博物馆的存在。

Mohr 和 Pearson 和 Suchman 分别从组织群的水平分析了福利组织和半导体企业的制度产生。Mohr 和 Pearson(1994)研究的是 1888 年至 1907 年间纽约的福利组织。他们发现，在这一时间段内福利组织的数目急剧下降，他们从法律法规的变化、组织规范的调整、以及社会认知的变更三方面进行了原因分析。Suchman(1995)对加利福尼亚硅谷的半导体企业进行了研究。他详细分析了两家风险投资企业的 108 份风险投资财务合同，他认为，合同的标准化是与硅谷企业的惯例以及认知有关的。

Walker 和 Weber(1984)从组织水平分析了企业的自行生产或是购买的决策选择。他们研究了 60 家汽车制度企业有关"生产或购买"决策的制度化过程，得出结论：比较生产成本比交易成本对此类决策的影响作用更大。Armour 和 Teece(1978)研究了一家石油企业的组织结构，发现采用多元化结构的组织在财务方面表现的更为出色。Teece(1981)对 20 个行业中具有相似规模和产品线的企业的结构进行分析。他的研究同样发现，首先采取多样化组织结构的企业的表现比较好。Moe(1990)同样从组织水平对单一组织的制度进行了分析。他研究的是美国消费者产品安全委员会的成立。他发现，这一机构的最初建立反映了各方利益的斗争，最后法律保障了这一机构的运行以保护消费者和企业的利益。Selznick(1949)的研究同样检验了一个公共机构的诞生——田纳西工程管理局。他的研究发现,在这一机构的成立过程中,基层的意识形态在决策制度和获得支持方面具有重要的作用。Vaughn(1996)研究的是美国国家航空航天局的决策制订过程,他详细分析了导致"挑战者号"飞船失事的技术和决策过程,他认为,生产压力和文化认知系统是关键因素。

从组织内部的人际关系水平来进行制度分析的主要是 Axelrod (1984)。他将"囚徒困境"模型应用于制度分析之中,用以研究个人在一个规则下如何追求自身利益。他认为,组织规则以及个人的认知都对个人利益追求行为产生影响。

2. 制度维持

制度的概念隐含了稳定与持续的意义(Scott,2001)。大部分制度学家认为,制度是一种吸收状态,一旦形成就不需要再花力气去维持。组织生态学家同样认为,制度具有惰性。因此,关于制度维持的实证研究比较少,表2给出了关于制度维持的主要实证研究概况。

表2　关于制度维持的主要实证研究概况

年份	研究者	研究内容	分析水平	制度要素
1977	Zucker	文化认知对于组织制度维持的影响	/	文化认知系统
1982	Rowan	加利福尼亚州公立学校对于创新的采纳	组织场域	规范性系统
1988	Tolbert	法律企业的员工招聘行为	组织	规范性系统
1993	Kilduff	跨国公司中惰性行为重构	组织	规范性系统
1994	Miller	虔信派教会组织的存在与发展	世界系统	调节性系统、规范性系统、文化认知系统
1994	Van de Ven and Garud	耳蜗内助听器的出现对组织制度的影响	组织	调节性系统、规范性系统、文化认知系统

作为一名文化认知制度学家,Zucker(1977)认为,文化认知系统在制度维持过程中起着积极的作用。他通过试验研究的方法发现,一旦一种社会共享知识被制度化了,作为现实的一部分而存在了,其就能够永远维持下去,并且在此基础上进行直接的扩散。Kilduff(1993)从规范性系统的角度分析了共享标准对制度稳定性的影响。他检验

了一家跨国企业中"惰性的再生产"后认为,企业更愿意聘用那些具有共享价值观和信仰的员工,从而使得企业的制度得以维持和扩散。Tolbert(1988)研究了法律企业的人员招聘行为后同样发现,当企业聘用那些具有不同价值观的员工时,企业更可能采取特殊的培训项目、指导系统以及给予新员工更频繁的评估。另一个研究规范性系统的是 Rowan(1982)的关于加利福尼亚州公立学校对于创新的采纳情况分析。他发现,当学校受到当地系统制度环境中关键成员的支持时,更愿意采纳和维持创新,这些机构包括了国家和州的立法机构、州教育机构、州教授协会、教师培训机构等。

Miller(1994)的研究是关于虔诚派教会组织的,该组织从 19 世纪初成立至今已经存在了两个世纪。他发现,具有共同的社会基础、具有强烈的社会化结构、参与者具有相似的信仰和价值观,同时具备了神授、传统和法律三种合法性等是该组织如此长寿的要诀。Van de Ven 和 Garud(1994)以耳蜗内植入式助听器这一新技术的出现对于制度的创造、选择和保留的影响,从管控性系统、规范性系统和文化认知系统三个方面分析了新技术的出现对于制度的影响。

3. 制度扩散

一种制度化的形式会通过时间或空间进行扩散。研究者从不同角度研究了制度扩散,如 DiMaggio 和 Powell(1983)指出存在着三种制度扩散的机制——强迫性机制、规范性机制以及模仿机制,而 Strang 和 Meyer(1993)则区分了制度扩散的管理媒介和文化媒介,还有的学者提出应该从供给和需求两个方面来分析制度的扩散(Brown,1981)。许多制度学家对制度扩散进行了一些实证研究,表 3 给出了关于制度扩散的主要实证研究概况。

表 3　关于制度扩散的主要实证研究概况

年份	研究者	研究内容	分析水平	制度要素
1969	Somers	美国卫生保健组织的制度扩散	社会	规范性系统
1983	Tolbert and Zucker	美国公务员制度在不同地区的扩散	社会	调节性系统
1987	Westney	西方组织模式在日本社会的扩散	组织群	调节性系统

（续表）

年份	研究者	研究内容	分析水平	制度要素
1989	Cole	日本、瑞典和美国在创新的采纳和维持中的区别	世界系统	调节性系统
1992	Baum and Oliver	多伦多日托中心的制度扩散	组织群	文化认知系统
1994	Westphal and Zajac	CEO薪酬制度与企业业绩挂钩这一制度的形成与扩散	组织群	规范性系统
1994	Guillen	美国、德国、英国和西班牙的管理意识形态的扩散	世界系统	文化认知系统
1998	Dobbin and Sutton	美国州和企业对于雇员制度的影响	社会	规范性系统
1998	Ruef and Scott	医院等组织的制度的扩散	组织群	规范性系统
1999	Edelman, Uggen and Erlanger	美国雇佣制度的扩散	社会	调节性和规范性系统
1999	Cole	全面质量管理在美国企业中的扩散	组织	文化认知系统

Tolbert 和 Zucker(1983)对 1885 年到 1935 年美国各个州采用公务员制度的情况进行了研究。他们发现，早期采用公务员制度的州通常是由于法律法规等调节性系统的压迫，而晚期采用这一制度的州主要是由于规范性系统和文化认知系统的影响。Westney(1987)研究了日本社会的部分组织场域，如警察系统和邮政系统对于西方组织模型的采用过程。他发现，这些西方组织结构的扩散在很大程度上受到政府部门的影响。Cole(1989)比较分析了日本、瑞典和美国在接受和维持创新行为上的主要区别。他通过研究发现，不同国家的上层结构，例如政府部门、贸易委员会、联合组织等对于创新行为的采纳和支持具有重要影响。

Dobbin 和 Sutton(1998)研究了美国各州的强弱对于雇员制度的影响。他们发现，如果一个州是比较弱的，即该州不能制订一些明确的雇佣制度，那么位于这个州的企业就更可能制订一些明确的内部条款来规范雇员行为。Edelman、Uggen 和 Erlanger(1999)同样研究了美国的雇员制度，其研究结论是：政府颁布的人人平等的法规与企业管理人员制度的行为共同对雇员制度产生影响，并且一项新制度的扩散受到企业内部成员的影响要大于调节性政策的影响。Somers

(1969)研究了美国卫生保健组织联合认证委员会的成立。他认为,专业人士在该组织的成立过程中起到了关键的作用。Ruef 和 Scott (1998)同样研究了医院组织。他们研究发现,像医院这样的组织如果通过了合适的专业机构的认证就能够得到更好的生存与发展。Westphal 和 Zajac(1994)研究了 1970 年至 1990 年间美国商业社会中出现的一条非正式的规定:企业 CEO 的薪酬要与企业的业绩挂钩。通过对全球 500 强企业的董事会的研究分析,他们认为,企业董事会是这一制度产生和扩散的主要原因。

Baum 和 Oliver(1992)是从文化认知系统的角度进行研究的。他们通过多伦多日托中心这一制度扩散的研究发现,人们对于日托中心这一新制度的认知导致了这一制度的扩散。Guillen(1994)分析了 20 世纪中管理意识形态在美国、德国、英国以及西班牙的扩散情况。他的研究比较了管理理论与管理实践在制度扩散中的不同作用,研究结论是:不同的社会压力、劳动力状况、政府参与以及专业组织共同导致了管理制度在不同社会中的不同扩散方式。Cole(1999)研究了全面质量管理在美国企业中的扩散情况。他通过研究认为,全面质量管理这一制度并没有在美国得到很好的扩散,这主要是因为企业对它的认知不够。

4. 制度变革

部分学者认为,制度本身就具有稳定的意义,因此制度何来变革呢? 还有部分学者认为,新制度的产生就是制度的变革,其实不然。Scott(2001)指出,制度变革可以被定义为是制度在主体扩散过程中的新要素的形成过程。由此可见,制度变革与制度建构有差异。直到最近几十多年,制度学家才开始关注制度变革过程,表 4 给出了关于制度变革的主要实证研究概述。

表 4　关于制度变革的主要实证研究概况

年份	研究者	研究内容	分析水平	制度要素
1969	Selznick	身份证制度引入私人企业从而保障了雇员的权利	社会	管控性系统、规范性系统
1971	Greetz	两个伊斯兰教社会中的制度瓦解	组织	文化认知系统

（续表）

年份	研究者	研究内容	分析水平	制度要素
1986	Barley	马萨诸塞州两家公立医院的放射科的制度变更	组织子系统	规范性系统
1986	Hirsch	企业收购的制度变更	组织	文化认知系统
1991	Leblebici et al.	美国广播产业的制度变更	社会	规范性系统
1991	Friendland and Alford	血缘系统与工作安排相互重叠和作用对于制度的影响	社会	规范性系统、文化认知系统
1993	Greenwood and Hinings	英格兰和威尔士的 24 个政府组织的管理结构变革	组织	规范性系统、文化认知系统
1994	Davis, Diekmann and Tinsley	跨行业经营企业数量的减少和衰败	组织场域	规范性系统、文化认知系统
1995	Greve	某个广播电台放弃传统广播频道的决策变更	组织子系统	规范性系统、文化认知系统
1995	Thornton	图书出版业的制度变更	组织场域	规范性系统
1995	Holm	挪威渔业的委托销售组织的衰败	组织场域	规范性系统、文化认知系统
1996	Greenwood and Hinings	会计组织的制度变迁	组织场域	规范性系统
1997	Haveman and Rao	加利福尼亚州工业组织的制度和组织形式的变更	组织子系统	规范性系统、文化认知系统
1997	Boli and Thomas	国际非政府组织的快速增长	世界系统	规范性系统、文化认知系统
1997	Hoffmann	美国环境运动对化工和石油工业带来的影响	组织场域	管控性系统、文化认知系统
1999	Tolbert and Sine	美国高等教育中的任期制度的变更	组织	规范性系统
1999	Heimer	美国婴儿集中护理中心的制度变更	社会	规范性系统、文化认知系统
2000	Scott et al.	旧金山海湾地区卫生保健服务组织的制度变更	组织群	管控性系统、规范性系统

　　关于制度瓦解（deinstitutionalization）的实证研究非常少。Geertz（1971）研究了两个伊斯兰教社会中的制度瓦解过程，而造成这一制度瓦解的原因是社会的共享信仰系统的渐渐消失。Tolbert 和 Sine（1999）检验了 1965 年至 1995 年间美国高校的教授任期制度。他们通过研究发现，在这段时期中任期制度虽然没有被完全废除，但是几乎没有高校使用，这主要是规范性系统在起作用。Greve（1995）研究

了一家广播电台放弃了广播频道的决策制度过程。他认为,电台试图改变其在听众心目中的认知形象是原因之一,而同行业的其他电台的行为也是造成这一决策的原因。

部分学者将研究重点放在制度改变上。Barley(1986)研究了美国马萨诸塞州两家公立医院的放射科在一年内的结构变迁。由于CT扫描仪这一新的诊疗技术的出现导致了放射科的结构发生了巨大的变化。Barley认为,新的制度和组织结构的诞生是由于新技术以及新的诊疗方法和惯例的出现。Greenwood 和 Hinings(1993)检验了在1969年至1982年间英格兰和威尔士的24个政府组织的结构变化。他们研究发现,在这段时间内政府组织的结构十分相似,这主要是由于它们都希望通过相似的结构模式表现核心的价值观和信仰,从而获得合法性。Scott等(2000)研究了旧金山海湾地区的卫生保健服务组织的制度变更。他们发现,制度逻辑和管理系统的改变对卫生保健服务组织的数量变化产生了重要影响。许多制度学家对制度变革的原因非常有兴趣,通常认为造成制度变革的原因有外在的和内在的两大类。关于制度变革外在原因的实证研究主要有:新技术的产生(Tushman and Anderson, 1986；Barley, 1986);管理创新,如全面质量管理(Cole, 1999);政治领域的变革,如产业规则的出现(Fligstein, 1990)、雇佣规则的变革(Dobbin and Sutton, 1998；Edelman, Uggen and Erlanger, 1999；Barton, Dobbin and Jennings, 1986)或者身份证制度引入企业内部(Selznick, 1969);政治动荡,如战争和革命(Carroll, Delacroix and Goodstein, 1988);社会改革力量,如民权运动(McAdam, 1982)或者妇女解放运动(Clemens, 1993);经济危机或动乱(Stark, 1996);文化信仰与实践的变化,如自然环境观念的改变(Frank et al., 1999)。关于制度变革的内在原因的实证研究主要有:社会水平的制度冲突,如血缘与规范性系统的冲突(Friendland and Alford, 1991)或者法律、医学和家庭系统的冲突(Heimer, 1999);组织内部的制度冲突,如规范与文化的差异(Haveman and Rao, 1997);制度要素的冲突,如制度的主导者、中介者与实施者之间的冲突(Leblebici et al., 1991)或者创新的实施者和接受者的冲突(Hirsch, 1986)。

还有的学者重点关注了制度的解构与重构过程。Davis、Diekmann

和 Tinsley(1994)研究了 20 世纪 80 年代美国密集型企业数量的减少和衰败。Thornton(1995)研究了在图书出版业中传统的以编辑为中心转为以营销为中心的过程。Holm(1995)分析了瑞典渔业授权销售组织的数量减少和衰退。Hoffman(1997)研究了从 1960 年至 1990 年美国环境运动的兴起对于化工和石油企业的组织结构和制度的影响。

（二）制度化过程对组织外部的影响

除了关注制度本身的产生、维持、扩散和变革的过程，还有学家研究制度化的过程对于组织的影响，这种影响包括了社会系统、组织场域、组织群等组织外部的影响，以及组织结构、组织表现等内部影响。在本节中我们主要回顾了制度化过程对于组织外部的影响的文献，下一节我们对制度化过程对组织内部造成的影响的研究进行综述。

20 世纪 60 年代开始，开放系统的概念被引入组织制度研究领域，组织成为环境中的一员，组织的行为要受到环境的制约，同时也会对外在环境产生影响。从 70 年代开始，制度学家开始研究制度化过程对于组织外形环境的影响作用，表 5 给出了关于制度化过程对于组织外部影响的主要实证研究概况。

表 5　制度化过程对于组织外部影响的主要实证研究概况

年份	研究者	研究内容	分析水平	制度要素
1977	Meyer	美国教育系统的制度变化以及组织结构趋同性的研究	组织场域	文化认知系统
1982	Starr	组织场域内的规范、惯例对于美国医学类组织场域边界的影响	组织场域	规范性系统
1983	DiMaggio	美国国家艺术基金的成立对艺术类组织场域结构的影响	组织场域	调节性系统、规范性系统
1987	Laumann and Konke	美国卫生保健和能源部门的国家政策与场域结构的比较分析	组织场域	调节性系统
1988	Stubbart and Ramaprasad	钢铁企业中管理人员的认知对于组织场域形成的作用	组织场域	文化认知系统
1988	Meyer et al.	美国中小学教育的制度变革	组织场域	规范性系统
1989	Porac, Thomas and Fullar	苏格兰针织品企业中管理人员认知对于组织场域形成的作用	组织场域	文化认知系统

（续表）

年份	研究者	研究内容	分析水平	制度要素
1989	Hannan and Freeman	美国"新交易时期"工会组织的出现	组织群	调节性系统
1990	Fligstin	美国大型企业的治理结构的变革	组织场域	规范性系统、文化认知系统
1991	Campbell and Lindberg	美国的电信业、钢铁业和核能业中的治理结构的演变	组织场域	规范性系统
1991	Moore，Holl and Hannan	曼哈顿银行和美国保险企业的出现	组织群	调节性系统
1992	Whitley	中国、日本和朝鲜的企业和市场结构是如何在社会中构建的	社会	调节性系统、规范性系统
1992	Baum and Oliver	多伦多日托中心的制度嵌入与关系密度研究	组织群	规范性系统
1993	Barnett and Carroll	美国电信电报业的治理结构和竞争状况	组织场域	调节性系统
1994	Dobbin	英国、法国和美国铁路业的文化对于企业结构和政策制度的影响	社会	文化认知系统
1994	Rao	公路汽车比赛中的汽车制度企业的早期发展状况	组织群	规范性系统
1995	Lant and Baum	纽约旅馆业中管理人员认知对于组织场域形成的作用	组织场域	文化认知系统
1995	Hannan et al.	欧洲部分国家汽车制造企业的合法性机制与组织群密度的关系	组织群	规范性系统
1996	Hybels and Ryan	商业生物工艺企业的数量变化与合法性机制的关系	组织群	规范性系统
1997	Dacin	芬兰记者运动对芬兰语报纸创立的影响	组织群	规范性系统、文化认知系统
1999	Biggart and Guillen	汽车制度企业在韩国、中国台湾、西班牙和阿根廷的不同发展道路的比较	社会	调节性系统、规范性系统、文化认知系统
2000	Anand and Peterson	美国"公告排行榜"对构建商业音乐市场的作用	组织场域	规范性系统
1982，1986，1987	Carroll et al.	政治动乱对阿根廷、爱尔兰和旧金山海湾地区报业创立的影响	组织群	规范性系统、文化认知系统

1. 制度化过程对社会系统的影响

部分学者研究了制度化过程对于组织外部社会结构的影响，主要的实证研究有三篇：Whitley、Dobbin，以及 Biggart 和 Guillen。

Witley(1992)研究了不同的企业和市场形式在中国、日本和韩国等国别中的构建。他的研究关注于制度化过程如何塑造市场和企业结构等经济活动。通过研究，Whitley 发现，不存在独立的经济逻辑，所有的市场规则和企业结构都是不同时期和地点的社会化建构的产物。他的研究详细分析了同时期中国、日本和韩国企业结构的本质差异，主要包括了企业的产权安排、薪酬计划、相互依赖的程度和模式等。

Dobbin(1994)研究的是英国、法国和美国的不同政策对铁路业发展的影响。他检验了不同政策文化对于不同社会水平的产业政策的影响，以及所产生的促进 19 世纪晚期铁路业迅速发展的产业结构。该研究是以不同国家的铁路业的基础文化框架为着眼点的，通过研究作者发现，不同的文化认知导致了不同的财务计划和合作政策，从而导致了各国铁路系统的不同发展状况。

Biggart 和 Guillen(1999)研究了汽车装配和零件制造企业在韩国、中国台湾、西班牙和阿根廷的出现情况。他们的研究发现，各国的汽车制造业是追求不同的发展道路的，并且都取得了一定程度的成功。并且他们认为，独特的组织模式和制度规范，以及在全球化市场中获得的机会不同是导致各国汽车产业发展有所区别的关键。

2. 制度化过程对组织场域的影响

组织场域可以被认为是，由一系列受到相同制度影响的组织所构成的一个明确的组织范围，处于场域中的这些组织是有差异的、相互依赖的(DiMaggio and Powell，1983)。早期研究制度化过程对组织影响的学者更多地关注社会水平的影响，或是组织内部的影响。而组织场域概念的提出吸引了越来越多的学者开始从这一中观水平来研究制度与组织。

部分学者研究了制度环境对于组织场域边界确立的影响。Meyer (1977)研究了美国教育系统的趋同性现象，他认为广泛的共享文化信仰为特定社会的教育系统的发展提供了支持，并且塑造了相似的组织结构，从而明确界定了组织场域的边界。Starr(1982)研究了美国医学类组织的场域边界的界定。他认为由专家组成的机构在界定医学类组织的场域边界方面是非常弱的,只有诸如美国医药协会等强势的组织才能够很好地界定场域边界。Anand 和 Peterson(2000)研究了美国"公告排行榜"(Billboard)对构建商业音乐市场的组织边界的作用。他们认为,"公告排行榜"的出现改变了传统由唱片发现公司进行信息传播的方式,从而重新界定了商业音乐市场的场域边界。部分学者还检验了管理人员对于组织场域的认知对于组织场域边界的影响,主要由 Stubbart 和 Ramaprasad(1989)的关于钢铁企业的研究,Porac、Thomas 和 Fuller(1989)关于苏格兰针织品企业的研究,以及 Lant 和 Baum(1995)关于纽约旅店业的场域边界研究。

部分学者还研究了组织场域的治理结构与制度化过程的关系。Campbell 和 Lindberg(1991)研究了不同产业企业的治理结构变革,他选择了电信业、钢铁业和核能源业等部分美国产业作为研究对象。通过研究,作者发现,生产性企业与其他诸如供应商、销售商等相关组织,以及政府机构之间的协商过程对于企业的治理结构具有重要影响。Fligstein(1990)研究了美国大型企业的治理结构的构建。他收集和分析了从 1880 年至 1980 年间美国大型企业的治理结构的数据之后认为,企业的关注焦点从早期的对于竞争者的控制,转为了重视营销和财务,而造成这一变化的原因是制度环境的变化以及企业的地位和行为的变化。Barnett 和 Carroll(1993)研究了美国电信电报业的治理结构的变化。他们将组织场域内的调节性制度分为特殊性制度以及普遍规则,并且认为特殊性规则会造成企业无目的的行为以及治理结构的变革。

还有的学者将研究重点放在制度化过程对场域结构的影响上。DiMaggio(1983)检验了 1965 年美国国家艺术基金会的成立对于艺术类组织场域结构的影响。他通过研究发现,国家艺术基金会的成立使得艺术类组织的资源更为集中,从而使得组织场域的结构更为紧密。Meyer 等(1988)研究了从 1940 年至 1980 年间美国中小学教育组织场域的结构变化。他认为,在这段时期内,中小学教育组织在学校规模、内部人员特征方面变得越来越相似,这使得场域的结构越加紧密。Laumann 和 Konke(1987)比较研究了 20 世纪 70 年代末美国卫生保健和能源组织的场域结构。通过研究他们发现,由于卫生保健政策的高度结构化使得此类组织的场域结构十分紧密,而能源政策仅仅针对石油产业,因此能源类组织的场域结构比较松散。

3. 制度化过程对组织群的影响

组织研究领域的一个显著发展趋势就是,越来越多的生态型和制度学的研究方法被引入组织研究中来(Hannan and Freeman,1989;Singh and Lumsden,1990;Baum,1996;Aldrich,1999)。而这些学者大都从组织群的水平来进行制度研究,其中就有不少学者研究了制度化过程对于组织群的影响。

Hannann 等(1995)研究了部分欧洲国家的汽车制造企业从 1886 年至 1981 年之间的组织群的变化情况。他们的研究认为,合法性机制是能够增加组织群的密度的,并且能够使得组织群获得更广泛的、具有跨社会的影响力,从而促使该企业进入他国市场。Baum 和 Oliver(1992)分析了多伦多日托中心的情况。他们的研究发现,组织是嵌入特定的组织群之中的,组织群以及群内的关系密度都能够增强组织的基础,以及减少组织失败的可能。Hybels 和 Ryan(1996)研究了商业生物工业企业的建立与发展情况。他们收集和分析了 1970 年至 1989 年美国商业杂志上关于此类企业的报道。他们发现对于这一新组织有积极的、消极的、混合的以及中立的不同评价,并且企业群数量的增长与合法性的增长具有正向的相关关系。Rao(1994)研究了公路汽车比赛中的汽车制度企业的早期发展状况。他指出,在比赛中获胜的企业能够增加其生存能力的,而公路汽车比赛的开展也降低了汽车制造业的失败率。

除了以上的研究规范性制度对于组织群影响的研究,还有的学者从调节性系统的角度出发,研究制度与组织群的关系。Hannian 和 Freeman(1989)研究了美国从 1923 年到 1947 年的"新交易时期"(new deal period)的工会发展的情况。他们认为,Norris-LaGuardia 法案以及 Wagner 法案的颁布提高了工会组织的法律保护力度,从而导致了该时期内工会组织数量的迅速上升。Moore、Holl 和 Hannan(1991)研究了曼哈顿银行以及美国保险企业的情况。他们的研究认为,最初联邦和州的相关法规的制度是造成这两个组织群数量迅速攀升的重要原因。

还有的学者检验了更为广泛的意识形态和规范性系统对于组织

群的影响。Carroll 和 Delacroix(1982)，Carroll 和 Huo(1986)以及 Carroll(1987)研究了政治动乱对于报业的影响,他们的研究涉及阿根廷、爱尔兰和旧金山海湾地区,研究发现在社会动乱时期报业更可能遭受失败。Dacin(1997)研究了芬兰记者运动对芬兰语报纸创立的影响。他的研究认为,记者运动的开展有助于芬兰语报纸的建立,即使是在原先讲瑞典语的地区也是如此。

（三）制度化过程对组织内部的影响

制度化过程不仅会对组织外部的社会环境、组织场域、组织群等系统造成影响,也会对组织内部的组织结构和组织表现造成影响,表6给出了关于制度化过程对组织内部影响的主要实证研究概况。

表6　制度化过程对于组织内部影响的主要实证研究概况

年份	研究者	研究内容	分析水平	制度要素
1975	Kimberly	纽约地区 123 家康复组织的结构研究	组织群	规范性系统、文化认知系统
1982	Miles	烟草企业对于医疗机构报告的反应研究	组织群	调节性系统、文化认知系统
1983	Tolbert and Zucker	美国公务员制度的产生研究	社会	调节性系统、规范性系统、文化认知系统
1986	Singh，Tucker and House	加拿大社会服务组织的结构趋同研究	组织场域	调节性系统、规范性系统
1987	Meyer，Scott and Strang	美国中小学校的组织结构与制度环境关系研究	组织场域	规范性系统
1988	Powell	专业图书出版社与公立电视台的组织结构比较研究	组织	规范性系统
1988	Covaleski and Dirsmith	组织采取财政预算系统的研究	组织	调节性系统
1989	Boeker	半导体企业中的组织结构研究	组织群	规范性系统
1990	Mezias	收入税申报制度对于美国企业行为的影响	组织场域	调节性系统
1991	D'Aunno，Sutton and Price	社区心理健康组织的组织结构研究	组织群	调节性系统、规范性系统
1991	Galaskiewicz and Burt	企业捐赠行为的制度研究	组织场域	规范性系统
1992	Elsbach and Sutton	组织采取印象管理技术的研究	组织	规范性系统

（续表）

年份	研究者	研究内容	分析水平	制度要素
1993	Palmar, Jennings and Zhou	美国企业 CEO 的背景与企业多样化组织结构采用情况的关系	组织场域	规范性系统
1993	Abzug and Mezias	法律条文对于组织行为的影响	组织	调节性系统
1993	Kaplan and Harrison	组织对于法律环境变化的反应研究	组织	调节性系统、规范性系统
1993	Halliday, Powell and Gransfors	美国律师协会研究	组织场域	调节性系统
1995	Mouritsen and Skarbak	皇家丹尼斯剧院的组织结构研究	组织	规范性系统
1996	Deephouse	明尼阿波利斯—圣保罗地区商业银行合法性机制的来源	组织场域	调节性系统、规范性系统
1996	Stark	匈牙利社会中的组织结构分析	社会	调节性系统、规范性系统、文化认知系统
1996	Alexander	美国艺术博物馆的战略选择研究	组织	规范性系统
1996	Goodrich and Salancik	加利福尼亚州不同医院接受剖腹产手术的情况分析	组织	调节性系统、规范性系统
1997	Westphal, Gulati and Shortell	美国医院采取全面质量管理制度的过程研究	组织场域	规范性系统、文化认知系统
1997	Davis and Greve	美国企业的并购行为研究	社会	规范性系统、文化认知系统
1997	Hoffmann	美国化工和石油对于工业环境运动的反应研究	组织场域	调节性系统、文化认知系统
1998	Ruef and Scott	旧金山海湾地区医院组织的结构研究	组织群	规范性系统
1999	Certina	共享文化模式对于高能物理学和分子生物学实验室的组织结构变化的影响	组织子系统	文化认知系统
1999	Zuckeman	美国企业的股价评估的制度研究	组织群	文化认知系统
1999	Baron, Hannan and Burton	硅谷企业 CEO 与组织结构的关系研究	组织群	规范性系统、文化认知系统
1985，1990	Fligstein	美国大型企业多元化组织结构的采用情况	组织场域	规范性系统、文化认知系统
1994，1998	Westphal and Zajac	美国大型企业 CEO 薪酬计划研究	组织	规范性系统

1. 制度化过程对组织结构的影响

许多学者认为,组织是处于特定的环境中的,组织结构、组织行为等都要受到外在的制度环境的制约和限制。因此,不少制度学家对制度环境对组织结构的影响进行了实证研究。

部分学者对于制度化过程导致组织结构趋同的现象进行了分析。Certina(1999)研究了高能物理学和分子生物学实验室的组织结构趋同现象。他们认为,上述两类组织的建立都是以个人为中心,而不是以目标为中心的,研究者相似的认知结构和文化信仰导致了此类组织结构的相似。Fligstein(1985,1990)研究了美国大型企业采用多元化组织结构的情况。他发现,这些大型组织都处于一个相似的环境中,这导致了企业之间的相互模仿,从而造成了组织结构的趋同。Palmar、Jennings 和 Zhou(1993)研究了美国企业 CEO 的背景与企业采用多元化组织结构的关系。他们通过研究发现,如果企业的 CEO 来自于著名的商业学院或采用多元化结构的公司,那么这个企业更可能采取多元化的组织结构。这种情况导致了美国越来越多的大型企业采用多元化的组织结构。Zuckerman(1999)研究分析了安全分析师评估企业股价的情况。他发现,如果企业的产品组合不合理,企业就无法获得认同,从而导致股价下跌。因此,企业趋向于采取符合文化认知制度的组织结构,从而导致企业结构的趋同。Singh、Tucker 和 House(1986)研究了社会服务组织的结构趋同情况。美国法律规定,如果企业每年进行一定的慈善捐赠活动,就能够获得税收减免的优惠政策,并且进行慈善捐赠有利于企业的形象和声望。

由于上述调节性制度和规范性制度的限制,社会服务组织的行为和结构出现了趋同现象。Deephouse(1996)对美国的明尼阿波利斯—圣保罗地区的商业银行进行了研究。他的研究发现,州的调节性规范和地区的媒体报道是合法性机制的来源,并且这两种制度导致了商业银行组织结构和组织战略的相似性。Ruef 和 Scott(1998)对 1945 年至 1995 年间旧金山海湾地区的医院进行了实证研究。他们通过研究发现,医院所获得的医疗组织的认证和管理机构的认证是相互独立的,并且两种认证对组织生存和组织结构趋同的作用是随着时间而变化的。

还有的学者研究了制度环境与组织结构的关系。Kimberly (1975)研究了1866年至1966年间纽约地区的123家康复组织。他们发现,早期的康复组织大都重视产品和服务的生产,而信仰和社会规范使得组织慢慢转为重视顾客的心理康复治疗,这导致了组织结构的变革。Boeker(1989)研究了53家半导体制造企业的不同时期的制度影响因素。作者比较了企业家和环境对于组织战略和结构的不同影响作用。研究发现,企业家在早期的影响作用较大,而企业环境在晚期的影响作用较大,从而造成了组织战略和结构的变更。Baron、Hannan和Burton(1999)对硅谷中的硬件企业、软件企业和半导体企业中CEO与企业结构关系进行了研究。他们认为,CEO比较官僚主义的企业更可能采取科层制的组织结构,反之则企业更可能采取人人平等的组织结构。Powell(1988)比较研究了专业图书出版社和公立电视台的组织结构。他认为,电视台所处的环境是充满需求和冲突的,这导致了其更可能采取复杂的组织结构,而图书出版社则正好相反。Meyer、Scott和Strang(1987)研究了美国的中小学校的组织结构。他们发现,那些依靠联邦政府财政生存的学校具有复杂的管理结构,而那些主要依靠州的财政支持的学校则组织结构比较简单。D'Aunno、Sutton和Price(1991)对社区心理健康组织进行了研究。他们发现,当此类组织采取传统的心理疗法和新的药物疗法时,其就面临了双重的、相互冲突的制度环境,而这导致了组织结构的变化。Mouritsen和Skarbak(1995)对皇家丹尼斯剧院进行了研究分析。他们认为,艺术制度和财政制度是该组织面临的两大主要的制度环境,它们具有不同的标准,对组织结构和行为产生共同的影响作用,并且这一作用的强弱程度随着时间而变化。Stark(1996)研究了匈牙利组织的结构。他指出,如果一个企业试图进入匈牙利市场,独特的社会文化、法律规则以及行业规范都会对组织的结构以及行为产生重要的影响。

2. 制度化过程对组织表现的影响

虽然处于特定社会系统或是组织场域中的组织都会受到制度化过程的影响,但是组织同时也会对制度环境做出反应。许多学者对于制度化过程对于组织表现的影响,以及组织对制度化过程的反应进行了研究。

部分学者研究了制度与组织的相互作用过程。Mezias(1990)研究了从1962年至1984年收入税申报制度在美国200家大型非财务组织中的使用情况。他发现,许多组织水平的因素影响该制度的采用,并且该制度的采用使得企业的行为发生了改变。Tolbert和Zucker(1983)研究了美国的公务员制度。他们研究发现,早期采用公务员制度的城市通常是一些大城市,具有大量的移民,并且白领的比率很高。这些城市采取公务员制度主要是理性选择的结果。而后期采纳该制度的城市主要是由于规范性机制和文化认知机制的压力。Fligstein(1985)研究了美国大型企业采用多元化组织结构的情况。他收集分析了从1929年至1939年,以及1969年至1979年美国100家最大企业的数据后认为,早期这一制度的采纳是由于与产品相关策略的追求,而晚期则是模仿机制的作用。Westphal、Gulati和Shortell(1997)分析了美国2 700家医院对于全面质量管理制度的接受情况。他们发现,早期使用全面质量管理的医院是出于特定的地位的考虑,而晚期主要是模仿或制度的压力,并且所有的医院都取得了合法性。Davis and Greve(1997)研究了美国企业的并购行为。他们发现,那些相邻地区同规模的企业并购被称为"金色降落伞";而那些涉及大企业的并购行为被称为"毒药"。作者指出,造成这两种行为的制度环境是不同的。Galaskiewicz和Burt(1991)研究了企业捐赠行为,主要关注的是造成企业向非营利组织捐赠的影响因素。他们发现,企业的社会环境、共享标准和评价目标都会对企业的捐赠行为产生影响。

还有的学者研究了组织在面临制度环境时的战略反应。Oliver(1991)认为,组织在面临制度压力时通常会采取五种战略:一是顺从(acquiescence),即组织完全接受制度环境的压力;二是妥协(compromise),即组织会根据制度的压力和本身的情况采取折中的态度,关于此类问题的实证研究主要有D'Aunno、Sutton和Price(1991)关于社区心理健康组织的研究,Abzug和Mezias(1993)关于组织在面临新法规的制度时的战略决策的研究,以及Alexander(1996)关于美国艺术博物馆馆长的折中策略的研究;三是避免(avoidance),即组织在满足要求的前提下减去部分的制度压力或是隐藏(Oliver,1991),此类研究主要是 Westphal 和 Zajac(1994，1998)关于美国 20 年间 570 家大型企业的 CEO 的长期薪酬计划的研究;四是挑战(defiance),即组织组织反抗制度环境的压力,关于此的研究主要是 Covaleski 和 Dirsmith(1988)关于威斯康星州州立大学试图采取一套与州政府法律不同的财务预算系统的研究;五是操纵(manipulation),即组织有目的、有计划地试图参与、影响或控制环境(Oliver,1991),关于此类问题的研究主要有 Elsbach 和 Sutton(1992)关于两家组织采取印象管理技术的研究,以及 Goodrich 和 Salancik(1996)关于从 1965 年至 1995 年加利福尼亚州医院接纳剖腹产手术的情况。

其他关于组织对制度环境反应的研究有:Kaplan 和 Harrison (1993)研究了组织对法律环境制度变革的反应。他们发现,组织通常会采取两种战略。一是前摄战略,目的是符合环境的要求;二是反应战略,目的是为了适应环境的变更。Hoffmann(1997)研究了 1960 年至 1995 年间美国化工和石油企业在面临环境运动时的战略反应。作者认为,环境运动使得化工和石油企业面临的调节性制度的压力越来越大,企业不得不改变设备、治理结构、规则等一系列组织结构来获得合法性。Miles(1982)研究了美国烟草公司在面临关于吸烟与癌症关系的报告时的战略反应。研究发现,不同企业的反应是不同的,如有的企业开始拓展海外市场,而有的企业则调整产品线等,并且这也导致了美国烟草工业研究委员会的成立。Halliday、Powell 和 Gransfors(1993)研究的是美国律师协会。他们发现,早期的律师协会是以市场为基础的组织,但是却慢慢衰败了。20 世纪 20 年代成立的新律师协会是由州政府支持的,其得到了迅速的扩散,并且导致了美国司法协会的成立。因此,律师集体加入新协会这一行为导致了律师协会这一组织形式的变革,使得其从竞争的市场环境来到了政府的保护之下。

四、结 束 语

新制度主义与早期制度主要在研究方法上的一个重要区别就是

实证研究方法的大量采用。大量的学者用实证的方法研究了制度本身的产生、维持、扩散和变更。其中,值得注意的是,研究的趋势是将研究重点放在了制度化过程,即导入社会系统、组织场域、组织群等分析单位,研究组织与环境相互作用的过程及相应的制度性变更与安排,这些变更与安排对于组织结构和组织绩效等的影响。

Oliver(2001)指出,新制度主义对制度研究做出了三个重要的贡献:一是新制度重新重视知识和理论系统;二是新制度主义是连接早期制度研究和未来研究的纽带;三是新制度主义开辟了新的制度分析水平——组织场域。

学术界关于制度的研究从19世纪末至今已经经历了一百多年的历史,研究领域涉及经济学、政治学和社会学等,目前在管理学领域得到了广泛的重视,尤其是对新兴经济体的组织管理、战略和创业家等研究中大量采用了新制度的理论和方法,包括,种群生态学、社会网、社会心理学、符号象征主义等人文社会科学领域的知识。

早期的制度研究主要从宏观水平来分析法律、社会习俗等制度的形成与发展,而新制度主义将组织引入制度研究中来,研究者开始研究组织与制度的相互作用与相互影响。此外制度研究不断引入其他相关领域的理论和方法,如人类学、心理学、哲学等,这些都确保了制度研究的长盛不衰。

但是,制度研究并没有结束,还有许多问题没有得到解决,需要我们更多的努力。Oliver(2001)认为,只要社会中存在着比原始社会结构复杂的制度,那么后工业社会就必然能够产生比社会规则更多的制度化差异。因此,虽然制度研究的黄金时期可能已经过去了,但是关于制度的研究不会终结,尤其是应用性的实证研究,比如,对中国的组织与环境关系及其组织的战略性回应的研究。

参考文献

Abzug, Rikki and Stephen J. Mezias, 1993, "The Fragmented State and Due Process Protections in Organizations: The Case of Comparable Worth", *Organization Science*, 4:433—53.

Alchain, Armen, 1950, "Uncertainty, Evolution, and Economic Theory", *Jour-*

nal of Political Economy, 58:211—21.

Alchain, Armen A. and Harold Demsetz, 1972, "Production, Information Costs, and Economic Organization", *American Economic Review*, 62:777—95.

Alexander, Ernest R. , 1995, *How Organizations Act Together: Interorganizational Coordination in Theory and Practice*, Luxembourg: Gordon and Breach.

Alexander, Jeffrey C. , 1983, *Theoretical Logic in Sociology*, vols. 1—4, Berkeley: University of California Press.

Alexander, Victoria D. , 1996, "Pictures at an Exhibition: Conflicting Pressures in Museums and the Display of Art", *American Journal of Sociology*, 101: 797—839.

Anand, Narasimhan and Richard A. Peterson, 2000, "When Market Information Constitutes Fields: Sensemaking of Markets in the Commercial Music Industry", *Organization Science*, 11:260—84.

Armour, H. O. and David Teece, 1978, "Organizational Structure and Economic Performance", *Bell Journal of Economics*, 9:106—22.

Axelrod, Robert, 1984, *The Evolution of Cooperation*, New York: Basic Books.

Barley, Stephen R. , 1986, "Technology as an Occasion for Structuring: Evidence From Observations of CT Scanners and the Social Order of Radiology Departments", *Administrative Science Quarterly*, 31:78—108.

Barnett, William P. and Glenn R. Carroll, 1993a, "How Institutional Constraints Affected the Organization of Early U. S. Telephony", *Journal of Law, Economics, and Organization*, 9:98—126.

Baron, James N. , Michael T. Hannan, and M. Diane Burton, 1999, "Building the Iron Cage: Determinants of Managerial Intensity in the Early Years of Organizations", *American Sociological Review*, 64:527—47.

Baum, Joel A. C. and Christine Oliver, 1992, "Institutional embeddedness and the Cynamics of Organizational Populations ", *American Sociological Review*, 57:540—59.

Becker, Howard S. , 1982, *Art Worlds*, Berkeley: University of California Press.

Becker, Howard S. , Blanche Geer, Everett C. Hughes and Anselm Strauss, 1961, *Boys in White: Student Culture in Medical School*, Chicago: University of Chicago Press.

Berger, Peter L. , Brigitte Berger, and Hansfried Kellner, 1973, *The Homeless Mind : Modernization and Consciousness* , New York: Random House.

Berger, Peter L. and Hansfried Kellner, 1981, *Sociology Interpreted : An Essay On Method and Vocation* , Garden City, NY: Doubleday Anchor.

Berger, Peter L. and Thomas Luckmann, 1967, *The Social Construction of Reality* , New York: Doubleday Anchor.

Biggart, Nicole Woolsey and Mauro F. Guillen, 1999, "Developing Difference: Social Organization and the Rise of the Auto Industries of South Korea, Taiwan, Spain, and Argentina", *American Sociological Review* , 64:722—47.

Boeker, Warren P. , 1989, "The Development and institutionalization of Subunit Power in Organizations", *Administrative Science Quarterly* , 34:388—410.

Boli, John and George M. Thomas, 1997, "World Culture in the World Polity: A Century of International Non-Governmental Organization", *American sociological Review* , 62:171—90.

Burke, Peter J. and Donald C. Reitzes, 1981, "The Link Between Identity and role Performance", *Social Psychology Quarterly* , 44:83—92.

Burrell, Gibson and Gareth Morgan, 1979, *Sociological Paradigms and Organizational Analysis* , London: Heinemann.

Campbell, John L. and Leon N. Lindberg, 1991, "the Evolution of Governance Regimes", pp. 319—55 in *governance of the American Economy* , edited by John L. Campbell, J. Rogers Hollingsworth, and Leon N. Lindberg, New York: Cambridge University Press.

Carroll, Glenn R. , 1987, *Publish and Perish : The Organizational Ecology of Newspaper Industries* , Greenwich, CT: JAI Press.

Carroll, Glenn R. and Jacques Delacroix, 1982, "Organizational Mortality in the Newspaper Industries of Argentina and Ireland: An Ecological Approach", *Administrative Science Quarterly* , 27:169—98.

Carroll, Glenn R. and Yangchung Paul Huo, 1986, "Organizational Task and Institutional Environments in Ecological Perspective: Findings from the Local Newspaper Industry", *American Journal of Sociology* , 91:838—73.

Certina, Karin Knorr, 1999, *Epistemic Cultures : How the Sciences Make Knowledge* , Cambridge, MA: Harvard University Press.

Cicourel, Aaron V. , 1968, *The Social Organization of Juvenile Justice* , New York: John wiley.

Coase, Ronald H. , 1937, "The Nature of the Firm", *Economica N. S.* , 4:385—
405.

Cole, Robert E. , 1989, *Strategies for Learning: Small-group Activities in American, Japanese, and Swedish Industry*, Berkeley: University of California Press.

Cole, Robert E. , 1999, *Managing Quality Fads: How American Business Learned to Play the Quality Game*, New York: Oxford University Press.

Coleman, James R. , 1974, *Power and the Structure of Society*, New York: Norton.

Coleman, James R. , 1990, *Foundations of Social Theory*, Cambridge, MA: Belknap Press of Harvard University Press.

Coleman, James R. , 1994, "A Rational Choice Perspective on Economic Sociology", pp. 166—80 in *The Handbook of Economic Sociology*, edited by Neil J. Smelser and Richard Swedberg, Princeton, NJ: Princeton University Press and Russell Sage Foundation.

Cooley, Charles Horton, [1902] 1956, *Social Organization*, Glencoe, IL: Free Press.

Covaleski, Mark A. and Mark W. Dirsmith, 1988, "An Institutional Perspective on the Rise, Social Transformation, and Fall of a University Budget Category", *Administrative Science Quarterly*, 33:562—87.

Dacin, M. Tina, 1997, "Isomorphism in Context: The power and Prescription of Institutional Norms," *Academy of Management Journal*, 40:46—81.

D'Aunno, Thomas, Robert I. Sutton, and Richard H. Price, 1991, "Isomorphism and External Support in Conflicting Institutional Environments: A Study of Drug Abuse Treatment Units", *Academy of Management Journal*, 14: 636—61.

Davis, Gerald F. , 1994, "The Corporate Elite and Politics of Corporate Control", pp. 245—68 in *Current Perspectives in Social Theory*, sup. 1, edited by Christopher Prendergast and J. David Knottnerus, Greenwich, CT: JAI Press.

Davis, Gerald F. , Kristina A. Diekmann, and Catherine H. Tinsley, 1994, "The Decline and Fall of the Conglomerate Firm in the 1980s: The Deinstitutionalization of an Organizational Form", *American Sociological Review*, 59: 547—70.

Davis, Gerald F. and Henrich R. Greve, 1997, "Corporate Elite Networks and Governance Changes in the 1980s", *American Journal of Sociology*, 103: 1—37.

Davis, Kingsley, 1949, *Human Society*, New York: Macmillan.

Deephouse, David L. , 1996, "Does Isomorphism Legitimate?", *Academy of Management Journal*, 39:1024—39.

Dezalay, Yves and Bryant G. Garth, 1996, *Dealing in Virtue: International Commercial Arbitration and the Construction of a Transnational Legal Order*, Chicago: University of Chicago Press.

DiMaggio, Paul J. , 1990, "Cultural Aspects of Economic Organization and Behavior", pp. 113—36 in *Beyond the Marketplace: Rethinking Economy and Society*, edited by roger Friedland and A. F. Robertson, New York: Aldine de Gruyter.

DiMaggio, Paul J. , 1997, "Culture and Cognition: An Interdisciplinary Review", *Annual Review of Sociology*, 23:263—87.

DiMaggio, Paul J. and Walter W. Powell, 1983, "The Iron Cage Revisited: Institutional Isomorphism and Collective Rationality in Organizational Fields", *American Sociological Review*, 48:147—60.

Dobbin, Frank R. , 1994a, "Cultural Models of Organization: The Social Construction of rational Organizing Principles", pp. 117—53 in *The Sociology of Culture: Emerging Theoretical Perspectives*, edited by Diana Crane, Oxford, UK: Blackwell.

Dobbin, Frank R. and John R. Sutton, 1998, "The Strength of a Weak State: The Rights Revolution and the Rise of Human resources Management Divisions", *American Journal of Sociology*, 104:441—76.

Durkheim, Emile, [1893] 1949, *Division of Labor in Society*, Glencoe, IL: Free Press.

Easton, David, 1965, *A Framework for Political Analysis*, Englewood Cliffs, NJ: Prentice Hall.

Edelman, Lauren B. , Christopher Uggen, and Howard S. Erlanger, 1999, "The Endogeneity of Legal Regulation: Grievance Procedures as Rational Myth", *American Journal of Sociology*, 105:406—54.

Elsbach, Kimberly D. and Robert I. Sutton, 1992, "Acquiring Organizational Legitimacy Through Illegitimate Actions: A Marriage of Institutional and Im-

pression Management Theories", *Academy of Management Journal*, 35:
699—738.

Fligstein, Neil, 1985, "The Spread of the Multidivisional Form among Large
Firms, 1919—1979", *American Sociological Review*, 50:377—91.

Fligstein, Neil, 1990, *The Transformation of Corporate Control*, Cambridge,
MA: Harvard University Press.

Friedland, Roger and Robert R. Alford, 1991, "Bringing Society Back In: Sym-
bols, Practices, and Institutional Contradictions", pp. 232—263 in *The New
Institutionalism in Organizational Analysis*, edited by Walter W. Powell and
Paul J. DiMaggio, Chicago: University of Chicago Press.

Galaskievicz, Joseph and Ronald S. Burt, 1991, "Interorganizational Contagion in
Corporate Philanthropy", *Administrative Science quarterly*, 36:88—105.

Garfinkel, Harold, 1967, *Studies in Ethnomethodology*, Englewood Cliffs, NJ:
Prentice Hall.

Geertz, Clifford, 1971, *Islam Observed: Religious Development in Morocco and
Indonesia*, Chicago: University of Chicago Press.

Goffman, Erving, 1961, *Asylums*, Garden City, NY: Doubleday, Anchor
Books.

Goodrick, Elizabeth and Gerald R. Salancik, 1996, "Organizational discretion in
Responding to Institutional Practices: Hospitals and Cesarean Births", *Ad-
ministrative Science Quarterly*, 41:1—28.

Greenwood, Royston and C. R. Hinings, 1993, "Understanding Strategic
Change: The Contribution of Archetypes", *Academy of Management Jour-
nal*, 36:1052—81.

Greenwood, Royston and C. R. Hinings, 1996, "Understanding Radical Organi-
zational Change: Bridging Together the Old and the New Institutionalism",
Academy of Management Review, 21:1022—54.

Greve, Henrich R., 1995, "Jumping Ship: The Diffusion of Strategy Abandon-
ment", *Administrative Science Quarterly*, 40:444—73.

Guillen, Mauro E., 1994, *Models of Management: Work, Authority, and Or-
ganization in a Comparative Perspective*, Chicago: University of Chicago
Press.

Hall, Peter A., 1986, *Governing the Economy: The Politics of State Interven-
tion in Britain and France*, Cambridge, UK: Polity Press.

Hall, Richard H. , 1992, "Taking Things a Bit Too Far: Some Problems with Emergent Institutional Theory", pp. 71—87 in *Issues, Theory, and Research in Industrial Organizational Psychology*, edited by Kathryn Kelley, Amsterdam: Elsevier.

Halliday, Terence C. , Michael J. Powell, and Mark W. Granfors, 1993, "After Minimalism: Transformation of State Bar Associations From Market Dependence to State Reliance, 1918 to 1950", *American Sociological Review*, 58: 515—35.

Hannan, Michael T. and Glenn Carroll, eds. , 1995, *Organizations in Industry*, Oxford, UK: Oxford University Press.

Hannan, Michael T. and John Freeman, 1989, *Organizational Ecology*, Cambridge, MA: Harvard University Press.

Haveman, Heather A. and Hayagreeva Rao, 1997, "Structuring a Theory of Moral Sentiments: Institutional and Organizational Coevolution in the Early Thrift Industry", *American Journal of Sociology*, 102:1606—21.

Hayek, Friedrich A. , 1948,. *Individualism and Economic Order*, Chicago: University of Chicago Press.

Hechter, Michael, Karl-Dieter Opp, and Reinhard Wippler, eds. , 1990, *Social Institutions: Their Emergence, Maintenance, and Effects*, New York: Aldine de Gruyter.

Heimer, Carol A. , 1999, "Competing Institutions: Law, Medicine, and Family in Neonatal Intensive Care", *Law and Society Review*, 33:17—66.

Hirsch, Paul M. , 1972, "Processing Fads and Fashions: An Organization-Set Analysis of cultural Industry Systems", *American Sociological Review*, 77: 639—59.

Hirsch, Paul M. , 1986, "From Ambushes to Golden Parachutes: Corporate Takeovers as an Instance of Cultural Framing and Institutional Integration", *American Journal of Sociology*, 91:800—37.

Hoffman, Andrew W. , 1997, *From Heresy to Dogma: An Institutional History of Corporate Environmentalism*, San Francisco: New Lexington Press.

Holm, Petter, 1995, "The Dynamics of Institutionalization: Transformation Processes in Norwegian Fisheries", *Administrative Science Quarterly*, 40: 398—422.

Hughes, Everett C. , 1936, "The Ecological Aspect of Institutions", *American*

Sociological Review, 1:180—189.

Hybels, Ralph C. and Allan R. Ryan, 1996, "The Legitimization of Commercial Biotechnology Through the Business, 1974—1989", Presented at the annual meeting of the Academy of Management, Cincinnati, Ohio.

Jaccoby, Sanford M., 1990, "The New Institutionalism: What Can It Learn from the Old?", *Industrial Relations*, 29:316—59.

Kaplan, Marilyn R. and J. Richard Harrison, 1993, "Defusing the Director Liability Crisis: The Strategic Management of Legal Threats", *Organization Science*, 4:412—32.

Kilduff, Martine, 1993, "The Reproduction of Inertia in Multinational Corporations", pp. 259—74 in *Organization Theory and the Multinational Corporation*, edited by Sumantra Ghoshal and D. Eleanor Westney, New York: St. Martin's.

Kimberly, John R., 1975, "Environmental Constraints and Organizational Structure: A Comparative Analysis of Rehabilitation Organizations", *Administrative Science Quarterly*, 20:1—9.

Knudsen, Christian, 1993, "Modelling Rationality, Institutions and Processes in Economic Theory", pp. 265—99 in *Rationality, Institutions, and Economic Methodology*, edited by Usakali Maki, Bo Gustafsson, and Christian Knudsen, London: Routledge.

Krasner, Stephen D., ed., 1983, *International Regimes*, Ithaca, NY: Cornell University Press.

Langlois, Richard N., 1986a, "The New Institutional Economics: An Introductory Essay", pp. 1—25 in *Economics as a Process: Essays in the New Institutional Economics*, edited by Richard M. Langlois, New York: Cambridge University Press.

Lant, Theresa K. and Joel A. C. Baum, 1995, "Cognitive Sources of Socially Constructed Competitive Groups: Examples from the Manhattan Hotel Industry", pp. 15—38 in *The Institutional Construction of Organizations: International and Longitudinal Studies*, edited by W. Richard Scott and Schon Christensen, Thousand Oaks, CA: Sage.

Laumann, Edward O. and David Knoke, 1987, *The Organizational State: Social Choice in National Policy Domains*, Madison: University of Wisconsin Press.

Leblebici, Husayin, Gerald R. Salancik, Anne Copay, and Tom King, 1991, "Institutional Change and the Transformation of Interorganizational Fields: An Organizational History of the U. S. Radio Broadcasting Industry", *Administrative Science Quarterly*, 36:333—63.

March, James G., ed., 1965, *Handbook of Organizations*, Chicago: Rand McNally.

March, James G. and Johan P. Olsen, 1984, "The New Institutionalism: Organizational Factors in Political Life", *American Political Science Review*, 78: 734—49.

March, James G. and Herbert A. Simon, 1958, *Organizations*, New York: John Wiley.

Martin, Joanne, 1992, *Cultures in Organizations: Three Perspectives*, New York: Oxford University Press.

Marx, Karl, [1844] 1972, "Economic and Philosophic Manuscripts of 1944: Selections", pp. 52—106 in *The Marx-Engels Reader*, edited by Robert C. Tucker, New York: Norton.

Marx, Karl, [1845—1856] 1972, "The German Ideology: Part I ", pp. 110—64 in *The Marx-Engels Reader*, edited by Robert C. Tucker, New York: Norton.

Mead, George Herbert, 1934, *Mind, Self, and Society*, Chicago: University of Chicago Press.

Meyer, John W., 1977, "The Effects of Education as an Institution", *American Journal of Sociology*, 83:55—77.

Meyer, John W. and Brian Rowan, 1977, "Institutionalized Organizations: Formal Structure as Myth and Ceremony", *American Journal of Sociology*, 83: 340—62.

Meyer, John W. and W. Richard Scott, 1983a, "Centralization and the Legitimacy Problems of Local government", pp. 199—215 in *Organizational Environments: Ritual and Rationality*, edited by John W. Meyer and W. Richard Scott, Beverly Hills, CA: Sage.

Meyer, John W., W. Richard Scott, and David Strang, 1987, "Centralization, Fragmentation, and School District Complexity", *Administrative Science Quarterly*, 32:186—201.

Meyer, John W., W. Richard Scott, David Strang, and Andrew L. Creighton,

1988, "Bureaucratization Without Centralization: Changes in the Organizational System of U. S. Public Education, 1940—80", pp. 139—68 in *Institutional Patterns and Organizations: Culture and Environment*, edited by Lynne G. Zucker, Cambridge, MA: Ballinger.

Mezias, Stephen J., 1990, "An Institutional Model of Organizational Practice: Financial Reporting at the Fortune 200", *Administrative Science Quarterly*, 35:431—57.

Miles, Robert H., 1982, *Coffin Nails and Corporate Strategy*, Englewood Cliffs, NJ: Prentice Hall.

Miller, Jon, 1994, "The Social Control of Religious Zeal: A Study of Organizational Contradictions", *New Brunswick*, NJ: Prentice Hall.

Moe, Terry M., 1984, "The New Economics of Organization", *American Journal of Political Science*, 28:739—77.

Moe, Terry M., 1990a, "Political Institutions: The Neglected Slide of the Story", *Journal of Law, Economics, and Organizations*, 6:213—53.

Moe, Terry M., 1990b, "The Politics of Structural Choice: Toward a Theory of Public Bureaucracy", pp. 116—54 in *Organization Theory: From Chester Barnard to the Present and Beyond*, edited by Oliver E. Williamson, New York: Oxford University Press.

Mohr, John W., 1994, "Soldiers, Mothers, Tramps, and Others: Discourse Roles in the 1907 New York City Charity Directory", *Poetics*, 22:327—57.

Mohr, John W. and Francesca Guerra-Pearson, Forthcoming, "The Differentiation of Institutional Space: Organizational Forms in the New York Social Welfare Sector, 1888—1917", In *How Institutions Change*, edited by Walter W. Powell and Daniel L. Jones, Chicago: University of Chicago Press.

Mouritsen, Jan and Peter Skarbak, 1995, "Civilization, Art, and Accounting: The Royal Danish Theater-An Enterprise Straddling Two Institutions", pp. 91—112 in *The Institutional Construction of Organizations*, edited by W. Richard Scott and Woren Christensen, Thousand Oaks, CA: Sage.

Nee, Victor, 1998, "Sources of the New Institutionalism", pp. 1—16 in *The New Institutionalism in Sociology*, edited by Mary C. Brinton and Victor Nee, New York: Russell Sage Foundation.

Nelson, Richard R. and Sidney G. Winter, 1982, *An Evolutionary Theory of Economic Change*, Cambridge, MA: Belknap Press of Harvard University

Press.

North, Douglass C. , 1989, "Institutional Change and Economic History", *Journal of Institutional and Theoretical Economics*, 145:238—45.

North, Douglass C. and Robert Paul Thomas, 1973, *The Rise of the Western World: A New Economic History*, Cambridge, UK: Cambridge University Press.

Oliver, Christine, 1991, "Strategic Responses to Institutional Processes", *Academy of Management Review*, 16:145—79.

Palmer, Donald A. , P. Devereaux Jennings, and Xueguang Zhou, 1993, "Late Adopting of the Multidivisional Form by Large U. S. Corporations: Institutional, Political, and Economic Accounts", *Administrative Science Quarterly*, 38:1259—1318.

Parsons, Talcott, 1937, *The Structure of Social Action*, New York: McGraw-Hill.

Parsons, Talcott, [1956] 1960a, "A Sociological Approach to the Theory of Organizations", pp. 16—58 in *Structure and Process in Modern Societies*, edited by Talcott Parsons, Glencoe, IL: Free Press.

Peters, B. Guy, 1988, "The Machinery of Government", pp. 19—53 in *Organizing Governance; Governing Organizations*, edited by Colin Campbell and B. Guy Peters, Pittsburgh, PA: University of Pittsburgh Press.

Porac, Joseph E. , H. Thomas, and C. Badden-Fuller, 1989, "Competitive Groups as cognitive Communities: The Case of the Scottish Knitwear Manufacturers", *Journal of Management Studies*, 26:397—415.

Powell, Walter W. , 1988, "Institutional Effects on Organizational Structure and Performance", pp. 115—36 in *Institutional Patterns and Organizations: Culture and Environment*, edited by Lynne G. Zucker, Cambridge, MA: Ballinger.

Rao, Hayagreeva, 1994, "The Social Construction of Reputation: Certification Contests, Legitimation, and the Survival of Organizations in the American Automobile Industry, 1895—1912", *Strategy Management Journal*, 15 (S2):29—44.

Rosenberg, Morris, 1979, *Conceiving the Self*, New York: Basic Books.

Rowan, Brian, 1982, "Organizational Structure and the Institutional Environment: The Case of Public Schools", *Administrative Science Quarterly*, 27:

196—98.

Ruef, Martin and W. Richard Scott, 1998, "A Multidimensional Model of Organizational Legitimacy: Hospital Survival in Changing Institutional Environments", *Administrative Science Quarterly*, 43:877—904.

Salaman, Graeme, 1978, "Toward a Sociology of Organizational Structure", *The Sociological Review*, 26:519—54.

Schumpeter, Joseph A., [1926] 1961, *The Theory of Economic Development*, New York: Oxford University Press.

Schutz, Alfred, [1932] 1967, *The Phenomenology of the Social World*, Translated by George Walsh and Frederick Lehnert, Evanston, IL: Northwestern University Press.

Scott, W. Richard, Martin Ruef, Peter J. Mendel, and Carol A. Caronna, 2000, *Institutional Change and Healthcare Organizations: From Professional Dominance to Managed Care*, Chicago: University of Chicago Press.

Scott, W. Richard, 2001, *Institutions and Organizations (second edition)*, California: Sage.

Selznick, Philip, 1949, *TVA and the Grass Roots*, Berkeley: University of California Press.

Selznick, Philip, 1969, "Law, Society, and Industrial Justice", New York: Russell Sage Foundation.

Shepsel, Kenneth A., 1989, "Studying Institutions: Lessons from the Rational choice Approach", *Journal of theoretical Politics*, 1:131—47.

Shepsel, Kenneth A. and Barry Weingast, 1987, "The Institutional Foundations of Committee Power", *American Political Science Review*, 81:85—104.

Silverman, David, 1971, *The Theory of Organizations: A Sociological Framework*, New York: Basic Books.

Singh, Jitendra V., David J. Tucker, and Robert J. House, 1986, "Organizational Legitimacy and the Liability of Newness", *Administrative Science Quarterly*, 31:171—93.

Skocpol, Theda, 1979, *States and Social Revolutions*, Cambridge, UK: Cambridge University Press.

Skovronek, Stephen, 1982, *Building a New American State: The Expansion of National Administrative Capcities, 1877—1920*, Cambridge, UK: Cambridge University Press.

Somers, Ann R. , 1969, *Hospital Regulation: The Dilemma of Public Policy*, Princeton, NJ: Princeton University.

Stark, David, 1996, "Recombinant Property in East European Capitalism", *American Journal of Sociology*, 101:993—1027.

Starr, Paul, 1982, *The Social Transformation of American Medicine*, New York: Basic Books.

Stryker, Sheldon, 1980, *Symbolic Interactionism: A Social Structural Version*, Menlo Park, CA: Cummings.

Stubbart, C. I. and A. Ramaprasad, 1988, "Probing Two Chief Executives' Schematic Knowledge of the U. S. Steel Industry Using Cognitive Maps", pp. 139—64 in *Advances in Strategic Management*, vol. 5, edited by R. Lamb and P. Shrivastava, Greenwich, CT: JAI Press.

Suchman, Mark C. , 1995a, "Localism and Globalism in Institutional Analysis: The Emergence of Contractual Norms in Venture Finance", pp. 39—63 in *The Institutional Construction of Organizations: International and Longitudinal Studies*, edited by W. Richard Scott and Soren Christensen, Thousand Oaks, CA: Sage.

Suchman, Mark C. , 1995b, "Managing Legitimacy: Strategic and Institutional Approaches", *Academy of Management Review*, 20:571—610.

Sumner, William Graham, 1906, *Folkways*, Boston: Ginn and co.

Swedberg, Richard, 1991, "Major Traditions of Economic Sociology", *Annual Review of Sociology*, 17:251—76.

Swidler, Ann, 1986, "Culture in Action: Symbols and Strategies", *American Sociological Review*, 51:273—86.

Teece, David J. , 1981, "Internal Organization and Economic Performance: An Empirical Study of the Profitability of Principal Firms", *Journal of Industrial Economics*, 30(December):173—200.

Thelen, Kathleen and Sven Steinmo, 1992, "Historical Institutionalism in Comparative Politics", In *Structuring Politics: Historical Institutionalism in Comparative Analysis*, edited by Sven Steinmo, Kathleen Thelen, and Frank Longstreth, Cambridge, UK: Cambridge University Press.

Thornton, Patricia H. , 1995, "Accounting for Acquisition Waves: Evidence from the U. S. College Publishing Industry", pp. 199—225 in *The Institutional Construction of Organizations: International and Longitudinal Studies*, edited by W. Richard Scott and Soren Christensen, Thousand Oaks, CA: Sage.

Tolbert, Pamela S., 1988, "Institutional Sources of Organizational Culture in Major Law Firms", pp. 101—13 in *Institutional Patterns and Organizations: Culture and Environment*, edited by Lynne G. Zucker, Cambridge, MA: Ballinger.

Tolbert, Pamela S. and Lynne G. Zucker, 1983, "Institutional Sources of Change in the Formal Structure of Organizations: The Diffusion of Civil Service Reform, 1880—1935", *Administrative Science Quarterly*, 30:22—39.

Tullock, Gordon, 1976, *The Vote Motive*, London: Institute for Economic Affairs.

Van de Ven, Andrew H. and Raghu Garud, 1994, "The Coevolution fo Technical and Institutional Events in the Development of an Innovation", pp. 425—43 in *Evolutionary Dynamics of Organizations*, edited by Joel A. C. Baum and Jitendra Singh, New York: Oxford University Press.

Vaughn, Diane, 1996, *The challenger Launch Decision: Risky Technology, Culture, and Deviance at NASA*, Chicago: University of Chicago Press.

Veblen, Thorstein B., 1898, "Why Is Economics Not an Evolutionary Science?", *Quarterly Journal of Economics*, 12:271—305.

Walker, Gordon and David Weber, 1984, "A Transaction Cost Approach to Make-or-Buy Decisions", *Administrative Science Quarterly*, 29:373—91.

Weingast, Barry R., 1989, "The Political Institutions of Representative Government", *Working Paper in Political Science*, P-89-14, Hoover Institution, Stanford University.

Westney, D. Eleanor, 1987, *Imitation and Innovation: The Transfer of Western Organizational Patterns to Meiji Japan*, Cambridge, MA: Harvard University Press.

Westphal, James D. and Edward J. Zajac, 1994, "Substance and Symbolism in CEOs' Long-term Incentives Plans", *Administrative Science Quarterly*, 39:367—90.

Westphal, James D. and Edward J. Zajac, 1998, "The Symbolic Management of Stockholders: Corporate Governance Reforms and Shareholder Reactions", *Administrative Science Quarterly*, 43:127—53.

Whitley, Richard, 1992a, *Business Systems in East Asia: Firms, Markets, and Societies*, London: Sage.

Williamson, Oliver E. , 1975, *Markets and Hierarchies：Analysis and Antitrust Implications*, New York：Free Press.

Winter, Sidney F. , 1964, "Economic 'Natural Selection' and the Theory of the Firm", *Yale Economic Essays*, 4：225—72.

Wuthnow, Robert, 1987, *Meaning and Moral Order：Explorations in Cultural Analysis*, Berkeley：University of California Press.

Zimmerman, Donald H. , 1969, "Record-keeping and the Intake Process in a Public Welfare Agency", pp. 319—54 in *On Record：Files and Dossiers in American Life*, edited by Stanton Wheeler, New York：Rueesll Sage Foundation.

Zucker, Lynne G. , 1977, "The Role of Institutionalization in Cultural Persistence", *American Sociological Review*, 42：726—43.

Zysman, John, 1983, *Governments, Markets, and Growth：Finance and the Politics of Industrial Change*, Ithaca, NY：Cornell University.

周雪光:《组织社会学十讲》,社会科学文献出版社 2003 年版。

曹正汉:《无形的观念如何塑造有形的组织——对组织社会学新制度学派的一个回顾》,《社会》,2005,3:207—216。

薛晓源,陈家刚:《全球化与新制度主义》,社会科学文献出版社 2004 年版。

青木昌彦:《比较制度分析》,上海远东出版社 2001 年版。

汪丁丁:《制度分析基础讲义 Ⅰ》,上海人民出版社 2005 年版。

汪丁丁:《制度分析基础讲义 Ⅱ》,上海人民出版社 2005 年版。

竞 争 篇

企业竞争优势的来源、构建与维系
——战略管理研究中的新制度视野

❑ 郭　毅　王晶莺

本文试图挑战的是国际战略管理学界长期以来流行的主流观点（这里称之为"战略管理的研究误区"），即战略管理所要揭示的是，企业竞争优势来源在于企业间资源和能力的差异。本文认为，企业竞争优势的来源首先在于，企业与所处环境的适配性。即，企业的同构化比企业的差异化更具有对现实的解释意义和创新意义。在此基础上，单个企业所拥有的资源和能力才有可能使企业获取和维系持续性的竞争能力，研究企业的异质性才有意义。

本文首先指出了，目前有关企业竞争优势的理论存在着误区；其次，本文讨论了新制度主义对组织与管理研究的意义、贡献与作用；再次，本文分别介绍和评述了有关的西方研究成果，包括非市场战略、合法性战略、组织形式的构建、企业跨国投资和组织信任机制等专题；最后，在此基础上，本文给出了小结。

本文试图通过导入新制度主义及其国际学术界近年来的研究成果，对上述"管理学的惯性思维"的缺陷进行论证。多年来，管理学界始终在争论不休的"普适性"和"本土性"命题实际上是一个伪命题，管理学的社会性、综合性和复杂性不仅涉及管理的工具性、职能性和任务性相关的技术环境，而且与管理策略产生的制度环境息息相关。

一、战略管理研究的误区

管理学者通常认为，与经济学等学科不同，战略管理要回答的基本问题是企业竞争优势的来源，或者说是导致企业间差异的来源。其任务为解释企业竞争优势来源和维系的形成机理或机制，如：产业竞争理论、资源基础理论、动态竞争理论和创新战略理论等。

本文将此归结为"战略管理的研究误区"，并认为该研究误区的形成大致有如下原因：

（1）战略管理理论所蕴含的方法论及其理论假设是组织具有个性塑造的能力。这种能力的存在导致了组织间的差异，于是管理学者将问题集中于该能力因何而生和而变。

（2）在管理学者引以为自豪的战略研究层面上，由于战略管理研究对象的目标导向及其功利指向，管理学者关注的是组织及其组织代理人为达到目标所采用的行动策略，而非组织及其代理人生存的环境及其互动和影响过程。

（3）管理学者这种"人定胜天式的世界观"使得其既排斥经济学的行为理性分析，也排斥社会学对"行动与结构"的洞察力。

（4）管理学者力图使人明白，管理学比经济学更接近于现实，因为其研究的是"综合、系统、情景、权变、优势、能力和艺术"，即所谓的情景导向（context-specific）下的战略决策和竞争理论。

然而，恰恰如此，使相当多的国际战略管理研究成果的理论建构性及相应的理论演绎能力不足，走入了理论误区。

需要指出的是，情景导向的研究同样需要理论的想像力和逻辑的演绎力。不仅如此，多年来，中国管理学界始终争论不休的管理的"普适性"和"本土性"命题实际上是对现实的归结，但并不具有理论的建构意义和探讨价值。管理的性质决定了管理学术研究的多维性、综合性和复杂性，它不仅涉及战略管理中的工具性、职能性和任务性相关的技术环境，而且与战略管理所产生的制度环境及其组织的制度化过程息息相关。同时，应该看到，并非是中国管理学者有此思维的误区，国际管理学界至今还有许多研究来自上述的"思维误区"。

二、新制度主义与战略管理

近来，有关"解释组织战略的内容与有效性的时候应关注制度因素"的研究理念越来越为国际战略管理学者所接受。在战略管理及其他管理学分支的研究领域中,研究者对于应用新制度主义从事研究的兴趣日益增加。

(一) 意义、贡献和转换

1977年,斯坦福大学社会学系的 Meyer 及学生 Rowen 竖起了新制度主义的大旗,与许多的决策论者和管理学者的研究视角完全不同,他们提出了相反的命题:为什么不同的组织会有类似的内部制度和机构,这种同构化是怎样发生的,有什么样的机制在发挥作用? 在列举了相关事实之后,他们指出,必须从组织与环境的关系角度去研究各种类型的组织行为,以此来发现和解释各种各样的组织现象,并特别强调,在关注环境时,不能只考虑技术环境,还必须考虑组织所处的制度环境,即组织只有将其所处环境中的法律、规范和惯例有效地体现在自身的形式、结构、内容和活动中,组织才能获得其存在的意义。

Meyer 和 Rower 的观点所体现的思想来源于其对社会结构和社会行为极富洞察力的见解,该观点的贡献在于,将常人对社会现象或突发事件的理解以抽象的概念表达付诸于组织研究中。例如,具有一定社会经验的普通人都具有对某种社会现象较为正确的直觉和判断,而不会按照官方的权威眼光或者学者的学理性解释来理解社会现实,其使用得最多的语言是:"因为……所以……",并且普通人的看法往往具有合理的成分。按照梅耶和罗文的解释,其原因就是,普通人的这种判断能力来自于他们对制度环境的遵从。对此,如同梅耶和罗文所言,只有被环境同构化的个体或组织,才能有效地察觉并进一步把握到自身或周边事件的发生、发展、变化的机理、动机及其原因。

然而,当时很少有人能理解梅耶和罗文的观点。直到 20 世纪 80年代中期,新制度主义方才引起国际社会科学界的广泛兴趣。

1987年,Scott 教授指出,新制度主义对于组织研究的一个最重要贡献,就是对组织环境概念的重新界定。他认为,Meyer 和 Rower 改变了人们把环境等同于技术环境的观点,让人们注意到了长期以来环境被忽视的另外一面,即制度化的信仰体系、规则和角色并非是学者虚幻的想象或者仅仅是文化历史层面上的表现形式,而是内化在个体和组织的思想和行为中,成为个体和组织赖以生存和发展的基础。

1983 年,Meyer 和 Scott 清晰地界定了组织环境中的技术环境和制度环境,指出技术环境是那些被组织用于提供市场交换所需的产品和服务的工具性、职业性或任务性环境;制度环境则是组织为了获取合法性和外界支持而必须遵守的规则。在技术环境中,组织由于产品服务质量的改进和产量的提高而受到奖励,技术环境要求组织有效率,即按照最大化原则组织生产,但组织还是制度环境的产物,是被制度环境所形塑的组织。在制度环境中,组织由于采用了适当的结构和程序而受到奖励和认同,制度环境要求组织要服从"合法性"机制,采用那些在制度环境下广为接受的组织形式和做法,而无论这些形式和做法对组织运作是否有效率。

不仅如此,新制度主义学者还注意到了组织的能动性,即组织有能力通过改变环境使组织的生存和发展更为有利。他们认为,组织是在一个规范和价值的社会框架下运作的,其经济行为不仅受技术、信息和收入限制的约束(这是新古典经济学模型所强调的),也受到社会建构的限制(如交易规范、交往习惯以及社会习俗等)的约束。因此,人类行为的动机不仅有经济性,还有社会公平和责任(Zukin and Dimaggio, 1990)。

在新制度主义理论中,个人和组织的行为被认为是寻求外部社会的认同,因而具有对社会影响的敏感性,并且能适应和遵循社会习惯与传统展开行动(Zuker, 1987)。新制度主义者指出,与社会期望保持一致有利于组织的成功和生存(Baum et al., 1991; Carroll et al., 1989; Dimaggio et al., 1983),组织通过追随来增加其合法性、资源和生存能力,从而获得回报。但与经济学理论认为公司行为是理性和经济性的观点所不同的是,新制度主义强调,公司行为表现为依从性、习惯性和权宜性(Oliver, 1997)。

按照新制度主义学者的观点,制度化的特征是持久性、社会接受、抗拒变革以及不直接依赖于回报。新制度主义尤为关注组织结构和行为过程的制度化,其原因是组织的制度化活动并非由经济或技术理性所决定,因而,在经济学理性选择的分析框架内得不到合理的解释,但这却是组织中常见的现象。比如,一个公司会长期保留一个不可靠的供应商,这也许仅仅是因为习惯,而且该公司认为,保持这样的联系是理性的(Oliver,1997)。新制度主义学者认为,制度化活动是个人、组织和组织间层次上相互关联过程的结果。在个体层次,管理人员的规范、习惯和对传统的无意识的依从是制度化活动的动因(Berger, et al.,1966);在公司层次,公司文化、权利结构导致了制度化的管理活动;在组织间层次,来自于政府、产业和社会(如规范、规则、产品质量标准和职业安全等)的压力,决定了可被社会接受的公司行为的状态。Dimaggio 和 Powell(1983)指出,导致公司表现出相似结构和行为的机制是,强迫性机制(coercive)、模仿机制(mimic)和社会规范机制(normative)。在考察这些机制时,他们强调了机制发生的功利性基础,即组织对这些机制的选择要符合自身利益,有助于提升组织的生存能力。换言之,这是组织基于自身利益基础的有意识的选择。与Meyer 和 Rowen(1977)的观点相比较,Dimaggio 和 Powell 更注重组织和组织间的网络关系、组织间的相互依赖性以及组织内部的运行机制,并通过采用组织场域(organizational field)等分析单位,使其组织研究具有一定的可分析性。

新制度主义对组织研究的贡献在于,它揭示了制度环境对组织的影响:制度环境包括被"广为接受"的社会和文化的内涵或规范(Dimaggio,1988;Scott,1987/1995),即,"行动者可以灵活运用使他们自己以及他们周围的行动者确信其行为是合理的规则或者程序"(Dimaggio et al.,1983)。这样,在导入制度环境的概念之后,组织会被视为是处于复杂环境系统中的一个有机部分(Handelman et al.,1999)。即,在这个复杂的环境系统中,既包括"硬线(hard-wired)经济学"(任务环境),也包括了"社会文化规范"(Dacin,1997;Scott,1987)。于是,组织不再被仅仅视为是一个争夺有限资源的有限理性行动者,而是组织与其所处环境相互渗透,形成了相互映射的关系。在这种互动中,组织既是规则的遵从者,也是规则的制定者(Meyer et al.,1992),组织的绩效则依据其制定和维护环境规范的程度来进行判断,即组织绩效取决于其获取"合法性"程度的高低。由此看来,制度环境是能够影响组织运作的象征性符号要素(Meyer et al.,1977)。

需要指出的是,现有的战略管理研究主要采用"现时现地"(now and here)的视角,即只关注当前和眼下,而不考虑以往、历史的事件和因素,研究者对现时现地的事件给予较多关注,而忽略了既往历史因素动态演化所造成的影响。

事实上,组织在制定战略时,总是将历史因素考虑在内。对此,新制度主义非常关注两个核心要素:首先是制度的时间持续性(timeless);其次是制度的路径依赖(path dependency),即对新制度形式的选择在很大程度上依赖于早先存在的制度。新制度经济学家 North 在他的《制度、制度变迁和经济绩效》一书中,提出了制度变迁的"路径依赖"理论。他在《制度变迁理论纲要》中又将"路径依赖"概括为"今天的选择受历史因素的影响"。在 North 看来,所谓制度变迁的路径依赖,是由于制度变迁的过程中存在着一种报酬递增和自我强化的机制。所以制度变迁的初始选择构成了制度变迁的初始制度条件。在初始制度条件带来的报酬递增机制的作用下,制度变迁一旦走上了某一路径就会沿着既定的路线不断地获得自我强化。所以,新制度主义认为,一个组织的战略决策行为一定会受到制度环境和历史传统的制约,因而决策过程并不是单单对眼前的情境进行简单的、静态的关注,而应将历史因素整合到战略制定的考虑中去。

(二)动因

新制度主义之所以在战略管理研究领域受到重视,其动因来自于以下几个方面:

1. 转型过程中的同构化趋势及其特质

当前,许多国家尤其是新兴市场经济体处于社会经济转型期。研究发现,转型期的普遍问题是,在转型期,存在着原有的制度环境因素与社会经济转型所需要的新的制度环境因素之间的矛盾和冲突。对此,为改变并解决相应的矛盾和冲突,处于转型期的实施主体往往诉求于制度的创新,而非传承。以中国的改革历程为例,经济主体的改革实践往往既超越了现有的法律、法规及政府政策的许可范围,同时又超越了现存的社会规范、行为惯例和文化认知的认同范围。如果行动者认为,其实践可以为其及利益相关者带来较之以往的更大利益,则无论其动机与行为在客观上是否对未来社会有益或有害,该行动者往往会通过各种方式和手段获取立法机构、政府和社会在一定程度上的认同,进而在同业中获取相对有利的地位。研究表明,这种行为在转型期的国家或地区中普遍存在,即由于转型的影响,原有制度环境中的法律、规范与惯例的可传承性下降,对组织的约束力亦随之下降,因而对组织同构化的压力也下降。

以中国为例,在处于转型期,领导改革的主导阶层——执政党和政府以鼓励、倡导和支持市场化进程的姿态出现,使得以计划体制为代表的制度环境对组织同构化的约束力大大下降,取而代之的是能诱发基层组织产生追求自身利益的激励机制。受主导阶层的这一诱导,组织出于对自身利益的考虑,开始按照成本收益原则自行选择生存和发展战略,以寻求采取与主导阶层的意向和价值判断一致化的行为。

这里,自然存在着管理学者所热衷讨论的企业竞争优势的来源问题——单个组织之间“谁先谁后”的差异。但无论先后,首先要明确的是,每个组织均处于制度化的不同阶段和不同水平之上,即这就是一种组织同构化趋势。

不仅如此,在这里,具有管理学意义的是,当组织所处的环境发生了变化时,管理学者大多会注重考察,是否存在一些新的内生变量以促使组织继续获取竞争优势,而实际上,组织的领导人和决策层则会根据自身组织的特质来权衡外生变量和内生变量相互作用的影响,以决定同构化的制度仪式中哪些内容必须得到认真地领会和贯彻,哪些内容则仅仅只是作为一种象征,或者说是一种必要的摆设,而有些内容则可以进一步说是应付外部的无奈之举。

此处的讨论,与经济学家林毅夫所提出的中国改革属于诺思所说的“诱致性制度变迁”理论意义相同,但略有不同的是研究的角度,即经济学注重于诱导机制的设计,或借以体现制度性创新的优越性,或借以消除制度性的无效率缺陷。管理学则会注重采取何种策略来应对外部压力,并将外部压力化为对己方有利的势能,形成组织持续性竞争优势赖以生存和进化的资源基础集合体。

值得注意的是,与 Meyer 和 Rowen 的同构化命题所讨论的情景有所不同,转型期的国家或地区的制度环境动荡起伏,有着高度的不确定性。在不断变化的外生因素影响下,组织环境缺乏一个具有普遍意义的、相对完整和稳定的法治系统、交易规范和伦理道德的支撑,这就要求组织的领导人和决策层具有较好的形势认知水平和总体把握能力。

结合中国改革与发展的历程来考察,组织层面的同构化特质更多地表现为,在主导阶层的指导和认同下,组织通过自身的创造或者对其他组织的模仿或超越来塑造制度环境。其中,主导阶层首先显示出强迫性机制的作用,随后又显示出对规范化机制予以合法性界定的作用。而组织首先起到了跟随性质的模仿性机制作用,然后又显示出将规范化机制予以社会化的能动性的促进作用。与 Meyer和 Rowen 命题的最显著的差异仍然在于制度环境的差异,即在转型期中,并不存在一种稳定的、公认的并且具有强大的同构化压力的制度环境。作为中国改革和发展的主导阶层,政府是塑造制度环境的设计者和激励者,组织则是制度环境的塑造者和遵循者。从时间序列和空间角度来考察,转型期的制度环境始终处于一个连续的、或可能是间断的制度塑造、组织被同构化、制度再塑造和组织再被同构化的过程中。

在这个意义上,可以认为:

(1)从新制度主义的管理学意义来看,组织以不同形式和内容的合法性战略来体现他们对制度环境的认知、塑造、影响、遵从或模仿。在开放性的组织环境中,组织的合法性战略所获取外部合法性感知程度的高低和优劣是组织赢得生存和发展优势的最重要源泉,脱离这一源泉的组织战略则只能是无本之木,或者说是"盲人摸象,各说其道"。

(2)从处于转型期国家或地区背景下新制度主义的管理学意义来看,制度环境处于连续不断或间断性变化之中,组织的合法性战略更多地体现为,对制度环境变化的方向及其性质如何认知和反应,以决定如何选择行动方案。

由此可见,制度环境是转型期国家或地区的企业战略研究中首先要关注的内容,也是解释相应的企业战略的发生、发展和变化的最有效的理论模式。

2. 经济全球化的浪潮

经济全球化(internationalization of business)亦促使制度环境在战略领域中的作用日益显著。经济全球化是指随着社会生产力的发展,商品和生产要素跨国界自由流动,资源在全球范围或地区范围内优化组合。世界各国、各地区经济,包括生产、流通和消费领域,更加紧密地联系在一起,使世界经济越来越成为一个不可分割的有机整体。国际贸易的高度发展为经济全球化提供了现实基础,也是世界经济全球化的主要表现。在经济全球化浪潮的推动下,跨国公司如雨后春笋一般迅速发展起来,全球化战略在一个企业的经营战略中占到了越来越重要的地位。企业在制定全球化战略的过程中,必须对各个国家的法律法规、文化背景(Hofstede,1980)、风俗习惯、政府政策(Teece,1981)等制度因素加以比较分析,不同国家的制度差异将会影响到企业在不同国家的经营战略。由此可见,经济全球化的背景强调了制度因素已经成为一个公司全球化战略不可忽略的组成部分。

根据有关文献来看,跨国公司与制度环境的关系来自:跨国公司的进入战略;跨国公司的市场与品牌战略;跨国公司的技术与技术专利战略;跨国公司的人力资源战略;跨国公司的营运战略;跨国公司的社会责任等等。其中,进入战略涉及对东道国的制度形式的选择,得到了广泛的重视和研究。

3. 技术发展的动力

North(1993)提出,组织的技术进步构成了制度变迁的重要推动力之一。当新技术发展起来,组织为了有效地利用这一技术就需要形成新的制度。例如,医学上器官移植技术的发展催生了人类器官交易市场,为了对这一新兴市场实施有效监管,必然导致了相关法律、医学专家行会以及社会文化价值观念等一系列制度的转变与形成。因此,在新技术层出不穷的背景下,组织在制定相关战略时必然要考虑到与技术相关联的法律政策、文化观念等制度因素,以更好地对新技术加以利用。

4. 现行制度的失效

安然等国际性大公司的轰然倒塌不是因为经济转型,也并非由新技术所导致,亦不是全球化经营的结果,而应归结于现行制度的失效。这些现行的制度曾被普遍认为是稳定和可靠的,事实上却逐渐受到了削弱或被暗中破坏了。即便是一些在人们看来凛然不可侵犯的制度,例如审计制度,同样容易受到特定组织目标的影响,正是这种易受影响性为组织的战略决策提供了机会。特别是在新兴市场经济体正处于社会转型的背景之下,政策环境相当不稳定,政府所制定的一些现行法规、准则并不完善,会随着转型进程而逐渐过时或失效,因此未能对企业行为实行有效的监管与约束,企业对于这些制度的遵守与执行程度非常低。为了追求利润最大化,企业在制定相关战略时往往会设法规避现有制度的约束,结果导致了现行制度的失效。如今,人们越来越关注到组织对于一个国家设立的制度所能起到的影响作用,比如对现行法律或是规章的影响力,而这种作用既存在正面影响亦存在负面影响。

(三) 制度与战略的相互关系

1. 战略对新制度主义的影响

战略对于新制度主义的重要贡献之一在于,前者提出了对于组织行为再定义的必要性。虽然组织是新制度主义理论中的关键要素,然而在各种各样的新制度理论中,对于组织行为的看法却没有一个统一的认识。

有关组织概念的界定引发了研究者的广泛争议。Dimaggio(1988)指出,新制度理论中公共—分散型制度(public-decentralized institutions)的存在否定了组织与个体追逐自身利益、采取战略行动的能力。Granoverrer(1985)认为,这一理论采取了一个将组织和其他行动者"过度社会化"(over-socialized)的视角,即个体完全把集体的规则和要求内化以后变得在实际生活中完全受控于集体而没有自己的偏好,这一视角低估了这些行动者在文化影响下的能动性。相反,制度经济学家们在他们对于组织的研究中则采用了另外一种视角,比如 North(1993)将组织视作制度变迁的主要载体,他将组织描述成为易受影响的、理性的以及具有判断力的实体,这一描述与我们已知的有关组织变革与战略制定的内容不相一致。因此,现有战略领域内的研究对于组织行为再界定的必要性提出了明确的要求。

此外,现有的战略研究还对组织在制度变迁中所发挥的作用进行了探讨。杰夫尼和佛黎曼(Jaffee and Freeman)对德国股权制度变迁做了一个即时的研究,他们的分析强调了由利益驱动的组织在制度变迁中所扮演的角色。另外一些研究则揭示了组织战略的重要目标之一,即建立合法性制度,比如 Holburn 和 Vanden Bergh 对于组织游说战略的研究。有关不同制度形式间相互依存关系的研究亦对新制度主义的发展作出了不容小觑的贡献,例如 Rao 考察了组织对于公共—分散型制度的影响,尤其考察了组织如何采取战略对那些"广为接受"(taken-for-granted)的制度作出反应并且产生影响,为新制度主义理论提供了新的研究视角。

2. 新制度主义对战略的影响

新制度主义对于战略的重要贡献之一在于,前者揭示了制度对于组织行为的双重影响。在 20 世纪 20 年代以前,社会学家和管理学家对组织的关注是非常不同的。社会学家所关注的是以工厂为代表的工业组织对社会结构、社会组织、日常生活甚至人性的影响;管理学家关注的则是以效率为目的的各种手段,包括劳动分工模式和管理模式。管理学家研究组织的主要目的在于提高生产效率以增加收益,其研究主要集中于组织内部生产的微观层面;社会学则多把组织作为整体的分析单位置于社会系统中,从宏观的角度研究组织与外部环境之间的关系。管理学所基于的假设是:组织是一个封闭的人与机器的结合体,人与组织的关系表现为归属的惟一性。总体而言,管理学更倾向于将组织视为一个封闭的系统(吴春,2002)。社会学对组织研究的贡献就在于它弥补了管理学研究的不足,将组织视为一个有机的整体,侧重于研究组织生存发展的原因、趋势以及所依靠的各项因素和条件。尤其是社会学领域中的新制度主义理论,向人们揭示了制度在影响组织行为上所扮演的"限制"与"促成"的双重角色,提出制度经常被视作组织从事战略决策的背景条件或是"调节变量"(shift parameters),以此对应于如何决定一个组织特定行为相关联的回报,或建立惩罚机制以进行调控(Williamson,1991)。由此可见,一个组织如何施加影响,使得对自身有利的制度得以创建和保留,这对任何一个组织战略来说都至关重要。因此,有关制度变迁以及组织是如何在变迁过程中施加影响力的研究已日益成为战略研究领域内的重要课题。

现今,国际学术界大多数的战略研究仍然集中在私营为主导的机构(private-centralized institutions),例如对企业和企业正式行为的研究;将传统战略直接应用于对其他制度类型进行管理的相关研究价值还远未体现。新制度主义对战略的另一贡献在于,阐述四种类型的制度对于公司战略的影响,以及不同制度类型间的交互作用及其与战略之间的联系。例如,Zenger、Lazzarini 和 Poppo 对于私营为主导的机构与私营分散化机构(private-decentralized institutions)(或者是"正式"制度与"非正式"制度)间的相互作用进行了探讨,他们指出,尽管一个组织无法通过对正式制度进行传统意义的变革方式来引发非正式制度的快速变迁,但正式制度的变迁能够引发组织规范等相关非正式制度发生缓慢变迁。近年来,以彭伟刚教授为代表的国际管理学者专门研究了中国的制度环境要素——所有制结构对跨国公司、民营企业战略选择和实施的影响,在国际学术界得到了普遍重视。由此看来,新制度主义能够为组织在涉及不同制度类型的战略决策中提供全面的分析思路。

(四)一个概念框架

在此,引入一个概念框架来说明新制度主义研究特点——行动者如何在制度约束下作出使得自身利益最大化的决策。它包含了三个要素:谁是行动者? 他们如何做决策? 什么是制度约束?

1. 行动者

新制度主义中的行动者包括个体、组织和国家,每一类别的行动者都是利益驱动并且受到制度约束的,他们的行为同时亦对其他行动者具有反作用,即对他人亦产生制度制约。每一类型的行动者都能够形成各自的制度制约形式:个体行动者形成规范,组织行动者形成规章,国家行动者形成法律。因此我们可以说,行动者在新制度主义视野下起着双重作用:一方面在制度制约下追逐自身利益,另一方面同时又约束了其他的行动者。行动者之间的这一相互作用可以采用三层等级制来解释,即国家是组织的上级,组织又是个体的上级(Williamson, 1994;Nee and Ingram, 1998)。

2. 决策:有限理性

经典的经济学理论将行动者视为理性,认为他们作出决策是以增加自身利益为目标的,但新制度主义中对于理性的假定又与新古典主义相区别。前者考虑到了决策所需的"认知成本",即对自身利益的追求会受到个体保留信息和加工信息的能力限制,换句话说,个体是有限理性的(bounded rationality)(Coase, 1937;Simon, 1957);此外,信息往往是昂贵的(Barzel, 1989)。这两个因素导致了交易成本的产生,并进一步引发了机会主义(opportunism)的出现(Williamson, 1975, 1985)。在新制度主义中,机会主义的重要含义之一即其隐含着信用承诺问题,这一问题阐述了制度对于促进交换所起的正面作用(能够解决所有类型的集体行动问题)。从理想的角度来看,一项制度能够对一项交易中交易各方的激励因素进行重新安排,并促使其作出信用承诺。因此,对信用承诺问题的解决可说是制度最值得肯定的作用之一,同时也是公司战略中最重要的举措之一。

3. 制度形式

有关制度的分类体系最早是由 Ingram 和 Clay(2000)引进的,这一体系将制度的分类建立在制度范围(公共或是个人)以及制度是如何被构建和强化(集中或是分散)的基础之上。公共—个人维度对于那些行动者将受到制度的影响作出了定义,公共制度适用于一切行动者,行动者不具有决定参与或不参与公共制度的权力;个人制度只对某些特定的群体或组织中的部分行动者起作用,因此行动者对于选择哪些制度以对自身产生相应影响拥有一定的权力。集中—分散维度指,是否存在指定的功能机构来对制度的创建和强化发挥作用。集中型制度则指依赖于此类功能机构的制度,例如法律是由立法机构创建并且依靠警察等执法部门予以强化的;分散性制度往往发生于非功能性的社会互动过程,并且依靠分散的个体来对违反制度的行为进行惩戒。这两个维度将制度划分为四种类型,如表 1 所示。

表 1　制度形式的类型

	分　散　型	集　中　型
个人	典型形式:规范 主要行动者:社会群体 代表理论者:霍曼斯,1950;格兰诺维特,1985 战略层级:人力资源政策;公司文化建设;组织间网络	典型形式:规则 主要行动者:组织 代表理论者:威廉姆森,1975;格里夫,1994 战略层级:惯例战略与结构工具;公司群体
公共	典型形式:文化 主要行动者:公民社会 代表理论者:梅耶和卢旺,1983 战略层级:与公司外社会群体的合作,结构化	典型形式:法律 主要行动者:国家 代表理论者:诺思,1990;诺思和温格斯特,1989 战略层级:非市场战略,公司政治行为

资料来源:Paul Ingram and Brian S. Silverman, *Introduction: The New Institutionalism in Strategic Management*, The New Institutionalism in Strategic Management, Volume 19, page 10.

三、非市场战略

（一）基本规定

1. 市场战略与非市场战略

政府的影响在私人商业交易活动中无所不在,无论这种影响属于直接的还是间接的,这就意味着公司所处的竞争环境在很大程度上能够依赖于公共政策。因此,公司有着设计一套非市场战略(non-market strategy)的内在动机,借此来促使政府作出对公司绩效有影响作用的决策。有学者将非市场战略定义为一整套旨在影响政府决策公共政策的行为。市场战略包含着与特定市场上的竞争者、顾客、供应商等形成互动的一系列行为,例如制定价格与从事投资决策;非市场战略则包含对参与决定公共政策的制度制定者的影响,这些制度参与者包括国家与政府立法机构、执法机构、监管机构以及法院,与之相关的行为则包括对于竞选活动资金的募集、游说以及诉讼活动。

2. 非市场战略的地位

在不少行业内,企业绩效不仅取决于企业在竞争市场上直接影响竞争者与消费者作出决策的能力,更取决于企业影响公共政策的能力。政府对于一个公司的利润能够起到直接或间接的影响,例如政府设立法案限制竞争者进入某一市场,或是立法对知识产权进行保护,又或者对法律纠纷作出裁决,这些都会对竞争市场造成积极或消极的影响,同时在设计市场战略以外又为企业提供了增进绩效的其他机会。尤其在某些特定的经济领域内,如自然垄断行业(水、电、天然气等),政府对于行业平均利润以及公司利润有着更为深远和直接的影响。在这类行业中,公司绩效更多是由政府政策而非市场力量决定,因此战略决策者应更多地将非市场战略作为公司的主要竞争战略。

3. 非市场战略的研究

然而,现有的研究很少关注到当公司对资源进行分配,以使其对于公共政策的影响达到最大化时,政府相关的制度结构是如何作用于公司的战略决策制定的。大多数的非市场战略采取的隐含假设为:公共政策很大程度上是由立法机构单独决定的,并且不受其他政策制度的干预。这一假设所隐含的政策制定模型为,立法机构独立于其他制度参与者(如政府特种机构、法院等)进行相关政策的制定。然而在现

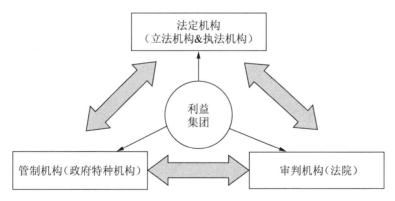

资料来源:Guy L. F. Holburn and Richard G. Vanden Bergh,"Policy and Process:A Game-Theoretic Framework For The Design of Non-Market Strategy",*The New Institutionalism in Strategic Management*,Volume 19,p. 40.

图 1 公共政策制定角色

实生活中,公共政策往往并非是由立法机构单独决定的,而是通过政府特种机构以及司法体系制定出来,这一过程并没有涉及立法机构的直接参与(见图 1)。那么,公司应在什么时机、又应如何游说政府特种机构或是利用法院以影响公共政策结果?公司针对立法者采取的战略所隐含的内容又是什么?这些思考对于非市场战略领域提出了进一步研究的要求。

(二)一个非市场战略模型的介绍

Holburn 和 Vanden Bergh 在他们的研究中借鉴了建设性政治理论(positive political theory,简称 PPT 理论),并在此基础上发展出一个非市场战略模型。PPT 理论明确阐释了制度参与者在政策制定过程中的相互依赖关系,并重点关注了对于政府组织安排以及公共政策制定含义的理解。该理论采用了博弈理论(game theroy)模型来对执法机构、立法机构、政府特种机构(agencies)以及法院之间的相互作用进行分析,其中每一个行动者都被视作是行为理性的。PPT 理论重点关注了以下三对制度参与者间的相互作用:

1. 政府特种机构—立法机构间的相互作用

立法机构将制定政策的权威授予专门的政府特种机构时往往会采取一系列措施以保证这些特种机构制定出来的政策不会与立法机构理想中的政策偏离太快或是太远(Holburn and Vanden Bergh, 2001; McCubbins and Schwartz, 1984; McCubbins, Noll and Weingast, 1987, 1989; Vanden Bergh, 2000)。立法机构同样能够通过特定的委员会来对政府特种机构的行为进行监控,从而影响这些机构的决策制定结果。这些保障措施所带来的后果之一便是:如果它们确实对政府特种机构实行了广泛制约,那么只需通过考察这些特种机构的决策便可以大致掌握立法机构的偏好以及偏好动向(Ferejohn and Shipan, 1990; Weingast and Moran, 1983)。

从非市场战略视角来看,对政府特种机构行为采取博弈理论模型的一个暗含假定,即在特定条件下,公司可以在如何影响政府特种机构作出决策上进行选择,公司并不一定要直接去游说这些特种机构,而是可以采取对立法机构进行游说的方式。这一分析思路意味着公司可以将资源在游说政府特种机构与游说立法机构上进行交替分配。

2. 政府特种机构—法院间的相互作用

政府特种机构不仅会受到立法机构的重大影响,同样会受到上诉法院与高级法院的威胁,法院可能会因政府特种机构并不具备制定特定政策所必要的法定权威或是没有能证明新政策的合法性而对其所作出的决策予以否决(Tiller, 1998;Tiller and Spiller, 1999;Spiller and Tiller, 1997)。因此,这些特种机构往往倾向于选择这样一些政策,即使得扣除了预期被否决的成本之后的效用达到最大化的政策,甚至选择维持现状。即便是当这些特种机构实际上处于一个十分有利的情境,并且对现状作出调整的可行性非常大,考虑到决策被否决的可能,它们也往往会倾向于不作改变。

鉴于对政府特种机构与法院间相互作用的思考所引发的关于游说战略的分析如下:首先,反对团体的诉讼威胁的存在表明,与忽略了法院和特种机构间相互作用的短视的游说战略相比,考虑到这一相互作用的从事游说活动的公司所预期的利益将有所下降。其次,公司能够选择运用游说与诉讼这两种在一定程度上可以相互替代的战略。

3. 法院—立法机构间的相互作用

法院并非单单基于合法性考虑进行运作,同样会在意识形态(ideological)以及政治因素的基础上进行决策。对于那些旨在通过诉讼活动来影响法规政策的公司,它们将会受到立法机构以及法院对于手头案件偏好的影响。如果历史案件纪录上对与之相似的案例采取了宽容态度,那么司法机构将倾向于减少否决态度,因为它知道一项持有强烈反对态度的、倾向于采取相应手段进行积极干预的立法机构必然会制定法令对公司决策予以否决。类似的,如果一项政体的预期变革将可能对随后的司法行为造成影响,那么公司往往会倾向于延迟或提前实施诉讼战略。

在 PPT 理论基础之上,Holburn 和 Vanden Bergh 进而发展出自己的非市场战略理论模型。他们的研究分两个部分进行。在第一部分,通过设计一个完全信息背景下的博弈游戏来仿效公司、立法机构、执法机构以及政府特种机构在决定政策结果时彼此间的相互作用,并进而深入探讨这种交互作用对于非市场战略的影响以及公司资源在不同政府机构间的分配机制。他们提出,公司对于应该向谁游说以影响政策结果这一战略决策取决于其所依赖的政治环境类型。在第二部分,Holburn 和 Vanden Bergh 在原先的游戏中引入了法院这一角色,为公司带来了新的战略挑战与战略机会,并且对第一部分形成的结论加以修改。

在设计第一部分的游戏时,他们采用的参与角色包括公司、立法机构、执法机构以及政府特种机构,并且假定每一个政治角色和公司都是理性的,同时具有明确的政策偏好。政策偏好反映了相关选民与相关利益集团的利益,并且决定其能否在选举中获胜。游戏规则是这样的:在第一阶段,公司决定如何对游说资源进行配置,以向着自身最理想的状态改变政策结果;假设公司可以采取两种方式,一是进行资源转换,二是为替代政策提供新信息。在第二阶段,政府特种机构在相关维度上制定规则,这一决策确定了现状(X_0)。在第三阶段,相关委员会决定是否提出一个替代政策(X)以否决现状 X_0。在第四阶段,执法机构针对是否批准通过 X 还是予以否决作出相应决策,否决意味着与 X 相比,执法机构对 X_0 有着更多的偏好。在第五阶段亦即最后一阶段,众议院和参议院将以 2/3 有效投票数决定上述否决是否应被驳回,否决被驳回则意味着与 X_0 相比,议会对于 X 有着更多的偏好。

为了达到均衡状态,这个游戏是由后向诱导推动的,也就是说,每一个行动者都是在制度约束下追求自身效用最大化,因而会考虑自身行为对于游戏后续行动者所产生的影响。第一部分的游戏结果显示:在信息完备的环境中,政府特种机构通过起初的规则 X_0 获得均衡,X_0 受业已存在的制度结构所制约。这个时候对于政府委员会或是执法机构来讲都不存在改变 X_0 的动机,因为任何改变都将使得至少一方的情形变坏。我们可以看到这一均衡反映了全体选民、制度内相对不同地位的行动者以及决定这一游戏的制度规则的各自偏好。基于上述游戏结果,Holburn 和 Vanden Bergh 提出了以下命题:

命题 1:在信息完备的条件下,公司对于应向哪一个政府机构进行游说取决于政体的类型,这一政体类型体现在政治行动者对于政策的相对偏好上:

命题 1.1:如果政府特种机构相比于立法委员会和持有驳回否决

态度的议会相比,态度较为自由开放,那么公司应当如此进行资源配置,即力求改变立法委员会对于政策问题的偏好;

命题1.2:如果政府特种机构相比于立法委员会和持有驳回否决态度的议会相比,态度较为中立,那么公司应当如此进行资源配置,即力求改变政府特种机构对于政策问题的偏好;

命题1.3:如果政府特种机构相比于立法委员会和持有驳回否决态度的议会相比,态度较为保守,那么公司应当如此进行资源配置,即力求改变那些能够决定一项否决是否被保留的议会成员对于政策问题的偏好。

第二部分的游戏新引进了法院这一角色,对于游戏参与者的假定不变,而游戏规则有所变动。第二部分的游戏规则如下:在第一阶段,公司决定如何配置游说资源,以向着自身最理想的状态改变政策结果。在第二阶段,政府特种机构在相关维度上制定规则,这一决策或者是强化现有状态 X_0,或者是形成新的规则 X。在第三阶段,法院可能会对政府特种机构提出的新规则 X 加以支持,又或者是予以否决,以维持现状 X_0。在第四阶段,相关委员会将决定是否要提出一个替代政策 X_1,以期在法庭对 X 表示支持的情况下否决 X。在第五阶段由执法机构决定是批准 X_1 还是否决 X_1。在第六阶段,众议院和参议院将以 2/3 有效投票数决定上述否决是否被驳回,否决被驳回则意味着与 X 相比,议会对于 X_1 有着更多的偏好。

第二部分的游戏结果显示:在信息完备的环境中,政府特种机构通过起初的规则 X 获得均衡,X 受业已存在的制度结构所制约。这个时候对于法院、政府委员会或是执法机构来讲都不存在改变 X 的动机,因为任何改变都将使得至少一方的情形变坏。我们可以看到这一均衡反映了制度内相对不同地位的行动者以及决定这一游戏制度规则的各自偏好。在上述游戏结果的基础上,Holburn 和 Vanden Bergh 对原先命题进行了扩充,并提出了以下命题:

命题2:在信息完备的条件下,公司对于应向哪一个政府机构进行游说取决于政体类型,这一政体类型体现在政治行动者对于政策的相对偏好上:

命题2.1:如果政府特种机构相比于委员会和持有驳回否决态度

的议会相比,态度较为自由开放,那么公司应当如此进行资源配置,即力求改变立法委员会对于政策问题的偏好,而不必考虑法院所持有的政策偏好。

命题 2.2:如果政府特种机构相比于立法委员会和持有驳回否决态度的议会相比,态度较为中立,那么公司应当如此进行资源配置:

命题 2.2.1:当法院相比于政府特种机构更为保守时,应试图改变政府特种机构对于政策问题的偏好;

命题 2.2.2:当法院相比于政府特种机构更为自由开放时,应试图改变立法机构委员会对于政策问题的偏好。

命题 2.3:如果政府特种机构相比于立法委员会和持有驳回否决态度的议会相比,态度较为保守,那么公司应当如此进行资源配置:

命题 2.3.1:当法院相比于政府特种机构更为保守时,应试图改变那些能够决定一项否决是否被保留的议会成员对于政策问题的偏好;

命题 2.3.2:当法院相比于政府特种机构更为自由开放时,应试图改变立法机构委员会对于政策问题的偏好。

虽然 Holburn 和 Vanden Bergh 提出的这个关于政策制定和游说战略的模型未将利益集团在游说过程中的竞争情况、理想状态的不确定性以及游说成本等因素考虑在内,但这一理论框架为公司的游说战略提供了新的思路。更为重要的是,认识到政治参与者之间交互作用所具有的战略性质,公司能够确定如何使得自身在政府机构中的游说行为对于改变政策后果的影响达到最大。

(三) 有关经理人员从事非市场战略决策的研究

经理人在多大程度上能够将制度与战略分析纳入他们的考虑范围之中?在另一项有关非市场战略的研究中,Figueiredo 考察了经理人对非市场战略问题的解决程度,以及相关结论在多大程度上能够被纳入主流的战略计划之中。在他们的研究中,Figueiredo 采用的是实验方法,以确定经理人如何解决非市场战略问题。由于实验法允许对战略背景和制度因素采取独立控制,因此它具有将行业数据"混合物"加以"分离"的优势(Smith,1989)。

为了评估经理人是否拥有足够的能力,Figueiredo 进行了一项问卷调查,调查对象为美国两所最有名的商学院中约 300 名硕士生,调查样本的平均年龄为 27—30 岁,拥有 4—6 年工作经验,2/3 为男性,大约 1/4 拥有另一个学位,近 85％的样本 GMAT 成绩高于 700 分。Figueiredo 认为这一群体最能代表大多数公司中的中层经理人。每一名被调查者须考虑一系列非市场情形,这些情形与行政法规制度(政府机构以及法院)内的相关行为相互关联。调查问卷的设计主要旨在回答两个问题:首先,总体来讲,经理人能否解决简单的非市场问题? 其次,较大程度的不确定性与较小程度的明确性在多大程度上会影响这些决策的制定?

在问卷中,学生被问及的第一个问题是关于单一游说问题,他们被要求选择一项非市场投资水平,这项水平需要在考虑奖惩机制的条件下尽可能达到最优。这个问题是为了考察,假如将游说视为一项投资,经理人将会在这项投资上花费多少钱。调查结果是近 90％的被调查者选择的投资游说方案在预期的最高回报水平上,而投资不足者的数量是过度投资者的两倍。第二个问题旨在寻求游说与诉讼间的关系,这个问题分为两部分:第一部分的问题假定,法院将会有 50％的概率作出符合公司利益的裁定,那么考虑到第二阶段的诉讼,公司在第一阶段应在游说上投资多少? 在这一部分的问题中,考虑到胜诉的概率为 50％,有 64％的被调查者选择了能够达到回报最大化水平的投资,10％选择了过度投资,还有 1/4 则选择了投资不足。第二部分的问题是,假定只有 20％的概率能够从法院得到有利于公司的结果,那么公司将花多少钱用于游说? 这一问题的设计是为了表明,如果败诉的可能性非常大,那么不管胜诉能够为公司带来多大的利益,公司明智的作法应该是不予投资。在这一部分的问题中,有 35％的被调查者选择了能够达到回报最大化水平的投资,即不予投资,而 2/3 选择了过度投资。第三个问题则重点关注竞争性游说,近期有关竞争性游说的研究指出,游说并非发生在真空状态,而是存在着与敌对利益集团之间的相互竞争。在此,研究者假设有两个团体围绕租金问题进行竞争性游说,这两个团体按次序行动,即由学生所在的公司先行动,竞争对手公司后行动。第三个问题的调查结果为,整整 50％的被调查者选择了能够达到回报最大化的投资水平,从而有效地阻止了第二个行动者采取游说行为。近 20% 的被调查者在游说上进行了过度投资,而 30% 的人投资不足。投资不足者损失尤为惨重,因为他们不仅未能阻止第二个行动者的游说行为,而且失去了他们已有的投资,并且由于第二个行动者的防御行为而无法再次进入。以上问题表明,当需要考虑竞争性游说与伴随诉讼的游说问题时,经理人在决策时往往存在较大的困难。

由此可见,问卷调查的结果表明,当问题非常简单,即只要求对单一的非市场环境进行评估时,那些学生(经理人)表现良好,几乎 90% 的被试者采取了最优战略。然而,当问题较为复杂时,被试者的表现水平大为下降:当学生必须在一系列非市场结果上对资源进行配置时,只有 2/3 采取了回报最大化的战略。最后,当非市场战略不但要求考虑政策提供者,而且要考虑竞争者的时候,经理人(学生)的表现更不尽如人意:只有一半人达到了最优战略。

问卷调查的另一套结果与经理人能够在多大程度上应对准确性程度较低的非市场问题有关。首先,Figueiredo 考察了经理人在多大程度上能够在一定时间内学习非市场问题,在这一情形下,研究者给予了经理人一系列相同形式的问题,以此来考察这一系列问题能否引导经理人得出趋向于"正确"或是最优的答案。事实上,这里的研究结果对于非市场战略的经济学分析来说是相当令人振奋的。结果表明,随时间演进,那些给予了一系列相似形式问题的学生将倾向于减少非最优答案的数量。研究者还为其中一些学生提供了相对较少的信息,比如仅仅是有关行动和结果之间的"模糊"的可能性。在这里他们发现,总的来说,那些仅仅拥有对结果不明确信息的经理人与那些拥有更为明确信息的经理人相比,两者的表现大致相似。而当经理人面临低可能性事件时,那些拥有较少信息的经理人的表现要差得多。最后,研究者还评估了在多大程度上经理人将倾向于寻求外部建议以解决非市场问题。对行为与经理人能力两者间的关系进行理论化并不困难,两者关系既非正面,即能力较强的经理人更善于认识到寻求外部建议的需要,亦非负面,即能力较弱的经理人更倾向于向外部寻求建议。在这里有两个结论值得我们关注:首先,不善于解决这类问题的经理人更有可能聘请顾问为他们解决;其次,面临着更大不确定性的经理人与所处环境较为明确的经理人相比,寻求外部建议的可能性更大。

四、制 度 变 迁

(一) 概念、因素和集体行动

制度变迁(institutional change)理论是新制度主义理论中的重要组成部分。部分学者认为,制度本身就具有稳定的意义,因此制度何来变革呢?还有部分学者认为,新制度的产生就是制度的变革,其实不然。Scott(2001)指出,制度的变革可以被定义为是制度在主体扩散过程中的新要素的形成过程。由此可见,制度的变革与制度的产生是有差别的。新制度主义经济学认为,制度变迁并非泛指制度的任何一种变化,而是特指一种效率更高的制度对原有制度的替代;制度变迁的动力来源于作为制度变迁的主体——"经济人"的"成本—收益"计算,主体只要能从变迁预期中获益或避免损失,就会去尝试变革制度。制度供给、制度需求、制度均衡与非均衡形成了整个制度变迁的过程。制度的供给是创造和维持一种制度的能力,一种制度供给的实现也就是一次制度变迁的过程;制度的需求是指当行为者的利益要求在现有制度下得不到满足时产生的对新的制度的需要。

制度变迁首先是从制度的非均衡开始的。新制度主义经济学领域内的学者认为制度变迁的模式主要有两种:一种是自下而上的诱致性制度变迁,它受利益的驱使;另一种是自上而下的强制性制度变迁,它由国家强制推行。"诱致性变迁指的是现行制度安排的变更或替代,或者是新制度安排的创造,它由个人或一群(个)人,在响应获利机会时自发倡导、组织和实行";"强制性制度变迁由政府命令和法律引入和实行"(Coase et al.,1991)。诱致性变迁具有渐进性、自发性、自主性的特征,新制度的供给者或生产者只不过是对制度需求的一种自然反应和回应。在诱致性变迁中,原有制度往往也允许新的制度安排渐进地出现,以保持其活力。而强制性变迁则表现出突发性、强制性、被动性,主要是因为制度竞争的需要。在强制性变迁中,创新主体首先是新制度安排的引进者而非原创者。就本质而言,诱致性变迁只是在现存制度不变的情况下做出制度创新,即制度的完善;强制性变迁往往要改变现存的根本制度即实现制度的转轨。

从整个社会来看,制度变迁是一个从制度均衡到非均衡再到制度均衡的往复循环发展过程。制度均衡表示在既定的制度安排下(假设其他条件不变),各种要素已经获取了相应的最大回报,经济利润也实现了最大化,此种状态可称之为"制度均衡1"。假如要素回报或经济利润收益尚有潜在的余地未能实现,说明制度仍有改进的余地;但是,如果在经济利润受益者的理性预期里,制度变迁的预期成本超过潜在经济利润,那么经济利润受益者是不会主动改变现有制度的;如果在要素回报者的理性预期里,制度变迁的预期成本超过要素的潜在回报,那么,要素回报者也不会主动进行制度变迁的尝试。这两种情况都会使既定的制度处于一种均衡状态,这种状态可称之为"制度均衡2"。假如在既定的条件下,一个社会获得了最大的产出,但社会分配却被严重扭曲,劳动者的报酬明显过低,个人收益率与社会收益率的差距过大,被社会其他因素占有,而生产者要求制度变革的力量不及维系该制度的力量强大,不足以改变既定制度安排,劳动者所能做到的仅是降低和减少劳动的质和量,由此形成的低效率的制度均衡可称之为"制度均衡3"。新制度经济学认为,其原因在于极少数人的既得利益,只要有可能损害他们的个人利益,他们宁愿维护无效的制度。但是随着人们"厌恶"情绪的增长和对制度变迁的预期收益的期望,人们对制度变迁的舆论"投入"开始增大,逐渐形成一种社会压力,迫使既得利益集团做出让步。

许多制度学家对制度变迁的原因非常感兴趣,通常认为引发制度变迁的因素可分为外在的和内在的两大类。关于制度变迁的外在原因主要有:新技术的产生(Tushman and Anderson, 1986; Barley, 1986);管理创新,如全面质量管理(Cole, 1999);政治领域的变革,如产业规则的出现(Fligstein, 1990)、雇佣规则的变革(Dobbin and Sutton, 1998; Edelman, Uggen and Erlanger, 1999; Barton, Dobbin and Jennings, 1986)或者身份证制度引入企业内部(Selznick, 1969);政治动荡,如战争和革命(Carroll, Delacroix and Goodstein, 1988);

社会改革力量,如民权运动(McAdam,1982)或者妇女解放运动(Clemens,1993);经济危机或动乱(Stark,1996);文化信仰与实践的变化,如自然环境观念的改变(Frank et al.,1999)。关于制度变迁的内在原因主要有:社会水平的制度冲突,如血缘与规范性系统的冲突(Friendland and Alford,1991)或者法律、医学和家庭系统的冲突(Heimer,1999);组织内部的制度冲突,如规范与文化的差异(Haveman and Rao,1997);制度要素的冲突,如制度的主导者、中介者与实施者之间的冲突(Leblebici et al.,1991)或者创新的实施者和接受者的冲突(Hirsch,1986)。

经济学家奥尔森(Olson)在其名著《集体行动的逻辑》中提出的一个基本前提即,一个"潜在群体"(例如社会阶层、宗教派别、利益集团)的存在并不意味着集体行动的必然性。在公共利益的条件下,个人投入集体行动的边际代价往往大于边际效益,出于个人利益和理性选择,人们会趋于"搭便车"的投机行为。只有小群体才能有效地利用"有选择的激励机制"激励群体成员并且同时可以排斥群体之外的投机者。如此推论,群体规模是导致集体行为的重要条件之一。综观防范"搭便车"的成功之例,究其原因,均缘于这些小群体的成员有着一种共同的对某种超自然力量的敬畏。当人们进行政治交易时,他们常常诉诸这些超自然力量的威慑作用。因此,这种共享的信念和宇宙观是社会控制的重要机制之一。这样,我们从对集体行动的可能性的质疑中引出了人们共享知识和共享信念的可能性的问题。我们对人们"行为"的解释必须始于对"制度"这一现象的解释。

人们的社会性行为的稳定性常常超越了经济利益的变动不居。如果我们用经济利益的变化来解释人们观念体制的稳定存在,会对这种稳定性的现象感到束手无策,茫然无解。涂尔干强调"思维群体"(thought collective)这一概念。他认为,在传统社会中,维系社会整合的重要机制是人们的"共同意识"(common consciousness),即社会成员共享的道德价值观念。这一共同意识可以制约个人利益与集体利益的冲突,协调人们之间的合作,诱发人们的社会性行为。但是,这种"过度社会化"的观点实际上取消了社会科学研究的任务。按道格拉斯的说法,以往的多数研究在应用这一理论逻辑时均未得其精髓所在。简而言之,她的功能主义基本观点是,在一定的社会结构条件下,人们追逐个人利益的行为会产生"潜在功能",从而导致了有益于群体整合的观念制度的产生和延续。这样,我们可以在无意识的微观行为中寻找到维系公共观念制度的基础。

首先,在某种意义上,制度是约定俗成的规则,用以协调人们之间的关系和行为。但是,在这个意义上制度同时也是脆弱的,即约定俗成的规则缺乏自我强化的机制,容易为私利动机基础上的行为所削弱。例如,当规则与人们利益发生冲突时,人们可能会修改规则以满足私利,从而瓦解了规则的稳定性。因此,制度建立的一个重要条件是它必须建立在"公义基础"之上,即社会成员共同接受或承认的合乎情理和期待的判断标准之上。这里所说的制度正是指在公义基础上社会的群体组合。特别值得强调的是,在这个意义上的制度不是建立在功利性或实用性基础之上。恰恰相反,制度必须建立在人们共同接受的基本理念规范之上。而这种理念规范常常隐含在自然或超自然的世界中。换言之,如果我们追溯制度的根源,其答案不在于它的功利性或实用性,而是可以追溯到星移斗转的规律,或者芸芸众生行为的自然法则。道格拉斯独辟蹊径,提出了观念制度稳定性的渊源:"实现这一稳定化的一个原则即是社会范畴分类的自然化。我们需要一种比喻以便将那些关键的社会关系的正式结构建筑在自然或超自然世界中、永恒世界中,或者其他去处。关键在于使得人为精心策划的社会建构隐而不显。"当制度落脚在自然的"公义"之上,它因而也就建立在理性之上。这样它便可以安然度过其作为约定俗成的规则的脆弱阶段。经过了自然化的过程,它成为宇宙规律的一部分,自然而然地成为讨论争辩其他问题的基础了。

集体行动框架(collective action frameworks)是指一套关于共享信念的体系,这一体系证明了社会运动存在的合理性,并且对集体行动发挥着激励作用(Klandermans, 1997)。集体行动的产生首先需要在三个核心框架内达成任务——诊断性框架(diagnostic framing)、预言性框架(prognostic framing)以及激励性框架(motivational framing)(Snow and Benford, 1988):在诊断性框架中,行动者重点关注需要纠正的问题以及对敌手进行界定(Benford and Hunt, 1992;Morris，1992)；预言性框架涉及为解决问题所制定的方案；激励性框架则为集体行动的生成提供激励与动机。除了完成以上三个框架内的任务之外，要成功采取集体行动还取决于集体行动框架能够在多大程度上引起共鸣(resonance)，并且是否与"主框架"(master frame)存在关联。Klandermans 提出，对于意图激发变革的组织而言，一项切实可行的战略即与其他组织及人群建立联系，这就要求集体行动框架应该具有能够被实际观察到的可靠性(empirically credible)与一致性(consistent)。这个框架内有助于在其他群体中引起共鸣的可靠性特征通常包括这样一些要素：这些要素能够将这一框架与社会运动的受众所处的文化含义以及符号系统相互关联起来(Babb，1996)，即与社会运动的受众关系越是接近，意味着此框架的可靠性程度越高(Benford and Snow，2000)。与集体行动框架的共鸣性有关的另一项特征是一致性，也就是社会运动行为在多大程度上与其价值信念相符合。正如为了满足制度要求，组织可能会采取行动形成特定的结构，实际操作上却使得组织结构与追求效率的行为相互分离；同样，组织或集团亦可能为了达成自身目标而采用与其真正的价值信念不相一致的框架。当存在多个行动者，并且这些行动者利益各不相同时，这种战略尤其可能出现。而对多个行动者进行分析时，需要建立一个主框架，即创建一个内涵更为广泛、更为灵活的集体行动框架。大多数的集体行动框架只与某个特定组织自身的狭义利益相关联，而主框架则有助于组织和组织外其他的群体产生关联。Benford 与 Snow 指出，主框架在使用范围上更为广泛，因而为多种类型的社会运动提供了重要的应用工具。

（二）美国高清晰度彩电行业的制度变迁

制度是如何变迁的，个体行动者如组织和个人又是如何引发制度变迁的，这些都是新制度主义理论研究者重点关注的话题。最近几年，很多新知识行业的兴起都是源于技术变革，而更为完整的解释则囊括了对于政治与社会因素的分析，这些因素在新行业形成过程中亦发挥着不容忽视的作用。例如，集体行动经常面临着对于由新技术所创建出的机会结构加以利用并从中获利的要求(Rao，Morrill and

Zald，2000；Swaminathan and Wade，2001）。此外，技术变迁都是嵌入于社会背景之中的，任何技术变革都不可能符合所有利益集团的偏好，因此，确定一项技术标准必定牵涉政治过程。在此，采用美国高清晰度彩电行业的案例来说明，由技术变革所引发的制度变迁，并对这一制度变迁过程中的集体行动战略进行详尽的探讨。

Dowell、Swaminathan 和 Wade 对高清晰度彩电（HDTV）在美国的发展过程中的相关组织所采取的政治与技术调控手段进行了研究，并且阐述了社会运动（social movement）对于技术变革的影响，以及技术变革如何反过来影响社会运动的效果。在此项研究中，采用了一个社会运动框架，以考察公司为了引导技术变迁所从事的必要的资源整合。社会运动研究旨在关注，行动者如何产生集体行动以影响社会变革。Swaminathan 和 Wade 认为，新的组织形式的出现类似于一项社会运动过程。在高清晰度彩电的案例中，研究者发现主要的网络及其他广播业者假借支持 HDTV 的发展为名，试图从外界调集支持性资源，以助于他们力图保留广播频段的行为。这一案例说明，组织不仅仅在一个给定的制度框架下被动地行为，而且还能够通过集体行动积极主动地对制度进行塑造和施加控制。

HDTV 技术最早是由日本的 NHK 发展起来的，这一技术与当时美国的 NTSC 标准相比要高出两倍多。但是由于存在高昂的技术转换成本，HDTV 技术在美国的广播行业中并没有引起多大关注。按理来说，HDTV 在美国发展的前景相当暗淡，那么是什么导致这一技术最终在美国市场站稳了脚跟？答案之一是，这一技术所涉及的关键行动者发展出了一个有效的集体行动框架，从而得以将分散的组织个体相互联合起来，最终激发了集体行动的产生。

在 HDTV 的案例研究中，研究者关注了美国广播业者意图保留频段而为形成集体行动框架所作出的两次努力。1986 年，美国的大陆移动游说团体得到了国会的支持，意欲将广播界"多余"的频道拿走，这一威胁激发了全体广播业者形成一个集体行动框架的强烈动机。以 NAB 协会为代表的广播业者所做的第一次努力旨在维持现状，即试图说服外界这些频段对于他们提供高质量的电视信号有着不可或缺的作用，而以摩托罗拉为首的大陆移动游说团体则反驳说将这些频道应当分配给收发两用的使用者,例如警察、救护等为生命提供保障的服务机构,这比清晰的电视接受质量要重要得多。因此,尽管夺走频道的威胁将广播业者们联合起来并形成了采取集体行动的动机,但NAB 对于阻止新规定出台的努力成效甚微。然而,当 NAB 认识到 HDTV 技术所需的带宽在一个频道以上时,他们逐渐对 HDTV 表现出了较大兴趣,因为 HDTV 创造了这样的可能性——广播业者将需要他们的全部频段。基于这一事实,NAB 开始尽其可能地推动 HDTV 在美国的广泛使用。此外,广播业者所担心的一个行业竞争替代物为卫星电视与有线电视,这两者区别于广播的一个方面即其不受 6 MHz 的带宽所限制。因此,HDTV 的成功应用,能够潜在地有助于广播业者保留频段,并且对卫星电视与有线电视对于广播行业造成的威胁予以有效还击。更为重要的是,NAB 发出了这样一种警告:对 NHK 系统的采用将会加强日本对美国电子消费行业的控制。在此基础上,NAB 形成了第二次集体行动框架。

第二次集体行动框架与第一次相比,要成功得多。1987 年美国通过了一项法令,宣布频段将留置给广播业者使用,以为 HDTV 提供支持。第二次集体行动框架的成功之处就在于其具有可实际观察到的可靠性以及与主框架存在联系。在第一个框架中,几乎不存在相关证据可以说明大陆移动公司对频段的使用的确会对原有的接收质量造成干扰;而第二个框架则在更大程度上具有可靠性,因为广播业者将美国对于 HDTV 的参与行动和美国在电子消费领域中重新获得竞争力相互联系起来,而美国电子消费品公司在先前十年里的确经历了竞争地位的缺失。因此,这一提议更容易说服大多数的评论者,并且能够通过一些旨在证明 HDTV 具有重要作用的报道而得以巩固。此外,第一个框架的失败有部分原因可归结为其未能使其他行动者都参与到这场由广播业者发起的战役中来,也就是说,第一个框架无法使其他行业或是组织群体从广播业者对频段的保留中获取利益;而第二个框架则通过利用 HDTV 与美国在电子市场上的参与而成功地将频段事件与主框架相互联系起来。在这一案例中,主框架即美国经济在世界市场上的竞争力。另一项对两次框架间差异的分析在于对竞争对手的定义方式不同:第一个框架并未对具体的对手进行定义,而第二个框架则将日本电子消费公司定义为对手,这就使得此框架不仅能够获取美国电子产业的支持,还能获得美国政府官员的重要支持。

另外这里值得提出的一点就是,第二个框架具有内在不一致性,因为它是建立在广播业者需要频段以支持 HDTV 的发展的基础之上的,而事实上当时绝大多数的广播业者是对 HDTV 持有反对态度的。在这个例子中我们可以清楚地看到,广播业者最感兴趣的是对电视频段的控制,而对 HDTV 的兴趣不大,因为转向这一技术需要高昂的成本(Brinkley,1997)。广播业者一方面试图促进 HDTV 的发展以期保留他们的频段,另一方面又希望对 HDTV 加以阻碍,从而得以抢先获得投资。研究者在这方面的发现表明,集团和组织可以建立起与他们实际的价值信念不相一致的主框架,从而实现他们的集体行动目标。这种不一致性类似于制度研究中组织结构与行为相分离的情况。

五、新行业组织合法性战略的构建

(一)概念讨论

在过去的几十年中,社会学家已经就"合法性"给出了很多定义,但具体程度不同。Weber 指出,合法性中的法指的是法律和规范。他所谓的合法秩序是由道德、宗教、习惯、惯例和法律等构成的。合法性是指符合某些规则,而法律只是其中一种比较特殊的规则,此外的社会规则还有规章、标准、原则、典范以及价值观等。Pfeffer 和他的同事们(Downing and Pfeffer, 1975; Pfeffer, 1981; Pfeffer and Salancik, 1978)强调合法性是一种评估,但只强调文化的相似性。这种观点认为,"合法性指,与组织的活动相关的或由组织的活动所暗含的社会价值观及更大的社会系统所能接受的行为规范之间的一致"(Downing and Pfeffer, 1975:122)。Meyer 和 Scott(Meyer and Scott, 1983a; Scott, 1991)则认为,合法性源于组织和其文化环境之间的一致。但是这些定义更关注其认知维度,而较少关注其评估维度。他们认为当组织是可理解的而不是可取的时候,组织是合法的,即"组织合法性指,一系列既定的文化含义并可解释组织存在的意义"

(Meyer and Scott，1983b：201；DiMaggio and Powell，1991)。Suchman 对合法性的定义则涵盖了以上两个方面,他认为"合法性是指始终普遍的感知或者假定,认为一个实体的行为在某些由规范、价值观、信仰组成的社会系统中是可取的、适当的或者合适的"(Suchman，1995)。帕森斯强调了组织的合法性与社会价值系统之间的关系(田凯,2004)。他指出,如果组织想要获得合法性,并获得对社会资源占有的公认的权利,组织追求的价值必须和更为广泛的社会价值相一致。合法性在很大程度上被理解为对组织目标的社会评价的适应。周雪光(2003)认为,制度学派之所以使用合法性的概念,是为了强调在社会认可的基础上建立的一种权威关系。而合法性机制是诱使或迫使组织采纳被外部环境视为合法性的组织结构或做法的制度力量。将这种制度力量称为合法性机制,或称作为社会承认的逻辑或合乎情理的逻辑。也即,各种组织受制度环境制约,追求社会承认,采纳合乎情理的结构或行为,这种因果关系为合法性的机制或合乎情理的逻辑。

　　合法性机制对组织行为的影响可以从两个层次讨论：一是强意义,一是弱意义(周雪光,2003)。所谓强意义,是指组织行为、组织形式都是制度所塑造的,组织或个人没有自主选择性。例如 Meyer 和 Rowan(1977)指出,制度化的产品、服务、政策和方案如同强有力的神话在发挥作用,组织不得不将其作为一种必须履行的仪式,从而使组织与制度环境同形。组织对于强有力的制度环境的遵从,提高了其成功和生存的可能性。在现代社会中,理性化的正式结构要素在现代社会得到广泛传播,为社会大众所公认。在他们看来,理性化的制度要素对于组织的影响是巨大的。这些规则重新界定和确立了组织生存和组织方式的条件,并详细规定了处理这些条件的理性途径。从 Meyer 和 Rowan 的理论看,他们对于合法性的论述是强意义上的,即制度制约了组织行为,使组织不得不采取了许多外界环境认可的形式和做法。弱意义上的合法性是指：制度通过影响资源分配或激励方式来影响人的行为。也即,制度不是一开始就塑造了人们的思维方式和行为,而是通过激励的机制来影响组织或个人的行为选择。在这个层面来讲,制度是强调具有激励机制,可以通过影响资源分配和利益产生激励,鼓励人们去采纳那些社会上认可的做法。

(二)新行业合法性战略的构建

关于组织理论的一个常见命题为,一个新产品或是人们所不熟悉的产品的行业往往会在顾客、潜在雇员、金融家以及政府权威机构中引发不确定性(Stinchcombe, 1965;Meyer and Rowan, 1977;Aldrich, 1999)。而当新行业组织具有行动合法性,即组织为顾客、投资者、潜在雇员所理解和广为接受的情况下,行业往往会兴盛繁荣(Carroll and Hannan, 2000;Baum and Powell, 1995;Zucker, 1983)。新制度理论的重要议题之一即关注组织行动合法性的来源。

组织生态学者提出,随着一个行业内组织数量的增加,这个新行业所受到的外界认可度将趋于上升。然而,构建行动合法性的其他途径还有很多。比如,当布道者(evangelists)在某项制度规划中为产品提供了合法证明,新行业就能够从这样的规划中获得行动合法性;通过现有的社会结构来调动行动者的参与行为亦能为新行业构建行动合法性(DiMaggio, 1988;Suchman, 1995;Carrol and Hannan, 2000;Rao, Morrill and Zald, 2000;Swaminathan and Wade, 2000);其他学者认为法律对一项产品的使用和使用条件作出明确规定能够便于人们理解产品并且将这种理解予以表现(Edelman and Suchman);此外,通过广告媒体这类大众传媒手段亦能为新行业获取行动合法性。

考虑到集邮的组织理论并未将布道者、资源调集结构(mobilizing structures)、法律、广告以及密度依赖(density dependence)作为组织行动合法性来源的研究,Hayagreeva Rao 对早期美国汽车工业的销售状况进行了考察,试图探询以上这些构成行动合法性来源的因素在汽车行业对于合法性的获得上所发挥的作用。汽车行业在美国始于1895 年,当时这一行业并不具有合法性,人们对于汽车是否是一项可靠的运输工具并未形成清楚的认识,评论者们甚至暗示说汽车将沦为受人嘲弄的笑柄。汽车逐渐开始获得认同是由于相应资源调集结构的形成,这一结构是通过汽车俱乐部形成的,而这些俱乐部都是由汽车爱好者所组成,他们从事游说行为以促成有关使用汽车的法律条款的出台,同时他们针对汽车进行宣传布道。布道者组织了一些可靠性测试以向人们表现汽车是值得依赖的,比如对于那些可能会被消费者购买的汽车进行性能方面的竞赛,对汽车的忍耐力、爬坡性能、省油性等等指标进行了评定,所有的竞赛都是作为一项测试用以告诉观众汽车是可靠的。此外,汽车俱乐部在游说州政府出台相关法令对使用汽车给予许可证方面发挥着重要作用,这些法令将对于汽车的理解编纂成法。同时,汽车制造商们也对他们的汽车进行了大量的广告宣传,并且宣传势力不断加大。然而在早期的汽车工业并没有随之发生行业协会活动。

在此基础上,Rao 对布道者、资源调集结构、法律、广告这四个要素与汽车工业的行动合法性之间的关系进行了探讨,并且提出了如下假设:

假设 1:SMOs(社会运动的正式组织)对于新产品的销售存在正面影响。

假设 2:布道者对于新产品的销售具有存在影响。

假设 3:SMOs 与布道者的交互作用对于新产品的销售存在正面影响。

假设 4:广告与 SMOs 的交互作用对于新产品的销售存在负面影响。

假设 5:广告与布道者的交互作用对于新产品的销售存在负面影响。

假设 6:得到法律承认之后的时间间隔与 SMOs 的交互作用对于新产品的销售存在负面影响。

假设 7:得到法律承认之后的时间间隔与布道者的交互作用对于新产品的销售存在负面影响。

Rao 在研究中所设定的因变量为消费者接受程度,这一变量通过样本州的汽车销售量得以操作化,有关汽车销售量的数据是从各个州的普查数据以及美国历史统计数据中获得的。至于自变量的设定,研究者将样本州的社会运动组织的数量用样本州的汽车俱乐部的数量来表现;布道者的影响程度用可靠性竞赛的相对频率予以测量;鉴于1895—1912 年间有关汽车制造商在广告支出上的数据无法获得,研究者选取了一份国家首要汽车出版物上的广告页数作为代表；得到法律承认之后的时间间隔用某一法律正式设立之后所经历的天数来体现，这里的法律选取了要求汽车被登记并且遵守速度限制的相关法令作为代表。除此之外，研究者对可能对汽车销售造成影响的一些变量进行了控制，比如国内生产总值与城镇化，汽车公司的数量等等。通过对以上数据的统计分析，研究者发现先前提出的 7 条假设都得到了支持。

此项研究表明，直接考察新行业如何在重要观众的心目中获取合法性十分有效，重要观众是指消费者、投资者等等；研究还暗示了消费者在新行业获取合法性方面起着尤为关键的作用。这为处于新行业的组织在制定战略决策时提供了重要启示。

六、组织形式的构建战略

（一）正式制度与非正式制度

制度为交易治理提供了必要的规则、制约与激励因素，并且有正式制度（formal institutions）与非正式制度（informal institutions）之分（North，1990）。正式制度是指那些能够通过成文的条款观察到的或是由正式运作程序所确立和执行的规则；正式制度包括明确的激励因素、契约条款以及经由裁断所确定的公司边界等。非正式制度则是基于不易明确理解基础之上的规则，通常是源于社会的，因此无法从成文的条款或是正式的运作中获得；非正式制度包括社会规则、惯例以及政治过程等。

一些新制度主义经济研究者已经认识到，非正式制度在定义社会规则上所具有的重要作用（例如，Denzau and North，1994；Ensminger，1997；Greif，1997），然而，将新制度主义经济学运用于微观层面的研究（例如公司战略）绝大部分还是集中在正式制度之上，包括组织设计、公司边界以及组织间关系的研究。其他的学者尽管认识到非正式制度的作用，却往往将其视作一个对替代性的正式结构所带来的利益进行简单改变的外生变量。例如，Williamson（1991，p. 291）将社会网络中所蕴含的声誉视作减少机会主义行为几率的"调节变量"，由此倾向于采用扁平化的非科层制组织结构进行治理。这类分析与组织理论学家以及经济社会学家强调非正式机制在治理公司内部交易（Crozier，1964；Roethlisberger and Dickson，1939；Trist and Bamforth，1951）与外部交易（Granovetter，1985；Powell，1990；Uzzi，1996）中所发挥的关键作用有所区别。此外，现有的大多数研究将正式制度独立于非正式制度进行分析与评估，同样，在分析非正式制度时，也往往将其从正式制度中抽离出来进行分析，仅仅将其视为一项功能性替代因素。因此，研究者并未对正式制度与非正式制度之间的相互作用进行充分的探讨。

鉴此，Todd R. Zenger、Sergio G. Lazzarini 和 Laura Poppo 在他们对于正式制度与非正式制度的研究中强调了三块具有潜在价值的领域——首先，对于正式制度与非正式制度的进一步理解有助于我们判断正式制度对于非正式制度的贡献是起着支持（补充）作用还是削弱（替代）作用。其次，这一理解促使研究者对目前盛行于新制度主义经济学领域内的关于静态匹配的基本命题以及组织理论领域内的其他权变理论（contingency theroy）进行重新思考。通过对于正式治理如何由于非正式要素引发变迁的考察，有关组织决策的一项全新的理论随之形成了：在某些情况下，即便是静态的交易条件亦可能要求在正式结构上激发动态回应（Nickerson and Zenger，2002）。第三，对于正式制度与非正式制度间关系的评估有助于对公司边界的理解。这三位学者提出，有关公司内非正式制度的分析对于我们理解公司是如何确定其边界十分关键。

（二）正式制度与非正式制度的交互作用

Todd R. Zenger、Sergio G. Lazzarini 和 Laura Poppo 指出，经理人潜在的任务之一即塑造一套正式制度与非正式制度以影响组织形式的改变，从而尽可能提升由这两种制度所共同传递出的效能。在他们的研究中，这三位学者考察了正式制度与非正式制度是如何相互作用的，又是如何联合起来定义组织形式的效能的。正式制度与非正式制度的交互作用（interplay）指，一种制度的采用是支持还是削弱另一

种制度所传递的效能。通过对现有文献的研究分析,他们提出了如下假设:

假设1:非正式制度对组织形式的效能存在强烈的影响作用。

假设2:正式制度对于非正式制度的形成轨迹(trajectory)存在影响作用。

假设3:正式制度是分离运作的,而非正式制度是相对连续运作的。

假设4:正式制度与非正式制度在制度变迁的快慢上具有差异,非正式制度具有惰性(inertia),因而会减缓制度变迁的速度。

这三位研究者还指出,以上四点假设隐含着下面三个命题:

命题1:正式制度与非正式制度为相互依存的治理机制,因为对其中一项机制的运用对另一项机制不是起到促进(补充)作用就是存在削弱(替代)作用。

命题2:即便处在静止的环境中,为达到某一组织形式的效能最优,也可能需要组织在正式制度上产生动态变迁。因此在某些情况下,就一些对特定的组织形式起到支持作用的正式制度而言,倘若管理者在这些制度上选择了一系列的波动形式(市场 vs. 科层制,集权控制 vs. 分权控制等等),那么这一波动现象是合理的。

命题3:公司边界在很大程度上取决于科层制中对非正式制度作出调整的需要。特别地,经理人员必须将公司边界的确定应用到推迟功能不良的非正式过程中去。

已有的文献在阐述正式制度与非正式制度两者间关系时分为两种观点:一是认为两者互为替代关系,其中又可分为弱替代(weak substitution)关系与强替代(strong substitution)关系。弱替代是指正式制度对于非正式制度来说是不必要的,因为非正式制度中所蕴含的信任与社会规范能够对交易双方的合作起到支持与促进作用,而无需导致成本与交易复杂性的产生,而成本等因素则是正式契约所必然会引发的(Eillickson, 1991; Gulati, 1995; Powell, 1990; Ring and Van de Ven, 1994; Uzzi, 1996)。强替代理论则认为,正式制度不仅是不必要的,而且会对非正式因素的形成和运作起到妨碍作用,因为一项精心设计的契约意味着信任的匮乏,从而容易挫伤交易伙伴的积极性,进而损害彼此之间的友谊。另一种观点则认为,正式制度与非正式制度互为补充关系,提出特别是存在较大危机的情况下,将正式制度与非正式制度联合起来能够发挥出比单独使用任何一种制度更大的保障作用。如 North(1990,pp. 46—47)认为:"正式制约能够对非正式制约的效率进行补充和提升,正式规则可以减少信息成本、监控成本以及实施成本,从而使得非正式制约在更为复杂的交易条件下亦能行之有效。"Todd R. Zenger、Sergio G. Lazzarini 和 Laura Poppo 在他们的研究中提出了一个整合的观点,他们认为,替代因子和补充因子并不是相互排斥的,正式制度与非正式制度之间的相互作用实际上应更为复杂。例如,即便是明确的刺激因素或是控制机制能够减弱个体付出额外努力的内在动机,这些因素或是机制在同时亦能减少短期背叛行为的出现几率。因此,将以上所描述的替代效果或是补充效果视为"偏效果"(partial effects)最为适当,而净结果则取决于特定的交易条件。三位研究者还提出,下列情形中的正式制度与非正式制度间的关系更多地倾向于相互补充而非相互替代:个体并不倾向于或是并不保证从事重复交易;正式制度的运作所涉及的程序被认为是"公平"的。当这些条件不存在时,正式制度的使用对于某些非正式制度的运作极有可能是不必要甚至是存在负面作用的。

(三)正式制度与非正式制度对组织形式的影响机制

1. 对于组织形式动态匹配过程的影响

Todd R. Zenger、Sergio G. Lazzarini 和 Laura Poppo 在他们有关正式制度与非正式制度的研究中对于组织形式的动态匹配(dynamic alignment)进行了研究分析。新制度主义经济学认为,对组织形式的选择牵涉到用某种特定的方式将正式结构与战略、交易条件以及环境相匹配(Chandler,1962;Williamson,1975),这是一种静态匹配的理论。静态匹配(static alignment)意味着如果对公司有影响的各个变量都保持稳定的话,那么组织形式也应该维持不变;也就是说,正式机制的变迁能够通过环境的改变或是交易条件的改变而迅速发生。然而,我们通常所观察到的有关正式治理的变迁形式却很难与静态匹配理论相一致,很多情况下环境或是交易条件几乎没有变化,而正式治理却发生了改变。事实是,一些公司在选择正式组织形式上反复变化

(Carnall，1990，p. 20；Cummings，1995，p. 112；Eccles and Nohria，1992，p. 127；Mintzberg，1979，p. 294；Nickerson and Zenger，2002)。类似的过程在资源配置的决策上亦能被观察到,例如公司会将一项业务外包,然后又内部化,之后再次将其外包。公司还可能对于两种以上的组织形式循环应用,例如 KMPG,一家咨询与财务公司,在七年里面在三种组织形式上进行循环变更。对此,一项具有争议性的解释认为,这种正式组织形式上的波动是出于经理人反复无常的举动,而 Nicksen 和 Zenger(2002)认为,对正式制度与非正式制度之间更深入的理解能够得出这样的结论:这种常见的反复波动是具有效率的。正如假设 1 所示,一项组织形式的效能不仅取决于正式机制,同样取决于非正式机制,此外,非正式制度根据正式制度变迁而作出回应、发生改变(假设 2)。然而,尽管经理人能影响非正式制度上的变迁,他们仅仅拥有相互分离的正式性选择或者是运用"杠杆"(levers)手段以促进这种改变(假设 3),例如,集权 vs. 分权,自行制造 vs. 购买等等。如果所期望的运作水平处于由这些正式"杠杆"所传递的效能与变化之间,这种运作水平又很大程度上依赖于非正式制度而且花费不大,那么经理人就会形成这样的动机——对两个乃至更多的相互分离的正式选择加以调整以在短期内达到所期望的中间水平。鉴于非正式制度会表现出一种惰性(假设 4),因此每一次在正式选择之间的转换都会在非正式要素的轨迹中激发缓慢的变革。因此,通过在不同的正式选择上进行循环往复的波动,经理人能够对非正式要素的轨迹产生影响并促使其朝着预想的模式发展,而这种模式在组织仅仅维持一种特定正式结构的情况下是无法获得的。

　　下面以集权与分权为例对组织形式的波动作进一步的说明。集权与分权是由正式制度所决定的两套相互分离的组织模式,这两套模式间存在明显区别并且在功能上相互冲突。集权能够促使组织协调,但这是以降低激励动机与减弱组织变革潜力为代价的;分权则能强化激励动机以及增强变革,但这是以降低协调程度作为代价的。管理人员希望维持一定水平的效能,使得较高水平的协调与较强的激励动机能够共存。倘若经理人员对集权与分权其中任何一种组织形式做出永久性选择,那么势必牺牲效能的其中一个维度。所幸,他们能够对这两种正式结构进行动态调整,以在短期内获得处于集权和分权之间的某一特定的效能水平。

由此可见,经理人员的任务并不是简单地观测环境或是交易条件中发生的变化,而是对非正式制度的轨迹进行监控,并且对正式结构上发生的变化间接加以调整。对于一套包含了相互分离的正式制度的组织形式,假如进行改变所需要的成本比较适中,而且所期望的效能水平居间于稳定状态下任何一种正式形式所传递的效能水平,鉴于非正式制度会滞后于正式变迁从而暂时性地处在中间位置,那么我们认为在这些组织形式上发生波动就是具有效率的。因此,对于非正式制度的重视,导致三位学者得出了这样一个结论:与其强调交换中的静止匹配性制度或是环境条件,不如看到在某些情况下经理人必须追求一种动态的匹配,这种动态匹配是通过对一系列正式制度采取往复波动而实现。在这个意义上,即便是交易或是环境变量保持不变,有关正式结构的变迁依然可能出现。这一结论对新制度主义经济学中的基本命题提出了挑战。

2. 组织边界决定的影响

Todd R. Zenger、Sergio G. Lazzarini 和 Laura Poppo 在他们的研究中还探询了非正式制度对组织边界的影响作用。Coase(1937)曾经在他的论文中提出这样一个问题:如果设立一个组织,使之能够消除某些成本并且事实上减少生产成本,那么是否还存在市场交易?为什么不让一家大公司来从事所有的生产活动(1937；reprinted in 1993,p. 23)？ Williamson 进一步提出,为什么科层制无法对市场所具有的高水平的激励因素进行有选择地使用,从而承担起市场的一切功能呢(Williamson,1985,p. 133)？ 对此,Williamson 自己的解释是,在科层制内引入类似于市场的激励因素而不导致额外成本或是人们所不期望的副作用发生,这种"有选择地干涉"(selectively intervene)是不可能的。他也简要提及了对于公平在公司内得失配置上的考虑,这种公平即根源于非正式制度(Williamson,1985,p. 142)。Todd R. Zenger、Sergio G. Lazzarini 和 Laura Poppo 这三位学者在他们的研究中则进一步从非正式制度的角度对这一问题提供了解释。

具体的思路是:科层制为什么会减少市场失灵的关键在于,科层制激发了非正式制度的形成,例如规则、惯例、组织文化等等,这些非正式制度使得交流、协调以及合作更为便利(Barnard,1938;Kogut and Zander,1996),进而对组织功能产生了影响。然而,这些非正式制度同样会产生副作用。例如,社会依附(social attachments)会导致决策偏见的产生,特定公司的惯例会对公司外部沟通与获得外部知识的能力形成制约。因此,科层制经理所面临的问题即科层制所激发的非正式制度无法伴随着任何重大的成功而选择性地加以中止。其所造成的结果是:为了推迟这种非正式过程的发生,经理们必须对公司边界作出修改或是制约。鉴于这种非正式程序受到正式决策所影响,三位研究者提出,管理者能够对公司正式边界作出调整以修改非正式制度的动态因素。由此,公司将科层制作为一项制度(意即割裂组织边界)以避免非正式过程在组织边界内的运作过于肆意。这表明,鉴于对非正式制度的考虑,可以发展出一套关于科层制失效的理论。该理论使我们能够对公司为何要控制其边界作出解释。尽管科层制的非正式特性减轻了市场失灵,它们却导致了一些成本的产生,而这些成本必须被列入边界选择的考虑之中。

这三位学者还确定了导致科层制失效的四项关键的非正式过程,这些过程很大程度上是基于非正式制度之上的。这些过程包括:影响行为、社会依附、社会比较过程和公司特定惯例的形成。

Todd R. Zenger、Sergio G. Lazzarini 和 Laura Poppo 所从事的研究对于公司战略方面的思考提供了启示。比如,强调了非正式制度在组织绩效上所发挥的重要作用。非正式制度对组织绩效既能起到巩固加强作用,也可能产生削弱作用,这是依不同情形而定的。因此,研究者不仅应向经理人概括出非正式机制的功能或缺陷,更重要的是,要使他们明白应如何对这一机制作出调整。

七、企业跨国投资战略

(一)组织与制度环境间的相互作用

田凯提出制度环境对组织的影响表现在以下几个方面:(1)改变

组织的正式结构。组织通过设计符合制度环境规定的正式结构,显示他正按照集体价值目标,以一种适当而正当的方式在行动。将制度化的要素合并到组织的正式结构中对组织的活动提供了一个合理的解释,它使得组织的行为不会遭到质疑。由此,组织变的合法化了,他可以运用这种合法性来强化组织参与者对他的支持,维护组织的生存;(2)组织使用外部的评价标准来定义结构要素的价值。通过这种方式,组织使得其存在对于内部参与者、股东、公众以及国家来说是合法的,他们向社会显示了组织的适当性。同时,通过把高度仪式化的价值纳入到组织的结构中来,组织更容易得到组织领域内参与者的赞同,从而更易于获得贷款、捐献或投资;(3)稳定性。一个精心设计的制度环境的确立使得组织的内部和外部关系变得稳定,从而减少了震荡;(4)组织的成功和生存。通过对制度神话的遵从,变得与制度同形,组织获得了生存所必需的合法性和资源,从而提高了生存和成功的概率。

很多学者研究了组织在面临制度环境时的战略反应。Oliver(1991)认为,组织在面临制度压力时通常会采取五种战略:一是顺从(acquiescence),即组织完全接受制度环境的压力;二是妥协(compromise),即组织会根据制度的压力和本身的情况采取折中的态度;三是避免(avoidance),即组织在满足要求的前提下减去部分的制度压力或是隐藏(Oliver, 1991);四是挑战(defiance),即组织组织反抗制度环境的压力;五是操纵(manipulation),即组织有目的的、有计划的试图参与、影响、或控制环境(Oliver,1991)。Meyer 和 Rowan 在强调制度环境对组织的约束的同时,也指出了组织具有一定的能动作用。强调制度环境对于组织行动方式的约束性并不意味着组织是完全被动地遵从制度环境的规定,而是有相当的能动作用的。当组织因与制度环境同形而面临结构上的矛盾时,他们指出,组织有两种较好的解决办法,既能维持组织对制度规则的遵从,又保持组织的效率。第一是分离(decoupling),即组织把它的正式结构和实际活动区分开来,从仪式上维持对制度环境的遵从,而组织的实际活动则是根据实践的考虑来开展的,与正式结构并没有关系。这种策略使得这些制度神话在组织参与者外部看来似乎在发挥作用,从而维持了组织的合法性,同时又避免了组织的效率原则与对制度环境的遵从之间的冲突。第二是信心和良好信念的逻辑。在 Meyer 和 Rowan 看来,组织的正式结构和实际活动的分离、对于组织的外形的维持,都是组织在内部参与者和外部当事人心目中确立他们对于该组织的信心和良好信念的有效机制。通过这种方式,组织力图获取内部参与者和外部当事人信任,避免公众的阻碍,保证组织的技术活动的开展。其他关于组织对制度环境反应的研究有:Kaplan 和 Harrison(1993)研究了组织对法律环境制度变革的反应。他们发现,组织通常会采取两种战略。一是前摄战略,目的是符合环境的要求;二是反应战略,目的是为了适应环境的变更。

(三) 制度环境对企业跨国投资战略的影响

不管是为了更充分地利用现有资源还是进一步拓展新的资源,企业采取国际化战略的成功与否,均取决于企业能否在跨国背景的制度环境下进行良好的运作。这里所说的制度环境包括政治制度,例如制定政策的国家结构;行政法规与裁决;经济制度,例如国家资本市场的结构;社会文化制度,例如非正式的规范,等等。为了在一个新的国家成功配置资源,跨国公司必须对原有国与投资国市场的各方面差异作出明确界定(Beamish, 1988;Hymer, 1976;Martin, Swaminathan and Mitchell, 1998;Zaheer, 1995)。例如,法律规章在各个国家都存在着广泛差异,比如财产获取制度、设立新公司的许可证制度、与供应商的合同制度、对员工的雇佣制度、工资税制度等等。除了开设新公司所需要的花费外,政治与管制对于一个公司海外分支的日常运作会造成相当可观的成本。当政策制定者拥有独立决策的权力或是能够高度确信其下的立法或司法分支将支持他所作出的决定时,未来的政策将更为多变,这种变化不仅可能由外部事件或是政策制定者的身份变化而引起,甚至还会随着现任政策制定者的偏好而改变。已有实证研究表明,各国间的文化差异对跨国投资战略亦会产生影响。此外,各个国家的制度差异将会导致公司管理者在从事与一项跨国战略的成功密切相关的信息收集、解读和组织工作时会更加困难。而在现有市场在政治结构、资本市场结构及文化背景上相似的投资国市场,具有较少的不确定性、相对更低的进入成本与较高的投资回报率,因此,投资者们偏好于选择在那些文化背景更为相近、组织结构更为相似、未来政体更易预测的国家内从事投资活动。

制度环境对于企业在新的投资国市场上所采用的进入模式亦会产生影响,例如在政策多变、不确定性较高的投资国,企业往往倾向于将子公司设计成与投资国当地公司结为合作伙伴的形式,以降低制度环境蕴含的风险。而在海外投资资产类型的选择上,跨国企业亦会受到不同制度结构的影响。实证研究结果表明,生命周期较长或是在政策上显而易见的投资对于一国制度环境更为敏感,例如基础设施部门的投资(Bergara Duque, Henisz and Spiller, 1998; Caballero and Hammour, 1998; Crain and Oakley, 1995)。

(三)跨国企业对制度环境的能动作用

1. 跨国企业风险减缓战略

跨国企业对制度环境的能动作用首先体现在,跨国企业能够采取风险减缓战略(hazard mitigating strategy)来降低制度环境对企业的制约作用。风险减缓战略之一是和投资国当地公司结为合作伙伴,这为跨国企业所带来的直接好处是,能够更为便捷地利用投资国当地的劳动力资本与市场信息。更重要的是,当跨国企业与当地企业结合程度较高时,若当地政府考虑制定一项对外来公司不利的政策时,势必要顾及自己地方上的企业。为了防止这一政策带来不利影响会波及当地企业,政府就不得不小心谨慎,进而往往最终会改变原有决定。第二项风险减缓战略为外包战略,即企业从外部雇用一个专门就政治风险为企业提供建议的咨询人员。除此之外,企业还可以采用非市场战略,例如明确哪些是投资国内重要的政府官员并设法与之培养良好关系,或者与那些能够影响或是接近这些政府官员的当地合作伙伴搞好关系。跨国企业同样能够培养自己选择当地合作伙伴的能力,即选择那些在政治上具有影响力、能够维护企业利益的公司作为合作伙伴。跨国企业非市场战略涉及的内容还包括:决定公司将接受何种类型的政策妥协(Mahon, 1983);如何对公司资源进行合理配置以达到期望的非市场效果;公司是否应该利用投资国当地的企业、行业协会、大使或是其他的政府相关人员的影响力来减缓自身的风险;在跨国组织、非正式群体、本国或是投资国的立法机构、执法机构以及司法机构中间,企业应当对何种机构进行游说(Holburn and Vanden Bergh,2002)。企业在采取非市场战略时,需要注意的是,如果一个企业的非市场战略能力只是地方性的,也就是说这种能力不能在不同国家间进行转移,那么企业在进入新的国家市场时就应注重在新环境下重新培养出特定的非市场知识与能力。

2. 跨国企业经验学习能力的能动作用

以往对于跨国企业投资战略与制度环境间关系的研究大都只是关注,跨国企业对于投资国制度环境所蕴含的风险与机会所作出的反应。这些研究所暗含的假定为,各个企业特点以及对特定制度环境所采取的反应都是同质化(homogeneous)的。然而,一系列研究发现:在某一特定制度环境下,各企业的新进市场战略与跨国投资绩效存在着广泛差异。对于在同一个投资国的进入战略上存在异质性(heterogeneity)的解释之一为,投资国市场与跨国企业先前经营的市场具有不同程度的相似性,企业在制定跨国投资战略决策时不仅依赖于这种相似性,而且与企业对于投资国的了解程度十分相关。不同企业所具有的知识与能力不同,因此导致了进入投资国的战略决策不同。该解释强调了企业的经验学习(experiment learning)对于企业制定跨国投资战略的重要影响。

经验学习理论源于 Johanson 和 Vahlne(1977)关于企业扩张路径(expansion path)的假设,即企业的扩张首先是从一个与原有市场相似程度比较高的市场开始。在这个市场上,企业只需投入较低程度的资源贡献,然后逐渐过渡到较高程度的资源贡献,这一转变随着企业在投资国市场上逐渐积累起经验与知识而产生。随着时间演进,经验与知识的积累意味着跨国企业的外来程度在降低,对当地合作伙伴的依赖程度在减小,同时企业在当地市场上的运作则近似于在原来国家或是其他相似程度较高的市场上进行运作。

一些有关企业经验与绩效间相互关系的研究结果表明,跨国经验将有利于扩大企业对于构成一个地方市场环境的相关制度、文化、市场及语言等的了解,从而降低一个企业的外来风险(Hymer,1976;

Zaheer，1995）。从投资国所获取并积累起来的国际经验有助于一个企业发展和培养出新的能力，这种发展对企业的战略和运作绩效都会产生影响（Barkema，Bell and Pennings，1996；Pennings，Barkema and Douma，1994）。在本国市场与跨国市场上积累起的相关经验能够为跨国企业发展出与投资国环境相适应的知识和能力，从而减少企业相对于当地企业的竞争劣势，并且使企业在当地市场上面临较少的运作障碍（Delios and Beamish，2001）。

在具有政治风险的市场环境中，拥有经验的公司所具有的一项相对优势在于，能够察觉并抵御投资国政府在政策环境上的不利变化。具有特定制度结构的政府往往会在政府行为中显现出特定的模式，相比于不具有经验的企业，在这一国家或是相似国家中已经积累起相关经验的企业就更容易体会到这一模式，并且能够采取更为适当的反应。有了这些经验与知识，企业就能更出色地制定出风险减缓战略。

由此可见，跨国企业的投资战略决策不仅受到本国与投资国制度环境相似程度的影响，而且依赖于经理人员由企业的跨国经验学习所赋予的对投资国信息收集与信息解释能力的程度，经理人员的这一能力能够增加投资国市场的"相似度"。研究表明，在投资国与原有国的制度环境间存在相当大的差异时，经验学习对于企业绩效的影响程度最大。

引入经验学习理论意味着，制度环境与公司自身的特点对于跨国公司投资战略的成功与否都将产生很大的影响，然而，现有的研究并未在实证上提供支持。Henisz 和 Delios 在他们对企业跨国投资战略的研究中，提出了将制度环境特点与企业特点联系起来的两个命题：

命题 1：假如投资国的制度环境与企业所在国的制度环境差异较大，那么企业在这一差异性市场上拥有的经验知识越多，企业在投资国的子公司的业绩就越好，企业越容易在投资国市场中生存并获得高额利润。

命题 2：如果投资国的制度环境是动态变化的，即制度环境中存在迅速的制度变迁，那么企业在越是广泛的不同国家的制度环境上拥有经验，则企业在投资国的子公司的业绩就越好，企业越容易在投资国市场中生存并获得高额利润。

Henisz 和 Delios 所提出的这两个命题仍然有待实证的检验。

八、组织信任机制的构建

（一）信任机制及其对组织的作用

卢曼将信任分为人际信任与制度信任，前者建立在熟悉度及人与人之间的感情联系的基础上，后者则是用外在的像法律一类的惩戒式或预防式批判，来降低社会交往的"复杂性"（杨中芳、彭泗清，1999）。卢曼对信任的界定明显地带有制度功能的色彩，从行为层面为信任研究注入了浓重的社会学色彩。他指出，信任在减少社会交往复杂性方面的社会功能。可以说，从卢曼开始，社会学者对信任的内在含义进行了深刻的反思。在此基础上，研究者开始注意对信任本身进行区分，视线已经深入到信任产生过程中起作用的不同因素之上。社会学超越了心理的和人际的层面，突显了其中制度性因素的重要作用。从非正式的习俗、道德到正式的法律、规定，这些制度性因素通过其内化于社会成员后形成的约束力量来增进社会信任度，这时信任的意义在某种程度上被提升了；普通社会成员之间的相互信任，已经掺杂了该社会成员对涉及其中的社会制度的信任。于是，社会制度就拥有了作为信任的保障机制和作为信任本身的一部分的双重含义。

Zucker（1986）将信任的来源划分为基于过程的信任（process-based）与基于制度的信任（institutional-based）。基于过程的信任指，与某一特定行动者的行为相关联的、个体或组织在重复交易过程中会建立起可信的声誉，行动者亦可以通过从事特定的行为来获得这种声誉，例如树立品牌，这种声誉就好比是一项可靠的信号，用以向他人证明自己是值得信赖的。而基于制度的信任则是正式社会结构的产物，这种信任形式不是源于某一特定行动者的个人特质或是交易历史，而是由于存在对行为实施监管或是对普遍意义上的良好行动标准进行强化的第三方组织或是政治结构而生成。鉴于基于制度的信任不需要交易伙伴对彼此过去的行为有很好的了解，因此这一形式的信任为基于个人市场交易的扩张提供了支持。

新制度经济学派的代表人物 North 对于意识形态和人类信用的重要作用表述如下:"它借助内化的文化价值,增强人们行为的预见性,减少了人们在经济活动中的摩擦;同时,最重要的是,任何成功的意识形态都必须克服搭便车的问题。其基本目标是为不按简单的、享乐的、个人对成本收益算计来行动的团体注入活力。"

经济学家倾向于认为,所谓市场经济的道德基础最重要的是信誉或信任(张维迎,2001)。这种观点并不是今天才被人们所主张,很早以前,霍布斯就描述了人与人之间没有任何信任时面临的困境,人们将会陷入"所有人对所有人的战争",即霍布斯丛林。在经济学家中,亚当·斯密可能也是最早比较系统关注信任和人类经济行为的关系的学者。在他的重要著作《道德情操论》(The Theory of Moral Sentiments)中,斯密指出经济活动是基于社会习惯和道德之上。如果离开这些习惯和道德,人们之间的交易活动就会受到重大的影响,交易的基础就会动摇。韦伯也较早就指出不同文化在信任上的差异及其对资本主义形成的影响。

越来越多的学者包括经济学家和社会学家开始致力于信任方面的研究(Putnam,1993;福山,1998; Knack Keefer,1997 等)。例如福山在他的引起广泛关注的著作中明确指出,尽管新古典经济学理论对现实的解释在大部分场合仍然有效,但它不能解释的"百分之二十"的缺憾需要文化作为补充。其中,社会成员之间的信任乃是文化对经济的影响途径和表现形式,它直接会影响甚至决定经济效率(福山,1998,p. 30)。影响的机理在于,信任直接影响了一个社会的经济实体的规模、组织方式、交易范围和交易形式,以及社会中非直接生产性寻利活动的规模和强度。同时,按照这些经济表现,一种文化或社会可以分成高信任度或者低信任度,在高信任度的社会或文化中,自发性的社会交往发达,中间层的社团丰富而又多样化,它能够无须借助于政府力量就可以由民间自动发展出强大而向心力高的大规模组织;而在低信任的社会中,人们的自发性社交能力很弱,如果离开强有力的高度中央集权的政府,民间往往不能发展出有效率的大规模组织。信任和社会生活关系的根本意义在于,人的社会交往有不可避免的不确定性,信任为应对不确定性提供了"经久"、"稳定"而且得到"普遍认可"的制度和个人心理结构。吉登斯说:"信任缩短了因时间和空间造成的距离,排除了人的生存焦虑。若不加以控制,这些焦虑会不断对人的感情和行为造成伤害。"只有在社会成员间存在稳定的相互信任关系的情况下,他们才可能一起构建一种长远的共同秩序,而不只是得过且过地凑合在一起。尽管一切社会群体都需要有信任机制,但具体是何种信任机制却会因不同社会而异,"社会的不同组织形式带来不同的信任形式"。

可见,由于信任使得组织减少了社会交往的不确定性,提高了组织行为的预见性,减少了组织交易成本,增强了顾客、政府、公众等组织相关行动者对组织的认可,进而增加了社会活动的经济效率,因此构建企业信任机制、培养良好声誉越来越成为一个企业战略的重要组成部分。

(二)俄罗斯家庭储蓄市场的信任缺失研究

有关俄罗斯家庭储蓄市场的一项调查表明:自 1998 年起,俄罗斯商业银行在新的储蓄金获取方面就遇到了问题,即便是在 1999 年俄罗斯经济增长迅猛之际,依然只有 1%左右的新进储蓄金存入私有银行。这一调查结果揭示了俄罗斯家庭储蓄市场存在着相当程度的信任缺失,只有 1.7%的被调查者表示愿意将钱存入俄罗斯私有银行。

Andrew Spicer 和 William Pyle 对于俄罗斯家庭储蓄市场的信任缺失现象进行了研究,在他们的研究中,这两位学者考察了个体企业为何不愿意或是无法培养出一套基于过程的信任机制,以此来克服市场上广泛存在的信任缺失问题。他们认为,在市场最初形成的条件影响下,单个银行从信任培养行为中所能获得的利益大为削弱了,因此其参与信任培养行为的意愿也随之削弱;结果导致广大储户对私有银行的怀疑进一步扩大;在此基础上,后来新进入到储蓄市场的银行也无力扭转储户对私有银行的既定认识。也就是说,不信任自身蕴含着促使不信任行为连续出现的自我强化机制(self-reinforcing),这一不良循环导致了市场衰退。

Andrew Spicer 和 William Pyle 指出,由于俄罗斯家庭对于私有金融机构缺乏经验上的认识,因此他们对于这一新兴市场的应对措施非常欠缺。具体表现在两个方面:首先,他们对于金融风险的偏好整体上来说是十分微小的;其次,他们对于如何辨别在高度竞争的金融市场上所存在的各个具体选择缺乏经验。鉴于广大储户对于金融机构并未形成一个特定的认识,因此俄罗斯家庭与这些金融组织最初的交往经验将在很大程度上影响其对于整个行业的认知。"这些银行是什么"以及"这些银行应当如何表现"的相关观点的形成涉及一项针对广大缺乏经验的投资者的集体学习过程。在市场形成的最初阶段,某一金融机构的良好行为(例如自觉履行金融义务)将对金融机构的整体形象产生正面影响;相反,某一金融机构的负面行为则会殃及整个金融行业,行业内所有金融企业的声誉都将受到影响。在此,两位学者引入了外部性(externalities)的概念,即正是由于外部性的存在,才会对个体组织旨在培养基于过程的信任的相关行动产生阻碍作用。当存在可观的交易成本与外部性时,追求自身利益最大化的行动者将更多地参与到具有负外部性的行为中去,而对具有正外部性的行为参与不够。在新兴的俄罗斯储蓄市场中,私有银行受到了声誉外部性的影响,从而削弱了从事良好行为的动机。因为某一银行从事一项风险投资战略,即使失败了无力履行还款条约,所造成的损失也不会被该银行充分内部化(internalized),而是会以损害声誉的形式扩散至整个行业,对整个行业造成不良影响;同样,某一银行遵守合约、自觉履行还款义务的行为所带来的益处亦能够增加集体的利益,福及整个行业内的银行。俄罗斯大量缺乏管制的金融机构涌入家庭储蓄市场的局面加剧了声誉外部性所带来的影响作用,由于市场上存在着成百上千的银行,因此不论是实施机会主义所蕴含的成本或是培养信任行为所带来的利益,在单个银行看来都是极其微小的,因此银行会降低从事信任培养行为的意愿。

此外,俄罗斯动荡的政治与经济局势进一步削弱了银行培养信任的动机,通货膨胀以及俄罗斯立法与执法机构间的政治斗争导致金融机构对于未来将为自身提供什么样类型的机会十分不确定,进而低估了任何长期投资所蕴含的期望回报,其中亦包括为生成信任而进行的相关投资。

那么如何解释俄罗斯银行无法扭转由不信任引发的恶性循环的局面呢？Diego Gambetta(1988，p. 234)对于不信任的自我强化性质作出了如下解释：不信任的程度如果比较高，那么由于经验的存在，要扭转这种不信任是十分困难的，因为经验促使人们不愿意参与到适宜的社会实验(social experiment)中去，更糟糕的是，它将引导某种行为的出现，而这种行为将进一步强化不信任存在的合理性。Gambetta强调了信念在定义"理性"时候的作用，如果个体对某一类型的行动者缺乏信任，那么他们将避免参与到"适宜的社会实验"中去，即便这种社会实验蕴含着使个体银行建立起可靠信誉的可能。事实上，随着私有银行储蓄市场的急速兴起，这些私有商业银行的动机也随之改变，短期机会主义行为的吸引力日益增加，越来越多的银行崇尚推行"钱一到手就跑路"的战略("take the money and run" strategy)。因此，不信任孕育出了自我强化、自我肯定的行为，这种行为又进一步巩固了不信任。

俄罗斯家庭储蓄市场的信任缺失这一案例强调了政府监管力量在新兴金融市场上的重要地位(Stiglitz，1993)，即为了避免不信任导致的恶性循环，俄罗斯需要国家管制机构对于早期新进市场者的机会主义行为进行控制和约束。除此之外，这一案例还强调了制度信任的创建最终取决于在日常行为中对制度依赖程度较大的行动者的信念和态度。要想打破不信任的恶性循环，不仅需要设法重新获得储户对金融组织的信心，还需要使他们相信国家机构将行之有效地监控金融市场上合法的竞争行为。俄罗斯市场的这一历史事件再三向我们表明，不论是俄罗斯的私人机构还是公共政府机构，在对俄罗斯新兴市场的市场规则进行定义时都收效甚微。Andrew Spicer和William Pyle在他们的研究中指出，对市场起到支持作用的制度不能仅仅从个体企业相互竞争的互动行为中生成，例如俄罗斯私有银行就未能形成一套对于家庭储蓄市场的发展至关重要的信任机制。为了达到市场成功发展的目标，除了个体行动者的努力之外，还需要公共行动者与个体行动者相互合作，共同构建和维持一套可靠的、可予以强化的规则，从而重新获得在市场早期形成阶段所遗失的信任。

九、小　结

由上所述,新制度主义至少在以下四个方面解答了战略管理研究者最为关注的问题:

首先,组织是如何运作的? 研究者对于组织行为应采取什么样的模式?

组织的行为模式因其所处的背景而异,不同的制度类型对行动者决策会产生不同的影响。如果制约行动者的是一套精心设计的、复杂的制度结构,例如美国政府制定出的制度,那么行动者在制定决策时往往会深思熟虑、精心权衡;如果文化因素是制约行动者的主要制度类型,则行动者制定决策时就会遵循与前者相迥异的风格,因为此时的决策规则不一样,在这种情形之下行动者行为所体现的象征意义才是决策所考虑的重点。

其次,组织之间为什么会存在差异? 即便是存在着竞争中的相互模仿行为,这种差异性为何仍然能够得以保留?

市场因素、制度环境与组织自身三者间存在着交互作用:Henderson 和 Mitchell 提出了研究市场因素与组织内部能力特点间交互作用的必要性;Burt 的研究阐述了竞争环境对于文化制度的影响作用;而 Jaffee 和 Freeman 则考察了组织形式与制度环境间的相互作用,他们提出组织形式对制度环境的遵从能够为组织带来对相关制度进行操控的战略机会;Clay 和 Strauss 提出,在给定的适当市场结构下,一个组织的制度创新能够为组织带来持续竞争优势。

再次,组织边界是如何确定的?

以往在战略领域中的研究往往将公司视作一系列合同契约的联结,新制度主义视角则主张将公司视作一系列制度的联结,这些制度因素对组织效率具有广泛影响。关于公司的这一新定义在概念范围上更广,由此得以对影响组织内部与外部行为的多种制度形式更好地进行解释。此外,基于对构成组织的多种制度形式——法律、文化、规范和规则等有了一个更为明确的认识,行动者在战略上亦能形成一个更具引导性的理解。正如 Zenger 等人所指出的,组织不仅仅是由委托代理理论所驱动的雇佣规则的集合,同样也是与这些规则相联结的规范的集合。Rao 表明,组织除了作为一个生产性角色之外,还拥有文化身份(culture identity),这种身份与生产性角色是相互独立的,然而对组织的效率具有着深远的影响作用。

最后,什么决定了组织在国际化竞争中的成败?

以往的研究通常只将国家划分为"本国"和"外国"进行描述,或是对国家的界定采用单一维度,例如集体主义和个人主义,这种传统的界定方法已经远远不够。新制度主义提出,每一个国家都是一系列特征的复杂集结体,因此主张对国家进行多维度(muti-faceted)的界定,这一观点目前已是无可争议。在此基础上,对于一个国家制度稳定性以及投资环境的衡量指标能够为战略决策者提供新的机会,以将复杂的制度因素与一国本身的特征相互结合起来,为企业在从事制定国际化战略决策的活动中提供新的思路。

十、战略管理理论的创新

(一)战略管理及其"本土化"研究的局限

与新制度主义的研究相对照,可以发现一个非常有趣的现象,即当组织学科在普遍重视组织与环境的研究同时,管理学界则普遍地朝着相反的方向越走越远。

罪魁祸首是谁?美国管理学界尤其是所谓的顶尖商学院在责难逃,因为正是他们,炮制了一个又一个"现代企业管理理论"。

20 世纪 80 年代初,面对日本制造业企业强大的竞争优势,美国管理学者开始反思,其中,如"权变管理"、"追求卓越",等等。这些理论解释了日本企业优于美国企业的原因,权变管理学派甚嚣尘上,后续理论虽然各有千秋,但其思想方法论的基础基本不变:即,组织间的差异来自于企业所处的环境压力以及其应对环境的策略差异。

由此产生的战略管理的研究误区体现在以下两个方面:

（1）国际战略管理研究一直在"企业竞争优势"的论题上争论不休，直到最近才对新制度主义为核心的组织理论引起重视，但原先集中于企业能力的生成机制研究和情景导向的分析思维阻碍了观念的转向。

（2）国内战略管理研究则在"本土化"问题上形成了争辩。

其实，这两个方面均可从新制度主义的视野加以分析：

（1）如果要论证"企业能力的生成机制"，企业同构化应该是能力机制考察的首要步骤。无论是产业竞争学说、资源基础学说、动态竞争能力或是创新战略理论，实际上都是从不同角度来论述组织与环境的关系。这里，姑且不论何种要素会对企业能力的生成产生重要的影响，一般而言，起决定性作用的只能是内生性的要素，而内生性因素必然是在组织与环境互动的过程中形成的。

（2）梅耶和罗文所指的制度环境实际上就是管理学者反复强调的"本土性"，即处于不同环境中的组织所要遵循的"合法性"的机制不同。与管理学者所说的"本土性"相比较，"合法性"的概念具有理论建构性和内在规定性。而"本土性"的观点几乎等同于普通人的直觉和判断，无法有效地对其内涵进行界定，因而也无法升华到科学研究的层次上。

由此可见，如果战略管理只关注个体和组织间的差异以及彼此间在生存和竞争方面的策略差异，只按照"以结果论英雄"的思维逻辑论证企业竞争优势的来源，那么所给出的意见和结果很可能是武断和片面的，最终就会陷入到所谓的"战略管理研究误区"中。因此，管理学者有必要吸收新制度主义的理论成果，注重从组织与环境的互动方式及其适配性的角度去探讨组织战略的产生、发展和变化问题，其中尤其要注意研究组织与制度环境的关系，并以此进行战略问题优劣的探讨。只有这样，战略管理研究的科学成分才有望得以提升。

我们认为，在某种意义上来说，新制度主义学者对组织和管理学研究以及对社会科学研究的贡献，超越了被全球社会科学界公认的赫伯特·西蒙的决策理论，西蒙的"有限理性说"固然指出了人类在信息加工和决策方面的局限性，但其在处理人类决策过程的分析中，仅仅区分了"程序化决策"和"非程序化决策"，同现实的决策过程仍然有相当的距离。而新制度主义的理论却是对"真实世界"中的组织行为予以合乎情理和逻辑的论证。

（二）新制度主义视野的中国战略管理研究途径

鉴于中国现在正处于由计划经济迈向市场经济的转轨阶段,本文认为,在中国战略管理研究中导入新制度主义,以转型期国家或地区的制度环境特质为讨论重点,可为中国战略管理研究提供一个具有参考价值的研究路径：

（1）基于组织战略是组织对组织与环境关系权衡结果的判断,无论企业是制度环境的创造者或是跟随者,其所塑造或模仿的制度环境对转型期的国家或地区社会发展都会引发正面或负面的影响,这些影响是怎样影响组织的战略选择,相互间是一个怎样的逻辑关系,需要我们加以考察。

（2）对此,应将组织对所处制度环境的塑造和被同构化的过程予以展开。由上所述,将转型期的制度环境变化视为一个持续性变化或间断性变化的过程,因此,可以认为,由此产生的战略往往就是权宜式、妥协式甚至是更为灵活多变的,从而使战略管理研究更具可解释真实世界的学理性特质。

（3）现今的中国,经历了 30 年的改革开放,国力大增,社会财富积累和人民生活水平有着显著的提升。然而,非市场化因素的影响究竟如何,尚有待考察。近年来,引起社会较大负面反响的因素正在对组织的战略选择和实施产生影响,比如,组织的社会责任、组织的环境管理、组织的劳资关系管理、组织与政府的关系等等,这些均涉及制度环境因素,值得引起重视。

基于上述研究的开创性质,应采用过程化研究（process study）进一步推动有关研究重点的工作,这里所说的采用过程化研究采用企业史、事件史、田野研究、行动研究、案例研究、社会与政治运动等研究方法。

参考文献

Andrew Spicer and William Pyle，2002，"Institutions and the Vicious Circle of

Distrust in the Russian Household Deposit Market," 1992—1999, *The New Institutionalism in Strategic Management*, volume 19, pages 373—398.

Austen-Smith, D. , 1993, "Information and Influence: Lobbying for Agendas and Votes", *American Journal of Political Science*, 37, 799—834.

Austen-Smith, D. , 1995, "Campaign Contributions and Access", *American Political Science Review*, 89, 566—581.

Abramovitz, M. , 1987, "Broadcasters Woo with Crisper Shots: Special TV Show Part of Effort to Preserve uhf Frequencies", *Washington Post* (January 4).

Arthur, W. B. , 1989, "Cometing Technologies, Increasing Returns, and Lock-in by Historical Events", *The Economic Journal*, 99, 116—131.

Agarwal, S. , and Ramaswami, S. N. , 1992, "Choice of Foreign Market Entry Mode: Impact of Wwnership, Location and Internalization Factors", *Journal of International Business Studies*, 23, 1—27.

Anand, B. , and Khanna, T. , 2000, "Do Firms Learn to Create Value? The case of alliances", *Strategic Management Journal*, 21, 295—315.

Argote, L. , Beckman, S. L. , and Epple, D. , 1990, "The Persistence and Transfer of Learning in Industrial Settings", *Management Science*, 36, 140—154.

Avdasheva, S, and Yakovlev, A. , 2000, "Asymmetric Information and the Russian Individual Savings Market", *Post-Communist Economics*, 12 (2), 165—185.

Barkema, H. G. , Bell, J. H. J. , and Pennings, J. M. , 1996, "Foreign Entry, Cultural Barriers, and Learning", *Strategic Management Journal*, 17, 151—166.

Barkema, H. G. , and Vermeulen, F. , 1997, "What Differences in the Cultural Backgrounds of Partners are Detrimental for International joint ventures", *Journal of International Business Studies*, 28, 845—864.

Benito, G. R. G. , and Gripsrud, G. , 1992, "The Expansion of Foreign Direct Investments: Discrete Rational Location Choices or a Cultural Learning Process?", *Journal of International Business Studies*, 23, 461—476.

Bennet, P. D. , and Green, R. T. , 1972, "Political Instability as a Determinant of Direct Foreign Investment in Marketing", *Journal of Marketing Research*, 19, 182—186.

Bradley, D. , 1977, "Managing Against Expropriation", *Harvard business re-*

view, 75—83.

Brown, J. S. , and Diguid, P. , 1991, "Organizational Learning and Communities of Practice: Toward a Unified View of Working, Learning and Organization", *Organization science*, 2, 40—57.

Burke, S. P. , and Casson, M. , 1998, "Information Strategies in Foreign Market Entry: Investing in Sales and Distribution Facilities", Mimeo.

Baker, G. , Gibbons, R. , and Murphy, K. J. , 2002, "Relational Contracts and the Theory of the Firm", *The Quarterly Journal of Economics*, 117, 39—83.

Barnard, C. , 1938, *The Functions of the Executive*, Cambridge: Harvard University Press.

Babb, S. , 1996, "A True American System of Finance: Frame Resonance in the U. S. Labor Movement, 1866 to 1886", *American Sociological Review*, 61, 1033—1052.

Beltz, C. A. , 1991, *High Tech Maneuvers: Industrial Policy Lessons of HDTV*, Washington, D. C. ; The AEI press.

Benford, R. D. , and Hunt, S. A. , 1992, "Dramaturgy and Social Movements: The Social Construction and Communication of Power", *Sociological Inquiry*, 62, 36—55.

Benford, R. D. , and Snow, D. A. , 2000, "Framing Processes and Social Movements: An Overview and Assessment", *Annual Review of Sociology*, 26, 611—639.

Brinkley, J. , (1997), *Defining Vision: The Battle for the Future of Television*, New York, NY: Harcourt brace.

Baron, D. P. , 1995, "Integrated Strategy: Market and Non-Market Components", *California Management Review*, 37, 47—65.

Baron, D. P. , 1999, "Integrated Market and non-market Strategies in Client and Interest Group Politics", *Business and Politics*, 1, 7—34.

Bawn, K. , 1995, "Political Control versus Expertise: Congressional Choices about Administrative Procedures", *American Political Science Review*, 89, 62—73.

Bonardi, J. P. , 1999, "Market and Non-Market Strategies during Deregulation: The Case of British Telecommunications", *Business and Politics*, 1(2), 203—231.

Berger, Peter L. and Thomas luckmann, 1967, *The Social Construction of Reality*, Doubleday.

Baron, D. , 2001, "Theories of Strategic Non-Market Participation: Majority-Rule and Executive Institutions", *Journal of Economics and Management Strategy*, 10, 47—89.

Baum, J. A. C. and Oliver, C. , 1992, "Institutional Embededness and the Dynamics of Organizational Populations", *American Sociological Review*, 57, 540—559.

Baum, J. A. C. , and Powell, w. w. , 1995, "Cultivating an Institutional Ecology: Comment on Hannan, Carroll, Dundas and Torres", *American Sociological Review*, 50, 529—538.

Berger, P. , and Luckmann, T. , 1966, *The Social Construction of Reality*, New York: Free press.

Carol, G. R. , and Hannan, M. T. , 2000, *The Demography of Corporations and Industries*, Princeton, NJ: Princeton university press.

Charles, J. , 1993, *Service Clubs in American Society*, Chicago: University of Illinois Press.

Cerna, M. , 1993, "New Performance Measures Will Yield Comparative Data on HMOS", *Hospitals and Health Networks*, 67, 48.

Carol, Glenn and Michael hannan, 1989, "Density Dependence in the Evolution of Populations of Newspaper Organizations", *American Sociological Review* 54, pp. 524—541.

Carrol, G. R. , and Hannan, M. T. , 2000, *The Demography of Corporations and Industries*, Princeton, NJ: Princeton university press.

Clay, k. , 1997, "Trade without Law: Private-Order Institutions in Mexican California", *Journal of Law, Economics and Organization*, 13, 202—231.

Camere, C. F. , and Lovallo, D. , 1999, "Overconfidence and Excess Entry: an Experimental Approach", *American Economic Review*, 89(1), 306.

Camerer, C. F. , 2001, *Behavioral Game Theory: Experiments in Strategic Interactions*, Princeton: Princeton University Press.

Chandler, A. D. , 1962, *Strategy and Structure*, Cambridge: Mit Press.

Coase, R. H. , 1937, *The Nature of the Firm*, Economica N. S. , 4, 386—405.

Cummings, S. , 1995, "Centralization and Decentralization: the Never-Ending Story of Separaton and Betrayal", *Scandinavian Journal of Management*,

11，103—117.

Chang，S. J. ，and Rosenzweig，P. M. ，2001，"The Choice of Entry Mode in Sequential Foreign Direct Investment"，*Strategic Management Journal*，22，747—776.

Crain，W. M. ，and Oakley，L. K. ，1995，"The Politics of Infrastructure"，*Journal of Law and Economics*，38，1—17.

Damania，R. ，and Frederiksson，P. G. ，2000，"On the Formation of Industry Lobby Groups"，*Journal of Economic Behavior and Organization*，41，315—335.

Davidson，W. H. and McFetridge，D. G，1985，"Key Characteristics in the Choice of International Technology Transfer Mode"，*Journal of International Business Studies*，16，5—21.

De Figueiredo，J. and de figueiredo，R. J. ，2002，"Managerial Decision Making in Non-Market Strategy: An Experiment"，*Advances in Strategic Management*，19.

Delios，A. ，and Beamish，P. W. ，2001，"Survival and Profitability: The Roles of Experience and Intangible Assets in Foreign Subsidiary Performance"，*Academy of Management Journal*，44.

Delios，A. ，and Henisz，W. J. ，2002，*Political Hazards，Experience and Sequential Investment Strategies: The International Expansion of Japanese Firms*，1980—1998，Mimeo.

Denzau，A. T. ，and North，D. C. ，1994，*Shared Mental Models: Ideologies and Institutions*，Kyklos，47，3—30.

Dyer，J. H. ，and Singh，H. ，1998，"The Relational View: Cooperative Strategy and Sources of Interorganizational Competitive Advantage"，*Academy of Management Review*，23，660—679.

De Figueiredo，J. M. ，and De Figueiredo，R. J. P. ，JR2002，"Lobbying，Litigation，and Administrative Regulation: The Allocation of Resources by Interest Groups"，*Business and Politics*(forthcoming).

Dimaggio，Paul. ，1988，"Interest and Agent in Institutional Theory"，pp. 3—22 in *Institutional Patterns and Organizations*，Edited by L. Zucker，Cambridge U. press.

Dimaggio，Paul and Walter Powell，1984，"The Iron Cage Revisited: Institutional Isomorphism and Collective Rationality"，*American Sociological Review* 42， pp. 726—743.

Dimaggio, PJ. , 1988, "Interest and Agency in Institutional Theory", IN: L. G. Zucker(ed.), *Institutional Patterns and Organizations: Culture and Environment*(pp. 3—21), Cambridge, MA: Ballinger.

Dupagne, M. , &. Steel. P. B. , 1998, *High-definition Televison: a Global Perspective*, Ames, IA IOWA University Press.

Dimaggio, P. , 1988, "Interest and Agency in Institutional Theory", in: L. Zucker, *Institutional Patterns and Organizations: Culture and Environment* (pp. 3—21), Cambridge, ma:Ballinger.

Delacroix, J. , &. Rao, H. , 1994, "Externalities and Ecological Theory: Unbundling Density Dependence", In: J. baum and J. singh(eds), *Evolutionary Dynamics of Organizations*, New York: Oxford University Press.

Epstein, R. C. , 1928, *The Automobile Industry: Its Economic and Commercial Development*, Chicago; A. W. shaw&-co.

Edelman, Lauren B. , 1990, *Legal Environments and Organizational Governance*, AJS 95, pp. 1401—1440.

Epstein, D, &. O'halloran, s, 1994, "Administrative Procedures, Information, and Agency Discretion", *American Journal of Political Science*, 38, 697—722.

Eccles, R. G. , &. Nohria, N. , 1992, *Beyond the Hype: Rediscovering the Essence of Management*, Cambridge: Harvard business school press.

Ensminger, J. , 1997, "Changing Property Rights: Reconciling Formal and Informal Rights to Land in Africa", In: I. N. drobak &. J. V. C. NYE, *The Frontiers of the New Institutional Economics* (pp. 165—196), San diego: Academic press.

Fligstein, N. , 1997, "Fields, Power, and Social Skill: A Critical Analysis of the New Institutionalisms", Presented at the conference on power and organization, hamburg, frg.

Fligstein, N. , 1996, "Markets as Politics: a Political Cultural Approach to Market Institutions", *American Sociological Review*, 61, 656—673.

Flink, J. J. , 1970, *America Adopts the Automobile*, 1895—1910, Cambridge: Mit Press.

Fedral Commission for the Securities Market, 1996, *Training Manual for Perspective Unit Fund Managers*, Manuscript(in Russian).

Granovetter, M. S. , 1985, "Economic Action and Social Structure: The Problem of Embeddedness", *American Journal of Sociology*, 91, 481—510.

Guy L. F. Holburn and Richard G. Vanden Bergh, 2002, "Policy and Process: A Game-theoretic Framework for the Design of Non-market Strategy", *The New Institutionalism in Strategic Management*, Volume 19, pages 33—66 .

Glen Dowell, Anand Swaminathan and James Wade, 2002, "Pretty Pictures and Ugly Scenes: Political and Technological Maneuvers in High Definition Television", *The New Institutionalism in Strategic Management*, Volume 19, pages 97—133.

Grier, k. b. , Munger, M. C. , & Roberts, b. e. , 1994, "The Determinants of Industry Political Activity", 1978—1986, *American Political Scinence Review*, 88, 911—926.

Garud, r. , 1994, "Cooperative and Competitive Behaviors during the Process of Creative Destruction", *Research Policy*, 23, 385—394.

Granoverrer, m. , 1973, "The Strength of Weak Ties", *American Journal of Sociology*, 78, 1360—1380.

Granoverrer, m. , 1985, "Economic Action and Social Structure: the Problem of Embeddedness", *American Journal of Sociology*, 91, 481—510.

Goodnow, J. D. , & Hansz, j. e. , 1972, "Environmental Determinants of Overseas Market Entry Strategies", *Journal of International Business Studies*, 3, 33—50.

Guillen, M. F. , & Suarez, S. L. , 2002, "The Institutional Context of Multinational Activity", in: S. Ghosha l & E. Westney(eds), *Organization Theory and the Multinational Corporation*, New York: ST. Martin's press.

Gambetta, D. , 1988, "Can We Trust Trust?" In: D. gambetta(ed.), *Trust: Making and Breaking Cooperative Relations*, New York: Basil blackwood LTd.

Henisz, W. J. , 2000, "The Institutional Environment for Multinational Investment", *Journal of Law, Economics and Organization*, 16, 334—364.

Hymer, S. , 1976, *The International Operations of National Firms*, Cambridge, MA: MIT press.

Hannan, M. T, and Freeman, J. , 1984, "Structural Inertia and Organizational Change", *American Sociological Review*, 49, 149—164.

Hart, O. D. , 2001, "Norms and the Theory of the Firm", *Harvard Institute of*

Economic Research Discussion Paper.

Hannan, M. T. and Freeman, J. , 1989, *Organizational Ecology*, Cambridge, MA: Harvard university press.

Hart, J. A. , 1994, "The Politics of HDTV in the United States", *Policy Studies Journal*, 22(2), 213—228.

Haunschild, Pamela R. and Anne S. Miner, 1997, "Interorganizational Imitation: the Effects of Outcome Salience and Uncertainty", *Administrative Science Quarterly* 42, pp. 472—500.

Hannan, M. T. and Freeman, J. , 1977, "The Population Ecology of Organizations", *American Journal of Sociology*, 82, 929—964.

Henderson, R, M. and Mitchell, W. , 1997, "The Interactions of Organizational and Competitive Influence on Strategy and Performance", *Strategic Management Journal*, 18, 5—14.

Healy, K. , 2002, "Sacred Markets and Secular Ritual in the Organ Transplant Industry", *Paper Presented at the Workshop on Economic Sociology*, Princeton university, February.

Henisz, W. J. , 2000, "The Institutional Environment for Economic Growth", *Economics and Politics*, 12(1), 1—31 .

Hayagreeva Rao, 2002, "'Tests tell': Constitutive Legitimacy and Consumer Acceptance of the Automobile: 1895—1912", *The New Institutionalism in Strategic Management*, Volume 19, pages 307—335.

Hermalin, B. E. and Isen, A. , 2000, "The Effect of Affect on Economic and Strategic Decision Making" (working paper), University of California, Berkeley.

Ingram, P and Clay, K. , 2000, "The Choice-within-constraints New Institutionalism and Implications for Sociology", *Annual Review of Sociology*, 26, 525—546.

Ingram. P. and simons, T. , 1999, "The Exchange of Experience in a Moral Economy: Thick Ties and Vicarious Learning in Kibbutz Agriculture", Working Paper.

Johanson, J. and Vahlne, J. -e. , 1977, "The Internationalization Process of the Firm-a model of Knowledge Development and Increasing Foreign Market Commitments", *Journal of International Business Studies*, 8, 23—32.

John M. de Figueiredo and Rui J. P. de Figueiredo, Jr. , 2002, "Managerial Decision Making in Non-market Environments: A Survey Experiment", *The New Institutionalism in Strategic Management*, Volume 19, pages 67—96.

Knight, J., 1992, *Institutions and Social Conflict*, New York: Cambridge University Press.

Kahneman, D. and Tversky, A., 1979, "Prospect Theory: An Analysis of Decision under Risk", *Econometrica*, 47(2), 263—291.

Katz, R., 1982, "The Effects of Group Longevity on Project Communication and Performance", *Administrative Science Quarterly*, 27, 81—104.

Klein, B., 1996, "Why Hold-ups Occur: The Self-enforcing Range of Contractual Relationships", *Economic Inquiry*, 34, 444—463.

Kimes, B. R. and Clark, H., 1989, *Standard Catalogue of American Cars*, Iola, wi: Krause publications.

Klandermans, B., 1992, "The Social Construction of Protest and Multi-organizational fields", in: A. Morris & C. Mueller(eds), *Frontiers in Social Movement Theory*(pp. 77—103), New haven, ct: Yale university press.

Knight J. and Ensminger, J., 1998, "Conflict over Changing Social Norms: Bargaining, Ideology and Enforcement", in: v. nee & m. brinton(eds), *The New Institutionalism in Sociology*, New York: Russell Sage.

Klein, D., 2000, *Reputation: Studies in the Voluntary Elicitation of Good Conduct*, Ann arbor: the University of Michigan press.

Kogut, B. and Spicer, A., 2002, "Capital Market Development and Mass Privatization are Logical Contradictions: Lesons from the Czech Republic and Russia", *Industrial and Corporate Change*, 11(1), 1—37.

Kogut, B. and Spicer, A., 2001, *Ideas, Organizations and Politics in the Russian Transition*.

Lawrence, P. R. and Lorsch, J. W., 1967, *Organization and Environment*, Boston: Harvard university press.

Lofland, J., 1985, *Protest: Studies of Collective Behavior and Social Movements*, New Brunswick: Transaction books.

Levy, B. and Spiller, P. T., 1996, *Regulations, Institutions and Commitment*, Cambridge: Cambridge university press.

Mitchell, W., Shaver, J. M. and Yeung, b., 1993, "Performance following Changes of International Presence in Domestic and Transition Industries", *Journal of International Business Studies*, 24, 647—669.

Murtha, T. and lenway, S. A. , 1994, "Country Capabilities and the Strategic State: How National Political Institutions Affect Multinational Corporations Strategies", *Strategic Management Journal*, 15, 113—129.

Mccarthy, J. D. , 1996, "Constraints and Opportunities in Adopting: adapting and Inventing", in: D. Mcadam, J. D. Mccarthy & M. N. Zald(eds), *Comparative Perspectives on Social Movements: Political Opportunities, Mobilizing Structures and Cultural Framings* (pp. 142—184), Cambridge, England: Cambridge university press.

Macaulay, S. , 1963, "Non-contractual Relations in Business: A Preliminary Study", *American Sociological Review*, 28, 55—70.

Meyer, A. D. , Tsui, A. S. , and Hinings, C. R. , 1993, "Configurational Approaches to Organizational Analysis", *Academy of Management Journal*, 36, 1175—1195.

Meyer, J. W. and Rowan, B. , 1977, "Institutionalized Organizations: Formal Structure as Myth and Ceremony", *American Journal of Sociology*, 83, 340—363.

Meyer, John W. and Brian Rowen, 1977, "Institutionalized Organizations: Formal Structure as Myth and Ceremony", *American Journal of Sociology* 83, pp. 340—63.

Mayhew, D. , 1974, "Congress: The Electoral Connection", *Yale University Press*, New Haven.

Milgrom, P. , North, d. and Weingast, B. , 1990, "The Role of Institutions in the Revival of Trade: The Law Merchant, Private Judges, and the Champagne Fairs", *Economics and Politics*, 2, 1—23.

Monitoring of public opinion, *Russian Center For Public Opinion Research* (VTsIOM), Moscow: Russia.

Nee, V. , 1992, "The Organizational Dynamics of Market Transition: Hybrid Forms, Property Rights, and Mixed Economy in China", *Administrative Science Quarterly*, 37, 1—27.

North, D. C. , 1981, *Structure and Change in Economic History*, New York: WW norton.

North, D. C. , 1990, *Institutions, Institutional Change and Economic Performance*, New York: Cambridge University Press.

Neale, M. , and Bazerman, M. H. , 1985, "The Effects of Framing and Negotiator Overconfidence on Bargaining Behaviors and Outcomes", Academy of Management Journal, 28(1), 34—49.

Nelson, R. R., and Winter, S. G., 1982, *An Evolutionary Theory of Economic Change*, Cambridge, MA: Harvard University Press.

Nickerson, J. A., and Zenger, T. R., 2002, "being Efficiently Fickle: a Dynamic Theory of Organizational Choice", *Organization Science*, 13(5).

Powell, Walter and Paul Dimaggio, 1991, *The New Institutionalism in Organizational Analysis*, University of Chicago Press.

Powell, W. W., 1990, "Neither Market nor Hierarchy: Network Forms of Organization", *Research in Organizational Behavior*, 12, 295—336.

Rao, H., Morrill, C. and Zald, M. N., 2000, "Power Plays: How Social Movements and Collective Action Create New Organizational Forms", in: B. m. Staw &. R. i. Sutton(eds), research n Organizational Behavior, 22, 239—282, Greenwich, ct: Elsevier.

Root, F. R., and Ahmed, A. A., 1978, "The Influence of Policy Instruments on Manufacturing Direct Foreign Investment in Developing Countries", Journal of International Business Studies, 9, 81—93.

Stobaugh, r., 1969, "How to Analyze Foreign Investment Climates", *Harvard Business Review*, 100—108.

Snow D. A., and Benford, R. D., 1988, "Ideology, Frame Resonance and Participative Mobilization", *International Social Movement Research*, 1, 197—218.

Stinchcombe, A. L., 1965, Social Structure and Organizations", in: J. G. March, *Handbook of Organizations*, Chicago: Rand-Mcnally.

Swaminathan A., and Wade, J. B., 2002, "Social Movement Theory and the Evolution of New Organizational Forms", in: C. B. Schoonhoven &. E. romaneli, *The Entrepreneurship Dynamic in Industry Evolution* (pp. 286—313), Palo alto, CA: Stanford University.

Scott, James, 1976, *The Moral Economy of the Peasant*, New haven: Yale University Press.

Scott, W. Richard, 1987, "The Adolescence of Institutional Theory", *Administrative Science Quarterly*, 32, pp. 493 —511.

Scott, W. Richard, 1995, *Institutions and Organizations*, Sage.

Strang, David and john meyer, 1994, "Institutional Conditions for Diffusion", pp. 100—112 in *Institutional Environments and Organizations*, Edited by W. R. Scott and J. W. Meyer and Associates, Sage.

Selznick, Philip, 1984, *Leadership Inadministration*, University of California press.

Stinchcombe, Arthur, 1997, "On the Virtues of Old Institutionalism", *Annual Review of Sociology*, 23, pp. 1—18.

Scott, W, R, 1995, *Institutions and Organizations*, Beverly Hills, CA: Sage.

Silverman, B. S. , Nickerson, J. A. , and Freeman, J. , 1997, "Profitability, Transactional Alignment, and Organizational Mortality in the U. S. Trucking Industry", *Strategic Management Journal*, 18, 31—52.

Schwartz, E. , Spiller, P. , & Urbiztondo, S. , 1994, "A Positive Theory of Legislative Intent", *Law and Contemporary Problems*, 57.

Spiller, P. T. , 1990, "Politicians, Interest Groups, and Regulators: A Multiple-principals Agency Theory of Regulation, or Let Them be Bribed", *Journal of Law and Economics*, 33(1), 65—101.

Smith, V. , 1989, "Theory, Experiment and Economics", *Journal of Economic Perspectives*, 3, 151—169.

Salancik, G. R. , 1977, "Commitment and the Control of Organizational Behavior and Belief", in: B. M. Staw and G. R. Salancik (eds), *New Directions in Organizational Behavior* (pp. 1—54), Chicago: ST. Clair Press.

Scott, W. R. , 1981, *Organizations: Rational, Natural, and Open Systems*, Englewood Cliffs: Prentice Hall.

Stevenson, W. , 1990, "Formal Structure and Networks of Interaction Within Organizations", *Social Science Research*, 19, 113—131.

Stiglitz, J. , 1993, "The Role of the State in Financial Markets", *Proceedings of the World Bank Annual Conference on Development Economics*, Washington, D. C. .

Todd R. Zenger, Sergio G. Lazzarini and Laura Poppo, 2002, "Informal and Formal Organization in New Institutional Economics", *The New Institutionalism in Strategic Management*, Volume 19, pp. 277—305.

Tiller, E. H. , 1998, "Controlling Policy by Controlling Process: Judicial Influence on Regulatory Decision Making", *Journal of Law, Economics and Organization*, 15(2), 349—377.

Thomas, R. P. , 1977, *An Analysis of the Patterns of Growth of the Automobule*

Industry, 1895—1929, New York: arno press.

Uzzi, B. , 1996, "the Sources and Consequences of Embeddedness for the Economic Performance of Organizations: the Network Effect", *American Sociological Review*, 61, 674—698.

Vanden Bergh. R. G. , 2000, *The Evolution of Institutions: Politics and Process in the American States*, University of California, Berkeley.

Viscusi, W. K. , 2000, "How do Judges Think about Risk?", *Merican Law and Economics Review*, 1(1—2), 26—62.

Van de ven, a. h. , & Garud, r. , 1989, "A Framework for Understanding the Emergence of New Industries", in: R. Rosenbloom and R. Burgelman(eds), research in Technological Innovation, Management and Policy (pp. 195—225), Greenwich, CT: Jai Press.

Warner, A. , 1998, "The Emerging Russian Banking System", *Economics of Transition*, 6(2), 333—347.

Weingast, B. R. , 1993, "Constitutions as Governance Structures: The Political Foundations of Secure Markets", *Journal of Institutional and Theoretical Economics*, 149, 286—311.

Williamson, O. E. , 1975, *Markets and Hierarchies: Analysis and Antitrust Implications*, New York: Free Press.

Williamson, O. E. , 1985, *The Economic Institutions of Capitalism*, New York: Free Press.

Williamson, O. E. , 1994, "Transaction Cost Economics and Organization Theory", in: N. J. Smelser and R. Swedberg(eds), *the Handbook of Economic Sociology*(pp. 77—107), Princeton, NJ: Princeton University Press.

Witold J. Henisz and Andrew Delios, 2002, "Learning about the Institutional Environment", *The New Institutionalism in Strategic Management*, Volume 19, 339—372.

Weingast, B. R. , & Moran, M. J. , 1983, "Bureaucratic Discretion or Congressional Control? Regulatory Policymaking by the Federal Trade Commission", *Journal of Political Economy*, 91(5), 765—800.

Williamson, O. E. , 1975, *Markets and Hierarchies: Analysis and Antitrust Implications*, New York: The Free Press.

Williamson, O. E. , 1996, *The Mechanisms of Governance*, New York: Oxford University Press.

Wei, S. -J. , 2000, "How Taxing is Corruption on International Investors", *Review of Economics and Statistics*, 82, 1—11.

Zuckerman, E, W. , 1999, "The Categorical Imperative: Securities Analysts and the Legitimacy Discount", *American Journal of Sociology*, 104, 1398—1438.

Zenger, T. R. and Lawrence, B. S. , 1989, "Organizational Demography: the Differential Effects of Age and Tenure Distributions on Technical Communication", *Academy of Management Journal*, 32, 353—376.

Zucker, L. G. , 1986, "Production of Trust: Institutional Sources of Economic Structure, 1840—1920," Research in *Organizational Behavior*, 8, 53—111.

Zaheer, S. , 1995, "Overcoming the Liability of Foreignness", *Academy of Management Journal*, 38, 341—363.

周雪光:《组织社会学十讲》,社会科学文献出版社 2003 年版。

认 同 篇

组织认同优势的获取、维系和流失
——以温州服装商会为例(1996—2004年)

❑ 郭　毅　忻锋光

温州商会①自 20 世纪初产生,至今已有百年历史。其间,1949 年至 1977 年,温州商会经历了改造、萎缩与沉寂。20 世纪 80 年代末开始,温州商会进入复苏和发展阶段。1992 年至 2000 年为温州商会的蓬勃发展时期,2000 年后温州商会进入转型时期。至 2003 年 11 月,温州市和各县(市、区)已经全部建立了总商会。其中,市级行业协(商)会 101 家,乡镇商会 24 家。②

温州商会的重新兴起和发展,引起国内学术界的研究兴趣。余晖(2002)强调,温州商会之所以具有良好的治理机制效用,关键在于它是通过体制外途径生成的组织。史晋川等(2002)则将温州商会作为市场化为主导的温州模式的重要组成部分。郁建兴等(2004)论证了温州商会的合法性问题,选择了温州商会与温州地方政府的相互作用作为讨论的视角。陈剩勇等(陈剩勇、马斌,2003;陈剩勇,2003;陈剩勇、魏仲庆,2003;陈剩勇、汪锦军、马斌,2004;陈剩勇、马斌,2005)将温州商会置于当代中国社会转型和国家与社会关系演进的背景中,尝试解读温州商会重新兴起的政治学和社会学意义。他们认为,温州商会"作为一种治理机制"发挥了作用,取得了"良好的自主治理③绩效",因此在"国家和社会关系演进"中具有重要意义(陈剩勇、马斌,

---

① 本篇使用的"温州商会"的概念特指温州本地的具有民间性和自治性的行业组织,具体界定参见本篇第二部分。

② 转引自:郁建兴、黄红华、方立明等,《在政府与企业之间——以温州商会为研究对象》,浙江人民出版社 2004 年版。

③ 陈剩勇、马斌在文章中将自主治理定义为:特定的群体自己组织起来,在不依赖外部代理人的情况下,为解决群体所面临的共同问题,增进共同利益而进行自主协调,并由此制定相应有效的制度安排。

2005)。

与上述观点有所不同,本篇认为,温州商会之所以会取得"良好的自主治理绩效",关键在于,温州商会组织认同优势的获得。理由如下:

首先,私营经济的快速发展为温州商会的兴起奠定了活动空间和经济基础,温州地方政府的支持为温州商会组织提供了萌生和发展的空间(陈剩勇等,2004)。但自主治理绩效的取得,最重要的是商会的组织管理。即,为什么在相似的制度环境下,温州市服装商会有着"众人称道的显赫功绩"(史晋川等,2002),而其他的商会却没有? 因为,温州经济的增长、政府的支持只是提供了商会成功的前提,而决定成功与否的是商会自主性。在环境与组织的关系中,环境对组织有约束或促进作用,但更重要的是组织的能动性,即组织的自主管理。

其次,正如研究者所指出的那样,温州商会具有鲜明的民间性质,是行业内企业自发自愿组建而成的,是"首先具备了广泛的社会合法性然后才取得法律合法性的"[①](余晖,2002)。但为什么具有民间性质的温州商会能够自发自愿形成并且取得良好自主治理绩效? 而国内很多"官办"的或"半官方"性质的行业协会却很少取得这样的成功? 因为,自发自愿组建商会的一个重要条件是行业内企业及其他各方的认同。如果没有组织认同,那么温州商会就失去了生存和发展的必要条件。

再次,研究者已经注意到,进入 21 世纪,温州市服装商发展所需要的"社会合法性在成长、自主治理机制在完善"(陈剩勇、马斌,2005),但"做的没有以前好"(温州商会调研记录,2004 年 12 月),其原因是什么? 我们发现,作为自主治理的组织,如果组织成员对其行为的合法性产生怀疑和不认同,商会的组织认同优势就会下降直至衰退。

最后,组织认同是非营利组织管理的核心问题(李总演,2003)。非营利组织获取优势的关键在于,该组织内部成员和外部的利益相关

---

① 对温州商会来说,最重要的两部法律文件是《社会团体登记管理条例》和《温州市行业协会管理办法》,分别于 1998 年和 1999 年颁布。此前,温州商会未受到法律承认。

者对该组织的认同以及由此建立的认同优势（陈川正，2000）。可以认为，虽然上述与温州商会相关的研究角度不同，但众多研究者所感兴趣的问题几乎是一致的，即非营利组织所处环境的优劣对其组织绩效的优劣有着直接的影响和作用。值得注意的是，大部分研究并未从非营利组织的核心问题——组织认同角度来检验温州商会成功的原因。

本篇的任务在于，以新制度主义的视角考察温州商会如何获取组织认同的过程，进而建立认同优势以及该优势的维系与衰败过程。

本篇第一部分讨论有关概念、方法，并以往相关研究进行评述；第二部分提出温州商会组织认同的模型及其研究假设；第三部分是案例研究，选取了温州市服装商会为典型案例进行研究；最后是总结和讨论。

一、概念讨论、研究目的和方法

（一）概念讨论

与商会相关的概念有非营利组织、行业协会、商会等。

对于非营利组织（NPO）的定义，学界众说纷纭，目前最受认同的是约翰·霍普金斯大学非营利组织比较研究中心推荐的"结构—运作定义"，认为凡符合组织性、民间性、非营利性、自治性和志愿性等五个特性的组织都可被视为非营利组织（萨拉蒙等，2001）。本文亦采用这一界定。

行业协会是非营利组织中的一种形式。[①]与"行业协会"内涵相近的有同业公会、联合会等等，在英文中多用 trade promotion association、trade association、industrial association 或 commercial chambers 等等。美国《经济学百科全书》定义行业协会是：一些为达到共同

---

① 关于中国非营利组织的基本分类可参见王名：《非营利组织管理概论》，中国人民大学出版社 2002 年版，第 9 页。

目标而自愿组织起来的同行或商人的团体。英国关于行业协会的权威定义是：独立的经营单位组成、保护和增进全体成员既定利益的非营利组织（斯坦利·海曼，1985）。

本篇认为，行业协会指，由单一行业的企业所构成的、采用会员制的非营利性组织，其目的在于促进行业发展、协调行业内外关系和规范行业秩序。

崔校宁（2003）认为，我国的商会体系至少包括四个部分：狭义商会（工商联）、行业协会、中介组织和政府职能部门。陈清泰（1995）将商会定义为：一个以社会公共利益为目的，为工商业提供各种服务，以政府监督下的自主行为为准则，以地区设置与跨国发展为空间，以非官方机构的民间活动为方式的非营利性法人组织。刘继彪（2003）认为，商会只是行业协会的一个类别，在产业特点上，商会往往指贸易领域的行业协会；在地域特点上，商会往往以地域特征划限吸收会员。有些研究则将商会等同于行业协会（如秦诗立，2002，2003）。为研究便利起见，本文将商会视同为行业协会。

本篇的研究对象为温州本地的行业协会，其大致有两类：一类是由温州市工商联（又称总商会）为业务主管部门[1]的行业协会，多由民营企业家自发组建、自下而上发展起来，或由工商联牵头组建的行业管理组织，具有较高的民间性和自治性，一般称为行业商会；另一类是由市经贸委或其他政府部门为业务主管部门的行业协会，由政府部门牵头组建，一般称为行业协会。在民间性、自治性和服务性等方面，行业商会要优于行业协会（陈剩勇、马斌，2005）。

本篇只讨论温州本地的行业商会，又称之为"温州商会"[2]。1995

---

[1] 从1988年起，工商联直接牵头和推动成立了温州市服装商会、眼镜商会、合成革商会等20多家商会，有力地促进了温州商会的发展。2000年2月，民政部下发了《关于重新确认社会团体业务主管单位的通知》，授权22个单位作为全国性的社团业务主管单位，工商联不在其列，这使得温州市工商联作为业务主管单位的合法性开始丧失。温州市政府及民政部门本着尊重历史、尊重现实的精神，采取灵活的作法。市经贸委委托市工商联主管由市工商联指导组建的20多家商会。但另一方面，市经贸委作为工商领域唯一合法的业务主管单位，具有行使行业管理的权力，对各行业协会和商会进行业务指导和管理是其职责和权力所在。这使得原来由工商联主管的各民间商会常常要面对工商联和经贸委两大业务主管部门的双重管理。

[2] 本篇接下来提到的"温州商会"、"商会"都是指温州本地的行业商会。

年之后开始出现的在温州以外的地方成立的异地温州商会,则不在本篇讨论范围之内。

(二)温州商会的特点

温州商会具有较为显著的特点:

首先,温州商会是由民营企业自发自愿组建的,遵守"五自"原则,即自愿入会、自选领导、自聘人员、自筹经费和自理会务,它不同于政府筹建或政府部门转型而来的行业协会,"凭借民间性、自治性、民主性和服务性的组织优势,活跃在温州工商领域"(陈剩勇等,2004)。目的是通过行业组织的自律管理和自我服务,促进行业发展,改善企业的竞争环境,进而推动企业的发展。

其次,温州商会的产生和发展与温州经济的发展密不可分。没有私营经济的快速发展,温州商会就没有活动的空间和经济基础。因此,在研究温州商会时,必须考察商会所在的行业的发展情况。

(三)目的和意义

作为民间性、自治性的行业组织,温州商会的自主治理绩效的获得是建立在组织认同的基础上的。本篇将组织认同的相关理论应用于温州商会的研究中,试图从新制度主义的视角来探讨影响温州商会的组织认同的因素以及温州商会如何建立认同优势等问题。

现有文献指出,制约商会组织发展的最主要因素是:商会或协会的法律定位不清,职能不明确、不具体;政府没有将应该赋予行业协会的权力下放给商会或协会;经费不足,工作难以开展(陈剩勇等,2004)。但据我们调查,与20世纪90年代相比较,温州商会已经得到了法律的承认,而且政府也在逐渐地下放了各项职权,温州商会发展的外部环境已经大有改善。至于经费问题,商会完全可以通过自身的经营管理来解决。问题的核心是,在现有的条件下,商会如何努力通过自身的自主管理来获得组织成员、政府各个部门等利益相关者的认同,并在此基础上获取行为支持和资源支持,进而赢得组织认同优势。

（四）研究方法及研究思路

1. 研究方法

本篇主要采用文献研究法、访谈法和案例研究法。

（1）文献研究法。

为了解目前关于行业协会、温州商会以及组织认同的相关研究，本篇根据国内外有关此论题的图书、期刊、研究报告等资料，进行系统性的分析与整理，从而构建了本研究的理论模型和研究假设等。

（2）访谈法。

根据文献分析提出的理论框架，设计出相应的调研问卷，并对相关的商会和商会负责人进行了深入访谈，获得了大量的第一手资料。

（3）案例研究法。

案例研究是社会科学研究的一种重要形式。案例研究是探索难于从所处情境中分离出来的现象时采用的研究方法（罗伯特·殷，2004）。本文采用案例研究的方式，主要是基于研究目的和内容的考虑。本篇的目的不是对温州商会的发展和现状作出描述，而是试图分析温州商会如何获得认同优势，哪些因素影响组织认同等问题。因此，本篇侧重理论构建，而不是经验描述。

在研究中，本篇将按照罗伯特·殷（2004）提出的案例研究法的主要步骤进行：提出明确的研究问题；设计一个正式的研究方案；运用理论和以前的研究成果来提出正、反面假设；收集经验性信息来检验这些正、反面假设；根据研究主题和设计进行定量或定性分析等。

2. 研究思路

对温州商会的关注始于 2004 年 6 月。之后，对于温州商会的相关研究做了系统地分析和整理。2004 年 12 月，先后有 11 人次到温州进行调研，与温州市服装商会、温州家具商会、温州市总商会、温州市政府相关机构等相关负责人多次进行了深入交谈。对于温州市服装商会做了专门的调研，对新老会长、新老秘书长以及数个副会长单位、部分区（县）服装商会、商会内部中小企业、商会部分附属机构等作过深入访谈，还查阅了服装商会的会议记录、期刊等资料，因而掌握了较为真实的一手信息。

本篇的研究框架以图1表示。

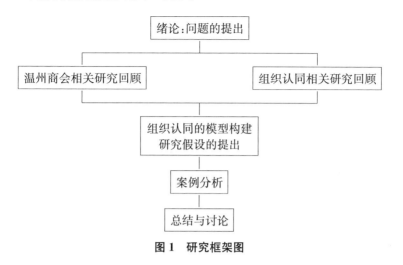

图1 研究框架图

二、回顾与评述

该部分首先回顾温州商会的研究,其次讨论了组织认同的研究。

（一）温州商会相关研究回顾

行业协会与温州商会是密切相关的概念,行业协会的相关理论为温州商会的研究提供了理论来源、分析框架和问题预设。因此,对于温州商会的文献回顾会涉及有关行业协会的相关研究。

1. 有关行业协会的研究

行业协会既是经济组织,又是社会组织。同时,由于行业协会处于国家、市场(企业)和社会三者之间,在不同行业都有不同形式的表现和不同程度的发展(杨永芳,2005)。因此,现有文献的研究角度呈多样化展开,包括:经济学、史学、社会学、公共管理学以及法学等。

国外经济学者开展对行业协会的研究为时较早,如Grief应用博弈论工具对古老的"基尔特"(guild)等行业组织的生发衰变进行分析。Williamson(1975)提出,任何交易活动均可表现为组织治理结构的某些类型,企业和市场是治理机制谱系的两极。据此,较多文献将行业协会视为并列于市场、企业、国家、非正式网络之外的第五种经济制度或社会秩序(Streeck and Schmitter，1985；Hollingsworth，Schmitter and Streeck(ed)，1994)。Streeck 和 Schmitter(1985)列举了 12 项指标，对市场、国家、非正式网络和协会四种治理结构的特性作了细致的比较。Hollingsworth 和 Boyer(1997)在此基础上又作了更详细的分析。

秦诗立和岑丞(2002)认为，行业协会能同时提供管理服务市场所需的两类产品——公共产品和俱乐部产品。张旭昆和秦诗立(2003)在应用交易费用经济学解释商会的基础上，引入由青木昌彦发展起来的"关联博弈"概念，对行业协会的激励约束条件加以探讨。余晖(2002)探讨了自律性行业组织的制度动力学原理，将行业协会作为相对于公序(public order)而言的一种组织化的私序(private order)，这涉及了行业协会的功能、体制及其改革路径等内容。

从史学角度研究的有，比利时的亨利·皮朗[①]等，虞和平(1993)和曲彦斌(1999)等。

社会学界更多地从社会团体[②]与政府的关系角度来探讨行业协会，其中，有代表性的著述是由徐永光主编的第三部门研究丛书。高丙中(2000)采用社会、行政和政治三个层面的合法性概念，对社团何以能够在与法律不一致的情况下"正常"存在并开展活动予以解释，提出了以法律合法性为核心概念来整合上述三种合法性，进而实现充分合法性的问题。

公共管理学界主要讨论了非营利组织的内部管理、评估机制以及发展路径等问题，有代表性的是"喜马拉雅学术文库——NGO 论丛"。其中，贾西津等(2004)基于国家社会关系理论，探讨了行业协会的社会角色。他们以国家与社会关系的分析框架来分析中国行业协会的管理体制，并依据他们对中国未来国家与社会关系重构趋势的判断，提出行业协会发展的政策性建议。

从法律角度进行研究的主要有黎军和鲁篱等。黎军(2000)首次

[①] 参见亨利·皮朗(Henri Pirenne，1862—1935)的有关著作。

[②] 社会团体是非营利组织的一部分，详见王名：《非营利组织管理概论》，中国人民大学出版社 2002 年版。

从行政法角度较系统地对行业组织诸多问题进行了研究。鲁篱（2003）探讨了行业协会的合理性与合法性，论述了行业协会自治的理论基础、自治权的具体内容、自治权与国家行政权、司法权的关系以及自治权实现的若干条件和要求。

2. 有关温州商会的研究

至今为止，浙江的公共管理学者和经济学者对温州商会的研究最为系统。

史晋川等（2002）将温州商会视为温州模式的组成部分，认为与中国其他地方商会发展的背景不同，温州商会是在当地市场经济迅速发展的同时，地方政府在市场和行业管理职能缺失的环境下发展起来的，因此温州商会在行业内外关系协调、改善企业产品质量以及品牌推广等方面发挥了重要的作用。

郁建兴等（2004）从温州商会与温州地方政府的关系及其相互作用的角度，考察温州商会的合法性问题。他们认为，关于商会合法性的探讨是对温州模式制度创新意义的具体解读。

陈剩勇等（陈剩勇、马斌，2003；陈剩勇，2003；陈剩勇、魏仲庆，2003；陈剩勇、马斌，2004；陈剩勇、汪锦军、马斌，2004）则将温州商会置于当代中国社会转型和国家与社会关系演进的背景下进行考察。他们运用组织社会学中的制度理论和新政治经济学的民主理论，分别从组织化、自治治理和民主等角度，通过对温州商会的生成机制、组织模式及其运行效果的考察，考察了在现行制度背景下温州商会的自主治理及其自治性，政府与民间商会的关系，自主治理的制度基础与政府的作用问题；通过对民间商会与地方民主的关系、民营企业家阶层参与社会的考察，着重分析民间商会作为一种新的利益表达机制的制度绩效以及该组织形式的作用与发展困境，进而对在民主宪政的架构之下，如何规范和发展民间商会，如何建构和形成国家与社会关系的新型模式，从而促成政府、公民和社会之间的良性互动、推动公民社会和地方民主的发展，提出了系统的评价和建议。

3. 小结

由上述文献回顾，得出以下结论。

（1）经济学更多关注行业协会的经济组织性质，最终归结为对效

率机制优劣的判断。但是,经济学研究视角的限度日益显现(吕明再,
2003)。

(2)社会学和公共管理学注重在国家社会关系视角下的行业协
会定位问题,将转型时期行业协会的出现和发展理解为国家与社会关
系变动的一个具体体现,可以考察中国行业协会发展的特殊性和宏观
趋势(贾西津等,2004)。

(二)组织认同相关研究回顾

组织认同(organizational identification)是近年来组织研究中的
重要概念(Albert、Ashforth、Dutton,2000)。

1.组织认同的概念

何谓组织认同(organizational identification)?根据查阅的文献
来看,对组织认同的定义不尽相同。自1963年以来,至少有八种定义
来界定组织认同(徐玮伶、郑伯壎,2002)。以下仅列举三项:

(1)Patchen(1970)提出的组织认同的概念包括:第一,知觉到自
己与其他员工共有的特质;第二,个人与组织团结在一起的程度;第
三,个人对组织支持的程度。这三个方面的内容可概括为:相似性
(similarity)、成员资格(membership)和忠诚(loyalty)。相似性指,个
人知觉到自己与组织中其他成员之间的共同的目标与利益;成员资格
指,个人自我概念与组织的连接程度;忠诚指,个人对组织的支持与
保护。

(2)Ashforth和Mael(1989)最早将社会认同理论和自我分类理
论系统地引进到组织心理学,来解释成员对于组织的认同。他们认
为,社会认同是一个人归属于某些人类集合体的同一性感知。认同
指,允许个体在与所感知的社会群体的特征相关的关系中,定义他/她
的认同的一种相关模式的极端形式。因此,他们将组织认同理解为社
会认同的一种特殊形式,表现为组织提供给个体一种一致性的感受。

(3)Wan-Huggins、Riordan、Griffeth(1998)将组织认同视为个
体与组织间的连接,即,第一,一致性。个人认同某个组织是为了加强
个人自尊,因此,组织内的其他成员若能够加强个人的自我概念,则该
个人便会认同该组织。第二,将组织认同视为一种认知上的连接以便

使其与其他概念有所区分,特别是组织认同与内化的概念。内化是个人为了维持与组织中其他成员的关系,接受组织的价值和态度;组织认同则体现为个人与组织其他成员的态度和价值的结合。简言之,组织认同是个人在组织中对组织的价值有所认知及接受,而不是采用自己的价值。第三,将组织认同视为个人与组织的连接意味着个体将会评估组织对他个人的意义。大体上,个人对组织会有不同的评价,因此个人对组织的认同度就有所不同。因此,可运用组织认同的概念解释个人与组织内外的行为。

对此,国内学者也有相应的解释和归纳:

王彦斌(2004)认为,企业组织认同是一个综合性概念,指企业组织成员在行为与观念等诸方面与其所加入的企业组织具有一致性,并且成员觉得自己在其中对组织既有理性的契约感和责任感,也有非理性的归属感和依赖感,以及在这种心理基础上表现出来的对组织活动尽心竭力的行为结果。对一个企业的组织成员个人来说,对企业的组织认同意味着他对企业所给予自己的各种物质的、社会的以及精神的东西的赞同与认可,同时也意味着,他愿意对企业无论是在有偿还是无偿的情况下都有发自内心的较高投入与贡献。

陈川正(2000)指出,组织认同研究意义在于,不仅使用于企业组织,同样对非营利组织管理工作亦会有很高的参考价值。因为这些非营利组织也都面临着如何将理想和价值观落实在组织和成员日常的信念和活动中。

与组织认同(organizational identification)容易混淆的一个概念是"组织识别"[①](organizational identity)。在组织理论研究中,阿尔伯特和怀顿(Albert and Whetten,1985)提出的组织识别概念最有影响力,他们认为组织识别是组织内重要的要素,正是组织识别说明了组织的本质特征、组织持久存在于某种跨越时间长度的程度和有别于其他组织的独特特点。在营销、公共关系、组织沟通或其他管理学领

---

① 另一个概念是企业识别(corporate identity),即 CI,与组织认定的概念相近。CI 包括 MI(理念识别)、BI(行为识别)、VI(视觉识别)三个方面。"organizational identity"也被译为组织认定。

域,对于组织识别的研究关注两个问题:什么是组织识别?组织识别管理的目的是什么?现在对于组织识别的概念越来越形成共识,即组织识别是一个组织特有的属性,或者,给出一个更简洁的定义:组织识别要回答"一个组织是什么"的问题(Balmer and Wilson, 1998)。范瑞尔和巴尔默(vanRiel and Balmer, 1997)分析了各种关于组织识别的研究后指出,组织识别主要在三种不同的意义上为人们所使用:形象设计的意义、整合沟通的意义和文化研究的意义。

因此,组织识别(organizational identity)和组织认同(organizational identification)是两个不同的概念,两者差别总结如表1。

表1　组织认定与组织认同的差异

项　目	组织识别 organizational identity	组织认同 organizational identification
立足点	站在组织立场上	站在组织成员的立场上
侧重研究	从组织角度研究如何使得内、外部利益相关者识别、认可组织	从组织成员角度研究组织成员认同组织什么,程度如何
需要回答的主要问题	组织是什么? 本组织的特征是什么?	组织成员认同组织的什么? 认同的程度?
行为和过程	管理的行为和过程	对组织的心理和行为过程

2. 组织认同的作用

在营利组织中,利润目标、绩效考核被视为促使组织成员达成各项工作的指标。但是,在非营利组织中,如果无法驱使成员凝聚共识以认同组织、认同使命,那么组织内部的人力资源就无法整合,从而难以达成组织目标。同时,具有非营利特征的组织,如果无法吸引外部的社会公众认同组织、认同使命,进而源源不断地贡献人力、财力和物力,那么组织就无法永续经营。所以,李总演(2003)认为,组织认同是非营利组织管理的核心问题。

组织认同依据其作用,可分为对内凝聚和对外扩张两个主要方面。所谓对内凝聚的组织认同,是指组织成员更加深入地凝聚在组织使命下,共同致力于组织目标的行为。对内凝聚的结果,除了使组织目标迅速达成外,现有的成员会培养出一种良好的人际关系网络。

所谓对外扩张的组织认同,是指组织的活动,在面对组织外部的社会大众时,设法转化他们的原先认同,得到他们心理上的支持,更进一步设法让他们认同本组织的使命和价值观,甚至提供行动上的支持。

3. 组织认同的测量纬度

Patchen(1970)认为,组织认同包括三个纬度:相似性、成员资格和忠诚。相似性是指与组织中的其他成员相互感知到的共同的目标和利益,成员资格被描述成一个人的自我概念和组织的联系程度,而忠诚则是员工对组织的支持和保护。

梁双莲(1984)提出了组织认同的四个纬度:有休戚感、成员接纳组织目标、介入并关注组织工作、自觉与组织融为一体并分享组织的荣辱与成败;有牵连感、成员经常参与组织活动、视组织工作为生活的一部分,自认在组织中具有重要角色;有忠诚感、成员被组织吸引、自认与组织目标一致,对组织尽忠职守,并愿为组织目标努力奉献;有疏离感、自认在组织中人际关系不和谐、疏离工作、不信任他人、自拒于人、对组织冷淡、缺乏凝聚力。

综合上述研究,现将组织认同的不同测量纬度汇总如下:

表2 组织认同纬度汇总

研究者	组织认同的纬度					
Patchen,1970	相似性	成员资格	忠诚			
Gouldner and Lewis,1975			忠诚			
梁双莲,1984	休戚感	牵连感	忠诚度	疏离感		
陈福来,1990	团体休戚感			规范遵守	工作投入	权威信任
陈其锋,1994			疏离感	法规遵守	团体荣誉	工作投入
蔡依伦,2001	相似性	成员关系	忠诚度			

资料来源:基于李总演(2003)的总结,并略作改动。

4. 组织认同的影响因素

虽然现有文献已经涉及组织认同与工作满意度、离职率等方面的关系,但对导致组织成员组织认同的影响因素研究不足(Epitropaki,2003)。

(1)已有多人提到了组织认同的影响因素,如感知的外部形象

(perceived external image)和外部声望(external prestige)如何影响着组织认同(Bhattacharya，Rao and Glynn，1995；Dutton et al.，1994；Mael and Ashforth 1992；Newman，Logan，O'Leary-Kelly and Whitener，2002；Smidts et al.，2001)[①]。

赖志超、郑伯壎、陈钦雨(2001)研究了中国台湾四个企业,试图探讨台湾企业员工组织认同的来源及其效益。他们认为,程序正义、分配正义和员工知觉在公司受到器重等因素影响了组织认同。

Kreiner(2002)认为,组织识别(organizational identity)强度、组织声誉(organizational reputation)等组织因素和角色间冲突(inter-role conflict)、角色内冲突(intra-role conflict)、心理契约履行、个人主义、犬儒主义(cynicism)等个人因素会影响组织认同。通过实证研究,他得出了与其假设相反的结论:组织识别、角色间冲突、心理契约、个人主义不是组织认同的显著影响因素。

Epitropaki(2003)研究了变革型领导(transformational leadership)、心理契约破裂(psychological contract breach)对于组织认同的影响。研究结果显示,变革型领导显著地影响组织认同,而心理契约破裂负面地显著影响组织认同。

李总演(2003)认为,组织气候(包括结构、责任、奖酬、风险、人情、支持、标准、冲突等)和个人背景(包括性别、年龄、进入组织年资、在组织上职位、学历、本业等)等会影响组织认同。通过实证,结果是:组织气候中的支持、标准两个纬度与组织认同高度相关,冲突、结构、责任、人情、奖酬等纬度与组织认同中度相关,风险纬度与组织认同低度相关;组织成员的年龄、年资纬度与组织认同低度相关。

苏文杰(2003)研究了组织声誉(包括重视社会公义、管理创新、专业服务、吸引人才的能力)和个人背景变量(包括性别、年龄、教育程度、婚姻状况、宗教信仰、服务年资、过去服务经验)对于组织认同的影响。并研究了组织认同与个人背景变量的交互作用对组织承诺的

---

① 转引自：Epitropaki, Olga, "Transformational leadership, Psychological Contract Breach and Organizational Identification", *Academy of Management Best Conference Paper* 2003, OB：M1。

影响。

王彦斌(2004)研究了转型时期中国企业组织管理与组织认同的关系问题并得出结论:第一,组织成员个体因素影响组织认同。其中,经济利益需求满足是组织认同的必要条件,但不是充分条件;个体能力的强弱影响员工对组织的依赖性,组织内的社会关系是组织认同的重要影响因素;员工价值追求的多元化在组织认同方面不存在线性的相关关系。第二,组织内部因素影响组织认同。其中,组织资源充足并能保证组织成员公平获得有助于增强员工组织认同;组织内部关系良好和领导人魅力超强是组织认同极为重要的因素;积极的组织文化是促进员工组织认同的最为重要的因素。

5. 认同优势

李总演(2003)认为,组织认同是非营利组织管理的核心问题。陈川正(2000)在营利组织营运循环的基础上提出了非营利组织的营运循环(见图1)。他将营利组织营运循环中的"竞争优势"改为非营利组织中的"认同优势"。他认为,非营利组织的优势,并不是类似营利组织的情况。非营利组织身处的经营管理情景,既没有一个明显的"市场"存在,也没有一个"交易或交换"的关系模式,使得它的优势关键是在于该组织"内部的成员"和组织"外部的社会大众"对该组织的"认同度"比另外的非营利组织高,也就建立了"认同优势"。

同时,他认为认同优势是由组织策略建立的,并且在经营活动中得到强化。营利组织的竞争优势是其组织在管理上的优势所造成的结果;而非营利组织的认同优势也是组织在管理上的优势所造成的结果。

从"优势"的角度来看,营利组织所强调的优势,无非是与一种其他厂商的产品相比,更具有"竞争"或"效率"上的实质优势。但是,非营利组织没有多重竞争层次,而且非营利组织所强调的优势是一种与其他组织的价值观相比更具有"认同、价值感"的优势。

三、组织认同:关于温州商会的分析模型

温州商会如何建立认同优势? 哪些因素影响组织认同的获得?

为回答这两个问题,本部分将依据相关文献构建组织认同的模型。首先,界定组织认同、内部组织认同、外部组织认同等相关概念,接着依据文献回顾指出组织认同的影响因素,然后最后在此基础上构建组织认同的模型。

(一) 组织认同的界定

1. 组织认同

研究者对于组织认同的界定各有侧重,概念的内涵也有所不同。他们对组织认同的研究,基本集中于组织成员对组织的认同,其概念大致包含三个部分的内容:组织成员对组织的感受(如 Ashforth and Mael,1989)、成员之间的感受(如 Patchen,1970)、成员对组织的行为(科尔曼,1999),汇总如表 3 所示。研究者强调自我分类基础上的归属感(Ashforth and Mael,1989),也有学者认为组织认同意味着个体评价组织对他/她的意义(Wan-Huggins、Riordan、Griffeth,1998)。

表 3　组织认同概念区分汇总

项　　目	组织认同概念包括的内容		
	组织成员对组织的感受	成员之间的感受	组织成员对组织的行为
Ashforth 和 Mael	包括	不包括	不包括
Patchen	包括	包　括	不包括
王彦斌	包括	不包括	包　括
科尔曼	包括	不包括	包　括
Wan-Huggins 等	包括	不包括	不包括

本文界定的组织认同仅仅包括组织成员对组织的感受和认可,感受和认可的内容包括组织所给予的各种物质的、社会的以及精神的东西(王彦斌,2004)或组织对个体的意义(Wan-Huggins、Riordan、Griffeth,1998),也包括对组织管理的过程和结果的感受和认可。在此基础上形成个体对组织的归属感。因此将组织认同界定为:组织认同是组织成员基于对组织的感受和认可而形成的对于组织的归属感。

成员对组织的感受和认可包括:对组织的管理过程及结果的感受和认可,对组织给予的各种物质的、社会的以及精神的东西的感受和认可。王彦斌(2004)指出,组织认同是组织成员在于组织中方方面面的具体因素发生相互的影响和互动之后出现的一种现实而具体的感受,而且这种感受还是一种会对组织产生积极和消极影响的感受。

归属感指归属(belong)于一个组织,在心理和行为上与组织的一致性。徐玮伶、郑伯壎(2002)认为,研究者对组织认同的一个共同的理解是,组织认同包含了归属(belong)的感觉。

2. 内部组织认同和外部组织认同

组织认同强调组织成员在组织中的感受(王彦斌,2004),是在组织内部发生的。因此,本文将组织认同视作内部组织认同,即内部组织认同是组织成员基于对组织的感受和认可而形成的对于组织的归属感。

陈川正(2000)认为,非营利组织的优势,关键是在于该组织内部的成员和组织外部的社会大众对该组织的认同以及由此建立的认同优势。因此,外部的公众对于组织的认同也是至关重要的。本篇根据陈川正的思路提出外部组织认同的概念。

外部组织认同是组织外部的利益相关者对于组织的感受和认可。外部的利益相关者虽然感受和认可组织,但是一般不会有归属感,因此,在研究外部组织认同时,强调外部利益相关者的感受和认可。下文中,使用"组织认同",则包括内部组织认同和外部组织认同。

利益相关者(stakeholder)这一概念最早由伊戈尔·安索夫在他的《公司战略》一书中首次提出。利益相关者是指与一个组织相关联的个人或群体(袁一骏,2002)。米切尔(Mitchell,1997)根据利益相关者的合法性、权力性和紧急性,将企业的利益相关者分为三类:第一,确定型利益相关者,他们同时拥有对企业问题的合法性、权力性和紧急性,为了企业的生存和发展,企业管理层必须十分关注他们的愿望和要求,并设法加以满足;第二,预期型利益相关者,他们与企业保持较密切的联系,拥有上述属性中的两项,某些情况下企业应邀请拥有合法性和紧急性的群体正式参与企业的决策过程;第三,潜在的利益相关者,只拥有三项属性中的一项,管理层并不需要也很少有积极性去关注他们。

对于温州商会来说,本文将利益相关者也分为三类:(1)确定型利益相关者,主要是商会的会员企业、商会的专职人员等;(2)预期型利益相关者,主要是行业内的非会员企业、商会的业务主管单位和登记单位、温州各级政府、相关行业的企业、商会对应的省市和国家级行业协会、行业内的企业家、与本行业密切相关的专业协会、相关媒体等;第三,潜在的利益相关者,主要是温州的社会公众、本行业产品的消费者等等。

在温州商会研究中,内部组织认同指的是商会内部的会员企业[①]对商会的认同,即确定型利益相关者对商会的认同。外部组织认同指的是商会外部的利益相关者包括温州各级政府、行业内的非会员企业等(主要指预期型利益相关者)对商会的认同。

将外部利益相关者的组织认同引入温州商会的分析框架,原因有:

第一,在"经营活动"方面,以"使命或理念"的"认同"为组织目标,并以此来凝聚内部成员和吸引外部的潜在成员,引导其将个人的目标融合于组织的目标之中,这是一种价值观的整合或吸纳(陈川正,2000)。因此,组织外部的认同是非常重要的。

第二,非营利组织如果无法吸引外部的利益相关者,使得他们认同组织、认同组织的使命,并奉献人力、财力、物力,使之成为组织源源不断的新生动力,则组织无法永续经营。因此,获得外部组织认同,可以为组织获取资源提供条件。

第三,温州商会是在体制外途径生成的,因此外部组织认同对于温州商会的生存和发展有着非常重要的作用,如总商会的支持和政府在某种程度的宽容是温州商会发展的一个重要条件特点。

(二)组织认同的影响因素

在相关研究中,组织认同的影响因素很多,本文将这些因素分成个人因素和组织因素两大类。个人因素是组织成员感受到的因素或者个体变量如年龄等;组织因素是组织层面的组织声誉、组织文化等或者组织成员无法直接影响的如变革型领导等。

---

① 商会的内部专职人员或志愿者对于商会的组织认同不在本文讨论的范围之内。

本篇站在组织的立场上来研究哪些因素影响内部和外部的组织认同,进而影响组织的认同优势。本文认为,第一,非营利组织的认同优势是组织在管理上的优势所造成的结果(陈俊龙,2003);第二,个体因素,特别是组织外部的利益相关者的个体因素,是组织难以管理和控制的;第三,本篇试图通过组织认同的影响因素研究而对商会的组织管理提供一些建议。因此,本篇将着重研究影响组织认同的组织因素。

已有文献中,组织认同的影响因素有分配正义和程序正义、组织文化、组织声誉、组织资源、组织结构、领导人、组织气候等(详见表4)。

表4 组织认同的影响因素

本 文	组织因素	个人因素
赖志超等	程序正义、分配正义	员工知觉在公司受到器重
Kreiner	组织声誉	角色内冲突、犬儒主义
Epitropaki	变革型领导	心理契约破裂
李总演	组织气候:结构、责任、奖酬、风险、人情、支持、标准、冲突等	组织成员的年龄、年资
苏文杰	组织声誉(包括重视社会公义、管理创新、专业服务、吸引人才的能力)	个人背景变量:性别、年龄、教育程度、婚姻状况、宗教信仰、服务年资等
王彦斌	组织资源、组织内部关系良好、领导人魅力、组织文化	经济利益需求满足、个体能力的强弱、员工价值追求的多元化

本篇是对温州商会这个非营利组织的研究,因此很少会涉及程序正义和分配正义,因此在研究中不使用这两个影响因素。王彦斌(2004)在研究中对组织文化的测量时使用组织氛围知觉变量,包含4个方面的指标:是否鼓励成功与自主性,是否提倡内部的协调与竞争,领导对员工的信任程度,领导对员工的职业发展设计。这与本篇的研究有一定距离,因此不采用这个影响因素。组织气候因素(包括结构、责任、奖酬、风险、人情、支持、标准、冲突等纬度),则限于调研材料的有限性,本文将不采用此影响因素。

因此,本篇将使用组织声誉、领导模式、组织资源、组织结构四个因素来研究其对组织认同的影响。

1. 组织声誉

企业声誉指一段长时间内社会公众对于公司的各项属性所做的

价值评价(Balmer and Gray，1998)。苏文杰(2003)将组织的各项属性归结为重视社会公义、管理创新、专业服务、吸引人才的能力四个纬度。

本篇将组织声誉界定为：一段长时间内社会公众对于组织的各项属性所做的价值评价。考虑到温州商会的特点，本文将使用三个纬度：重视社会公义(注重对社会的责任、对本行业发展的贡献等)、管理创新和专业服务。

根据组织声誉与组织认同的相关研究，本篇假设：

假设1.1：组织声誉对外部组织认同有正向的显著影响。

假设2.1：组织声誉对内部组织认同有正向的显著影响。

2. 领导模式

Epitropaki(2003)的研究显示，变革型领导正向地显著影响组织认同，即在变革型领导和交易型领导的连续体上，越接近于领导模式变革型领导这一端，则组织认同越高。Burns首次将交易型领导和变革型领导区分开来。Bass(1985)提出交易型领导和变革型领导并不是相互排斥的两个极端，而是相互独立的两种领导方式。

Bass 和 Avolio(1994)提出变革型领导行为包含四个维度：第一，理想影响力(idealized influence)，指能使员工产生崇拜、尊重和信任的一些行为，为员工提供有魅力的榜样；第二，感召力(inspirational motivation)，指向员工提供清晰的、有感染力的、能对他们产生激励作用的目标和愿景，这样的领导最终对未来愿景做出承诺；第三，智力激励(intellectual stimulation)，鼓励员工有革新精神与创造力；第四，个人化关怀(individuallized consideration)，包括对个人需要的体恤与支持，但更关注满足每一个追随者的成就与成长需要。他们同时指出，变革型领导行为的前提是领导者必须明确组织的发展前景和目标，下属必须接受领导的可信性。其主要特征为：集中关注较为长期的目标，强调以发展的眼光，鼓励员工发挥创新能力，并改变和调整整个组织系统，为实现预期目标创造良好的氛围；引导员工不仅为了他人的发展，也为了自身的发展承担更多的责任。

交换型领导行为建立在一个交换过程的基础上，其基本假设是：领导与下属间的关系是以两者一系列的交换和隐含的契约为基础

(Bass，1985)，实质上表明是领导和下属之间为了各自的利益而形成一种交换关系。

本篇认为，变革型领导和交易型领导是同一连续体上的两个极端，现实中的领导模式一般处于这两个极端之间。在考察领导模式时，本文采用 Bass 和 Avolio(1994)提出变革型领导行为的四个维度，即理想影响力、感召力、个人化关怀、智力激励，来考察领导模式是趋向于变革型领导还是交易型领导。本篇所指的"领导"，主要是指商会会长。

根据领导模式与组织认同的相关研究，本文假设：

假设 1. 2：领导模式对外部组织认同有显著影响。

假设 2. 2：领导模式对内部组织认同有显著影响。

假设 1.1、假设 1.2 都是对组织因素和外部组织认同的假设，因此有**假设 1**：组织因素对外部组织认同有显著影响。

3. 组织资源

王彦斌(2004)认为，所有存在于组织中为组织成员所需求的都是组织资源。组织资源涉及组织能够提供给个体或吸引个体成为组织成员参与组织活动的资源，主要包括组织提供给组织成员的物质性资源和无形资源，如社会地位等。

本篇将组织资源定义为：组织提供给组织成员的直接的或间接的利益，主要包括直接的经济利益，由于商会的地位和名声而带来的间接的利益。考虑到一般情况下组织资源只提供给组织成员，因此本文假设：

假设 2. 3：组织资源对内部组织认同有显著影响。

4. 组织结构

王彦斌(2004)将组织结构界定为：社会组织内部各个职位和部门之间正式确定的、比较稳定的相互关系的形式。

考虑到商会的特点，本篇将组织结构定义为：组织正式的结构，以及成员在组织结构中的地位。在商会中有两个结构，一个是组织机构，如温州市服装商会下设女装分会、外贸服装分会等分会，另外设有八个工作委员会如宣传咨询、对外联络、展览培训等；另一个是会员所构成的组织结构，如温州市服装商会在会长下分别设有副会长、理事和一般会员三个级别。本篇研究的是后一个组织结构，即会员企业在商会内是副会长企业、理事企业还是一般会员企业,这种地位是否对组织认同造成影响。[1]

组织结构只对组织成员产生影响,因此本文假设:

假设 2.4:组织结构对内部组织认同有显著影响。

假设 2.1、2.2、2.3、2.4 都是对组织因素和内部组织认同的关系假设,因此有**假设 2**:组织因素对组织认同有显著影响。

(三)认同优势

陈川正(2000)认为,非营利组织的优势关键是在于该组织"内部的成员"和组织"外部的社会大众"对该组织的"认同度"比另外的非营利组织高,也就建立了"认同优势"。同时,认同优势是组织策略建立的,并且在经营活动中得到强化,即非营利组织的认同优势也是组织在管理上的优势所造成的结果。

本篇将认同优势界定为:在获得内部组织认同和外部组织认同的基础上,组织建立的获取行动支持和资源支持的优势。

本篇将认同优势分为两个纬度:行动支持和资源支持。行动支持是指组织内外部利益相关者在行动上给予组织以支持。资源支持是指组织内外部利益相关者提供组织以各种资源。

"优势"强调的是比较,是通过对比而获得的。"资源"是稀缺的,而"行动"具有排他性,即不能同时做两件事。如果一个组织获得了组织认同,并在此基础上取得了比其他组织更有利的获得这些稀缺的"资源"或"行动"的地位,则认为这个组织具有认同优势。

由于认同优势是在组织认同的基础上获取的,因此本文假设:

假设 3:外部组织认同对认同优势有显著影响。

假设 3.1:外部组织认同对认同优势的行为支持纬度有显著影响。

假设 3.2:外部组织认同对认同优势的资源支持纬度有显著影响。

假设 4:内部组织认同对认同优势有显著影响。

假设 4.1:内部组织认同对认同优势的行为支持纬度有显著影响。

假设 4.2:内部组织认同对认同优势的资源支持纬度有显著影响。

---

[1] 由于会长是商会的法定代表人,所以将会长单独视为组织因素来研究。

（四）组织认同的模型

将假设 1、2、3 和 4 中的相关关系绘制成图，则得到组织认同模型，如图 2 所示。

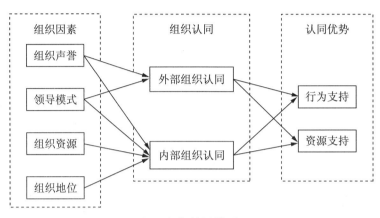

图 2　组织认同模型图

（五）研究设计

本篇将在第 4 部分对温州市服装商会①进行案例研究。

采用案例研究方法主要是基于研究目的和内容的考虑。而选取温州市服装商会为案例研究对象，是因为：

第一，温州市服装商会是公认的做得最好的几个商会之一。探讨服装商会如何获取认同优势以及哪些因素影响组织认同，可以获得较详细的资料和较有说服力的证据。

第二，在研究温州商会时，温州市服装商会多次作为典型案例（如陈剩勇、马斌，2005；郁建兴等，2004），这说明服装商会在温州商会中具有较高的代表性。

第三，通过前期的调研准备，本篇获知温州市服装商会在发展历程、会长选举、制度建设、工作开展等诸多方面都能较好地反映温州商会的发展历程和现实状况。

———————————

① 下文中如提到"服装商会"，亦是指温州市服装商会。

第四,基于案例的可获取性。做研究的前提是第一手资料的可获取性,而温州市服装商会刚好成为本篇调研的研究对象,并积极配合本篇的调研,给予了大量的第一手资料。

四、案例:温州市服装商会的组织认同

本部分首先介绍温州商会的产生和发展;其次先总体介绍温州市服装商会的兴起与发展;然后将服装商会的发展划分为两个阶段,并给出划分的依据;再次分别对第一阶段和第二阶段的认同优势、组织认同及其影响因素进行分析;然后结合两个阶段的分析,对相关内容进行类型匹配(pattern-matching)(罗伯特·殷,2003);最后予以讨论和总结。

(一)温州商会的产生和发展

温州商会最早成立于1906年[①],至今已有百年历史。1978年,我国进入改革开放的新时期。温州作为我国市场经济发育得最早和最快的地区之一,商会组织开始复苏并得到重新发展。在1979年恢复活动后,温州市工商联马上进行会员登记,老会员重新登记有315人。1980年,开始恢复正常工作,吸收新的企业作为会员。

根据工商联的历史、现状和今后发展趋势,1987年12月中共中央书记处指出,工商联是具有统战性质的民间商会。1988年12月全国工商联第六届会员代表大会修改了章程。章程规定,工商联是中国工商业界组织的人民团体,民间的对内对外商会。章程还规定国有企业可以加入工商联成为企业会员,新会员的对象包括国有企业、集体企业、乡镇企业、私营企业、三资企业等企业会员,个体劳协、行业协会、同业公会等团体会员以及个人会员。这样,工商联新的会员结构覆盖了公有制经济和非公有制经济的所有成分,打破了历史上形成的所有

[①] 关于温州商会的成立时间,存有争议。本篇根据胡珠生:《温州近代史》,辽宁人民出版社2000年版。

者界限。1988年,温州市工商联开始重新组建同业公会,先后帮助企业组建了三资、百货、食品三个同业公会。1989年1月,组建了"温州市民营企业公会",并明确规定这些同业公会是各类企业自愿组成的民间自治经济团体,接受工商联和政府有关部门的指导。

自1992年邓小平"南方谈话"以后,温州的民营经济获得了前所未有的发展。随着经济、社会的快速发展,温州商会如雨后春笋般急剧发展起来。这一期间工商联系统成立了家具、服装、眼镜、五金、合成革等19家同业商会和行业商会,经贸委系统和其他政府部门主管的行业协会也大多在这一时期成立。

1995年开始出现了异地温州商会,即在温州以外的地方成立的温州商会,如1995年在昆明成立了第一家异地温州商会——昆明温州商会。之后的短短几年,沈阳、哈尔滨、长春、天津、银川、西安等全国很多大中城市都成立了异地温州商会。

2001年以后,温州的眼镜、打火机、制笔等行业都相继遭遇反倾销的打击,如欧盟利用CR法规对温州出口欧洲的打火机进行反倾销调查。面对国际贸易壁垒和反倾销调查,凭单个企业的力量难于抗衡,温州商会就被推到了处理国际贸易纠纷的前台。如温州烟具协会积极应诉欧盟的打火机反倾销案,并最终取得了国际官司的胜利。

(二)温州市服装商会的产生与发展

1. 温州市服装商会的兴起与发展

(1)成立背景。

1988年8月8日,在杭州武林门温州生成的劣质鞋子被烧毁;1990年国家技术监督局等七部局对温州的劣质低压电器进行彻查,历时半年之久。诸如此类的事件对温州各个行业都产生了极大的负面影响。

此时,起步于20世纪80年代初的温州服装业从前店后厂、摆地摊等形式进入到90年代初的前品牌竞争阶段,企业间无序竞争,行业秩序极为混乱。面对这种混乱,政府无力解决这一困境(陈剩勇、马斌,2005),而单个企业更没有力量来解决。

温州市服装商会正是在这种情况下成立的。

（2）服装商会的成立。

面对困境，1993年服装行业内的十几个企业聚在一起开始筹建温州市服装商会。

刘松福，时任温州市人大代表、市工商联常委，学医出生，知识分子，又是当时实力较为雄厚的金三角服装厂的厂长，在业界享有较高声望。

刘松福和这些企业一起牵头组建商会。

> 商会于1993年12月开始筹建，经历3个月的艰苦努力，一直到1994年3月25号成立大会在华侨饭店召开。期间，牵头的几个企业家、刘松福、叶永度秘书长等逐个到服装企业做工作，春节期间这个工作也没停止过。（温州商会调研记录，2004年12月。）

（3）第一阶段的发展。

温州服装商会成立后，提出商会的工作重点是：提高温州服装产品质量，树立温州服装新形象。为此，商会重点抓两件事情：

第一，抓质量。运用多种形式，大力加强质量方面的宣传教育，增强企业的质量意识；举办培训班，开展各种讲座，推广服装技术、企业管理及市场营销知识等；另外还组织出国考察，促进企业引进国际先进技术设备和管理经验；由被动接受质量检查，转为主动邀请各个部门进行质量检查。如1995年9月，邀请浙江省服装质检站到温州抽检12家服装企业的产品，结果全部合格，其中10家企业的产品达到国际一等品标准。

第二，重树温州服装形象。在抓好产品质量的同时，商会走出温州，多次组织企业参加各种服装博览会，大大提升了温州服装行业的知名度和美誉度。如1996年商会组团参加大连第八届服装节暨国际服装博览会，向国内外推出"瓯派服饰"，整体推荐温州服装，获得好评如潮。这些举措大幅提高了温州服装的整体水平，也为温州服装行业赢得了良好的声誉，极大地推动了温州服装行业的发展。

通过努力，服装商会得到了行业内企业的认可和大力支持，吸引了很多企业入会。服装商会的会员，从发起时的十几家，成立时的142家，到2000年则增加到330多家。

从服装行业来看，商会成立的前一年，全市服装产品总产值不足

20 亿元,到 1999 年已跃升至 203.4 亿元,翻了几番,成为温州重要的支柱产业。①通过商会自身发展和运作,大大促进了温州服装行业的发展。

(4)第二阶段的发展。

温州市服装商会的两个发展阶段的分界点是 2000 年 5 月 25 日的温州市服装商会第三届第一次会议的召开和第三任会长换届。会长换届选举前期,服装商会的理事会在充分听取会员意见的基础上推举了三位候选人:在任会长刘松福、庄吉集团董事长陈敏(现任会长)、法派集团总经理彭新(后退出竞选)。当时,温州市政府认为,"2000 年温州服装服饰精品博览会"正在筹办,滨海工业园区服装城建设在即,为保证这两件大事顺利完成,建议商会的换届推迟。但是理事会坚持要求换届如期举行,因此政府未再干预。选举那天,数百名会员到会,候选人发表了精彩的竞选演说。最后陈敏从 58 位理事中获得了 32 张选票,当选新一任会长。

换届后,新任会长陈敏在开展工作时,是基于对温州服装业的三个判断:

> 第一,温州服装行业需要产业与战略制定。第二,服装产业链的建设。温州服装产业集群仅限于制造层面,上游缺乏面辅料,下游缺乏现代化物流。第三,技术提升。以温州服装未来可能的竞争力来看,设计与开放重于一切,但目前这恰恰是温州服装业最薄弱之处。人才培育规划、教育基地建设、人才引进、各类技术研发中心扶持、创新中心发展等等,都应未雨绸缪。②

由此,服装商会提出,贯彻"服务、规划、引导"的原则,所采取新举措如下:

第一,建立宣传中心,加强舆论引导,努力将《温州服装》杂志③和《时尚周刊》办成服装业的文化平台。发行对象主要是行业内包括会

---

① 2000 年全国服装行业工作会议交流材料,温州市服装商会。
② 引自陈敏:《规划未来》,《温州服装》2004 年第 2 期。
③ 《温州服装》杂志是从《温州服装简报》发展而来的。最初,服装商会定期做《温州服装简报》,后来发展成为《温州服装》报刊,直到 2001 年 10 月,《温州服装》杂志正式印刷发行。

员企业在内的所有企业、国内大的服装公司、各大媒体、国内的大型商场、政府相关部门以及各地服装商会等等。

第二,成立展览公司,在温州办好高档次的服装专业展,扩大温州服装的影响力。

第三,创办温州服装行业创新服务中心,建立设计技术研发中心、质量检测中心、信息中心、服装技术学校和服装图书馆,将其扩大为会员服务项目。

第四,各地市、县、区服装协(商)会签订合作协议。2003 年 1 月,温州市服装商会第三届第十七次会长办公会议邀请了各县(市)区协(商)会会长和秘书长,洽谈合作事宜,会上提出了温州市服装商会与鹿城、瓯海、瑞安、乐清、苍南等服装协(商)会的合作方案,并于会后签订了合作意向书。明确规定各县(市)区服装商(协)会的会员不再重复收取会费,但享受市服装商会会员的同等待遇;凡是由市服装商会策划举办的各类活动,邀请各服装商(协)会共同承办,实现了温州地区服装业的利益共享、信息共享和资源整合。之后,温州市服装商会的会员增加到 1 300 多家。

第五,2003 年 6 月召开的温州市服装商会四届一次会员大会中,取消了政府官员、各职能部门领导所组成了顾问团,而增设了决策顾问委员会(兼财务监督小组),由五位德高望重的业内精英担任顾问,为服装行业的发展出谋划策。

2. 温州市服装商会两个阶段的划分

本篇将 2000 年视为温州市服装商会发展的一个分界点,并认为在此之后温州市服装商会出现了转折,主要有如下原因:

第一,2000 年前后,温州服装行业的发展遇到转折。温州服装行业总产值在商会成立前(1993 年)还不足 20 亿,到 2000 年已经达到223 亿,平均每年增长 40%多。2000 年前后,温州服装行业已经从技术提升的阶段发展到了品牌创立的阶段,但在发展品牌的过程中也遇到了新问题:有些企业坚持品牌创立,也比较成功;有些企业开始走上与国际知名企业的合作,以结合国际品牌的优势和本土制造的优势;有些企业则向贴牌加工回归,走精品加工的路,努力开拓国际市场。一大批企业则从国内市场走向了国际市场,外贸总额在不断提高。温州服装行业出现了多种发展趋势。对此,温州市服装商会必须考虑某种方式的转变。

第二,服装商会的外部环境已经变化。成立前,刘松福等企业家逐个到服装企业做工作希望企业入会,2000 年时服装商会在行业内已经有了相当的影响力;1998 年后,与商会相关法律出台;[①]温州当地政府逐渐给予服装商会一些行业管理的权力。因此,2000 年前后,温州商会已经获得了法律合法性、行政合法性和社会合法性(郁建兴等,2004)。

第三,"一个商会的成败关键在于是否有一个好会长"(调研记录),而新老会长的换届必然对商会的工作产生一定影响,即所谓的"换届危机"。另外,换届后,商会的工作思路发生了很大变化。刘松福在任时主要解决产品质量问题和提升温州服装行业声誉的问题。而陈敏则试图打造未来温州服装的竞争力而在人才培育规划、教育基地建设、各类技术研发中心扶持、创新中心发展等方面先行一步。

第四,换届后,温州市服装商会的组织结构发生了很大的变化。理事会从第二届到第三届做了大的调整,会长、副会长从 10 人增加到 13 人,理事从 36 人增加到 69 人,多个分会也成立起来,对于商会的决策等产生重大影响。

(三)温州市服装商会的组织认同

1. 第一阶段组织认同及认同优势分析

(1)组织声誉。

温州市服装商会的组织声誉可以从社会公众及利益相关者对于商会在重视社会公义、管理创新和专业服务等三个方面的评价来考察。

总体来说,温州市服装商会在全国、温州市及温州服装行业都取得了较高的组织声誉[②];

---

① 这里指的是《社会团体登记管理条例》和《温州市行业协会管理办法》,它们分别于1998 年和 1999 年正式出台。

② 关于第一阶段的具体事例,请参见附录 1。

第一，组织会员参加大型博览会，并以温州军团的整体形象出现，赢得了温州服装在全国的好评；商会出面筹资 110 多万元承办全国服装行业工作会议，而且获得很大成功，奠定了温州服装在全国的地位。同时，商会的凝聚力、组织能力等获得一致赞扬。如在人民大会堂举办高规格的研讨会，巩固温州服装的地位，邀请专家和学者为温州服装的发展提出战略性意见。这些举措一方面体现了商会在社会公义（提升温州服装的整体形象）、管理创新（商会自筹资金承办会议、召开高规格研讨会）的努力，另一方面也说明商会在全国同行中的声誉很高。

第二，发行《温州服装》，积极宣传服装行业和会员企业；协助党政部门募捐、到苍南扶贫、成立党支部等公益活动的开展，提高了服装行业的地位，也提高了服装商会的影响力和声誉；在没有政府投入情况下成功举办温州国际服装博览会等，充分展现了服装商会的能力以及在会员企业中的巨大影响力。这些事件为商会赢得了在社会公义、管理创新的声誉。

第三，举办培训班和讲座，为会员企业解决迫切需要解决的困难和问题，实实在在地做了推动行业发展的工作；主动邀请国家和浙江省的质量检测部门来温州检测服装质量，这是全国罕见的举动，但就是在多次检测的动力和压力下，服装行业的整体产品质量迅速提高；成立女装分会，推动女装（男装是温州服装行业的重头）的快速发展；为保护服装行业整体利益和会员利益而积极配合"打假保名牌"活动，为会员企业提供了切实的利益保障。以上主要是针对行业情况而实施的专业服务，也体现了管理创新，在这两方面商会都获得很高评价。

（2）领导模式。

对于领导模式（是否趋向于变革型领导）的考察主要从理想影响力、感召力、智力激励和个人化关怀四个纬度进行分析。

刘松福带领企业家们牵头组建商会，抱着一种走出行业困境的愿望，是愿景驱动下的行为。商会成立后，刘松福提出：提高温州服装产品质量，树立温州服装新形象，并通过召开高级别的研讨会、请专家和学者讲座、进行培训等一系列工作来实现目标。

原先，质量检查是温州服装企业所害怕和逃避的，原因是企业间恶性的价格战使企业无暇顾及产品质量。刘松福以商会的名义积极邀请国家、浙江省等各级质检部门来温州检测服装质量,每次检测完后都要开新闻发布会公告检测情况。这刺激了企业不断革新技术、提高产品质量、树立良好形象。

温州遭遇特大台风时,商会组织会员及时给予人力、物力的支持,使得他们迅速恢复产生;会员企业失火后也积极给予帮助等,显示了商会以及会长对于会员企业的帮助与关心。

因此,从理想影响力、感召力、智力激励、个人化关怀看,刘松福更趋向于变革型领导。

（3）组织资源。

组织资源这个纬度主要针对会员企业。商会成立后,对内抓质量、对外树形象,极大促进了温州服装行业的发展。

对于会员企业来说,首先从服装商会对内抓质量中获益。质量检测给予企业压力和动力;专家讲座拓宽了企业的视野;高规格研讨会则为企业将握服装行业的发展提供思路。其次,服装商会组团参加各种展览会,甚至走出国门到欧洲展示温州服装,为会员企业特别是大型服装企业的发展提供了良好的平台。

由此可见,温州服装行业的大、中、小企业都从服装行业的发展中获益,从商会的活动中获得了很多直接的和间接的利益。

（4）组织结构。

组织结构指商会正式的组织结构,以及成员在组织结构中的地位。温州市服装商会在第二届时,有会长 1 名、副会长 9 名、理事 36 名,其中常务理事 18 名,会员共 330 多家。组织结构对组织认同的影响,主要研究会员企业在商会的不同地位对组织认同是否会有影响。

（5）组织认同。

组织认同从内部组织认同和外部组织认同两个方面来考察。

温州服装行业中的企业几乎全部是民营企业,而参加服装商会的都是民营企业家,因此,本篇将会员企业对商会的组织认同等同于会员企业在商会的代表即民营企业家对商会的组织认同。

根据本篇的调研记录:

会员企业非常认可商会的各种活动,对商会的各项工作都很支持,每次开会都很准时,每次要出赞助费或捐资、捐物都毫不犹豫。

会员都以是商会成员而骄傲,如果是副会长或理事,就更觉得自豪。

会员企业努力发展,然后希望成为理事会员或副会长。他们认为这是对他们企业的肯定,也是他们个人的荣誉。(调研记录)

总体来看,副会长企业、理事企业、一般会员企业对商会的组织认同都较高,即内部组织认同较高。

那么为什么会员企业会认同商会呢?在调研中,企业说:

企业的想法是很简单的,参加商会有利,那就参加,反正会费只有500元(每年)。但是参加了商会,就有很多好处,比如认识服装行业的很多企业家。其实以前大家都不认识的,就是听说过,但没见过面。因为商会经常搞活动,所以自然就认识。而且大家都是理事,后来还成了朋友。

商会经常举办培训,还开展很多讲座,而这是会员才能参加的。觉得培训很有用,针对性很强,学了就能用。讲座很多都是上海、北京的教授来讲的,能开阔思路。

会长本身很无私,他为商会尽心尽力工作,企业觉得他是可以信任的,因为他不是在为自己做事,而是在为大家做事。而且大家觉得是商会成员很有好处,因为外地的顾客信任你,如果你是理事或副会长企业,那就更代表你在温州服装行业的地位了,做生意就更容易了。

由此可见,组织声誉、组织资源、变革型领导对内部组织认同有显著影响。

从外部组织认同看,本文在调研时,温州市工商联会员处、原浙江省服装协会副会长、温州当地的经济学家等相关人士表示:

刘会长对商会工作非常有热情,没有报酬,他是凭热情来做商会的。在推动行业发展方面,他做得很好,但他自己企业的经营稍差。

商会是服装行业发展的需要成立的,成立后为推动行业做了很多工作,成效也比较显著。中小企业私营企业(从20世纪80年代开始)发展起来后,企业需要一个"婆家"。但是政府管得太死,而商会"管而不紧",刚好起到了这样的作用。促进了企业的集体行动,也促进了行业的发展。

因此,从外部对服装商会的评价看,服装商会的外部组织认同是比较高的。而且,组织声誉和领导模式对外部认同有显著相关影响。

(6) 认同优势。

认同优势从行为支持和资源支持两方面来衡量。

服装商会的会员企业,在各项活动中都能出钱出力,如 1998 年全国服装行业工作年会,商会共筹资 112 万元,全部是会员企业赞助的,而且在会议举行期间,企业还提供汽车、人力等,解决了很多问题;商会协助党政部门为 1998 年的洪水捐款时,各个企业都踊跃捐款,共计 900 多万元。如果不是商会出面协调,很难在短时间内筹集到这么多钱。另外,会员也为商会提供办公用品等。从会员企业对于商会的呼吁或倡议一呼百应,可以看出商会的地位和威望,同时也说明,会员企业在行动和资源两方面给予商会很大的支持。

政府是商会最重要的一个外部利益相关者,特别是在商会发展初期。政府的行为支持表现为:政府领导参观企业;市政府制定规划时邀请商会共同参与;采纳商会提出的各项意见和建议,最重要的是,在 2000 年决定支持温州服装行业争创"中国服装名城",并规划在濒海工业园筹建服装城等。这是对服装行业的肯定和支持。

总体看,组织内部成员和外部利益相关者对于温州市服装商会的行为支持和资源支持都是比较高的。

在组织认同与认同优势的关系上,本文的调研记录显示:

我们觉得商会做得好,对企业有利,那出点钱不算什么,多出点也可以。像很多捐助,其实和企业没什么关系,但商会出面说了,企业就捐点。

会长本人是很热心于商会事务的,没什么私心,而且商会也的确为企业做了很多事情,这个大家都看到了。所以出一点钱、出一点办公用品给商会,不算什么。

服装行业原本不是(温州的)支柱行业,商会带领大家将行业搞得很好,现在已经是支柱产业了。因此,政府在各方面都会支持一点。凡是与商会有关的会议,都会叫商会来参加。2000 年还规划搞个服装城。

因此,本文认为,内部组织认同和外部组织认同对认同优势都有显著影响。

2. 第二阶段组织认同及认同优势分析

(1) 组织声誉。

在第二阶段,温州市服装商会做了相对多的工作,包括:创办温州服装行业创新服务中心,建立设计技术研发中心、质量检测中心、信息中心、服装技术学校和服装图书馆,扩大为会员服务项目。这些项目在某种程度上的确促进了温州服装行业的发展。这些项目的实施,达成了一些目的,但有些并没有达到预期的目标。服装学校培养了很多技工,提供服装行业人才储备。但服装图书馆,做得很高档,事实上很少有业内企业真正从中获益。而设计技术研发中心,难以达到当场设想的为中小企业提供服装设计上支持的想法。会长陈敏认为,设计环节是温州服装乃至中国服装的薄弱环节,因此从长远看,这方面是一定要发展的。所以他投入很多精力来建设服装设计研发中心,甚至在项目因缺少资金碰到困难时,陈敏自己出资在上海成立了一个服装研发中心。

温州市服装商会与各区县的服装商(协)会达成合作协议,共享会员、共享资源,但对会员不重复收费。这使得温州市服装商会在短时间内迅速扩大,会员企业从330多家增长到1 300多家,并且整合了各项资源。

从注重社会公益(促进行业发展)、管理创新和专业服务看,温州市服装商会的组织声誉还是比较高,如2005年获得温州市优秀社会团体称号。但是,相比较第一阶段,组织声誉有所下降。

(2) 组织资源。

从组织资源看,在第二阶段温州市服装商会所做的大量工作,仍然为会员企业提供了很多直接的和间接的利益。而有些利益,可能从短期来看是很难体现出来的,如服装设计中心、温州服装图书馆等。因此,从会员企业的角度看,会员从商会获得的组织资源较第一阶段有所下降。

(3) 领导模式。

2000年会长换届后,陈敏以微弱优势当选新任会长,马上拿出20万元用于商会建设。之后他全身心投入商会的工作,有人评价说:"谁能像陈敏一样出身企业而又能将全部精力投入到商会上?"担任会长后,陈敏基本不参与庄吉的事务,是个"全职会长"。[1]然而,在 2004 年 8 月 22 日的第四届会长办公会议上,陈敏向到会的同仁宣布了他的选择,即他将不再竞选下一任会长,但是仍然愿意做一些有利于温州服装行业发展的事情,比如管理中国服装设计研发中心。这距离下届会长选举整整 20 个月。之后,陈敏来商会比较少,经常在上海。

基于对于温州服装业的判断,陈敏的主要举措为:其一,产业与战略制定;其二,服装产业链的建设;其三,技术提升。因此,他认为,以温州服装未来可能的竞争力来看,设计与开放重于一切,但目前这恰恰是温州服装业最薄弱之处。人才培育规划、教育基地建设、人才引进、各类技术研发中心扶持、创新中心发展等等,都应未雨绸缪。但是这些工作却难以得到会员企业的赞同和支持。

另外,服装商会提供的大多都是有偿服务,如请服装设计中心设计服装要收费、展览公司要收费等等。

> 商会的资金来源主要是企业出赞助费、会费,但光靠这些是不够的,为企业服务也是浅层次的。只有专业人员才能为行业提供更好的服务。但原有的人员不是专业人员,会费又不够。所以,商会必须经营,"以会养会"。商会的定位是以服务为主,本文要通过专业性服务提高商会的服务水平。(调研记录)

因此,在变革型领导和交易型领导的连续统上,陈敏更趋向于交易型领导。

(4)组织结构。

温州市服装商会在第四届时,有会长 1 名、副会长 22 名、理事 127 名,其中常务理事 45 名,会员共 1 300 多家。会员企业的迅速增长主要原因是,2003 年后,温州市服装商会和温州市下的区、县服装商会共享会员、共享各种资源,实现了大联盟。

(5)组织认同。

2000 年以后,温州市服装商会继续为行业的发展做了很多努力,如成立服装设计中心等。而一些企业认为,服装设计中心难以真正发挥作用。因为大企业有自己的设计师,中小企业没能力设计但也不需

---

[1]　参见陈敏:《规划未来》,《温州服装》2004 年第 2 期。

要设计,大多数都在做代工,或精专于某个领域。而陈敏自己投资建设的中国服装设计研发中心的成立,"有陈敏为自己找出路找卸任后的退路的嫌疑"(调研记录),即两届任期满后,可以从事研发中心的管理,而他本身是服装设计出身的。

《温州服装》杂志的费用,每年大概80万元。杂志的费用很高,但由于杂志发行而获得的收益很不明显、很不确定。因此,部分会员认为这样做不值得。

2003年后,会员企业迅速增加,但数量上的增加不能完全说明问题,更重要的是会员对商会的认可程度。"商会对行业内的企业的吸引力在下降,很多会员企业觉得去不去都没什么所谓。"(调研记录)

因此,总体而言,第二阶段服装商会的内部组织认同有所下降。

外部利益相关者对于温州市服装商会的评价还是比较高的,如大批的学者持续对温州商会的研究,而作为典型的温州市服装商会肯定被研究更多。2005年服装商会获得了温州市优秀社会团体。

(6)认同优势。

认同优势主要从行动支持和资源支持两个纬度来考察。

> 政府现在好像在观望。温州有这么多商会,而政府要扶持商会,那前提肯定是你这个行业很重要,而且这个商会做得不错。因此,很多人在说政府为什么不放权给商会来进行行业治理,是没有道理的。如果你没能力,放权给商会能行吗?在行政合法性问题上,最关键的不是政府给了商会多少权力,而且商会能用好多少权力。(调研记录)

但是在资源支持方面,政府还是给予服装商会很大的支持,如服装技术学校成立时,政府拨款15万元,建设温州服装网站时,政府支持了5万元。

> 政府对商会的重视主要体现在,所有会议都通知参加,但就是拿不到经费、不下放职能;政府也会干扰商会工作,如诸多的接待任务,工商联、经贸委、民政局等部门介绍的接待任务等等,参加各种各样的会议。(调研记录)

会员企业对商会的行为支持在降低,有数据为证[①]:第三、第四届

---

① 根据温州市服装商会12次会长会议记录和6次理事会议记录计算而得。

会长会议的出勤率是 68%,而理事会议出勤率是 71.5%,并且总体来看有一定的下降趋势。相比较第一、第二届,"当时开会大家都很积极的,而且开会都积极发言"(调研记录)的情况,相对差一点。并且,在第四届第一次会长会议时,制定了开会纪律:为了端正会风,对参加会长办公会议、常务理事会议、全体理事会议次数超过半数不到者,自动取消其担任的职务(如有特殊情况由理事会讨论决定);会长会议必须本人参加,理事(常务理事)会议可以派代表参加;开会只能提前,不能迟到,迟到超过 10 分钟者,自觉罚款 500 元,超过 30 分钟者罚款 1 000元。这本身说明参加会议的情况不好,因此必须有个纪律。

从第三届开始,会员会费每年 800 元,理事以上企业还有赞助费,理事 2 000,常务理事 5 000,副会长 1 万,会长 3 万。

结合行为支持和资源支持来看,本文认为商会在第二阶段的认同优势有所降低。

3. 两个阶段的综合分析

(1) 组织认同影响因素综合分析。

假设 1 的检验:

通过在温州的调研以及以上的分析,本文认为,组织声誉、商会领导会显著影响外部组织认同。

第一、第二阶段组织声誉对比(即第一阶段的组织声誉与第二阶段的组织声誉之间的程度比较,下面各变量之间的比较亦是如此):第一阶段组织声誉高,而第二阶段组织声誉低;第一阶段外部组织认同高,第二阶段外部组织认同低。因此,案例研究支持了假设 1.1,即组织声誉对外部组织认同有正向的显著影响。

在模型构建时,本文将领导模式定义为在变革型领导和交易型领导之间连续统上的一种。第一阶段的商会领导刘松福更倾向于变革型领导模式,而第二阶段的领导模式更趋向于交易型领导,即越趋向于变革型领导这一端,外部组织认同越高。因此,案例研究支持了领导模式对外部组织认同有显著影响的假设 1.2。

假设 2 的检验:

通过在温州的调研以及以上的分析,本文认为,组织声誉、商会领导、组织资源会显著影响内部组织认同。

第一、第二阶段的组织声誉对比,第一阶段组织声誉高,而第二阶段组织声誉低;另外,第一阶段内部组织认同高,第二阶段内部组织认同低。因此,案例研究支持了假设2.1。

从领导模式看,第一阶段趋向于变革型领导,第二阶段趋向于交易型领导,因此案例研究显示,变革型领导更容易导致内部组织认同的提高,即假设2.2得到支持。

组织资源方面,第一阶段会员企业获得的组织资源多于第二阶段,因此,案例研究支持了组织资源对内部组织认同显著影响的假设2.3。进一步的,本文认为,组织资源与内部组织认同是显著的正向相关关系。

组织结构方面需要考虑的是,在组织结构中处于不同地位的会员会不会因为地位不同而影响内部组织认同。案例研究显示,第一阶段,副会长、理事、一般会员对商会的内部组织认同都很高;第二阶段,副会长、理事、一般会员对商会的内部组织认同都有所降低。因此,假设2.4并未被案例研究所支持。可能的原因是:组织结构通过影响组织资源而影响内部组织认同,即组织资源是两个变量的中介变量。

（2）组织认同与认同优势关系分析。

通过在温州的调研以及以上的案例分析,本文认为,外部组织认同与认同优势之间存在显著相关关系;内部组织认同与认同优势之间也存在显著相关关系。

假设3的检验:

对比第一、第二阶段的外部组织认同,第一阶段的外部组织认同程度要高于第二阶段;而认同优势中的行为支持和资源支持,第一阶段也要高于第二阶段。因此,假设3.1和3.2都被案例研究所支持。

假设4的检验:

对比第一、第二的内部组织认同,第一阶段的内部组织认同程度要高于第二阶段;而认同优势中的行为支持和资源支持,第一阶段也要高于第二阶段。因此,假设4.1和4.2都被案例研究所支持。

（四）对组织认同模型的改进

总结以上分析,本文将模型改进为如图3所示。

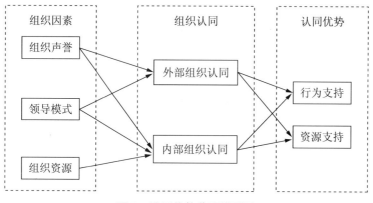

图 3　认同优势获取模型图

五、总　　结

温州商会具有鲜明的民间性质,是行业内企业自发自愿组建而成的。这是温州商会最大的特点。作为自主治理的组织,温州商会的成功关键取决于商会能否获得组织认同。非营利组织的优势,关键是在于该组织内部的成员和组织外部的社会大众对该组织的认同以及由此建立的认同优势(陈川正,2000)。本篇要解决的问题是:哪些因素影响温州商会的组织认同? 如何建立温州商会的认同优势?

根据文献回顾,并针对温州商会的特点,本篇将组织认同分为内部组织认同和外部组织认同,并提出组织声誉、领导模式、组织资源和组织结构四个因素来研究其对于组织认同的影响。基于此,本篇进一步提出,认同优势是在组织认同的基础上而获得的在行为支持和资源支持上的优势,由此构建了组织认同模型。

对于组织认同模型,本篇通过对温州市服装商会的典型案例研究进行初步的假设检验和模型验证。温州市服装商会的发展以 2000 年为界分为两个阶段。在这两个阶段,内部和外部组织认同发生了变化,由此导致认同优势的建立和流失。通过案例研究,支持了组织声誉、领导模式和组织资源对组织认同有显著相关的假设,以及组织认同导致认同优势的假设。但否定了组织结构对组织认同的显著影响的假设,可能的原因是,组织结构不是直接作用于组织认同,而是组织结构导致组织资源的变化从而影响组织认同。从总体上看,案例研究基本支持组织认同模型。

本篇的创新点在于:

第一,根据文献以及温州商会的特点,提出了外部组织认同的概念,并将其应用到组织认同模型中。同时检验了组织认同的影响因素。

第二,依据文献提出了认同优势的概念,并论证了认同优势是如何建立的。

第三,对于温州商会,提出了新的研究视角。

参考文献

艾尔·巴比著:《社会研究方法》,李银河译,四川人民出版社 1987 年版。

罗伯特·殷著:《案例研究方法的应用》,周海涛译,重庆大学出版社 2004 年版。

罗伯特·殷著:《案例学习研究——设计与方法》,张梦中译,中山大学出版社 2003 年版。

斯坦利·海曼:《协会管理》,中国经济出版社 1985 年版。

胡晓灵:《我国行业协会的发展及其规范化研究》,华南理工大学硕士研究生论文,2002 年。

崔校宁:《透视中国商会体系的定位和构建》,《商业经济与管理》2003 年第 11 期。

陈金罗:《社团立法和社会管理》,法律出版社 1997 年版。

贾西津、沈恒超、胡文安等:《转型时期的行业协会——角色、功能与管理体制》,社会科学文献出版社 2004 年版。

陈清泰:《商会发展与制度规范》,中国经济出版社 1995 年版。

刘继彪:《经济领域行业协会组织制度的理论与实践》,中国民间组织网,2003 年。

陈剩勇、马斌:《温州民间商会:自主治理的制度分析——温州服装商会的典型研究》,《管理世界》2005 年第 1 期。

陈剩勇:《另一个领域的民主:浙江温州民间商会的政治学视角》,《学术界》2003 年第 6 期。

陈剩勇、马斌:《温州民间商会:一个制度分析学的视角》,《浙江大学学报》(人文社会科学版)2003 年第 3 期。

陈剩勇、魏仲庆:《民间商会与私营企业主阶层的政治参与——浙江温州民间商会的个案研究》,《浙江社会科学》2003 年第 5 期。

陈剩勇、汪锦军、马斌：《组织化、自主治理与民主——浙江温州民间商会研究》，中国社会科学出版社 2004 年版。

郁建兴、黄红华、方立明等：《在政府与企业之间——以温州商会为研究对象》，浙江人民出版社 2004 年版。

吕明再：《温州商会的兴起：国家与社会关系的范例研究》，浙江大学硕士论文，2003 年。

邓国胜：《非营利组织"APC"评估理论》，《中国行政管理》2004 年第 10 期。

杨永芳：《行业协会转型与政府制度安排——基于上海经验的研究》，上海师范大学硕士论文，2005 年 4 月。

秦诗立：《商会的行政：一个市场缺陷和非市场缺陷视角的研究》，《浙江社会科学》2001 年第 5 期。

秦诗立、岑承：《商会：从交易成本视角的解释》，《上海经济研究》2002 年第 4 期。

张旭昆、秦诗立：《商会的激励机制》，《浙江大学学报》（人文社会科学版），第 33 卷第 2 期，2003 年 3 月。

虞和平：《商会与中国早期现代化》，上海人民出版社 1993 年版。

曲彦斌：《行会史》，上海文艺出版社 1999 年版。

余晖：《行业协会及其在中国的发展：理论与案例》，经济管理出版社 2002 年版。

高丙中：《社会团体的合法性问题》，《中国社会科学》2000 年第 2 期。

鲁篱：《行业协会经济自治权研究》，法律出版社 2003 年版。

黎军：《行业组织的行政法问题研究》，北京大学博士研究生学位论文，2000 年。

裘丽明：《政府行为与行业协会的发展》，浙江大学硕士论文，2003 年。

詹姆斯·科尔曼著：《社会理论的基础》，邓方译，社会科学文献出版社 1999 年版。

安东尼·吉登斯著：《社会的构成》，李康、李猛译，生活·读书·新知三联书店 1998 年版。

邓国胜：《非营利组织评价》，社会科学文献出版社 2001 年版。

李卓：《中国 NCO 的定义和分类》，《中国行政管理》2003 年第 3 期。

孙丽军：《行业协会的制度逻辑——一个理论框架及其对中国转轨经济的应用研究》，复旦大学博士论文，2004 年。

王彦斌：2004，《管理中的组织认同——理论建构及对转型期中国国有企业的实证分析》人民出版社 2004 年版。

周星：《国家社会关系视角下行业协会的变迁》，复旦大学硕士论文，2004 年。

萨拉蒙等：《全球公民社会——非营利部门视界》，社会科学文献出版社 2001 年版。

丁辉侠：《政府绩效评估研究》，郑州大学硕士论文，2004 年。

马璐:《企业战略性绩效评价系统研究》,华中科技大学博士论文,2004年。

王伟昌:《非营利组织的治理和评估》,《云南行政学院学报》2005年第4期。

陈俊龙:《非营利组织的绩效管理》,复旦大学硕士论文,2003年。

袁一骏:《绩效管理创新研究》,《现代管理科学》2002年第4期。

贾生华等:《基于利益相关者共同参与的战略性环境管理》,《科学学研究》2002年
第2期。

黄亮华:《企业声誉和财务绩效关系研究》,浙江大学硕士论文,2005年。

迈克尔·波特著:《竞争战略》,陈小悦译,华夏出版社1997年版。

史晋川、金祥荣、赵伟、罗卫东等:《制度变迁与经济发展:温州模式研究》,浙江大
学出版社2002年版。

徐玮伶、郑伯壎:《组织认同:理论与本质之初步探索分析》,《中山管理评论》2002
年第10卷1期。

梁双莲:《中央行政机关公务员组织认同之研究》,台湾大学政治研究所博士论文,
1984年。

赖志超、郑伯壎、陈钦雨:《台湾企业员工组织认同的来源及其效益》,《台湾人力资
源管理学报》2001年夏季号第一卷第一期。

李总演:《组织气候、组织认同、组织效能之关联性研究》,台湾私立中原大学企业
管理学系硕士学位论文,2003年。

苏文杰:《组织声誉、组织认同与组织承诺之间关联性研究——以非营利组织志愿
工本文为例》,中原大学企业管理学系硕士学位论文,2003年。

孟慧:《企业管理者大五人格特质、特质目标定向和变革型领导》,华东师范大学博
士论文,2003年。

陈川正:《非营利组织的认同管理——以基督教的"细胞小组模式"等教会为例》,
台湾政治大学企业管理研究所博士论文,2000年。

叶永度:《温州服装商会的实践与思考》,《温州社会科学》2002年第1期。

Hollingsworth, J. R, Schmitter, Philippe C. and Streeck, W. , (ed)(1994), *Governing Capitalist Economies: Performance and Control of Economic Sectors*, Oxford University Press.

Streeck, W. and Schmitter, Philippe C. , (1985), "Community, Market, State—and Associations? The Prospective Contribution of Interest Governance to Social Order", In Streeck, W. and Schmitter, Philippe C. , (ed)(1985), *Private Interest Governmemt: Beyond Market and State* (pp. 1—29), Sage Publications Ltd.

Hollingsworth, J. R and Boyer R. , (1997), *Coordination of Economic Actors and*

Social Systems of Production, in *Contemporary Capitalism—The Embeddedness of Institutions*, edi. By J. R Hollingsworth and R Boyer, Cambridge University, Press.

Victor Nee, 2001, Sources of the New Institutionalism, *The New Institutionalism in Sociology*, Mary C. Brinton and Victor Nee ed. , Stanford University Press.

Michael Armstrong and Angela Baronl, *Performance Management*[M], London, The Cromwell Press, 1998.

Mitchell. A. , Wood, "Toward a Theory of Stakeholder Identification and Salience: Defining the Principle of Who and What Really Counts", *The Academy of Management Review*, 1997. 22(4):58—96.

Balmer, John M. T. , "Corporate Branding and Connoisseurship", *Journal of General Management*, Autumn 1995.

Balmer, John M. T. and Wilson, Alan. , "Corporate Identity. Int. ", *Studies of Mgt. & Org.*, vol. 28, Fall 1998.

Albert, S. , and Whetten, D. A. , "Organizational Identity", In L. L. Cummings and B. M. Staw, Research in Organizational Behavior, vol. 7. Greenwich, CT: JAI Press, 1985.

Riel, Cees B. M. van and Balmer, John M. T. , "Corporate Identity: the concept, its measurement and management", *European Journal of Marketing*, Vol. 31, No. 5/6. 1997.

Ashforth, Blake E. and Mael, Fred, "Social Identity Theory and The Organization", *Academy of Management Review*, 1989, vol. 14. No. 1, 20—39.

Balmer, John M. T. and Gray, Edmund R. , "Corporate Identity and Corporate Communications: Create A Competitive Advantage", *Industry and Commercial Training*, Vol 32. No. 7, 2000.

Patchen, M. , *Participation, Achievement, and Involvement on the Job*, Englewood Cliffs, NJ: Prentice Hall, 1970.

Wan-Huggins, Veronica N. ; Riordan, Christine M. ; Griffeth, Rodger W. , "The Development and Longitudinal Test of a Model of Organizational Identification", *Journal of Applied Social Psychology*, 1998, Vol. 28 Issue 8, pp. 724—749, 26p, 3 charts, 1 diagram.

Epitropaki, Olga, "Transformational Leadership, Psychological Contract Breach and Organizational Identification ", *Academy of Management Best*

Conference Paper, 2003, OB: M1.

Kreiner, "Operationalizing and Testing the Expanded Model of Identification", *Academy of Management Proceedings*, 2002, OB: H1.

Bass, B. M., *Leadership and Performance beyond Expectation*, New York: Free Press, 1985.

Albert, Stuart. ; Ashforth, Blake. E. ; Dutton, Jane. E., "Organizational Identity and Identification: Charting New Waters and Building New Bridges", *Academy of Management Review*, 2000, Vol. 25, No. 1, 13—17.

Bass, Bernard M. ; Avolio, Bruce J., "Transformational Leadership and Organizational Culture", *International Journal of Public Administration*, 1994, Vol. 17 Issue 3/4.

Mael, Fred. and Ashforth, Blake E. Loyal, "Day One: Biodata, Organizational Identification, and Turnover among Newcomers", *Personnel Psychology*. Vol. 48, 1995, pp. 309—333.

附录1

温州商会第一阶段相关事件列表

1. 服装商会多次邀请国家服装质检中心莅温检测。从检测结果可以说明,温州服装质量的提高是显著的。商会成立前,没有一个品牌达优,到 1996 年,有 2 个品牌达优,1997 年增至 6 个,2001 年有 44 个品牌达优。每次抽检后,召开新闻发布会,对优秀者宣布名单、予以表扬。对未通过者则内部通告。从而掀起你追我赶的质量竞赛。

2. 几年来,商会先后举办了三届温州国际服装服饰博览会,大力宣传"穿在温州",影响巨大。而这些博览会是在政府不投入资金的情况下成功举办的。

3. 1994 年 7 月,温州遭受百年未遇的 17 号特大台风的袭击。瓯江口的灵昆岛是灾区中的重灾区,岛上 7 家会员企业受灾,生产停顿,物资受损严重。商会立即组团赶赴灵昆,支持他们灾后重建、恢复生产,使得这些企业很快走出困境。刘松福自己的金三角服装厂当时也遭受洪灾,损失 200 多万元,但他没回去处理,而是委托他人处理。但几年之后,刘松福的金三角服装厂倒闭。

4. 1995 年起,商会多次组团参加大型博览会,以"温州军团"的整体形象出现,获得了良好的效果,提高了温州服装的整体水平,也为商会赢得了良好的声誉。

5. 1997 年,会员企业华士获知商会办公设备简陋,购买了一台传真机赠给商会。1998 年,会员企业夏梦向商会赠送一台复印机。1999 年商会搬迁,会员企业奥奔妮、法派、骊谷等分别向商会赠送电脑、照相机、摄像机、彩电和 VCD 等。

6. 1997—1999 年,商会先后举办了 4 期培训班和 21 次讲座。这对会员们提高管理与技术水平颇为有益。一位企业负责人说:"服装产品的质量和档次上得这么快,与参与培训分不开。企业学了,就运用于实践,明显见效。"

7. 1997 年 2 月 26 日凌晨,会员企业温州星球体育运动服厂因邻居失火,导致全厂原有数百万的设备、原材料、半成品等损失殆尽,员工 5 人遇难,企业处于极度困难之中。商会获悉后,赶赴现场,进行慰问,并发动企业支援,很多企业捐款,共计 6 万多元,成为星球厂的启动资金。当年,星球厂就复产并取得比上年还好的业绩。厂长说,这是灾后重生。

8. 1997 年 7 月起,改版《温州服装》报纸,并通过此会刊向外界传递行业信息。以低成本赢得高的社会效应。

9. 1998、1999 年以来,温州市区出现了假冒进口西服的严重现象。商会写专题报告送到市政府,常务副市长迅速批转有关部门严肃查处。在工商、技监、海关、商检等部门联合查处并给予严厉打击后,假冒问题得以制止,维护了服装行业的利益和广大消费者的利益。

10. 1998 年,全国服装行业工作会议在温州召开。会员企业纷纷积极出资,出资 10 万元的有丹顶鹤、华士、庄吉等 8 家企业,很多企业出资 2 万元。商会共筹资 112 万元。同时,很多企业主动提出要提供汽车、人员等为会议服务,有的企业甚至是总经理亲自去接送客人。

11. 1998 年,全国服装行业工作会议在温州召开。这是对温州服装行业的一种肯定。会后,全国各地的报导以及来电、来函、来人更为频繁,温州服装业和商会的知名度进一步提高了,温州服装品牌更响了。

12. 1998、1999年以来,商会配合有关部门开展"打假保名牌"活动。温州市区出现了假冒进口西服的严重现象。商会写专题报告送到市政府,常务副市长迅速批转有关部门严肃查处。在工商、技监、海关、商检等部门联合查处并给予严厉打击后,假冒问题得以制止,维护了服装行业的利益和广大消费者的利益。

13. 1998年,温州市人事局同意服装商会开展服装设计与工艺专业职称评审工作。

14. 1998年夏天,长江、松花江流域特大洪水。商会协助党政部门,大力进行宣传发动,广大会员纷纷响应,踊跃捐资捐物,共计901.08万元。

15. 1998年夏天,长江、松花江流域特大洪水。商会协助党政部门,大力进行宣传发动,广大会员纷纷响应,踊跃捐资捐物,共计901.08万元。报喜鸟等6家企业各捐资50万。

16. 1998年11月,商会带领一批企业家到苍南腾垟乡胡埔村(少数民族畲族,贫困村)访贫问苦,并发动会员捐资27.2万元解决引水工程的资金问题。

17. 1998年11月,商会带领一批企业家到苍南腾垟乡胡埔村(少数民族畲族,贫困村)访贫问苦,并发动会员捐资27.2万元解决引水工程的资金问题。另外,理事以上会员还为贫困地区的大、中、小学捐资献爱心。

18. 1999年在温州市人代会上,服装商会内的人大代表如刘松福等提出建议,要求政府对已经是温州第二大产业的服装产业投注更多的关心和帮助。之后,市长很快带队参观了几个服装企业,并指示要扶持服装行业的发展。

19. 1999年3月21日,服装商会在北京人民大会堂主办"温州服装走向21世纪发展战略研讨会",首都和全国专家名流聚集一起,既充分肯定了温州服装业,又为温州服装的新世纪发展献计献策。王光英副委员长亲临大会并做重要讲话。2000年3月27日,商会再次在北京人民大会堂举行"温州服装品牌文化与营销战略发展研讨会",又一次取得了好效果。

20. 1999 年 6 月 29 日,温州市服装商会成立党支部,这是温州商会中第一个成立党支部的商会。

21. 1999 年 12 月,商会听取了女装界的呼声,经过筹备,成立了女装专业委员会,促进了温州女装的整体发展。

22. 2000 年,温州服装商会承办"温州服装发展战略研讨会",邀请国内同行权威会诊温州服装业,提出了一系列的行业发展战略,特别是"穿在温州"战略和建设"中国服装名城"的建议均被市政府所重视和采纳。

23. 2000 年,市政府开始筹建滨海工业园区服装城。

附录 2
温州商会第二阶段大事列表

1. 2001 年在北京人民大会堂召开"建设中国服装名城高级研讨会",专家学者汇聚一起献计献策。但是,温州市至今仍未能获得"中国服装名城"的称号,反而是温州下面的瑞安市,在 2004 年获得了"中国男装名城"称号。

2. 2001 年 10 月,《温州服装》改报纸为杂志。发行对象主要是行业内包括会员企业在内的所有企业、国内大的服装公司、各大媒体、国内的大型商场、政府相关部门以及各地服装商会等等。《温州服装》杂志的发行,对于温州服装行业的整体宣传起到了良好的效果。

3. 创办温州服装行业创新服务中心,建立设计技术研发中心、质量检测中心、信息中心、服装技术学校和服装图书馆,扩大为会员服务项目。主要提供服务有:图书服务、信息检索、延展服务、社会服务等。服装技术学校通过与温州民进高级职业中学联办的形式,在全国范围内横向联合开展人员培训,以向会员企业提供培训合格的专业技术人员及管理人才为服务模式。温州市服装设计研发中心是由温州市服装商会和温州大学国际服装学院合作创办,作为一个行业研发机构,目的是将信息带入行业,以研发为核心、以各企业的市场定位为研发目标。

4. 商会聘请温州律师、商标、会计师事务所和公证处联合组成维权部,为企业排忧解难,同时解决行业内的相关事宜。

5. 2003 年 1 月,温州服装商会第三届第十七次会长办公会议邀请了各县(市)区协(商)会会长和秘书长,洽谈合作事宜,会上提出了温州市服装商会与鹿城、瓯海、瑞安、乐清、苍南等服装协(商)会的合作方案,并于会后签订合作意向书。实现了温州地区服装业的利益共享、信息共享和资源整合。

6. 2003 年 6 月召开的温州市服装商会四届一次会员大会中,取消了政府官员、各职能部门领导所组成了顾问团,而增设了决策顾问委员会(兼财务监督小组),由五位德高望重的业内精英担任顾问,为服装行业的发展出谋划策。

7. 2003 年下半年,温州的外贸服装企业被当地税务部门查了账,有些企业由于销售发票方面不规范,税务部门最初将它定性为偷税漏税,要立案检查。这是由于国外配额和退税问题造成的。商会了解情况后,给相关部门打了报告,陈述了此事的实际情况。经过相关部门多次研究,最后决定这些企业只需在如实申报的条件下,可以在开具发票的时候给予三个月的期限。2000 年被选为会长后,陈敏一次性拿出 20 万以支持商会建设。陈敏从 20 多岁开始在温州市工艺美术研究所工作。1992 年创办温州华联服装厂,生产经营西服,后改为温州金顶针制衣有限公司,任总经理。1996 年任中国庄吉集团有限公司董事长,2000 年在商会换届中当选为新任会长。

代工篇

国际代工企业与跨国公司合作关系的构建
——基于 M 公司的案例研究

❑ 郭　毅　王晶莺

一、引　言

至今为止,代工领域的研究主要集中在仅对于代工企业自身战略及操作的探讨,例如如何实现代工企业的产业升级(刘志彪,2005;任晓峰,2006)以及如何构建代工企业的竞争力(杨桂菊,2006)等,尚未将注意力置于代工企业与跨国公司间关系的讨论。

本篇所考察的合作关系构建过程指,代工企业从设法与跨国公司取得联系直到实际参与某一具体项目的过程。本篇认为,国际代工实际上就是一种国际创业行为,而代工企业谋求与跨国公司构建合作关系的过程即为代工企业谋求跨国公司信任和认同的合法化过程,其中的关键在于,代工企业须持续塑造跨国公司对代工企业的合法性感知(legitimacy perception)。理由如下:(1)国际代工是发展中国家的企业发现和把握国际商机,利用国际资源和市场创造价值与财富的重要手段(刘亮亮,2005;刘志彪,2005),这与"国际创业"的研究指向相一致(Oviatt and McDougall, 1994, 2005; Zahra et al., 2005; Zahra and George, 2002);(2)鉴于跨国公司对新进入国际市场的代工企业在信用、能力等方面缺乏了解(Lailani Alcantara, Hitoshi Mitsuhashi, Yasuo Hoshino, 2006),导致跨国公司与代工企业合作的不确定性与风险提高(田贞余,2005),从而阻碍了国际代工企业与跨国公司合作关系的建立;(3)对此,国际代工企业必须设法在跨国公司看来是有能力的、有效的、可靠的、有价值的以及合乎需要的(Zimmerman and Zeitz, 2002),即塑造一个组织的合法性感知(Suchman, 1995),

才能顺利获取跨国公司的资源支持与合作。

　　本篇首先描述现阶段国际代工市场的特征,提出探讨国际代工企业与跨国公司关系构建的必要性;其次,引入国际创业的概念,阐明国际代工行为是国际创业模式之一,以此证明用国际创业来解释国际代工行为的可行性;接着由国际创业引入合法性视角,讨论合法性作为解释国际代工企业与跨国公司关系构建机制的合理性;在此基础上,建立起国际代工企业与跨国公司关系构建过程的分析框架,并提出本篇的命题;之后通过案例研究方法,对本篇提出的分析框架与命题加以进一步的验证与修改;最后得出研究结论(见图1)。

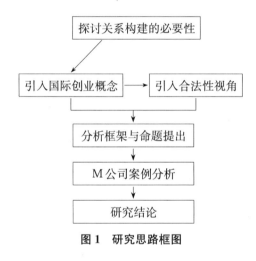

图1　研究思路框图

二、文　献　评　述

(一)探讨国际代工企业与跨国公司关系构建的必要性

　　20 世纪 90 年代以来,国际代工市场的规模迅速扩大,印度已成为国际软件及 IT 服务外包市场上最大的业务承包国;iSuppli 的调查表明,我国在国际电子产品市场上也已成为位居前列的外包制造商。可见,国际代工模式已成为发展中国家和地区参与全球生产体系、融入全球化经济、振兴民族工业的重要途径(刘志彪,2005)。

　　对于国际代工企业来说,企业的生存与发展取决于其能否与跨国公司成功构建合作关系,只有这样代工企业才不仅能够通过承接国际市场上的业务来获取利润,并且能够向客户学到先进的技术与管理知识,提升代工企业在市场上的竞争力。在当今全球化生产背景下,跨国公司往往秉承全球采购的规则,在多家代工企业之间进行选择以保持外包决策的弹性(黄仁伟,2004)。全球采购就是通过全球生产网络,以最少的资金采购质量最好、技术最先进、交货期最短、服务最好的产品。跨国公司全球营销、采购网络的开放,一方面加大了"非体系"企业进入全球配套体系的可能性,有利于代工企业参与国际分工、与跨国公司建立合作关系;另一方面则由于跨国公司可选择范围的扩大,进一步加剧了国际代工企业间的竞争(夏先良,2003)。

据此,本篇认为,在当前全球采购新规则之下,国际代工企业与跨国公司合作关系的构建已成为代工企业参与国际市场竞争所亟待解决的问题。

(二)用国际创业概念解释国际代工行为的可行性

代工企业与国际品牌客户间的合作行为模式在组织间战略合作的研究中常被忽略,这主要是因为有关组织间合作的研究强调实质性的合作方式——长期的战略合作、平等的控制权利以及合作双方的持续贡献等,代工的合作模式就不能算是组织之间的一种战略合作(Das and Teng,2000),大多数代工厂商与国际品牌客户的关系并不具备上述特征。因此,尚不能用战略联盟的相关理论来解释国际代工企业与跨国公司的合作行为。

伴随着创业型经济的兴起和经济全球化的深入发展,创业活动已将其范围从国内扩展到了国际,国际创业现象日趋频繁和普遍,并已成为近年来国外学术研究的热点。"国际创业"(international entrepreneurship)一词最早出现在 1988 年 Morrow 的《国际创业:新的成长机遇》一文中,引起了人们对国外市场上新创企业的注意(Zahra and Garvis,2000)。Oviatt 和 McDougall(1994)将国际创业定义为"新创企业利用国际资源或市场,寻求获取竞争优势以实现国际化成长",为国际初创企业的研究提供了理论基础。

然而,以新创企业为研究对象来概括国际创业的内涵并不全面。

创业研究表明,创业活动不只发生在新创企业,很多成熟的大型跨国公司也在尝试模拟新创企业的积极属性,如灵活性、适应性,探索创新方法,进入新的领域和国际市场并开创新的事业。据此,国际创业学者对国际创业的概念进行了修正,从早先仅仅关注国际新创企业发展到将大公司内部创业也包括在内(McDougall and Oviatt,2000;Wright and Ricks,2004)。

近年来,创业机会日益成为创业研究的主线,Shane 和 Venkatarman(2000)认为,创业研究应着重考察"什么人通过何种方式去发现、评价和利用机会以创造未来商品和服务"。Oviatt 和 MeDougall(2005)在接受创业机会观的基础上,通过整合各种观点,对国际创业做出了新的界定,将国际创业视为"发现、设定、评价、利用跨国界商机以创造未来的商品和服务"的过程。由此看来,国际创业并不仅仅针对那些初创企业,而是包含了一切试图在国际市场上把握跨国商机从而创造财富的企业。

鉴于国际代工行为是发展中国家的企业利用国际市场上的资源为国际客户提供符合其需求的产品和服务,借此获得企业利润和价值的活动,是国际代工企业发现、设定、评估、利用跨国界商机以创造商品和服务的过程,这与当前"国际创业"的指向一致(见表1);由此本篇提出,应将国际代工视作国际创业模式的一种,国际创业是研究国际代工行为的一个可以借鉴的理论视角。

表1 国际创业的代表性定义

概 念 界 定	资料来源
定义1:从一开始就致力于国际商务活动的新创企业实现国际化成长的方式	McDougall(1989)
定义2:新创企业利用国际资源或市场,寻求获取竞争优势以实现国际化成长	Oviatt 和 McDougall(1994)
定义3:公司层面(包括新创企业和成熟企业)跨越国界的创新行为与创业活动	Wright 和 Ricks(1994)
定义4:以实现组织内价值创造和成长为目标的企业跨国界创新行为	McDougall 和 Oviatt(1996)
定义5:不同年龄、规模的企业为进入国际市场而从事的创业活动和冒险性行动	Zahra 和 Garvis(2000)

概 念 界 定	资料来源
定义 6:以实现组织价值创造为目标的跨国界创新、超前行动和冒险行为的整合	McDougall 和 Oviatt(2000)
定义 7:创造性地发现、开发国外市场机会以追求竞争优势的过程	Zahra 和 George(2002)
定义 8:发现、设定、评估和利用跨国界商机以创造未来商品和服务	Oviatt 和 McDougall(2005)

资料来源:薛求知、朱吉庆,《国际创业研究述评》,《外国经济与管理》2006 年 7 月第 28 卷第 7 期。

(二) 合法性视角的引入

1. 合法性与"新创组织的困境"

由于跨国公司对新进入国际市场的代工企业在信用、能力等方面缺乏了解(Alcantara, Mitsuhashi and Hoshino, 2006),导致跨国公司与代工企业合作的不确定性与风险提高(田贞余,2005),从而阻碍了国际代工企业与跨国公司合作关系的建立。国际代工企业的上述困境在很大程度上类似于创业研究中所提到的"新创组织的困境"(liability of newness)(Stinchcombe, 1965),即由于新创组织缺乏历史业绩,无法使相应的交易者或资源提供者对其产生信任,不愿贸然为组织提供其赖以生存的资源,从而导致新创组织的高失败率。

对此,Zimmerman 和 Zeitz(2002)提出,促使外部行动者为新创组织提供资源的一个关键要素在于,该新创组织是有能力的、有效的、可靠的、有价值的以及合乎需要的;同样,Shane 和 Stuart(2002)提出"资源提供者决定是否为新创组织提供支持取决于其对创业者所发掘机会的吸引力大小的评价";Suchman(1995)也认为组织应设法长期构建一个具有吸引力且合法可靠的组织印象,因为具备了上述印象的组织将被认为更富意义、更可预测以及更值得信赖。

2. 用合法性探讨国际代工企业与跨国公司关系构建的合理性

由上讨论,本篇提出,为赢得跨国公司的信任,进而最终成为跨国公司的合作伙伴,塑造跨国公司的合法性感知是国际代工企业获取与维系与跨国公司信任和合作关系的关键任务,唯此方能克服"新创组织的困境"。据此,给出国际代工、国际创业以及合法性三者的关系框架如图 2 所示。

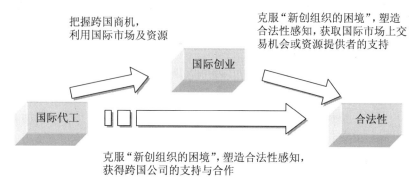

图 2　国际代工、国际创业以及合法性三者的关系模型

3. 国际代工企业的合法性感知

在业务外包中,跨国公司最关心的是,代工企业的信用风险与能力风险。具体表现为:因代工企业表现不积极、提供的产品或服务达不到要求而导致相关业务遭受损失;在外包合同的执行中,代工企业通过学习和仿制,最终变成了跨国公司的竞争对手;与代工企业的合作关系持续越久,跨国公司对代工方的依赖性就越强,其不确定性风险就越高;最后,即使最可信赖的合作伙伴也可能无法达到企业的要求(Vandenberg and Rogers, 2000)。与此相对应,Low 和 Srivatsan (1994)提出,若要外部行动者为企业提供资源,则创业企业需要满足两个条件:首先,该企业具备完成组织任务所必需的技术和能力;其次,该企业是值得信任的。

显然,若要与跨国公司成功建立合作伙伴关系,代工企业不仅要能令跨国公司认为其具备了完成外包制造业务所必需的技术和能力,而且在跨国公司认知中,代工企业的行为不会出现机会主义风险。可以认为,国际代工企业的合法性感知包括两个方面:一为能力感知,即代工企业具备了完成外包制造业务所必需的技术和能力;二为信用感知,即代工企业的行为值得跨国公司信任。

4. 组织的合法性管理

在 Zucker(1977)看来,组织环境中充斥着对于一个组织的形式及行动是合意的、适当的一般化的理解与期望,这种理解与期望通常被认为是一种约定俗成,体现为对可接受性、可靠性、适当性及合意性的一种社会评判(DiMaggio and Powell,1983)。由此,一个具有合法性的组织应被逐步灌输相关社会行动者所要求的规范和价值理念(Zucker,1977),即,组织应通过采纳和保留被广为接受的行为来获得合法性(DiMaggio and Powell,1983)。同理,对于国际代工企业来讲,跨国公司对于什么是一个合意的外包合作伙伴必然有一个理解和期望,并体现在对外包供应商的选择评价标准上。站在代工企业的角度上,一个想要获取和维系国际代工机会和关系的代工企业必须努力塑造这种合法性感知,必须理解、达到和满足这套选择标准,设法具备跨国公司所期望的组织特征与行为。

不仅如此,组织是能够运用适当的手段对符号进行战略性的操纵,并通过策略性的沟通行为以获取合法性(Suchman,1995)。组织可以将合法性视为取之于环境的一种可操作的资源,通过深思熟虑的战略行为来影响外部行动者对于组织的感知(Ashforth and Gibbs,1990;Dowling and Preffer,1975;Suchman,1995),例如改造环境(Dowling and Preffer,1975;Preffer and Salancik,2003)和控制环境(Suchman,1995)。因此,组织不仅能够通过使组织特性与环境要求相一致这一被动形式来获取合法性,而且能够通过积极的能动行为来获得与满足合法性(Tornikoski and Newbert,2007)。同理,国际代工企业除了被动地表现出符合跨国公司所期望的组织特质外,还能够通过积极的合法性管理手段来获得和表现出其他的一些组织特质,以塑造跨国公司对企业的合法性感知。本篇将之视为代工企业的合法性管理。

三、分析框架与命题提出

(一)国际代工企业关系构建的合法化过程

本篇旨在揭示,全球采购新规则之下的国际代工企业如何与跨国公司构建与维系合作关系。本篇所考察的合作关系构建过程指,代工企业从与跨国公司取得联系直到实际参与某一具体项目的过程,该过程重点考察,代工企业如何逐步使跨国公司知晓、信任进而认同自己为合作伙伴。

本篇将该过程划分为以下三个阶段:取得联系阶段、列入备选阶段以及参与项目阶段,并认为,国际代工企业与跨国公司构建合作关系的过程就是代工企业谋求跨国公司信任和认同的合法化过程,即代工企业如何持续地塑造跨国公司对其合法性感知所做出的策略和行动。据前所述,该合法性感知体现在两方面:(1)能力感知,即代工企业具备了完成外包制造业务所必需的技术和能力;(2)信用感知,即代工企业在跨国公司看来是值得信任的。为塑造上述合法性感知,代工企业在关系构建的各阶段表现为特定的组织特质,为此企业需要采取一定的合法性管理策略和行动,相应的分析框架如图3所示。

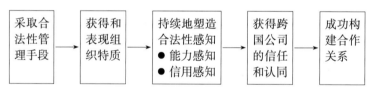

图3 国际代工企业关系构建的合法化过程

相应的命题如下:

命题1:国际代工企业与跨国公司构建合作关系的过程就是代工企业谋求跨国公司信任和认同的合法化过程。

命题2:国际代工企业构建关系的关键在于持续地塑造跨国公司对企业的合法性感知。

命题2.1:国际代工企业的合法性感知体现在能力感知方面,即代工企业在跨国公司看来具备了完成外包制造业务所必需的技术和能力。

命题2.2:国际代工企业的合法性感知体现在信用感知方面,即代工企业在跨国公司看来不具有机会主义倾向,是值得信任的。

命题3:在关系构建的各阶段,代工企业可以采取一定的合法性管理手段以获得和表现特定的组织特质,从而持续地塑造企业的合法性感知。

（二）国际代工企业关系构建各阶段的合法性管理

上述分析框架与命题揭示了国际代工企业与跨国公司构建合作关系的过程性机制，即持续地塑造合法性感知以谋求跨国公司信任和认同的合法化过程。为了进一步揭示代工企业在不同阶段为塑造合法性感知可以表现出的组织特质以及能够采取的合法性管理手段，接下来本篇试图对每一阶段分别进行考察。

1. 取得联系阶段

在该阶段，跨国公司通过市场调查、情报搜索、行业推荐等方式获得代工企业的资料，或者由代工企业通过自我推荐与跨国公司取得联系，并且主动提供企业的相关资料。由于缺乏合作经验，并且此时对代工企业进行现场考察的可能性不大，因此在这一阶段，跨国公司对代工企业的认知来源相当局限。除了从同行业获取对代工企业的评价和浏览企业主页之外，跨国公司在很大程度上依靠代工企业的相关材料对企业形成一个初步的认识。跨国公司会根据资料对代工企业的实力进行综合评估，形成一个基本认知，从而决定是否对其进行下一步的考察（吕宏锋，2005）。跨国公司所评估的依据通常为企业特定的有形特征，比如企业家的年龄、经验、教育水平和社会资本等个人特质（Brudel et al，1992；Cooper et al，1994；Alvarez and Barney，2000），企业充足的资金与信息（Westhead et al，2001），能够证明企业能力和信用的奖励、认证与文件记录（Zimmerman and Zeitz，2002），以及企业的人员配置结构等（Zimmerman and Zeitz，2002），以上这些指标均体现了企业在规模、经验和资历方面的特征。如果一个代工企业具备雄厚的资金和生产规模，拥有经验充足的生产研发人员、知名的客户和丰富的从业经历，以及大量能够证明企业资历的专利、认证和荣誉证书，企业就能较大程度地塑造能力感知与信用感知。这是因为企业如果具备了上述特征，其在跨国公司看来就更有能力抵御不确定性风险，更易克服将来可能发生的问题，并且更容易把握和利用将来出现的机会（Tornikoski and Newbert，2005）。由此本文提出以下命题：

命题 4.1：在取得联系阶段，国际代工企业的规模有助于塑造企业的能力感知。

命题 4.2：在取得联系阶段，国际代工企业的规模有助于塑造企业的信用感知。

命题 4.3：在取得联系阶段，国际代工企业的经验有助于塑造企业的能力感知。

命题 4.4：在取得联系阶段，国际代工企业的经验有助于塑造企业的信用感知。

命题 4.5：在取得联系阶段，国际代工企业的资历有助于塑造企业的能力感知。

命题 4.6：在取得联系阶段，国际代工企业的资历有助于塑造企业的信用感知。

2. 列入备选阶段

在该阶段，跨国公司已经对代工企业形成了初步认知，并且会委派人员前往代工企业现场进行实地考察，并依据行业内国际通行标准对代工企业的运营系统、生产流程、操作手段、控制方式、管理体系等方面逐项进行打分（吕宏锋，2005）。若代工企业在各评估项上的综合得分较高，则表明该企业已基本符合作为跨国公司合作伙伴的必要条件，能够被列入合格供货商的备选名单。若该企业在某些评估项上的得分较低，则表明该企业在相应的考察方面与跨国公司所设立的标准仍存在一定的差距，企业必须采取整改措施对差距项进行改进和提高，以设法达到跨国公司的期望和标准。因此，代工企业在这一阶段应设法具备持续改进的能力，例如适时地调整和重组组织资产、组织程序和组织结构，实施有效的组织变革（Eisenhardt and Martin，1989）。有效的组织变革成果能够展现企业良好的动态能力（dynamic competence）（Teece et al.，1997），塑造代工企业的能力感知。此外，已有研究表明，跨国公司往往更倾向于选择那些愿意与之进行长期合作、结成战略联盟的代工企业作为外包合作伙伴（吕宏锋，2005）。代工企业若展现出旨在达到跨国公司标准而推行组织变革的意愿，能够令跨国公司看到其意欲与之合作的积极性和决心，从而塑造出信用感知。由此本文提出以下命题：

命题 5.1：在列入备选阶段，国际代工企业推行组织变革的效果有助于塑造企业的能力感知。

命题 5.2：在列入备选阶段，国际代工企业推行组织变革的意愿有助于塑造企业的信用感知。

3. 参与项目阶段

在该阶段，代工企业已达到了行业内国际通行标准，并且被列入跨国公司的备选合作伙伴名单。为最终确定某一项目的合作方，跨国公司会进一步依据特定项目的要求对备选方进行评估，代工企业需采纳跨国公司就特定项目的技术指标和绩效标准作为基准并设法满足（吕宏锋，2005）。跨国公司在业务外包中最担心的问题包括：因代工企业表现不积极、提供的产品或服务达不到要求而导致相关业务遭受损失（Vandenberg and Rogers，2000）。然而，对国外市场、品牌客户以及新项目缺乏了解往往阻碍了企业对国际客户要求的正确理解与充分满足（Johanson and Vahlne，1990）。因此，代工企业在该阶段应体现出良好的理解客户与满足客户的能力，例如通过开展组织学习（Andersen，1993；Barkema and Vermeulen，1998；Erramilli，1991；Inkpen and Beamish，1997；Lord and Ranft，2000；Luo，1997；Zahra et al.，2000），使企业作为一个"在知识创造和知识转移的速度和效率上都非常专业的社区而存在"（Kogut and Zander，1996），能够对客户与项目要求进行正确、充分地理解；并且通过跨国公司相关人员的培训和指导使知识和技术从品牌客户一方转移到代工企业自身一方（Grant，1996；Kahn，1996；1997），以尽善尽美地满足客户的需求和期望。此外，为了塑造代工企业的信用感知，代工企业应体现出对客户利益的积极关注，例如为客户成立专有的研发团队，建立专用的生产线或工厂（杨桂菊，2006），预防客户信息在非正式的情况下的转移与外溢（Das and Teng，2000）等，从而打消跨国公司就代工企业信用风险上的疑虑。由此本文提出以下命题：

命题 6.1：在参与项目阶段，国际代工企业理解客户要求的能力有助于塑造企业的能力感知。

命题 6.2：在参与项目阶段，国际代工企业满足客户要求的能力有助于塑造企业的能力感知。

命题 6.3：在参与项目阶段，国际代工企业关注客户利益的意愿有助于塑造企业的信用感知。

综合上述分析,将命题4.1至命题6.3中的相关关系绘制成图,可得国际代工企业在合作关系构建的不同阶段有助于塑造合法性感知的组织特质模型(如图4所示)。

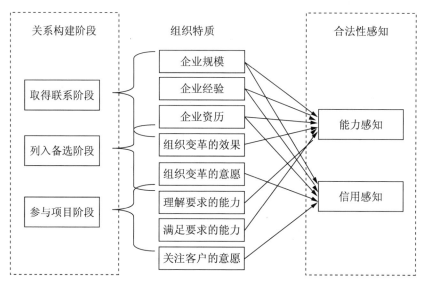

图4 国际代工各阶段塑造合法性感知的组织特质模型

四、研究对象与方法

(一) 研究对象

本文选取的案例展现了一家民营的汽车内饰件代工企业——M公司与跨国公司建立代工合作关系的过程。众所周知,选取典型案例是基于案例研究方法的常见做法(Eisenhardt,1989;Pettigrew,1990)。Eisenhardt(1989)指出,对案例研究方法来说,随机样本不仅是不必要的,一般还是不可取的。Pettigrew(1990)甚至一再强调案例研究要选取典型和极端情形才更为合适。本文认为,就发展中国家的代工企业与跨国公司间的关系研究而言,M公司属于典型案例。

M公司主要从事汽车遮阳板、方向盘的专业生产销售,与美国福特、上海通用、日本三菱、长安福特、悦达起亚、一汽集团、东风公司、江铃集团、哈飞集团等国内外知名品牌客户建立了良好的业务合作伙伴关系,并且曾荣获"2005 年度通用全球优秀供应商"奖杯。作为一家汽车配件业的民营企业,M 公司具有一定的特质性,但这种特质性并不妨碍研究结果。鉴于目前该行业分布着上千家汽车配件企业,市场竞争十分激烈,M 公司如何在激烈的竞争环境中与多家知名跨国公司成功构建了合作关系便具有研究意义。

(二) 研究方法

本文采用的研究方法为,采取案例研究方法对具有代表性的企业进行观察和研究,以验证本文提出的分析框架和命题。本文的具体研究问题是:国际代工企业如何才能与跨国公司成功构建合作关系? 在各阶段代工企业的哪些组织特质有利于其关系构建? 为获得和表现上述组织特质,代工企业将采取哪些战略与运作手段? 由于目前代工领域的研究尚未把注意力放到关系研究上来,因此对于上述问题的讨论并没有现成的概念、理论与研究成果能够加以借鉴。基于此,作为一项探索性研究,本文无法从现有理论出发进行演绎,而必须通过基于纯粹的案例材料的观测和总结来回答上述问题。即,案例研究方法尤其适用于对现象的理解、寻找新的概念和思路,乃至理论创建(Eisenhardt,1989)。此外,本文采用的是单一案例研究。正如 Buckley 等(2005)所指出的那样,单一案例的优越性在于能更加深入地进行案例调研和分析,而这恰好与本文所专注的过程研究是非常匹配的(Pettigrew,1990;Chakravarthy and Doz,1992)。

五、案 例 分 析

(一) 背景介绍

1. 汽车配件行业介绍

美、德、法、英、意、日、韩和巴西等国汽车配件业发展的历史表明,汽车配件业是随着汽车工业的发展逐步成长起来。汽车工业带动了汽车配件业的发展,而发达的汽车配件业反过来又极大地推动了汽车工业的飞速发展。中国入世后,伴随着中国汽车的"井喷式"增长,汽车配件业也实现了持续快速增长,而且增幅超过了轿车、客车、载货车等行业,在12个小行业中居第一位。根据汽车工业协会统计,2003年我国汽车配件(前后桥总成、制动器总成、换挡器总成、车架总成、制动油管总成、车厢总成、座椅总成、排气管消声器总成、门锁总成、升降器总成、前后保险杠总成、仪表板总成、前悬挂总成、拉索总成、助力器总成、感载比例阀总成、主缸总成、暖风机总成等)工业的配套市场销售额为2052.8亿元人民币,生产企业5000多家。2003年,在全球汽车工业价值链中,汽车配件价值占总价值链的52%;在中国市场,配件市场总量为1255亿美元,而且还在不断增长。中国的汽车配件业具有广阔的发展空间,该产业近三年的发展速度平均增长达13.7%,并且利润稳步上升,2003年平均利润率为5.7%,三年平均年增长率达25%。在国际贸易方面,汽车零配件2003年进口额达到4亿美元,同时出口数量增加,出口年增长率达32%。近年来中国汽车产品的进出口逆差差额下降,说明中国产品出口竞争力加强,国内配件产品的国产化率提高。可见,中国汽车配件行业势头正劲,大有可为。

然而,机遇往往与挑战并存。我国汽车配件企业正面临着前所未有的压力和竞争力:各类企业正注视和分割着这块大蛋糕。根据汽车工业协会统计,中国的汽配市场外资及港澳台资企业占29%,国有企业占15%。民营资本以其特有的运作效率迅速渗透零部件产业,其高效的决策程序、快速的反应能力和灵活的运作机制使它们成为我国零部件行业一支不可缺少的重要力量;合资企业的蓬勃兴起给我国零部件行业增添了新的活力;国际资本的加入不仅带来了先进的技术,而且带来了新的观念、新的管理方法和新的运作方式,同时也导致汽车零部件行业竞争主体发生巨大变化,从以国有资本和集体资本为主体转变为多种所有制为主体的竞争格局,加剧了市场竞争态势。①

我国汽车配件工业是随着整车产业的发展逐步建立起来的。建国初期,汽车配件产业基础薄弱,只能承担部分汽车的修配任务,1953

---

① 以上数据和观点均摘自2004年汽车零部件市场分析报告。

年重点建设第一汽车制造厂时,根据汽车配套需要,国家和地方共安排了 86 个汽车配件厂同步建设或改造。尽管由于"大跃进"以及汽车市场几次供不应求的影响涌现出很多汽车配件厂家,但总的说来,骨干汽车配件企业基本都是为几个大的整车厂作配套,并且与最优规模都有一定的差距,结果是汽车配件工业的发展严重依赖于整车的发展并落后于整车。进入 20 世纪 90 年代,通过技术改造和技术引进,我国汽车配件工业的落后局面有一定的改观(特别是上海的汽车配件工业已经有了一定的基础),目前汽车配件产品质量和数量基本满足国内部分轿车和轻型车的配套需要,部分产品也有出口,有些生产工艺装备和监测手段已经接近或达到国际 20 世纪 80 年代的水平,产业集中度、管理水平也有一定的改观,一批骨干企业的市场占有率显著提高(雷军、汤致彪、罗毅,2005)。但从整体看,我国汽车配件工业还远远未摆脱分散、落后的被动局面,产品水平仍然不高,几乎没有自主开发能力,始终处于被动配套的状态。具体表现为:(1)资金困乏,实际投入不够,导致零部件生产技术和设备更新慢,发展受到阻碍;(2)研发能力薄弱、引进多、模仿多、拥有自主知识产权少,大部分企业不具备开发生产具有自主知识产权产品的能力,面临淘汰出局的危险;(3)生产集中度低,条块分割,重复、分散投资现象严重,造成产业组织效率低下,达不到规模经济,产业内各厂家处于无序竞争状态;(4)在成本控制能力上不具备优势,无形的浪费,如资产的闲置、无效的作业,冗多的人员、过重的社会责任使得企业对如何以最低的成本获取最高的收益显得无能为力。

随着全球化浪潮的兴起,目前汽车行业出现了新的采购规则——全球采购。汽车行业的全球采购就是指整车厂以最少的资金采购质量最好、技术最先进、交货期最短、服务最好的汽车配件。整车企业面对市场要求和产品研发生产上的诸多新问题,为降低成本,提高产品在全球市场的竞争力,对所需的零部件按性能、质量、价格、供货条件在全球范围内进行比较,择优采购。这一新的采购规则将打破我国长期以来汽车配件企业与整车厂的集团关联、保护壁垒和地方保护主义,改变了只局限于采用公司内部配件产品的做法,汽车配件全球化采购对汽车配件供应商在产品质量、价格、服务等方面提出了更高的要求,使得市场竞争更为激烈(陶红兵,2004)。全球采购是国际汽车工业发展的必然趋势,一方面,全球采购将有利于我国汽车配件扩大出口,提高在国际市场的知名度和市场份额,为我国的汽车配件产业带来了一次难得的发展机遇;另一方面,由于目前我国汽车配件技术整体还处在较低水平,纳入全球采购体系后,要实现与国际接轨还有一段较长的路要走,这就对我国汽车配件产业提出了一项严峻的挑战(张建,姜辉,2004)。在这一趋势下,国内汽车配件企业必须纳入全球采购的体系才能得以生存。因此,如何与国际上的整车生产企业成功地构建合作伙伴关系就成为我国汽车配件企业生存和发展的关键。

2. M公司简介

M公司成立于1982年,前身位于浙江舟山群岛上的岱山县,主要生产聚氨酯发泡类产品。系当时国内主要的海绵泡沫供应商之一。其中,公司自行研究开发的冷固化高回弹泡沫和冷固化高回弹双密度泡沫技术先进,填补国内空白,获国家科委颁发的"国家科技成果金奖",为国内较多整车厂配套。2002年初,公司进行重大战略调整,决定在上海新建一个工厂,并将公司总部迁至上海,以便消除海岛交通对业务发展的制约以及高级人才缺乏所造成的瓶颈。公司2002年9月投产,2003年度即完成销售3.2亿元,初步建立了公司快速反应的机制。如今,公司已将原先单一的聚氨酯发泡类产品发展为当前的遮阳板、方向盘、整车座椅及附件三大类产品,并且成为以上海为中心,下设浙江、天津、美国等九个分支机构,拥有员工3 000余人的大型汽车内饰件生产企业。

20多年在汽车内饰件行业的丰富经验积累,使M公司培养了大批优秀的专业人才,再加上对硬件投资的不断加大,使公司已具备强大的技术开发能力和产品验证能力。公司的主要生产设备也均从德国和美国引进,主要生产工艺涉及:镁合金/铝合金压铸、冲压、电镀、烤漆、聚氨酯发泡、EPP发泡、注塑、高频焊接、装配等,为顾客提供优质可靠的产品。公司的ISO/TS16949质量体系通过德国莱茵公司认证,ISO14001和OHSAS18001通过上海质量体系审核中心认证。公司现已具备1 200万只遮阳板,300万只方向盘,50万辆整车座椅的生产能力,年度销售额也从 2003 年度的 3.2 亿元快速增长到 2005 年度的 5.8 亿元,占国内遮阳板市场 50％强,占全球整车市场的 15％。如果考虑目前已经拿到手,正在开发阶段的订单,预计到 2008 年,公司销售可突破 10 亿元。

从 2003 年开始,在短短的三年时间里,M 公司相继成为美国通用、美国福特、戴姆勒-克莱斯勒、欧洲福特、日本三菱、沃尔沃等等这些大型跨国汽车制造企业的全球采购供应商。2005 年和 2006 年,M公司连续两年荣获"通用汽车全球优秀供应商"称号,为获此殊荣的第一家也是唯一的一家中国本土零部件供应商。可见,M 公司已成为全球最主要的汽车遮阳板、方向盘供应商之一。

(二) M 公司与美国福特合作关系的构建过程

1. 建立联系阶段的分析

中国有三类零配件厂商,一是由国外汽车厂商成立的企业,二是由国外汽车零配件厂商成立的企业,三是从国外引进技术并扩大生产规模的中资企业。外资参与的零配件厂商凭借技术优势在中国市场占据了越来越重要的地位。在 2003 年中国机械工业 500 强中的 57家汽车零部件企业中,国有企业有 10 家,股份制企业有 22 家,民营企业有 10 家,合资企业有 15 家,这说明近年来汽车零配件行业的国有经济成分逐渐减少。然而在当时,相比于其他所有制企业,民营汽车配件企业依然存在一定劣势,例如外界往往认为民营企业规模小、资金困乏、管理混乱、技术落后、研发能力薄弱等等(沈建伟,2004)。为了尽快扭转业内对民营汽配企业的这一认知,同时顺应全球采购的国际潮流,M 公司高层于 2003 年提出:应提高市场竞争意识,自主经营,自我发展,向外部市场扩张;强化与著名跨国公司的战略合作,围绕国际跨国公司产品配套;建立开放型的市场体系,争取早日进入全球零部件配套市场。当时 M 公司已经与美国通用汽车、克莱斯勒有过项目合作,为了进一步扩大国际市场,M 公司又将目光转向了另一家国际知名整车企业——福特。福特公司是当今世界上第四大工业企业和第二大小汽车和卡车生产商,大约在全世界有 36 万名职工服务于汽车、农业、金融和通信领域。福特汽车集团是公司的主营业务单位,由两大组成部分——北美汽车公司(NAAO)和国际汽车公司(IAO)。NAAO在美国、加拿大和墨西哥有50多套组装和生产设施;IAO在22个国家有经营单位,主要分布在三个地区——欧洲、拉丁美洲和亚太地区。此外,公司还和9个国家的汽车生产商有国际商业联系,福特的汽车销售到180多个国家和地区的市场。考虑到福特汽车在全球的影响力,早在2003年下半年,M公司即决定争取成为美国福特公司的全球采购伙伴,为福特公司配套供应汽车内饰件。

由于福特以往从来没有与M公司进行过合作,M公司当时的首要任务就是要让福特认识自己,因此M公司于2003年9月主动向福特发送了一封自荐函,随函附上企业相关材料,并诚挚地邀请对方前来公司进行实地考察。由于缺乏合作经验,并且对M公司立即进行现场考察的可能性不大,因此在这一阶段,福特对M公司的认知来源相当局限,除了从同行业获取对M公司的评价和浏览公司主页之外,福特公司在很大程度上依靠M公司所提供的自荐材料来对其形成一个初步的认识。M公司向福特提供的自荐材料中包含了以下信息:

> 我们会告诉福特,我们公司是以上海为中心,下设有浙江、天津等九个分支机构,分支机构很多,并且我们拥有员工3 000余人,规模比较大,属于大型汽车内饰件生产企业。

> 我们会说我们公司已经有二十几年的历史了,与国内外不少整车厂合作过项目,经验很丰富,而且我们的研发人员大多数具备五年以上的行业经验。

> 我们会告诉潜在客户谁是我们的已有客户,不是有句话说什么"获得客户的最佳方法是有客户"吗,比如我们会告诉福特我们与美国通用汽车、克莱斯勒合作过项目,我们还会把相关的记录拿给他们看,让他们知道我们具备与国际一流整车厂配套的生产经验。

> 我们会向对方强调我们的技术开发能力,比如说,我们自行研究开发的冷固化高回弹泡沫和冷固化高回弹双密度泡沫技术,获国家科委颁发的"国家科技成果金奖";我们的遮阳板是与上海交大合作的,获得了产品专利和制造过程专利;我们的方向盘则获得了产品结构专利;我们很多关键核心设备都是从美国、德国

进口的,公司也通过了多项质量体系的认证。

我们会把所得的荣誉证书、奖励、通过的资格认证统统拿给他们看,特别是国际认证,老外公司比较看重这些。

——M公司项目经理

可见,M公司在提供给福特的自荐材料中重点突出了公司以下几个特征:(1)通过公司所拥有的分支机构数目与员工数量以显示公司具有大型的规模;(2)通过公司的成立历史、员工经验、已有的项目和客户以显示公司具有丰富的经验;(3)通过公司获得的证书、通过的认证、具备的专利等以显示公司具有雄厚的资历。M公司之所以向福特突出自身在规模、经验和资历方面的优势,一方面是由于这些组织特征能够反映出企业具备了与整车厂配套生产的技术和能力,另一方面则暗示了企业正规、有序,能够抵御不确定性风险,是值得信任的。

规模大意味着你企业正规啊,能按着要求办啊,规模小人家会认为你不正规、混乱、缺乏制度,合作的风险就比较大。

你说你都跟通用啊、克莱斯勒啊这些国外的整车企业合作过项目了,人家就会觉得那至少说明你还行,不会乱来,而且还是有一定实力的,否则这些跨国公司为啥要给你做。

——M公司项目经理

通过M公司邮寄自荐材料与福特主动取得联系,福特公司根据材料对M公司形成了一个大致的认知,部分认可了公司已有条件,并且决定对M公司实施下一步的考察。由此我们认为,在这一阶段,国际代工企业的规模、经验与资历有助于塑造企业的能力感知与信用感知。命题4.1、命题4.2、命题4.3、命题4.4、命题4.5与命题4.6都得到了支持。

2. 列入备选阶段的分析

2004年3月,福特汽车公司决定前来M公司现场对其进行进一步的实地考察和评审。来到M公司后,福特公司根据AIAG国际汽车机构所制定出的汽车行业通用的质量标准体系,例如MSA(测量系统分析)、PPAP(生产件批准程序)、FMEA(失效模式和效果分析)、APQP(产品质量先期策划)、SPC(统计过程控制)等质量管理工具对

M公司进行评审，包括质量过程管理、控制计划、员工培训、项目投产能力、变化管理、分供商质量管理、现场控制、问题解决能力、预防性维护能力等等。福特对反映M公司每一项能力的各个细化指标进行打分，然后进行加总，最后得出对M公司的总评分。值得一提的是，福特公司所依据的这套评审体系采用的是一项否决制，即只要被评审方有一项指标达不到要求，即便在其余所有指标上都得到高分，也不能成为福特的合格供方。

福特公司第一次对M公司进行现场评审所得出的总评分为38分。评审结果显示，M公司在目视管理、质量控制、员工培训、设备维护、问题解决等几个评估项上的得分较低，说明M公司在这些方面与福特公司合格供应商的标准仍存在着一定差距。因此在评审结束后，M公司并未进入福特的备选供应商名单。而福特公司告知M公司，半年之后会再次亲临现场，对其进行第二次的评审打分，以决定届时是否考虑M公司作为备选供应商。这就意味着M公司有半年的整改时间，用以尽可能地消除问题、改进状况、提升水平，设法取得成为福特公司合格供应商的资格。为了尽早争取到与福特公司的业务合作机会，M公司高层对此十分重视，于半年内在组织结构、员工观念、生产管理等方面推行了一系列变革措施。

（1）组织结构变革。

作为一家处于发展期的民营企业，M公司急需具备一定管理素养和专业技能的管理者作为项目带头人，以领导整个公司的发展。而当时M公司遇到的首要问题就是人才稀缺。为解决这一问题，M公司决定对组织架构进行变革，以实现人尽其用的目的。M公司原先的组织结构为垂直直线职能制（图5），即各人根据所在的职能部门承担相应的职责；之后公司改为推行项目制，顺应地将组织结构改革成弱矩阵的形式（图6），增设项目经理一职，在项目经理之下设产品工程师，产品工程师之下再设更低级别的员工。这样就在组织结构上形成了等级制，即项目经理负责对产品工程师授权，而产品工程师则对底下的员工授权。

这一组织结构变革有利于M公司从现有的员工中提拔具有专业技能和管理潜质的人员，通过对这些人员进行培训，使他们迅速培养

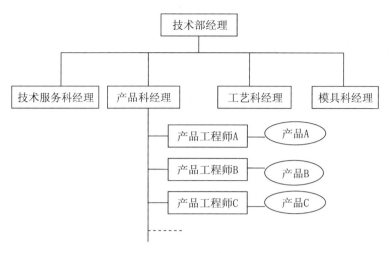

图5　M公司组织变革前:垂直直线职能制

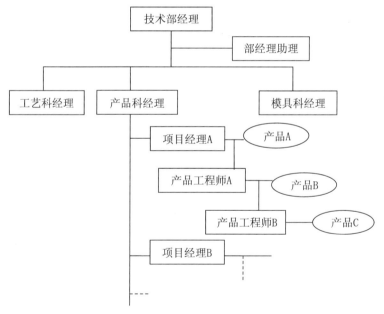

图6　M公司组织变革后:弱矩阵制

出领导多个产品项目所需的素质,并能够在项目推进过程中承担较大的责任,从而缓解人才稀缺的压力。而这些项目经理之下又设立若干等级的产品工程师,一方面能够为项目经理分担工作,减轻他们的工作量;另一方面通过接受项目经理的督导,在项目执行过程中能够得到较大的锻炼和成长。此外,采用弱矩阵形式之后,M公司更强调团队工作。每位员工在工作中不仅是执行上级的命令,更重要的是积极地参与,起到决策与辅助决策的作用;团队成员强调一专多能,要求能够比较熟悉团队内其他人员的工作,丰富了员工的工作技能;团队工作的基本氛围是信任,以一种长期的监督控制为主,而避免对每一步工作的核查,提高了工作效率。可见,M公司在组织结构上的这一变革措施大大有利于发掘和培养人才,实现人尽其用、提高组织效率的目的。

(2)观念变革。

针对福特公司审核的结果,M公司高层以客观的眼光来看待这些问题,一致认为为了有效改善公司在现场、流程、质量、人员等方面的管理缺陷,首先必须转变已有的观念。M公司在客户观、生产观、质量观和人员观方面推行了一系列变革。

客户观——以往M企业倾向于以财务关系为界限,一味强调企业自身利益最大化,而将客户视为对手相对待;采用新的客户观意味着不能够将客户看成对手,而应采取以客户为中心的价值观,即以客户的观点来确定企业从设计到生产到交付的全部过程,实现客户需求的最大满足,将生产全过程的多余消耗减至最少,不将额外的花销转嫁给用户。当然,消灭这些浪费的直接受益者既是客户也是公司本身。

生产观——以往M企业的生产过程中包含了一系列不必要的非增值活动,例如频繁纠错、长时间的等待、过多的产品库存等,这些活动都无法为顾客直接创造价值;新的生产观意味着需要正确地识别哪些是真正增值的活动,哪些是可以立即去掉的不增值活动,要发现生产过程中的浪费环节并将其消除,例如纠错、过量生产、物料搬运、移动、等待、库存等,从而降低成本、提高效率。为了推行新的生产观,M公司引入了"价值流分析"(value stream map analysis)。首先按产品族为单位画出当前的价值流图,再以客户的观点分析每一个活动的必要性。参与价值流分析的人员分别来自于与流程有关的操本文、上道工序的代表、下道工序的代表以及解决有关问题的部门代表等。上道工序的代表可以通过活动了解到他们提供给该流程的产品质量问题，并将这些问题带回设法解决；下道工序的代表则是从该流程"用户"的角度对该流程提供的产品提出意见和建议，作为生产过程的改进方向。在此基础上，小组成员共同对该流程进行实地考察和定量分析，然后通过头脑风暴法提出存在的浪费现象，由小组成员通过讨论、分析后制定解决方案，并亲自实施措施，五天内就能取得改善的效果。

质量观——之前 M 公司认为一定的次品在生产中是可接受的、甚至是必然的，并且在生产现场设置了专门的工作组从事产品的检验与返工工作，而新的质量观则强调质量是生产出来而非检验出来的，让生产者自身保证产品质量可靠是可行的，生产过程中对质量的检验与控制在每一道工序都进行。新的质量观重在培养每位员工的质量意识，保证及时发现质量问题；如果在生产过程中发现质量问题，公司规定根据情况可以立即停止生产，直至解决问题，从而保证不出现对不合格品的无效加工；对于出现的质量问题，公司则组织相关的技术与生产人员作为一个小组，一起协作，尽快解决。为了在全公司贯彻这一新的质量观，使质量意识尽可能在每位员工心中根深蒂固地培养起来，M 公司高层提出了新的质量方针，并将这一方针张贴在办公楼及生产现场，以达到耳濡目染的效果。新的质量方针为："通过实施过程、产品和服务的持续改进，以低成本的方式递交零缺陷的产品，使顾客满意。"

人员观——原先采用直线职能制组织结构时，M 公司强调管理中的严格层次关系，对员工的要求在于严格完成上级下达的任务，人被看作附属于岗位的"设备"；而新的人员观则意识到员工的能动性与创造性，认为员工是组织之本，只有他们的充分参与，才能使他们的才干为组织带来收益。员工的经验和智慧是企业最宝贵的财富，他们了解企业生产流程的每个细节，他们也知道企业问题的症结，只有使全体员工的智慧得到利用，才能使企业在新的挑战中获得生存。意识到这一点之后，M 公司采取了一系列措施来贯彻新的员工观，包括：通过质量意识教育和岗位职责分解，让每个员工了解自身贡献的重要性及其在组织中的角色；建立横向协调小组，鼓励员工以主人翁的责任感去解决各种问题;建立目标责任制,采用 360 度考评,并将考评结果反馈给员工,使每个员工根据各自的目标评估其业绩状况,使员工积极地寻找机会增强他们自身的能力、知识和经验。

在上述四方面观念变革的基础之上,M 公司重新制定了企业宗旨,即"依靠忠诚的、具有团队精神和创新精神的员工队伍,贯彻精益生产原则,注重学习和持续改进,以低成本的方式提供符合客户质量要求的产品和服务,使 M 公司成为国内具有竞争力的汽车零部件供应商。"这一系列观念变革使得 M 公司呈现出全新的精神面貌,提高了产品的合格率、增强了员工参与度,为公司更好地实施生产和管理方面的变革提供了条件。

(3) 生产管理变革。

针对评审中出现的现场物料堆放比较混乱、生产设备有漏油等现象,M 公司决定推行 5S 管理。5S 包括 5 个方面的内容:整理、整顿、清扫、清洁、修养。推行 5S 的目的是为了减少工作人员的出错机会,提高工本费的使用率,减少浪费;提高服务人员的积极性和士气,增强人身安全保障;提高工作效率,以便为员工提供舒适的工作环境,为其他的管理活动打下基础,有利于塑造企业的良好形象。5S 容易做,却不易彻底或持久,究其原因主要是人对它的认知。在测评过程中,M 公司发现操作员工存在以下观点:

> 5S 太简单,芝麻小事,没什么意义。
>
> 虽然工作上问题多多,但与 5S 无关。
>
> 工作已经够忙的了,哪有时间再做 5S?
>
> 现在比以前已经好很多了,有必要吗?
>
> 5S 既然很简单,却要劳师动众,有必要吗?
>
> 就是我想做好,别人呢?
>
> 做好了到底有没有好处?

所以要顺利推行 5S,第一步就得先消除有关人员意识上的障碍。消除意识障碍是推行变革的首要任务。M 公司高层通过引进日本 NISSAN 原版教材,结合公司的实际情况,编写教材,对全体员工进行 5S 的培训,拟订了培训计划和培训内容(见表 2),让员工认识到推行 5S 管理的必要性。

表 2　M 公司 5S 培训计划表

内　　容	师　　资	培训时间
5S 基础知识	内　　部	2 小时
5S 影像教育	北大光华	12 小时(4 次)
5S 提高版(汽车行业)	NISSAN	6 小时(4 次)
IE、QC 改善手法	内　　部	6 小时(2 次)
如何做好班组长	内　　部	2 小时

为了更好地贯彻和实施 5S 管理方法,M 公司决定由办公室负责组织整个公司的 5S 及安全卫生的检查,各部门负责按 5S 管理要求对本部门的 5S 及安全卫生进行检查,责任部门负责对 5S 及安全卫生检查中发现的问题进行改进。M 公司管理层每周都对生产现场和办公场所进行检查,列出整改项目,并且通过建立经济责任制,强化 5S 执行的有效性。检查规则为:(1)凡在每周检查中出现的问题,都必须追究直接责任人的责任——扣分;找不出直接责任人的,则扣部门负责人的分;(2)扣分标准:一般每项扣 1 分,如涉及质量与安全方面的,则扣 2 分;分值标准:1 分等于 5 元;(3)每周评选出 2 名表现优良的员工,按月给予奖励。在实施 5S 六个月后,M 公司有关现场标识、物品摆放、空间效率、机器故障等不符合项开始明显减少,说明 5S 的推行已经取得初步成效。

针对评审中出现的质量控制不到位、中间停滞明显、反应速度慢、防错应用少等问题,M 公司高层决定引进精益生产方式。广义的精益生产是指以市场为龙头,以生产系统为对象的全阶段、全过程、全因素的优化配置。狭义的精益生产是指以销售为起点,以看板管理为控制手段,实行紧后工序向紧前工序取货制的"一个流"的、"准时"的多品种、小批量、多批次的拉动式生产组织控制体系(刘晓伟,1998)。M 公司将精益生产小组分为三组:第一组由制造工程师、设备工程师、操作员、内审员、工艺工程师、产品工程师组成,负责开发风险减少,防错和经验教训;第二组由质量主管、操作员、培训员或人力资源、制造工程师、质量工程师组成,负责开发操作员培训、标准化工序、不合格品控制;第三组由项目经理、质量经理、操作员、生产部主管组成,负责开发快速反应、分层审核、CARE。在实施精益生产六个月后,M 公司的生产经营效果相对于之前得到了大幅改善，从指标完成趋势来看，M 公司推行精益生产取得了初步成效（表3）。

表3　M 公司推行精益生产前后指标对比

项目指标	引进精益生产前	推行精益生产后
原材料存货周转天数	60 天	20 天
设备完好率	90%	99%
在制品周转天数	15 天	1 天
管理费用下降	0	5%
平均产品报废率	3%	0.5%

2004 年 11 月，美国福特公司来到 M 公司现场进行第二次评审打分，总评分从半年前的 38 分提升到了 53 分。评审结果显示 M 公司在之前得分较低的评估项上均取得了很大的改进，这意味着公司已经基本满足福特公司对合格供应商的甄选标准，M 公司在第二次的现场评审后顺利进入了福特的备选供应商名单。

可以看到，在成功邀请到福特公司前来现场进行第一次的评审打分之后，M 公司却由于多项指标得分较低而被评为不合格，这说明 M 公司当时的条件与福特公司合格供应商的标准仍存在一定差距。为了在差距项上尽快弥补和改进，争取早日达到福特公司的合格供方标准，M 公司在接下来的半年内针对公司的弱势和问题采取了一系列变革措施，包括组织结构变革、文化观念变革以及生产和管理方式上的变革。推行了上述变革之后，M 公司之前存在的问题都得到了较大程度的改善和解决，变革效果颇为显著，因此在半年之后福特公司进行的第二次现场评审打分中，M 公司的得分得以大幅度提升，并且顺利进入了福特公司的备选供应商名单。由此可以推断，M 公司之所以能够在短短半年时间内从不合格转变为合格，理应归功于在公司上下推行的一系列卓有成效的变革。之所以卓有成效，一方面是由于这些变革的内容得当，具有针对性，能够切实解决公司现存的问题，而绝非出于盲目跟风。例如为了弥补 M 公司在变化管理和问题解决上的缺陷，公司采用了快速反应体系，每天一开始就在车间现场举行 10—20 分钟的站立式会议，及时识别前 24 小时所发生的重大质量问题，保证所有的问题及时被解决。又比如为了解决不合格品辨识问题,M公司采用了目视管理方法建立统一的识别程序,用明亮色彩作为识别方法,例如用红色标签表示废品,黄色标签表示可疑产品或待处理或是需要返工的材料,绿色标签则表示产品是可以接受的,同时对隔离的区域进行标识,大大降低了员工误用不合格品的几率。可见,管理层采取对症下药的措施使得变革取得了有效的成果;另一方面则是由于管理层采取了正确的变革方式,即首先在观念上进行变革,通过专门的教育和培训向员工灌输新的观念,使员工能够在思想上消除抵制、接受和认同变革。例如在推行5S管理变革时,为了扭转公司员工"认为5S管理不必要、不管用、没意义"等观念,M公司高层率先结合公司实际情况,就5S管理的重要性对全体员工开展培训教育,力求使他们认识到推行变革的必要性。类似的举措有效地扫除了在公司内部推行变革的障碍,获取了员工的认同和支持,从而大大增强了变革措施的执行力及最终效果。以上事实表明,正因为M公司推行组织变革取得了卓有成效的结果,才能够在福特公司第二次的评审打分中获得较高的得分,达到福特合格供货方的必要条件,从而向福特传递出这样的信息:自己已经具备了为国际整车厂配套供货的能力。由此可见,在这一阶段,国际代工企业推行组织变革的效果有助于塑造企业的能力感知,命题5.1得到了支持。

倘若M公司推行组织变革后并未取得如此显著的成果,在第二次的评审打分中仍然存在不少差距项,但公司切实体现出了变革的意愿和决心,福特在评审过程中也能够真切感受到公司所作的努力,在这种情形下,M公司是否能够被列入备选供应商名单呢?我们的调研记录显示:

> 当然不会。第一次合作,跨国公司评审供应商的依据就是看它能不能达到他的硬性标准,一切看分数,你要是达不到那些分数,就说明你不行,不够格。
>
> ——M公司副总经理
>
> 他们不会看你如何如何努力,他们看的是成果。你努力了多少不会影响他们对你的评价。
>
> ——M公司项目经理

由此可见,命题 5.2 并未得到支持。本文认为原因可能在于:(1)在列入备选阶段,跨国公司考察的依据是行业内国际通行标准,因此着重评估的是代工企业的能力而不是信用;(2)仅仅体现出推行组织变革的意愿和决心并不能有效证明代工企业不具有机会主义倾向,因此无法获取跨国公司的信任。

3. 参与项目阶段的分析

在成功列入福特公司备选供应商名单之后,M 公司下一步的任务就是争取拿到为福特进行配套生产的项目,也就是与福特建立正式的业务合作关系。对于特定的项目,整车厂首先会给备选供应商邮寄一个包含项目要求的详细说明书,包括项目的任务目标,项目的时间进度,对产品的描述,对技术的要求,具体的参数说明等;通常在两到三个月之后,整车厂会与备选供应商进行会晤,听取供应商对于该说明书的反馈,包括供应商对项目的可行性分析与费用预算,对项目投产状态、项目准备状态、设计最优化、目标生产设备和检验设备、研发力量、人员配备等的介绍,对实施该项目的战略、计划和具体操作方法的陈述等。在这一阶段的会晤中,倘若整车厂认为备选供应商能够准确地理解他们针对该项目所提出的要求,并且在项目准备状态、执行计划与操作方法的陈述上颇具可行性,报价也相对合理,就会选取该供应商正式参与这一项目。

2005 年 3 月,美国福特开始为其 FT900 项目找寻供应商。该项目涉及 20 个车型,年产量为 180 万辆车,涉及 M 公司供应的遮阳板为 360 万只,产值近 4 000 万美金。收到福特公司发来的项目要求说明书后,M 公司高层以及生产部、技术部项目经理立即开始着手对说明书内的各项条款、技术参数等进行认真仔细地研究。通常来讲,一份说明书包含两方面:通行的项目要求以及特定的项目要求。通行的项目要求指的是不管哪一个具体的项目,只要是为福特公司生产就必须满足的这类要求,包括生产运营的原则,对质量与可靠性的要求,对生产件包装的要求,对环境保护的要求等;特定的项目要求则是针对具体的项目制定的,通常随项目不同而不同,包括指定的分供商,对原材料的要求,特定的技术参数,对物料流的要求等。对于一份项目要求说明书的充分理解关键在于对特殊要求的理解,并且在理解基础上能够提出具有可行性的计划和方法。跨国公司会根据代工企业对说明书的理解程度与所提方案的可行性,来判定代工企业是否具备足够的能力参与项目。然而,面对一个全新的项目,供应商往往会因缺乏经验而无法对说明书内的全部要求予以准确、充分地理解,即使是有所理解,也未必能够立即提出具有可行性的策略和方法。为此,代工企业可以开展组织学习,通过专门的指导、培训、咨询来消除在理解和计划方案上的问题和障碍。M公司在阅读福特的项目要求说明书时,同样遇到了这样的问题。

> 当时我们在研究这份说明书时发现,对于某一个部件的设计出了点问题,我是说,我们以前从来没有按照这样的设计生产过,对于他们这种设计我们的产品工程师还不是那么的理解。当时公司高层就决定联系外面专门的培训机构,把我们的项目经理和产品工程师送出去强化培训一个月,学习福特的这种设计,看看怎么样可以把它生产出来。此外,我们整个技术部的同事会向同行业的亲朋好友打听,如果有人知道如何解决这种问题我们就直接向他们取经。
>
> ——M公司项目经理

为什么要花如此大的力气去理解一份项目说明书呢,访谈中公司人员提到:

> 我们的目的就是要能够与福特畅通对话,要用他们的语言讲话,让他们觉得我们是内行,因此对他们的要求不容许有任何理解上的障碍和偏差。
>
> 比如我们对福特提出的有关原材料的要求进行理解后就知道应该用什么样的原材料能够最好地满足它的要求,我们会告诉福特,用GE的材料可以,用BASF的就不可以,理由是什么什么。对方一听就说你们很内行啊,就觉得你能做好。
>
> ——M公司副总经理

通过对福特这份项目要求说明书积极主动的学习,M公司在与福特公司进行会晤时表现出了对该项目较高的熟悉程度与良好的专业水平,M公司能够做到对福特的要求如此正确、充分地理解,得到了福特的高度认可,因而获得了参与该项目的资格。可见,在这一阶段,国际代工企业对客户要求的理解能力有助于塑造企业的能力感知,命题6.1得到支持。

2005 年 7 月，FT900 项目正式投产。福特公司派遣一部分专门人员对 M 公司的项目进程进行必要的指导、支持与监督，M 公司负责该项目的经理每周都要通过电话会议或 Skype 网络会话的形式与福特的经理举行产品发展会议，就项目进展进行技术交流和讨论。当出现实际操作上的问题和阻碍时，比如说在生产过程中发现所采用的技术无法达到福特所规定的技术标准，M 公司就会通过每周的电话会议以及福特的现场监督积极地向对方进行咨询和学习，力求使知识和技术从福特方逐渐转移至 M 公司，以便 M 公司能够在项目的实际推进过程中极大程度地符合福特的期望，达到对方的要求。除了直接向福特方学习如何才能达到对方的要求和标准之外，M 公司还通过其他多种途径开展组织学习，例如公司组织的外部培训，技术人员自己从事的多方咨询和学习，通过别的项目在其他整车厂指导下的学习，以及从已有经验中的学习。这一切的努力都是为了使 M 公司尽可能地具备满足客户的能力，令项目的实际结果能够最大程度地满足福特方的要求。

由此可见，在这一阶段，国际代工企业满足客户要求的能力有助于塑造企业的能力感知，命题 6.2 得到支持。

M 公司采取的这种多来源的学习途径一方面使得公司能够迅速提升自己的专业水平，以便更好地理解和达到福特公司的要求和标准；另一方面还促使 M 公司有能力对福特公司提出的标准形成一个更为客观的分析，即重新思考这些标准的合理性与可行性，甚至替对方提出更合适、更优化的标准，并且能够令福特信服地接受，从而修改已有的要求和标准。

在 FT900 项目中，福特公司对遮阳板抛光后的颜色是有规定的，指定说要什么什么颜色，别的颜色不行。那我们凭借已有的经验，觉得这种颜色是达不到的，因此我就把通用、克莱斯勒、三菱、沃尔沃等别的整车厂几十种遮阳板拿给他们看，告诉他们现有的技术能够达到什么样的范围，这样一来他们就知道了，就会修改他们的标准。

又比方说，福特一开始规定遮阳板上的镜子尺寸是多少多少，那我们认为这种尺寸并不是最佳尺寸。我专门研究了六十多种遮阳板，最后告诉他们镜子的最佳尺寸应该是 65 cm（宽）

×110 cm(长),他们也就信服了。

——M 公司副总经理

由此可见,面对福特公司设定的标准,M 公司并非总是被动地遵从和满足,而是会凭借自身对专业技术的充分了解,重新审视和修改一些不完善的标准,并且因为自己的"专业形象",能够让福特认同和接受这些修改。而通过对福特已有标准的成功修改,M 公司又进一步巩固和加强了自身的专业形象和地位。我们知道,无论是归属于整车厂的配件厂商,还是社会上相对独立的配件厂商,在与整车厂商进行技术交流时往往处于被动地位,一般都是根据整车厂设计好的方案组织加工,而很少有机会或有能力向整车厂输出制造、设计技术。不可否认,一些配件厂商通过对所在专业领域的长期学习和经验积累,在单个零部件设计及材料选择方面有其核心专长,比整车厂有更强的设计能力,只不过是没有一套机制让其参与到整车早期的设计开发中去。要改变这种单向的技术传播方式,配件厂商应设法在项目实际操作过程中不断地向整车厂展示自己的专业实力,用过硬的知识、技术和经验向对方传递"我是专家"的信息,让对方认识到其实自己比对方更专业,提出的方案更可行、更优化,在说服整车厂的同时化被动为主动,成功提升自己在合作关系中的地位。

所以并不是任何情况下都必须听他的,你可以提你的,关键是要证明你的合理性,那么你就必须要有过硬的技术,要比客户更了解客户,要展示你的能力,才可能说服对方。

——M 公司副总经理

通过访谈本文可以得出一个新的命题:

命题 6.4:在参与项目阶段,国际代工企业修改客户要求的能力有助于塑造企业的能力感知。

在整个 FT900 项目的推进过程中,M 公司表现出了对福特利益的极大关注。公司成立了价值流分析小组,以福特利益为中心,用福特的观点来确定企业从设计到生产到交付的全部过程,将生产全过程的多余消耗减至最少。公司通过 JD power、问卷调查、TGR(thing going right)、TGW(thing going wrong)、顾客抱怨等途径来积极地理解福特的需求和期望,并且运用状态分析法,确保公司的目标与福特的需求和期望相结合;此外,公司还通过宣传、张贴等手段,在公司上下沟通福特的需求和期望,确保员工在生产过程中处处为福特的利益着想。

> 让福特感受到我们是如此关注他们的利益,这让他们很放心。很多整车厂宁肯把项目给自己下面的零部件企业做,哪怕做得不好,就是因为担心给外面企业做有风险。
>
> ——M公司副总经理

M公司通过上述一系列的举措向福特传递出这样的信息:公司以客户利益为重,是可靠的合作伙伴。因此而获得了福特的信任。由此可见,在这一阶段,国际代工企业展现对客户利益的关注有助于塑造企业的信用感知,命题6.3得到了验证。

(三)对组织特质模型的修正

通过分析,命题4.1、命题4.2、命题4.3、命题4.4、命题4.5、命题4.6、命题5.1、命题6.1、命题6.2和命题6.3均得到验证,命题5.2未得到验证,提出了新的命题6.4。将已经得到验证的命题的相关关系绘制成图,可得修正后的组织特质模型(见图7)。

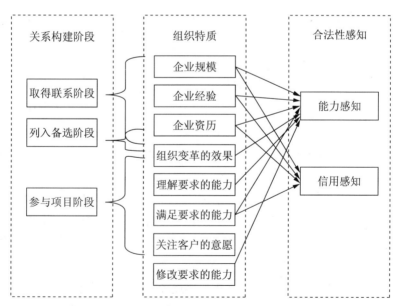

图7 修正后的国际代工企业各阶段有助于塑造合法性感知的组织特质模型

（四）对过程性分析框架的解释与验证

在公司成立初期，M公司主要是为国内的一些整车厂，如东风公司、一汽集团等进行配套供货。为了进一步扩大市场，实现公司的高速发展，在把公司总部迁至上海之后，M公司高层提出应顺应全球采购的国际潮流，设法将市场向国际市场扩张。可采取的手段为：寻求和强化与著名跨国公司的战略合作，围绕国际跨国公司进行产品配套。在这一观念的指引下，M公司于2003年开始着手与国际著名的整车生产商取得联系，并且逐步建立起业务合作关系。在短短的3年时间里，M公司相继成为美国通用、美国福特、戴姆勒-克莱斯勒、欧洲福特、日本三菱、沃尔沃等等这些全球响当当的跨国汽车制造企业的全球采购供应商，并且在北美成立了分支机构，成功地进入了全球汽车部件配套市场。作为一个代工企业，与国际上的整车厂进行项目合作并且为跨国汽车制造商供货，是M公司正确识别和利用国际市场上的商机以创造企业利润和价值的表现，此举为M公司开拓了新市场，使之得以进入新的领域并开创新的事业，实现了企业的国际化成长。由此可见，M公司顺应全球采购潮流，把握国际市场机会，参与跨国公司业务项目的行为正是其从事国际创业活动的体现。

而从一开始与福特取得联系起，直到项目的实际参与过程，M公司都在致力于塑造自己合格供应商的形象，以获取对方的信任和认同。首先在取得联系阶段，为了引发福特公司对自己的关注与好感，促使其产生进一步了解的意愿，M公司在自荐函中提供了一系列资料以反映公司规模大、经验足、资历深的优势特征，目的就是一方面塑造公司"具备了完成配套供货所必需的技术和能力"的形象，另一方面让对方觉得"公司正规、可靠、信得过"，从而成功吸引到福特方前来公司进行实地考察。而在列入备选阶段，M公司通过推行一系列卓有成效的变革，切切实实地做到在原有的差距项上逐步达到福特的评审标准，让福特真切地看到了自己持续改进的成果，同时向福特传递出这样的信息，自己已经具备了为国际整车厂配套供货的能力，从而获得了福特的认可，成功地进入了福特的备选供应商名单。在参与项目阶段，M公司则广泛开展组织学习，对于福特提出的要求和标准，首先力求消除理解上的偏差和障碍,实现畅通对话,体现出公司对客户要求良好的理解能力,塑造自身"内行人"的形象,从而成功获取项目合作资格。在项目投产之后,M公司又通过指导、培训、咨询等学习途径不断获取和积累专业知识和技能,一方面力求最大程度地达到和满足福特的标准,提供让福特满意的结果;另一方面则凭借自身的核心专长,对福特原有的要求和标准提出具有说服力的改进,以进一步强化自身"专家"的形象和地位,使得福特对M公司在专业技能上更加认同和信服,从而巩固了双方的合作关系。此外,M公司还采取了以客户为中心的价值观,通过一系列措施充分展示出对福特利益的关注,从而令福特相信M公司会把客户利益放在第一位,成功地为M公司塑造了一个可靠的、值得信赖的供应商形象,进一步赢得了福特的信任和认同。由此可见,在与福特公司逐步构建合作关系的过程中,促使M公司顺利从一个阶段步入下一个阶段的原因在于,M公司能够成功获取福特对它的信任和认同。为此,本文的命题1得到支持。而获取对方信任和认同的关键则在于M公司能够持续塑造一个合格供应商的形象,这个"合格供应商形象"在福特看来包含两层含义:一方面,M公司具备了为福特配套生产汽车配件的技术和能力;另一方面,M公司是个以客户为中心的、不存在机会主义风险的可靠供应商。这就意味着M公司在福特心目中成功塑造了合法性感知,这个合法性感知体现为能力感知和信用感知,使对方认为M公司作为外包合作伙伴是合意的、适宜的、可靠的。由此可见,本文的命题2、命题2.1、命题2.2都得到了支持。

根据前文的案例我们可以看到,在合作关系构建的不同阶段,跨国公司对国际代工企业考察方式与关注重点不一样,代工企业所遇到的问题和挑战也不一样,因此企业有助于塑造合法性感知的组织特质亦有所不同。在取得联系阶段,代工企业的首要任务是要成功引起跨国公司的兴趣和关注,并促使对方作出进一步考察的决定;此时跨国公司的主要考察依据是代工企业的基本资料,着重关注的是企业的外部组织特征,因此在这一阶段有助于代工企业塑造合法性感知的组织特质体现在企业的组织规模、行业经验以及所拥有的资历上。在列入备选阶段,跨国公司的主要考察依据是行业内的国际通行标准,其对代工企业关注的重点是看代工企业在现场的评审打分中能否达到标准;此时代工企业面临的最大挑战是做到持续改进,设法在每一个差距项上都能达到跨国公司的期望分值,因此在这一阶段有助于代工企业塑造合法性感知的组织特质体现在企业推行组织变革的效果上。在参与项目阶段,跨国公司的主要考察依据是具体的项目要求,其对代工企业关注的重点是看企业能否充分理解并达到客户方的要求,能否提交令客户满意的项目成果;此时代工企业的最大挑战就是要与跨国公司畅通对话,最大程度地令客户满意,因此该阶段有助于代工企业塑造合法性感知的组织特质体现在企业对客户要求的理解能力、满足能力和修改能力及对客户利益的关注意愿上。

通过案例讨论可知,为获得和表现出有助于塑造合法性感知的组织特质,在与福特建立合作关系的过程中,M 公司采用了一定的合法性管理手段:在取得联系阶段,M 公司通过主动提供相关的信息和证明材料,令福特看到企业在规模、经验和资历方面的优势;在列入备选阶段,M 公司针对原有的问题和缺陷,对症下药地在组织结构、组织观念、生产和管理方式上推行了一系列组织变革,并且通过事先的员工教育和培训,消除了实施变革的阻碍,取得了卓有成效的结果;在参与项目阶段,M 公司则是积极开展组织学习,通过外部的培训、咨询以及福特相关人员的指导,力求消除与客户对话的障碍,达到对客户要求的充分理解和满足;并且通过成立价值流分析小组、运用 JD Power、问卷调查、状态分析法等途径展现对福特利益的积极关注;此外,M 公司通过不断的经验积累与组织学习,能够适当地修改福特提出的标准,以展示自身雄厚的技术实力与专业地位。由案例可以看出,为塑造企业的合法性感知,M 公司不仅仅是被动地表现出已有的、能够符合福特期望的组织特质,而且还积极主动地运用适当的战略和运作手段来获取有助于塑造合法性感知的其他组织特质,甚至是通过修改福特的期望和标准来塑造合法性感知。这证明了为塑造合法性感知,国际代工企业能够运用一定的合法性管理手段以获得和表现出特定的组织特质。由此可见,本文命题 3 得到验证。

在命题 1、命题 2、命题 2.1、命题 2.2 以及命题 3 均得到支持的情形下,前文提出的"国际代工企业与跨国公司关系构建的合法化过程"

这一分析框架亦得到验证。

六、讨　论

国际代工生产模式已成为发展中国家和地区参与全球生产体系、融入全球化经济、振兴民族工业的重要途径。在当前全球采购的新规则之下，国际代工企业如何才能与跨国公司成功构建合作关系已成为代工企业参与国际市场竞争所亟待解决的问题。本文试图回答下列问题：国际代工企业如何才能与跨国公司成功构建合作关系？在各阶段代工企业的哪些组织特质有利于其关系构建？为获得和表现上述组织特质，代工企业能采取哪些战略与运作手段？

本文所考察的合作关系构建过程指的是代工企业从设法与跨国公司取得联系直到实际参与某一具体项目的过程，这一过程可以划分为取得联系阶段、列入备选阶段以及参与项目阶段。本文以 M 公司与福特公司成功构建合作关系为例进行案例研究，结果显示：国际代工企业与跨国公司构建合作关系的过程，就是代工企业设法持续地塑造合法性感知，以谋求跨国公司信任和认同的合法化过程；合法性感知包括能力感知与信用感知；在关系构建的不同阶段，国际代工企业为塑造合法性感知，能够采取不同的合法性管理手段来获得和表现特定的组织特质。具体而言：（1）在取得联系阶段，代工企业可以通过提供公司主页、书面认证、荣誉证书、文件记录等反映企业外部特征的资料来展示企业在规模、经验和资历上的实力，以塑造企业的能力感知与信用感知；（2）在列入备选阶段，代工企业可以在组织结构、组织文化、组织管理、组织程序等方面有针对性地确定变革内容，并事先对员工进行培训和教育以消除变革阻碍，通过推行一系列卓有成效的变革来展现企业持续改进的能力，以塑造代工企业的能力感知；（3）在参与项目阶段，代工企业可以通过培训、咨询、指导、交流等组织学习手段充分地理解、满足甚至适当地修改跨国公司的要求和标准，以展现企业雄厚的技术实力和专业的行家地位，以塑造企业的能力感知；并且代工企业可以通过为客户成立价值流分析小组，建立专有的研发团队或是专用的生产线或工厂,为客户采取信息安全保密措施,使用顾客问卷调查等途径展示对客户利益的积极关注,以塑造企业的信用感知。通过案例分析可见,本文的"国际代工企业与跨国公司关系构建的合法化过程"分析框架得到了支持,并且本文根据案例对原有的命题进行了修改,提出了修正之后的"国际代工企业各阶段塑造合法性感知"的组织特质模型。本文的研究结论可总结为下表(见表4)。

表4　国际代工企业各阶段合法性感知类型、
组织特质类型以及合法性管理手段一览

关系构建阶段	合法性管理手段	组织特质	合法性感知类型
取得联系阶段	提供公司主页、书面认证、荣誉证书、文件记录等。	1. 企业规模 2. 企业经验 3. 企业资历	1. 能力感知 2. 信用感知
列入备选阶段	1. 有针对性地确定变革内容; 2. 事先对员工进行培训教育。	组织变革的效果	能力感知
参与项目阶段	1. 通过培训、咨询、指导、交流开展组织学习; 2. 为客户成立价值流分析小组,建立专有的研发团队、生产线或工厂,为客户采取信息安全保密措施,使用顾客问卷调查等。	1. 理解客户要求的能力 2. 满足客户要求的能力 　修改客户要求的能力 3. 关注客户利益的意愿	1. 能力感知 2. 信用感知

本文的研究意义体现在以下几个方面:首先,本文旨在对国际代工企业与跨国公司间合作关系的构建进行讨论,这不仅弥补了现有代工研究领域的不足,并且在全球采购规则下对代工企业的生存与发展具有现实意义;其次,本文借鉴国际创业的理论来探讨和解释国际代工行为,为代工领域的研究提供了一个新的理论视角;再次,本文采取的是过程性的分析视角,将国际代工企业与跨国公司间合作关系的构建过程视作国际代工企业的合法化过程,为组织间关系的研究提供了一个新的分析思路;最后,本文揭示了国际代工企业在合作关系构建过程中可以表现出的组织特质以及能够采取的合法性管理手段,从而为国际代工企业在成功进入全球配套生产体系的实践具有启迪。

参考文献

Alvarez, S. A. and Barney, J. B. , 2001, "How entrepreneurial firms can benefit from alliances with large partners", *Academy of Management Executive*, 15 (1):139—148.

Andrew C. Inkpen, Paul W. Beamish, "Knowledge, Bargaining Power, and the Instability of International Joint Ventures", *The Academy of Management Review*, Vol. 22, No. 1(Jan. , 1997), pp. 177—202.

Andrew M. , "Pettigrew, Longitudinal Field Research on Change: Theory and Practice", *Organization Science*, Vol. 1, No. 3, Special Issue: Longitudinal Field Research Methods for Studying Processes of Organizational Change (1990), pp. 267—292.

Ashforth, B. and Gibbs, B. , 1990, "The double-edge of organizational legitimation", *Organ. Sci.* , 1, pp. 177—194.

Chakravarthy, Balaji S. and Yves Doz, 1992, "Strategy Process Research: Focusing on Corporate Self-Renewal", *Strategic Management Journal* , Vol. 13, Special Issue: Strategy Process: Managing Corporate Self-Renewal (Summer), pp. 5—14.

Birkinshaw, J. , 1997, "Entrepreneurship in multinational corporations: The characteristics of subsidiary initiatives", *Strategic Management Journal*, 18, pp. 207—229.

Brüdel, J. , Preisendörfer P. and Ziegler R. , 1992, "Survival Chances of Newly Founded Organizations", *American Sociological Review*, 57:pp. 227—242.

Buckley, Peter J. , Jeremy Clegg and Hui Tan. , 2005, "Reform and Restructuring in Chinese State-Owned Enterprises: Sinotrans in the 1990s", *Management International Review*, 45,2, pp. 147—172.

David J. Teece, et al. , "Dynamic Capabilities and Strategic Management", *Strategic Management Journal*, Volume 18, Issue 7:509—533.

DiMaggio and Powell, 1983, "The iron Cage Revisited: Institutional Isomorphism and Collective Rationality in Organizational Fields", *American sociology Review*.

Dowling, J. , Pfeffer, J. , 1975, "Organizational Legitimacy: Social Values and Organizational Behavior", *Pac. Sociol. Rev.* , 18, 122—136.

Erno T. Tornikoski and Scott L. Newbert, "Exploring the determinants of organizational emergence: A legitimacy perspective ", *Journal of Business*

Venturing, 2007, Vol. 22, issue 2, pp. 311—335.

Eisenhardt, Kathleen M. , "Building Theories From Case Study Research", Academy of Management, *The Academy of Management Review*; Oct 1989; 14, 4; ABI/INFORM Global p. 532.

Erramili, M. K. , 1991, "The experience factor in foreign market entry behavior of service firms", *Journal of International Business Studies*, 22:479—501.

Harry G. Barkema, Freek Vermeulen, "International Expansion through Start up or Acquisition: A Learning Perspective", *The Academy of Management Journal*, Vol. 41, No. 1(Feb. , 1998), pp. 7—26.

Johanson, J. and Vahlne, J. E. , *The Internationalization Process of the firm: A models of Knowledge Development and increasing Market Commitments*[J], 1990.

Kathleen M. Eisenhardt, Jeffrey A. Martin, "Dynamic capabilities: what are they?", *Strategic Management Journal*, Volume 21, Issue 10—11, pp. 1105—1121.

Kahn, KB. , 1996, "Interdepartmental integration: a definition with implications for product development performance", *Journal of Product Innovation Management*, Vol. 13, 137—151.

Kahn, K. B, McDonough III E. F. , 1997, "An empirical study of the relationship among co-location, integration, performance, and satisfaction", *Journal of Product and Innovation Management*, Vol. 14, 161—178.

Kogut, B. and Zander, U. , 1996, "What firms do? Coordination, identity, and learning", *Organization Science*, 7(5):502—518.

Lailani Alcantara, Hitoshi Mitsuhashi, Yasuo Hoshino, "Legitimacy in international joint ventures: It is still needed", *Journal of International Management*, Volume 12, Issue 4, 2006(12):389—407.

Low, M. B. , Srivatsan, V. , 1994, "What does it mean to trust an entrepreneur?" In: Birley, S. , MacMillan, I. C. (Eds.), *International Entrepreneurship*, Routledge, London, pp. 59—78.

Luo, Y. , 1997, "Partner selection and venturing success: The case of joint ventures with firms in the People's Republic of China", *Organization Science*, 8: 648—662.

Michael D. Lord, Annette L. Ranft, "Organizational Learning about New International Markets: Exploring the Internal Transfer of Local Market

Knowledge", *Journal of International Business Studies*, Vol. 31, No. 4(4th Qtr., 2000), pp. 573—589.

Meyer, J. W. and Rowan, B., 1977, "Institutionalized Organizations: Formal Structure as Myth and Ceremony", *American Journal of Sociology*, 83(2), pp. 340—363.

McDougall, P. P., "International versus domestic entrepreneurship: new venture strategic behavior and industry structure[J]", *Journal of Business Venturing*, 1989, 4(5):387—399.

Oviatt, B. M. and McDougall, P. P., "TowaM a theory of international new ventures[J]", *Journal of International Business Studies*, 1994, 25(1):45—64.

Oviatt, B. M. and McDougall, P. P., "Defining international entrepreneurship and modeling the speed of internationalization[J]", *Entrepreneurship Theory and Practice*, 2005, 29(5):537—553.

Pfeffer, J., Salancik, G., 2003, *The External Control of Organizations: A Resource Dependence Perspective. Stanford Business Classics*, Stanford University Press, Stanford, CA.

Robert M. Grant, "Prospering in Dynamically-Competitive Environments: Organizational Capability as Knowledge Integration", *Organization Science*, Vol. 7, No. 4(Jul.—Aug., 1996), pp. 375—387.

Scott, W. Richard, 1995, *Institutions and Organizations*, Thousand Oaks, CA: Sage.

Sharon A. Alvarez & Jay B. Barney, "How Do Entrepreneurs Organize Firms Under Conditions of Uncertainty?", *Journal of Management*, Vol. 31, No. 5, 776—793(2005).

Shane, S, & Venkatarman, S, "The promise of entrepreneurship as a field of research[J]", *Academy of Management Review*, 2000, 25(1):217—226.

Shane, S., Stuart, T., 2002, "Organizational endowments and the performance of university start-ups", *Manage. Sci.*, 48(1), 154—170.

Suchman, Mark C., 1995, "Managing Legitimacy: Strategic and Institutional Approach", *Academy of Management Review*, 20(3), pp. 571—610.

Stinchcombe, A., 1965, "Social structures and organizations", In: March, J. G. (Ed.), *Handbook of Organizations*, Rand McNally, Chicago, pp. 142—193.

Starr, J., MacMillan, I., 1990, "Resource cooptation via social contracting: resource acquisition strategies for new ventures", *Strateg. Manage. J.* 11(5),

79—92.

T. K. Das and Bing-Sheng Teng, "A Resource-Based Theory of Strategic Alliances", *Journal of Management*, Vol. 26, No. 1, 31—61(2000).

Vandenberg, M., Rogers, P. A., "Choosing the Contractor to Meet Your Specific Requirements and Ensuring a Rewarding Relationship[R]", *Choosing the Best Supplier*, IIR Conference, 2000, (6):1—17.

Westhead, P., Storey, D. J. and Martin, F. 2001, "Outcomes reported by students who participated in the 1994 Shell technology enterprise programme", *Entrepreneurship and Regional Development*, Vol. 13, pp. 163—85.

Wright, R. W. and Ricks, D. A., "Trends in international business research: twenty-five years later[J]", *Journal of International Business Studies*, 2004, 25(4):687—701.

Zahra, S. A., Ireland, R. D. and Hitt, M. A., 2000, "International expansion by new venture firms: International diversity, mode of market entry, technological learning and performance", *Academy of Management Journal*, 43, 925—950.

Zahra, S. A. Korri, J. S., and Yu, J., "Cognition and international entrepreneurship: implications for research on international opportunity recognition and exploitation[J]", *International Business Review 2005*, 14(2):129—146.

Zahra, S, and Garvis, S, "International corporate entrepreneurship and company performance: the moderating effect of international environmental hostility [J]", *Journal of Business Venturing*, 2000, 15(5/6):469—492.

Zahra, S. A. and George, International entrepreneurship: the current status of the field and future research agenda[A]. In M. A. Hitt, R. D. Ireland, S. M. Camp, and D. I. Sexton(eds.), *Strategic entrepreneurship: creating a new mindset*[C], Oxford, UK: Blackwell Publishers, 2002:255—288.

Zimmerman, M. A., Zeitz, G. J., 2002, Beyond survival: achieving new venture growth by building legitimacy. Acad. Manage. Rev. 27(3), 414—431.

Zucker, L., 1977, The role of institutionalization in cultural persistence. Am. Sociol. Rev. 42, 725—743.

刘志彪:《全球化背景下中国制造业升级的路径与品牌战略[J]》,《财经问题研究》2005。

雷军,汤致彪,罗毅:《中国汽车零部件产业现状及发展趋势[J]》,《当代经济》2005年第9期。

任晓峰:《以培育稀缺要素和嵌入价值链实现"代工模式"转型[J]》,《南京财经大学学报》2006。

杨桂菊:《本土代工企业竞争力构成要素及提升路径[J]》,《中国工业经济》2006年8月第8期(总221期)。

刘亮亮:《代工企业在跨国生产外包中的决策模型及风险因素分析[J]》,《西安邮电学院学报》2005。

刘志彪:《中国沿海地区制造业发展:国际代工模式与创新[J]》,《南开经济研究》2005,(5):37—44。

陶红兵:《全球化采购,汽车零部件业的机遇和挑战[J]》,《时代汽车》2004。

田贞余:《国际产业调整和转移的新趋势——国际外包[J]》,《商业研究》2005。

黄仁伟:《全球化与中国复兴》,上海社会科学院2004年版。

夏先良:《中国企业从OEM升级到OBM的商业模式抉择[J]》,《财贸经济》2003。

薛求知,朱吉庆:《国际创业研究述评[J]》,《外国经济与管理》2006年7月第28卷第7期。

吕宏锋:《资源外包合作伙伴关系互动评价研究——以生产制造行业为例》2005年版。

张建,姜辉:《我国汽车零部件出口风险探讨[J]》,《汽车工业研究》2004年8月。

刘晓伟:《精益的生产管理与实践[J]》,《锦州师范学院学报》1998年第4期。

沈建伟:《中国汽车零部件业面对国际社会不利舆论[J]》,《汽车维护与修理》2004年6月。

变革篇

基于组织惯习为基础的组织变革研究

❏ 郭　毅　刘亦飞

一、组织研究的适应视角与选择视角

（一）组织与环境

随着开放系统模式的出现及其影响的日益增长,组织研究者们不能再随意忽视环境对组织的影响了。按照系统论的观点,对某个组织而言,环境是全部客体的组合,客体性质的改变会影响系统,同时系统行为也会影响客体性质。

环境的概念非常多样化,这主要是因为研究者所选择的分析层次不同。一般而言,组织环境可分为社会心理层次、结构层次和生态层次。而在生态层次内,又可以划分为四个亚层次,即组织丛、组织种群、组织间群落以及组织领域。不同研究目的的组织社会学家们往往会选择不同的亚层次。组织丛概念的特点是从特定组织的立场来看待环境。除非影响到具体组织行为和利益,否则组织丛中其他成员间的关系或联想就无关紧要。运用资源依赖理论或交易成本理论的组织分析家们通常在组织丛层次上进行分析。组织丛层次关注信息与资源的流动及其联系对特定组织的影响,因此可以用来讨论组织战略决策的指定。例如,要确定是在组织内部完成某些运作还是将其承包给其他组织,就必须考察供应商的数量、技术和设备的各种特性。组织种群的概念可以用来确定在某些方面相似的组织的结合体,自然选择理论和种群生态理论的研究者们就在这个层次上对组织进行分析,我们下文要介绍的结构性惰性理论其大部分文献就是在组织种群层次上的分析。Hannan 和 Carroll 认为确定组织种群的关键是拥有共同的组织形式,形式概括了使组织在生态上相似的核心特征。"组织种群是组织形态特定的时空实例。"种群生态学家关注相似组织间竞争的分析、竞争的不同策略，以及环境变化产生的选择性效果。组织间群落分析层次运用于研究一定地理区域内相似和不同组织间的关系。将注意点转移到群落层次，使我们得以考察相似及不同类型的组织之间的关系，从而可以从多方面来观察组织之间合作或互惠共生以及竞争或冲突的状况。例如，可以去研究区域内组织之间是如何建立网络的等等。最后一个亚层次是组织领域，组织领域是指"那些聚集在一起、构成公认制度生活领域的组织：主要的供应商、资源和产品的消费者、制定规章的机构及其他提供类似产品或服务的组织"(DiMaggio and Powell，1983)。新制度理论家们通常在这个层次上进行分析。领域概念意味着拥有共同愿意体系的组织群落，与领域外行动者的习惯比较，参与者之间的互动更频繁、更重要(斯格特，2002)。

根据环境的特征可以把环境分为技术环境和制度环境。制度因素包括对组织产生影响的比较象征性的、文化的特征，而技术因素则包括更加物质的，以资源为基础的特征。一般而言，为了实现目标和完成某种工作，对组织的投入、产品市场以及竞争者的本质和来源等因素属于技术因素。而对制度以及制度环境的论述，在其他章节将具体阐述。

组织与环境之间简单而言是相互依赖的关系，任何组织都依赖于环境，环境因素强烈地影响组织的结构、过程及结果，并通过淘汰那些不成功的组织来对组织进行选择；同时组织会通过改变或调整内部战略来对付感知到的环境压力，甚至通过组织的行为和产品来改变和影响组织环境，这就是组织适应环境的过程。因此，组织与环境的相互依赖关系其实就是环境对组织的选择过程以及组织对环境的适应过程相互作用的关系。为此，在组织研究中，也相应就出现了组织研究的适应视角(adaptation perspective)和组织研究的选择视角(selection perspective)。

(二) 组织研究的适应视角

按照适应视角，组织的子单元(sub unit)——通常是一些管理者或组织的优势群体，审视相关环境中的机会和威胁，形成应对性的战略并适当调整组织的结构。组织研究的适应视角通常在管理学文献中看得比较清楚。他们通常假设组织是一个权利和控制的科层式的结构，决策者位于这个结构的顶层。于是，组织是通过管理者的战略形成、决策制定以及实施来被环境所影响的。那些特别成功的组织管理者不但能够在组织与环境之间架设桥梁，来缓冲环境变动对组织产生的影响，而且能够平缓地对组织结构进行调整。这种观点起源于社会学家韦伯对经济和社会的分析（Hannan and Freeman，1977）。

与韦伯传统比较近似的分析来自于帕森斯对组织—环境关系的功能主义分析。功能主义者们关注于系统的作用，他们的方法逻辑基于组织生存的需要，并且没有处理选择现象。这与社会达尔文主义的组织理论恰恰相反。交换理论学家们也接受适应视角，强调决策的理论同样采用了适应视角（March and Simon，1958）。资源依附理论者认为，组织有改变其边缘特征的很多可能性——组织的缓冲作用和桥梁作用。从适应视角研究组织往往集中在组织丛的层次。

很明显，组织领导者确实通过战略形成和有效的组织活动来适应环境的变化，因此，至少某些对结构和环境关系的研究应该反映适应行为或组织学习，但是这也并不表示组织间巨大的结构差异仅仅是组织适应的结果。组织适应环境的能力有一些明显的局限，这是因为一些适应过程产生了组织的结构惰性，这种惰性的压力越强，组织的适应弹性就越低，环境选择的逻辑就越合理。因此就有组织研究的选择视角。

（三）组织研究的选择视角

在组织种群层次研究组织的生态学家们认为，结构形式的许多变化应该归功于环境的"选择"，而不是组织的"适应"（Aldrich and Pfeffer，1976）。没有必要坚持认为组织在试图适应其环境时没有表现出结构的变化，因为许多组织没能根据环境的变化尽快调整其结构（Hannan and Freeman，1984）。也即组织中的惰性压力限制了组织适应环境的努力，结构形式不能与环境变化同步。抵制变革对组织而言不一定是不利条件，惰性既与行为的可靠性（以技术标准衡量的优点）相联系，又与责任性（从制度观点来看的优点）相联系。如果环境的稳定性达到适宜的程度,则表现出高度可靠性和高度责任性的组织更有可能生存下去。但是,在环境不确定性较大的情况下,惰性就变成一种不利因素而非有利因素,因为惰性阻碍了组织为生存下去而进行的充分或迅速的改变。关于惰性(inertia),我们将在下文中详细介绍。

(四)调和两种视角的努力

资源依赖等学派的适应视角和种群生态学派的选择视角并不一定是不可调和的。事实上,二者可以相互补充。具体而言,种群生态论有助于关注组织的核心特征和说明组织形式在一个较长时期内的变化,而资源依附理论强调组织比较边缘的特征和在较短时期内发生的变化。有些研究者用"调适"(fitness)的概念试图调和选择和适应。

组织的适应能力本身是与进化联系在一起的,而组织进化又是一种系统性选择过程。具体而言,组织以降低其在稳定环境中的绩效水平的代价来发展它的适应能力。而这种适应性的组织形式能否生存下来取决于环境的本质以及竞争条件的特点。选择观点将高的适应性认为是独特的进化和选择结果。

对管理学研究而言,要调和两种视角,肯定要在坚持适应视角的基础上引入选择视角的有用要素,使对组织的研究更加贴近组织的现实,这也是我们最终的研究目的。下面我们将分别介绍在管理学、组织生态学以及演化经济学中的组织变革和组织进化。其中,管理学和演化经济学主要采用了组织研究的适应视角,而组织生态学则采用了选择视角。

二、管理理论中的组织变革

(一)组织模型

研究组织变革,首先要对组织本身有一个清晰的认识,因此在本节将对管理理论中的组织模型作一个简要的介绍。组织作为组织变革的主体和载体,事实上也是所有组织研究者所力图去理解的。

模型在这里的定义是"显示某物的结构或外表的图解",因此组织模型其实就是对组织的图解,而这本质上是一种比喻。在理解组织的不同系统观下,组织的喻体相应就会不同。例如,在理性系统观下的组织就被比喻为一台复杂而精密的、与外界相隔离的机器。在这样的组织里,组织目标是具体化的,结构是形式化的。正如古尔德纳所述:"从根本上说,理性模型是'机械'模型,这个模型把组织作为可操作部件的结构,每个部件都可以单独改变,以提高整体的效率。单个组织元素可以在周密的计划和决策下成功地规划并加以修改。"(Scott,2002)典型的理性视角下的组织理论有泰勒的科学管理理论、韦伯的科层制理论和西蒙的管理行为理论等,当然在西蒙的理论里已经带进了自然观的元素。

当前组织理论流行的系统观念是组织的开放视角观,因此本节也主要介绍在开放系统视角下的组织模型。

如果把组织描述为一个开放系统,我们很容易联想到的喻体是生物,就像生物一样,组织可以输入和输出。生产就是组织加工处理输入,把输入转化为输出。对生物来说,输入的是氧气和来自外部环境的其他成分,这些成分被消耗和转换成能量和其他废物。对组织来说,它们是金钱、人力以及那些来自外部环境的成分,组织将之利用并转换成产品和服务,最后又重新投入外部环境中。把组织作为一个开放的动态系统进行研究的理论,主要有巴纳德的社会系统学派、特里斯特等的社会—技术系统学派以及卡斯特和罗森茨韦克等人的权变—系统学派(钱平凡,1999)。巴纳德把组织定义为"两个或两个以上的人有意识协调的活动的系统"。组织作为一个个人的协作系统,都包含三个基本要素:协作的意愿、共同的目标和信息联系。通过这三个要素的相互作用,使不同的组织成员参加到一个组织中来,并且为实现组织的目标作出贡献。下面简要介绍一下卡斯特和罗森茨韦克的权变—系统学派。

卡斯特和罗森茨韦克把组织系统看成是由多个子系统组成的一个系统,组织系统自身又作为环境大系统中的一个子系统。组织从环境超系统中接受能源、信息和材料,通过转换,向外部环境输送产出。组织的这些分系统包括:目标和价值分系统、技术分系统、社会心理分系统、结构分系统以及管理分系统。技术分系统是指完成工作任务所需要的知识,包括在将投入转换为产出时所运用的各种技术。它取决于组织任务的要求,而且随着特殊活动的变化而变化。社会心理分系统由相互作用的个人和群体所组成。结构关系到组织工作任务分工和协作的方式方法。组织的结构分系统是技术分系统和社会心理分系统的联系纽带。管理分系统联系着整个组织,它使组织与外部环境发生联系。

另外,卡斯特和罗森茨韦克又给出了一个由战略、协调、作业分系统(层次)组成的组织系统图,如图1所示。

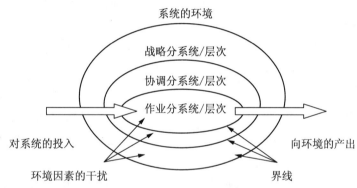

资料来源:钱平凡.《组织转型》,浙江人民出版社 1999 年版。

图1 由战略、协调、作业分系统组成的组织系统图

其中,作业分系统主要侧重于经济—技术的合理性,并力图封闭技术核心与很多变量的联系而建立确定性。在组织的战略分系统中,由于组织难以或无力控制很多来自环境的投入,组织面临着最大的不确定性。协调分系统则是在战略层和技术层之间开展活动,并连接和协调这两个分系统。协调层将环境的不确定性转化为技术分系统所需的经济—技术合理性。

管理学者同样接受开放系统的观点,但对于组织行为研究者和咨询者来说,以上所介绍的组织的开放系统模型依然较为抽象。以咨询为导向的管理研究者提出了更多更丰富和具体的组织模型,主要有:

韦斯伯的六盒组织模型、纳德勒—图什曼诊断组织行为的一致模型、迪奇的技术/行政/文化(TPC)框架以及伯克—利特温的因果模型等(伯克,2005)。特别是前面三个模型,主要是介绍组织的机能的,并且都隐含了组织行为的内容和过程。例如,迪奇就把组织的各个部分整合到了下面的这个框架里,如图 2 所示。

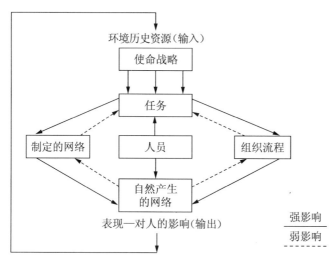

资料来源:W. 沃纳·伯克:《组织变革——理论和实践》,中国劳动社会保障出版社 2005 年中译本。

图 2　迪奇框架

从图 2 中可以看出,组织模型由一个个类似于"盒子"的职能部门组成,其中指定的和自然产生的网络分别代表正式的和非正式的组织结构。"模型中描述的组织的每一部分都有自己的特征,组织的效力正是由这些特征的职能决定的。同时,组织的每一部分也相互联系结合成一个职能系统。"(伯克,2005)在这个框架的基础上,迪奇又提出了与这些组织要素相对应的技术、行政和文化系统。迪奇认为这三个系统对理解组织概况特别是组织变革起主导作用。技术系统基于科学和硬数据,因而代表一个十分理性的角度;行政系统基于权力动力学;文化系统涉及的是共同的价值观和标准。这三个核心系统必须一起管理。把它们与组织要素匹配起来,就可以得到迪奇的 TPC 矩阵(如图 3 所示),为矩阵内每一格赋值后,就可以根据实际情况进行组织变革管理咨询。

组织要素

		使命战略	任务	指定的网络	人员	流程	自然产生的网络
核心系统	技术系统						
	行政系统						
	文化系统						

资料来源：W. 沃纳·伯克：《组织变革——理论和实践》，中国劳动社会保障出版社 2005 年中译本。

图 3　迪奇的 TPC 矩阵

以上简单介绍了几种比较典型的组织模型，而组织研究者和管理学者热衷于建构组织模型的原因除了帮助我们对组织进行分类和加深对组织运作的理解之外，更为重要的是，一个完善的组织模型提供了共同的、简短的语言，能够帮助管理者进行组织变革。如果一个组织模型按照以下方法构建：（1）某些条件下的某些组织元素比其他的组织元素更重要或承担更多的作用；以及（2）组织元素或组织要素或职能的次序即使不是显而易见的，至少也是隐含的时，那么变革的方向就清楚了。即处理事务的先后决策机制能够为整个变革努力确定一张线路图和执行战略（伯克，2005）。

那么，在管理学者眼中，组织变革到底是什么，即是如何理解组织变革的概念模型以及如何实施组织变革的呢？

（二）组织变革模型

1. 组织变革的内容和过程

组织变革，从定义上讲，包括组织在两个时点间的转变。对于大多数的分析，变革的关键部分是比较转变前后的组织发生的变化。通过这样的比较构成了对组织变革内容的分析。变革内容关注组织在第二个时点上事实上有什么不同。在变革内容的基础上,大部分变革包含了组织结构的很多要素的转变或者使得组织的某一要素发生剧烈变化的要素。

组织变革的第二个维度关注转变发生的方式——速度、活动的顺序、决策制定和沟通系统、遭遇的抵制等等。要考察这些要素就要关注组织变革的过程。对变革过程的考察依赖于对变革内容的分析,或者说它们是互倚的。例如 Gusfield(1957)对女信徒戒酒团体的研究考察了组织目标是如何随着时间变化的(内容分析),但他也考察了成员的人口统计特征是如何限制各种竞争的(过程分析)。

大量对组织变革的研究表明,在大多数情况下,内容和过程都应该被考虑到,然而对组织变革的理论和分析往往只倾向于一个维度。例如现代产业组织经济学的博弈论里,通常包括了对一家企业的潜在的未来市场位置的成本和收益的非常复杂的分析,然而博弈论分析的典型隐含假设是向这些位置移动的相关风险和成本都为零。另一方面,很多管理理论通过设置沟通系统和行政框架来实施组织转型,却忽略了不同类型的转型往往会要求不同方法的可能性。

Barnett 和 Carroll(1995)给出了一个简单的说明变革内容和过程的模型,如图 4 所示。

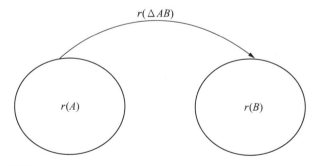

资料来源:Barnett, W. P., G. R. Carroll, 1995, "Modeling Internal Organizational Change", *Annual Rev. Sociology*, 21:217—236.

图 4 组织变革内容和过程

在这个模型中,组织由 A 状态转变为 B 状态,A 状态使组织消亡的风险为 $r(A)$,B 状态使得组织出现消亡的风险为 $r(B)$,而从 A 状态转变为 B 状态中产生的风险是 $r(\triangle AB)$,这样变革的内容就体现在 $r(B)-r(A)$,而变革的过程就体现在 $r(\triangle AB)$,而变革所产生的总效应则为 $r(B)-r(A)+r(\triangle AB)$,如果这个数字可以测量出来,那么就可以据此来判断组织变革是否可行,如果是负值,则可行;正值,则不可行。当然,这是一个非常理想化的模型,现实中我们不但不能测量这个值,甚至连存在哪些风险都难以预测。下面我们介绍管理学中的组织变革的内容和过程模型。

2. 组织变革的内容模型

组织变革的内容模型即讨论"变革什么"的模型。基本的观点是:当组织所面临的环境发生变化时,组织就会发生主动的适应环境过程和被动的被环境选择过程,在这些过程中,组织的某些要素,如使命、战略、结构、技术等方面会发生或多或少的变化。因此组织变革的内容模型其实就是对这些发生变化的要素的描述。对于组织管理者而言,了解组织变革的内容,无论这个变革是主动的还是被动的,都有利于变革朝着有利的方向发展。

基于上面的组织模型都能构建相应的组织变革的内容模型,下面导入一个更为具体的基于组织变革的内容模型。波拉斯(1987)给出了一个模型(如图 5 所示),它以开放系统理论为基础,即环境(输入)、组织(生产)、组织表现以及个人发展(输出),还有连接输出与输入的反馈环。这个模型的组织部分(生产)由组织成员的行为和工作场所(环境)所组成。波拉斯进一步将他的模型中的工作场所分为四个部分:(1)组织安排(例如目标、战略、结构和制度),(2)社会因素(主要是文化还包括社会模式和网络以及个人的品质),(3)技术(工具、设备、机器、工作设计和技术系统),(4)物资设备(场所、周围环境、内部设计等)。

可以看出,波拉斯(1987)的模型依然是对组织如何运作以及什么是组织运作中的关键因素的描述。但这个模型是一个基于变革的组织框架。组织在运作过程中,反馈过程中发现的组织运作不符合环境要求的部分,要通过对这些部分的变革来加以改善。另外关于变革的

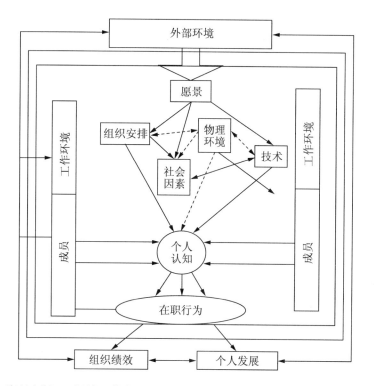

资料来源：W.沃纳·伯克：《组织变革——理论和实践》，中国劳动社会保障出版社 2005 年中译本。

图 5　基于变革的组织模型

内容，还可以简单地分为技术变革、结构变革、战略变革和文化变革。例如，技术变革中最典型的部分就是新产品和新服务的开发，因此就出现了专门针对新产品开发的研究，如图 6 的新产品创新中的横向联系模式（达夫特，2003）。

　　可以看出，在实际的开发新产品（变革内容）过程中，新产品的产生最终是由环境因素决定的，而企业组织结构的相关部分在横向联系中进行专业化的分工，各部分拥有与其专业职能相适应的工作技能、态度以及目标。那么变革究竟是如何实施和发生的呢？组织变革的过程模型回答了这个问题。

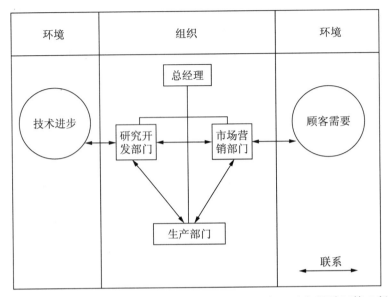

资料来源:理查德·L.达夫特著,王凤彬等译:《组织理论与设计》(第7版),清华大学出版社2003年版。

图6　新产品创新中的横向联系模式

3. 组织变革的过程模型

组织变革的内容模型是回答变革什么以及变革的影响因素是什么的模型,而组织变革的过程模型则侧重于研究组织变革发生的过程和机制。这对组织管理来说也是不可或缺的。研究组织变革过程的有代表性的理论有:卢因的三阶段模式、沙因的适应循环学说、科特的组织转型过程模型等。接下来我们简要地介绍这三个理论。

(1)卢因的三阶段模式。

在第二次世界大战期间,科特·卢因和他的同事进行了大量关于符合战时需要而大力改变饮食习惯的研究,得出变革的过程需要遵循三个步骤才是完整的过程的结论(如图7所示):①解冻;②变化;③在一个新的水平冷冻(再冻结)。第一步是使目前的习惯水平解冻。这个步骤,按照卢因所说的,可以有许多形式,需要尽可能地被调整成适应特定的情况的形式。例如,为了减少偏见,解冻的第一步也许是宣泄或参加一系列敏感性训练。第二个步骤包括朝着新目标的移动。移动可能是训练管理者用不同的行为对待下属以提高客户服务质量或变革工作过程或改进信息系统。再冻结步骤则通过建立一定的途径使得新的行为方式变革相对较为稳定。这个步骤包括配置一个新的激励制度去巩固新的行为方式或变革组织的某些方面使得新的责任安排和新的表现评估方法得以实施等。

图7　卢因的三阶段模式

（2）沙因的适应循环学说。

美国行为科学家沙因于20世纪60年代提出了组织变革过程的适应循环学说。他认为,组织变革过程是一个寻求适应的不断循环过程,如图8所示。

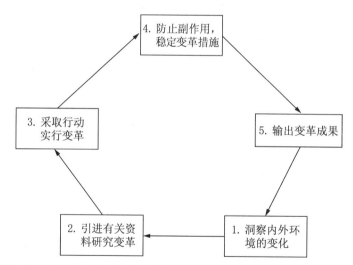

资料来源:钱平凡《组织转型》,浙江人民出版社1999年版。

图8　沙因的适应循环模型

可以看出沙因的适应循环模型关注企业组织的生产过程的变革,当然我们也可以将这一模式应用到其他领域的变革中去。

（3）科特的组织转型过程模型。

科特教授在《哈佛商业评论》1995年第3、4期上发表了《领导变

革:为何转型的努力失败了》一文,建立了如下的模型:

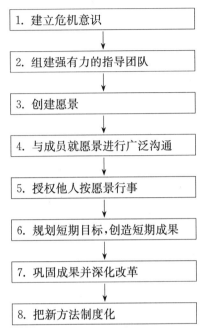

资料来源:John P. Kotter, "Leading Change: Why Transformation Efforts Fail", *Harvard Bussiness Review*, March-April, 1995.

图9　科特的组织转型过程模型

　　科特模式的重点在于领导,其隐含假定是,企业组织的转型是由领导推动并执行的,因此在他的模式中,非常强调危机意识的建立和愿景的创建。偏重于领导是该模型的片面性所在,但以愿景而不只是战略作为企业组织转型的蓝图,增强了企业组织成员对企业组织转型的认同感与参与感,从而增强了企业组织转型的成功率。另外,该模型还强调,把变革的成果固定到企业组织的文化中,使其渗透到企业组织的血液中,成为做事的一般方法,从而有效地巩固既得成果。

　　组织变革的过程模型还有很多,但都是在卢因的三阶段模式的基础上进行诠释和细化而发展形成的。对于组织变革内容和过程的理论分析显示,组织变革是一项复杂的系统管理工作,对于管理研究者来说,还要去研究组织变革的实施和领导,从而为实际的管理工作提供更具体和详细的参考。

4. 组织变革的实施和领导

一开始就已经介绍过,管理学是组织研究适应视角的代表。因此,作为组织管理者,仅仅了解组织模型和组织变革模型还远远不够,他们还应该了解,组织变革应该如何实施以及作为变革领导者在实施变革时实际上做什么和需要做什么。另外,我们还需要了解,一个好的变革领导者应该具备怎样的素质,这与普通管理有哪些不同之处。

关于变革应该如何实施,上面对于模型的介绍已经给了我们相当多的启示,下面介绍一个通过有目的地改变组织成员的行为从而实施变革的模型,来帮助我们加深对变革实施的理解。波拉斯对组织变革如何发生的给出了一个简单的和相对线性的描述。这个过程从一系列变革干预开始,例如对影响组织的愿景、目的和使命的干预(转变干预)或变革工作环境的某些方面为目标的干预(组织发展干预)。这些干预依次影响组织成员的思考过程和心智,这可能发生在个体、群体或更大系统的层次上——α、β 或 γ 变革;于是行为变化了。然后它导致绩效的改进和个人发展的巩固。如图 10 所示。

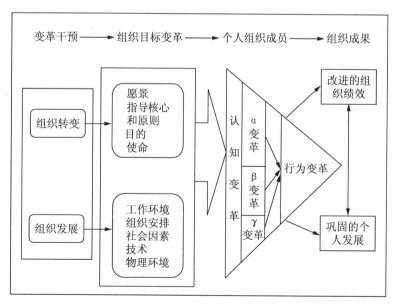

资料来源:W. 沃纳·伯克:《组织变革——理论和实践》,中国劳动社会保障出版社 2005 年中译本。

图 10 由计划推动的组织变革模型

虽然关于认知与行为孰先孰后的争论使得这个模型遭受不少批评,但从这个模型我们至少可以看出,组织变革可以通过管理者的计划安排来实现。关于组织变革中领导的研究往往将变革阶段与各阶段领导者所应该扮演的角色联系起来。在后面我们对企业的组织变革的二手资料研究中,将详细介绍变革领导者所发挥的作用。

例如,在变革的启动前阶段,领导者需要进行自我反省、从外部收集相应的信息、明确对变革的需要以及对愿景和变革方向做详细的说明;在变革的启动阶段,领导者需要就为何要进行变革与组织成员进行交流、开展最初的活动并处理可能产生的各种组织抵抗;在变革的进一步实施阶段,领导者需要运用多种手段处理变革产生的压力、重复重要的信息并保持一致性和坚定不移;在维持变革的阶段,领导者可能要面对变革所产生的无法预料的结果,需要维持变革的动力以及选择接班人等。因此,变革领导者的行为也是研究组织变革所必须关注的。

以上我们介绍了管理学中的组织变革研究,管理学者强调,组织变革是组织管理者针对环境变化所作出的主动适应活动。关注于变革的实施,为现实管理活动提供了很多直接的参考。不管是对变革内容还是变革过程的研究,管理学都做得十分成熟,特别是一些机制的研究,管理学已经深入到了社会心理学的领域,研究方法上也已经做到了定量实证研究。但是,管理学中的组织变革研究在这两个方面并没有深入,即组织内的自发变革以及对组织变革抵抗作用的研究。在这两点上,组织生态学给予了很好的回答。

三、组织生态学中的组织变革

(一)组织内生态过程与组织变革

组织生态学是组织研究者(Hannan,Freeman,Carroll,Barnett,Amburgey,Burgelman 等)运用生态学的思想和方法,研究组织和组织种群现象而形成的一门学科,组织生态学的分析层次主要集中于组织种群(下一部分将详细介绍),但对组织内生态过程的研究更直接地涉及组织变革本身,所以这里我们首先对组织内生态学的研究做一个简单的回顾。我们会发现,组织内生态的研究比较接近于管理学的研究,即关注于微观的管理层次,但其与管理学不同之处是其采用了组织研究的选择视角。

Burgelman 对公司创新和战略变革的经验研究(1983,1994)以及对这一过程的生态学解释(1991),对企业内生态过程是如何起作用的给予了更为精确和具体的阐述。首先,他显示了战略形成过程是可以通过变动、选择和保留这样一个核心机制来描述的。并且,这一机制在不同意图和设计层次都发挥着作用,具体而言:"诱导性"过程开始于那些残留的战略方向,并且鼓励高度相关的变动和选择;而"自发性"过程的变动较少地具有计划性并且更为自然地产生,新战略来自于低层的搜寻惯例(有些搜寻是秘密的),而选择过程则受外部环境的当前的和新的状况的影响更大。他的研究也使我们理解到组织内惯例的合适性,有些惯例由于其绩效优势与环境不符而遭到淘汰,其他一些惯例则由于与当前公司的主流相一致而被选择下来。也许Burgelman 最大的贡献在于把组织内实际的运作惯例与生态学的语言和机制联系了起来。

例如,Burgelman(1994)在研究英特尔公司从存储器领域退出过程时分析了推动企业战略业务退出过程的作用力。他认为,正式的公司层战略、战略行动、外部竞争优势的基础以及企业独特竞争力这四个要素相互作用推动企业的战略业务退出过程,而这些作用是通过组织的内部选择环境联系在一起的,这个过程的微观基础就是在组织内部选择环境作用下的一个变动—选择—保留生态过程,如图11所示。

Miner(1987,1990,1991,1996)沿着这个方向对组织内生态给予了更为精确的阐述。她也认为企业是一个生态系统并且进行着变动、选择和保留的生态过程。但与 Burgelman 不同的是,Miner 仅仅关注一种类型的惯例——职位(jobs),并阐述了它的一些基础生态过程。她还定义和测量了描绘企业生态的因素,使用和发展了一些建构如资源不确定性、使命的模糊性、资源的变动性以及一组人口统计学变量。她首先使用了组织内生态学的定量实地研究方法,这在Burgelman 的定性实地研究的基础上又进了一步。

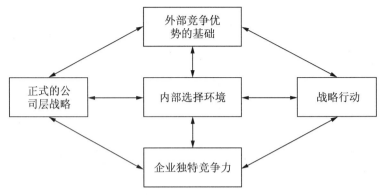

资料来源：Burgelman, R. A., (1994), "Fading Memories: A Process Theory of Strategic Business Exit in Dynamic Environments", *Administrative Science Quarterly*, 39(1):24—56.

图11　战略业务退出过程的驱动力

（二）种群生态学中的组织变革

Hannan 和 Freeman 在 1977 年的《组织种群生态学》中首先提出了惰性的概念，他们认为，组织惰性的压力源自于组织内部结构安排和环境约束。具体而言，内部的结构安排表现为：（1）组织在厂房、设备和专用人力资源上的投资难以用于其他任务和功能。（2）组织决策者面临着他们所能获得的信息方面的限制，关于对透过组织结构的信息流的认识告诉我们，组织领导者并不能获得组织内部活动以及子单元所面临的环境变化的充分信息。（3）内部的政治化活动的限制也很严重。当组织改变其结构时，政治平衡就被打破了。一旦组织的资源集合确定以后，结构的变化往往包括了子单元之间资源的重新分配。这种重新分配颠覆了子单元之间进行交换的现有体系，所以有些子单元会抵制任何计划好的变革。（4）最后，组织面临着它们自身的历史所产生的限制。一旦流程标准和任务以及权利配置成为正式的协定后，变革的成本将大大增加。正式协定至少从两方面限制了适应过程。首先，它们给那些抵制变革的因素提供了借口和来自于组织的信念。其次，正式协定排除了对多种目标进行的慎重考虑。例如，很少有研究型的大学慎重考虑过通过削减教学功能来降低入学率，因为这将对核心的组织规范构成威胁。除了内部的结构安排，惰性产生的外部压力也同样非常强烈,这体现在:(1)进入和退出某个市场的法律和财务障碍时非常明显的,对组织行为的讨论通常强调进入壁垒,而退出壁垒同样重要。有很多政策性决定组织企业放弃某项市场活动。所有这样的进入和退出的限制都减少了企业组织主动适应的可能性。(2)信息获得的外部限制,这比较类似于内部的限制。对相关环境的信息的获得在混乱并且信息是必不可少的状况下成本很高。另外,组织所雇佣的成员的类型也限制了组织可能获得的信息的性质以及处理与利用专门信息的种类。(3)环境中还存在合法性的限制,对它的讨论集中在新制度理论。组织能够形成的任何合法性都构成其处理环境时的一项资产。组织的适应行为如果与合法性相悖,将导致可观的成本。所以对外部合法性的考虑也限制了组织的适应行为。(4)最后还有一个集合理性的问题。当前经济学最大的问题是仅仅考察一般均衡。如果能够在一个竞争性的市场中为买卖双方找到一个最优战略,那么,所有行动者进行交易时就不必存在一般均衡了,并且我们很难说对个体决策者而言是理性的策略对更大规模的决策者来说也是理性的。这一问题的解答在竞争性市场理论中有过论述,但研究组织时我们却束手无策。除非我们能够找到解决方法,我们不能认为单个组织面对变动的环境时所采用的行动集对其他相互竞争的组织而言也同样适用。Hannan 和 Freeman 认为,为了处理各种惰性的压力,适应性理论必须用选择性导向加以补充。

1984 年,Hannan 和 Freeman 发表了《结构性惰性和组织变革》一文,提出了结构性惰性理论。他们在文章中提出了一个组织变革的过程模型,包括了对组织变革的内部和外部限制。在文章的第一部分,他们讨论了组织变革的可能性。他们认为,组织能够存在是因为组织能够可靠地运行并且能够对组织的行为进行理性的描述。当组织的目标是制度化的并且组织的活动方式是常规化的时候,组织的可靠性和可描述性就较高,但是制度化和常规化也产生了很强的抵制变革的压力。于是,正是那些使得组织产生稳定性的特征产生了对变革的抵制并减少了变革的可能性。文章的第二部分讨论了组织变革对组织生存的作用。他们认为,无论是组织的外部还是内部利益相关者都偏好于那些表现可靠的组织,并且由于变革破坏了组织内部的常规和与外部的联系,组织变革是有风险的。组织变革并不频繁,比环境变化的频率要低得多。当变革发生时,它将"可信度时钟"置零(resetting the clock)(Amburgey, Kelly, and Barnett 1990),使得组织的表现不太可靠,并降低了组织存活的可能性。另外,组织变革的实施将使资源从运行环节分散到重组环节,从而降低了组织运行的效率。组织变革是困难的,变革会促使冲突,而冲突又会酝酿新的变革。

Hannan 和 Freeman 认为正式组织比其他行动者集合具有两个重要的优势:他们可靠的表现以及对行为理性算计的能力。可靠的绩效意味着组织在承诺的时间和质量水平上提供产品和服务。组织成员、投资者和代理人会从效率上来评价组织的可靠性。正式组织的另一个优势,可计算性,意味着组织能够记录资源是如何被使用的以及在一定产出后的决策和规则。当一个组织的产品和服务包括明显的风险时,对可计算性的要求特别强烈。例如,在我们的社会中,我们需要一个运用可接受的医疗程序的专业医生来治疗病人,病人是否康复,与治疗者显示其符合一般的治疗和护理的形式的能力相比,可能并不重要。组织的可靠性和可计算性要求组织结构是可复制的,或历时稳定的。制度化的目标和活动的标准模式使组织结构得以稳定。同时,制度化和标准化也提供了可复制性的优势,他们形成了强烈的抵制变革的压力,因为组织成员试图维持保护他们利益的状态。于是,这是那些使组织具有稳定性的特征产生了对变革的抵制。

明显地,并非所有的组织特征都是相似的,有些对组织身份而言要比其他更为中心。在考察这些差异时,Hannan 和 Freeman 将组织特征区分为核心和边缘:"我们通过它们动员资源的能力来区分组织特性。从资源流动来看,组织的核心方面是:(1)表述清晰的目标——在此基础上动员合法性和其他资源;(2)组织内的权力形式;(3)核心技术,特别是资本投资、基础设施和成员技能的隐形知识;(4)广义的市场战略——所提供产品的顾客的种类以及组织从环境中获取资源的方式。"边缘结构通过缓冲和扩展组织与其环境的联系使组织免受不确定性的威胁。缓冲战略和桥梁战略的例子包括水平的和市场扩张的合并,合资企业,以及互相进入董事会。Hannan 和 Freeman 认为对组织核心特征变革的限制非常强烈。与组织边缘特征变革的可能性相比,核心特征变革的可能性很低。Hannan 和 Freeman 并没有说组织从不变革。相反,他们与环境变革结合起来定义惰性:"当重组的速度比环境状况改变的速度低很多时,组织结构拥有高的惰性水平。"

根据惰性理论,结构性惰性随着组织年龄和规模变化。因为老的组织有时间来使关系形式化和惯例标准化,结构稳定性随着年龄增加而增加。这种稳定性的增加伴随着对变革抵制的增加:惰性也随年龄单调增加。结果,核心特征变革的可能性随着年龄的增加而降低。规模也与对变革的抵制有关。当组织扩大规模时,他们强调可预测性,正式规则和控制系统。组织行为成为可预测的,刚性的和顽固的。结果,核心特征变革的可能性随着规模而降低。

除了对组织核心特征变革的决定因素的讨论之外,汉南和弗里曼还讨论了结构性变革对组织失败可能性的影响。他们认为,由于组织成员、投资者和顾客都支持那些表现可靠的组织并且由于变革努力破坏了组织的可靠性,至少是暂时破坏了,对核心特征的变革增加了组织失败的可能性。换言之,变革核心特征是危险的:"尽管组织有时会改变在这些维度(核心特征)上的位置,这样的变革还是罕有和高成本的,并且大大增加了组织消亡的危险。"

Hannan 和 Freeman 并没有详细模拟出变革对组织失败的作用,但他们认为这些作用是累积的。变革对组织可靠性的消极作用随着每次破坏而累积。组织复杂性或者"子单元之间联系的模式"也很重要。因为组织复杂性增加了变革的持续时间,而组织失败的可能性随着这一时间的增加而增加。复杂性会增加组织失败的可能性。根据惰性理论,边缘特征的变革,如合并,并不会增加组织失败的可能性。试图变革边缘特征的努力并不会产生组织身份的问题也不会破坏组织的运作。边缘特征的变革可能会降低失败的可能性,或者,在最坏的情况下,产生一个小的但并不明显的失败可能性的增加。

惰性可以进一步分为绝对惰性(absolute inertia)和相对惰性(relative inertia)(Hannan and Freeman,1984;Singh,Tucker and Meinhard,1988),强烈的绝对惰性意味着组织发生变革的概率几乎为零,组织的结构和行为不会发生一点变动。相反,强烈的相对惰性意味着与环境变动相关的组织变革概率为零,组织的结构和行为并不会迅速而充分地变动,来保持与不确定并且变动的环境相一致,对组织变革的时间并不能准确预测。

Kelly 和 Amburgey(1991)将结构性惰性理论的基本观点进行了归纳,如图 12 所示。

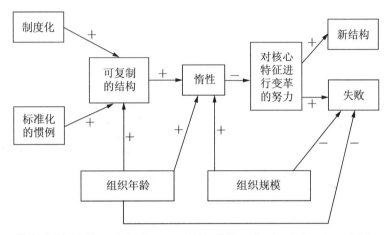

资料来源:Kelly and Amburgey,1991,"Organizational Inertia and Momentum:A Dynamic Model of Strategic Change",*Academy of Management Journal*,34:591—612.

图 12　结构性惰性理论Ⅰ

此后,大量学者对关键组织特征对组织死亡可能性的影响进行了实证研究,这些研究通常都支持了 Hannan 和 Freeman 最初的理论假设。但是理论并没有随着实证研究一起发展,因此,Hannan 等人(2002a,2002b,2002c,2003)对理论进行了深化和扩展,并采用了一套正式语言来表述这些基本的理论假设。在这一系列文献中,他们提出了一个更为丰富和微观的组织结构模型。他们认为,至少有四种过程会延缓甚至阻碍组织变革:(1)纯粹的结构性过程,特别当这些过程是由组织结构的复杂性和不透明性引起的时候;(2)利益集团的政治化活动;(3)制度化过程,包括身份和结构安排的道德特征;(4)历时的学习过程。结构性惰性理论仅仅关注结构性过程。并且,结构性惰性理论只适用于对组织核心特征进行的变革,而不适用于对组织外围特征进行的变革。对组织核心特征已经在上文进行了界定。他们认为,组织是由表示组织结构和组织文化的代码组成的一个符号系统来表达的。对组织结构某一部分进行的变革可能会引起其他部分的变革，并形成一个变革的层级体系。冒着组织消亡的危险而进行的变革，其作用的大小随着发生变革的结构和文化的重要性的增加而增加。组织消亡的可能性随着重组时间长度的增加而增加。组织变革的层级体系往往无法为组织代理人所充分认识，由于缺乏远见，组织行动者往往低估变革所需的时间和与变革相关的成本，这些都促使组织行动者采取会带来不利后果的变革行动。而组织行动者缺乏远见是因为组织复杂性和不透明性的存在。于是，变革的不利后果随着组织复杂性和不透明性增加而增加。Hannan 等人把结构性惰性定义为对变革结构特征的持续的组织性抵抗。在变革中进行选择时，组织行动者偏好于这种结构性惰性，组织种群中的惰性水平随着时间的增加而增加。当对变革结果的预测越不充分时，组织行动者越是偏好于这种惰性，所以越是复杂和不透明的组织，在进行变革时越是偏好于结构性惰性，如图 13 所示。

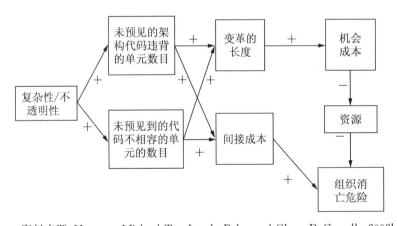

资料来源：Hannan，Michael T.，Laszlo Polos and Glenn R. Carroll，2002b，"Structural Inertia and Organizational Change Revisited II: Complexity，Opacity，and Organizational Change"，*Research Paper 1733*，Graduate School of Business，Stanford University.

图 13 组织变革的结构和文化意义对组织消亡的影响

对于组织变革所产生的组织变革层级体系，Hannan 等人（2003）

又进行了深入的论述,进一步阐述了结构性惯习理论的基本思想。文章认为,重组所用的时间(重组期)随着组织设计的复杂性和粘性的增加而增加,复杂性是指组织构成单元之间强的和复杂的联系方式,粘性是指组织内的一个单元相应变革并使内部结构与变革保持一致所花的时间。组织消亡的危险是与组织的资源存量成比例的。重组降低了组织利用机会的能力。实施重组的组织将比未实施的组织错过更多的机会,因此资源更少,组织消亡的危险更大。于是重组期越长,组织消亡的危险越大。Hannan 等人给出了三种只包含三个单元的简单组织结构,运用矩阵知识可以计算出结构中每一个单元的中心性,中心性较高的那个单元所发生的变革会诱使其他单元发生变革,这样就形成了变革的层级体系,本文将 Hannan 等人所论述的主要内容总结如图 14 所示。

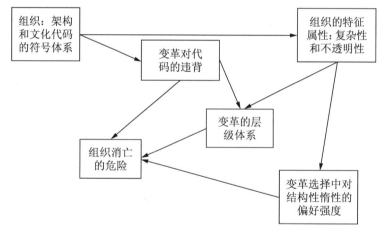

图 14　结构性惰性理论 Ⅱ (总结)

四、演化经济学中的组织变革与组织进化

任何特定的组织结构都存在着理性设计的因素,但同时也存在着因个人和企业的"有限理性"而出现的惯例的因素。组织惯例一旦开始发展,就交织着结构惰性和变动环境的竞争性压力之间的冲突。企

业家力图尝试新的组织形式,努力模仿别的地方被认为是有竞争力的组织形式。但是,这些试验和模仿如果达到了临界规模,其结果通常既不会是组织规范的突变,也不会是迥然不同的组织形式的"无序"共存。其结果往往是对常规组织形式的一种"改良",即显著地改变了现存规范的某些特征,但同时也保留了其他的一些基本特征(青木昌彦,2001)。

(一) 组织研究的演化视角

企业组织的行为相当自然地与演化经济学的基本解释结构有关,而且人们有理由希望企业理论在演化经济学中占有中心地位。因此,企业可以被看作是包含着适当的选择单位,如惯例(routine)(Nelson and Winter, 1982),它们可能代表了在任何演化解释中都至关重要的遗传因素,企业惯例间的差异和表现出的企业行为是变异的重要来源,并且竞争性的企业行为构成了企业所面临的主要选择环境。Nelson和Winter强调渐进创新和惯例化的企业行为,使用产业均衡概念描述异质和非均衡的企业群体特征。

系统发生的演化模型(如 Nelson 和 Winter 的模型)中的企业同新古典企业相比很少是没有个性特征的,因为它们的出现带有不同的决策规则,而新古典企业只具有硬性的最大化决策规则。有趣的是,本质上强调多样性的个体群逻辑需要一种较少程序化(stylized)的企业观点。Nelson 和 Winter(1982)通过提出一种"组织遗传学",构建了这种较少程序化的观点,其中企业层级性排列的惯例相当于生物学中的基因型。而组织结构、多样化程度、表现出的企业绩效等对应于表现型,即企业在惯例中所编码的特定知识的外在表现。Nelson 和 Winter(1982)用了两章的篇幅(第 4 章和第 5 章)来发展惯例的概念,作为组织知识理论更大范围的组成部分,这种分析坚实地建立在行为主义组织理论之上,但因为它与组织知识相关,所以增加了关于意会性概念的详细分析。按照 Nelson 和 Winter 的说法,惯例经由特殊性的经验而形成。它们把组织知识进行编码,并被历史地、社会性地生产、复制并使之刚化。它们在成本方面产生了路径依赖和非灵活性,而在收益方面则引入了专业化优势和内聚性。

（二）组织惯例

"惯例"是演化理论框架中的一个主要概念,很好界定的惯例构成组织在任何特定时间发挥的功能的一大部分。惯例可以是指整个组织中重复的活动方式,个人的技巧,或者作为形容词去形容这样的组织或个人完成的事顺利有效、运转正常。

演化理论认为,一个组织的活动惯例化构成储存该组织专门操作知识的最重要形式,组织主要靠运用来记住惯例。按照惯例操作的组织的整个画面如下,信息从外部环境随着时间的流逝流入组织,接受这些信息的组织成员,把信息解释成要求完成他们演出节目中的惯例。这些要求完成的行为包括那些被认为是直接生产的,如给到达货场的卡车卸货,以及其他文书或信息处理性质的事,如把顾客的询问或订单按照惯例送到组织中的适当地点。无论是作为其他种类行动的附带结果,还是作为有意的通讯行动,每个组织成员完成惯例就产生给其他成员一连串的信息。这些信息又被解释为要求信息接受者完成某些事,这些事又产生其他信息,等等。在任何给定的时间,组织成员都在响应其他成员以及环境所产生的信息。整个组织惯例中隐含的信息储存量,可能远远超过个人的记忆能力。

在惯例操作中,由于强化规则机制和其他推动因素的整合,使得成员满足在组织的惯例中发挥他们的作用。但这里"满足"的意义是指,他们愿意继续完成到他们平常的标准,并伴有不和与争吵。明显的和潜在的冲突都继续存在,但明显的冲突主要沿着可预测的路径,并停留在可预测的范围内,这些路径和范围与正在进行的惯例是一致的。总之,惯例操作涉及组织内部冲突的全面休战。同国家之间的休战一样,组织成员之间的休战会引起双方共有一种特殊的符号文化。重新恢复公开的敌对要付出昂贵的代价,并会使双方未来地位的不确定性陡然上升。因此,休战状态通常是可贵的,不能轻易违反它的条件。但是,休战条件从来不是完全明确的,而且在组织内部休战的情况下,休战条件往往是完全不明确的。休战条件变得越来越由共有的传统来界定。一般说来,害怕打破休战状态是一种强大的力量,有助于使组织保持在相对不灵活的惯例上。

组织的惯例是一种抽象的"做事方式",是一种秩序,只有它被强加在不断变化的某些资源的集合上,才能持续下去。维持现有的惯例往往是一种操作的目标,但不是最终目标。对惯例的变异有时是有益的。组织的控制过程倾向于抵抗变异,甚至抵抗表现为合乎愿望的创新的变异。组织需要有惯例化的、对惯例中不需要的变化的抵抗形式,这一事实因此而变成另一个原因:为什么组织的行为会被现有的惯例如此强烈地纳入其渠道。如果现有惯例是成功的,人们就可能希望复制那种成功。如果现有惯例是失败的,那该惯例就可能要收缩。复制一般是对成功的一种可选择的响应,而收缩则是对失败的一种命令性的响应。如果惯例产出的销售收入不能弥补惯例投入的成本,那么将不可能获得投入从而在现有的规模上继续该惯例,除非有政府帮助解脱困境,有带有慈善倾向的投资者的解围,以及不大会出现的偶然情况,此时就遇到了修改惯例的压力。在这种压力下,一家企业可能开始搜寻一种新的惯例,它在现有的环境下可以存活。如果搜寻是成功的,旧惯例就不再是目标,并成为不利情况的牺牲品。

惯例是组织的技巧,一种组织惯例的完成情况涉及构成它的许多次级惯例的有效整合(次级惯例本身又可以进一步分解),而完成整合通常没有"有意识地知道",即不要求最高管理层注意。组织发挥功能的这种非集中化类似于熟练的个人完成事情不用注意细节的能力。一个惯例与组织的环境交互作用,并作许多"选择",这些选择取决于环境的状况和组织本身的状况,但这些选择不涉及高层领导审慎考虑的过程。一个组织在观察到的环境的特定范围内能够顺利和成功地发挥作用,但我们不能由此得出结论,该组织是一个理性和智能的组织,它会成功地对付各种新挑战。

"创新"涉及"惯例"的变化。但惯例行为和创新之间除了有对立的思想外,创新活动和受惯例支配的企业行为之间有很大的关系。一个组织的惯例发挥功能能够有助于创新的出现,因为所解决的问题往往与现行惯例有关。现行惯例的问题往往引起对问题的反映,进而导致重大变化的发生。以现行惯例作为目标而开始的解决问题的努力,可能导致创新。

在演化经济学理论中,企业被看成是由利润推动并寻求途径去增加其利润的组织,他们的行动不被假定为在明确界定的和外在给定的选择集合上使利润最大化。在任何给定的时间,企业都在内部建立一套做事的方式和决定做什么的方式,企业的行为是以惯例为基础的。组织的惯例就是具有与基因在自然界中相似的进化作用的机制。惯例具有一定的稳定性和惰性,并倾向于随着时间的推移保持并"传输"其重要特性。因而,组织结构和雇员的习惯在特定的企业、特定的组织以及在社会文化中都担当着信息、默示知识和技能的载体。惯例包括企业组织的各种特点,如生产技术、投资政策、产品组合策略等。在任何时候,组织的惯例界定一系列函数,它们决定一个组织所采取的行动,这些行动与各种外在因素和内在状态变量有关。惯例在组织中以"基因"形式传递技能和信息。惯例是相对稳定的和可以继承的,具有某些惯例的企业或组织可能比其他企业或组织做得更好,因此惯例是可以选择的。

(三)路径依赖

路径依赖(path dependence)是西方制度经济学中的一个名词,它指一个具有正反馈机制(positive feedback system)的体系,一旦在外部偶然性事件的影响下被系统所采纳,便会沿着一定的路径发展演进,而很难被其他潜在的甚至更优的体系所取代。

路径依赖这种现象最早是由生物学家纳入理论分析中的。生物学家在研究物种进化分叉和物种进化等级次序时发现:物种进化一方面决定于基因的随机突变和外部环境;另一方面还决定于基因本身存在的等级序列控制。所以,物种进化时,偶然性随机因素启动基因等级序列控制机制,使物种进化产生各种各样的路径,并且这些路径互不重合、互不干扰。古尔德在研究生物进化中的间断均衡(punctuated equilibria)和熊猫拇指进化问题时,进一步提出了生物演化路径的机制以及路径可能非最优的性质,并明确了路径依赖的概念(盛昭瀚、蒋德鹏,2002)。

对组织研究来说,组织进化同样具有路径依赖的特征。在组织进化过程中有一个正反馈机制在发生作用,因而组织过去的绩效对现在和未来的发展具有重要影响。一个组织的进化过程一旦走上某一轨道,它的既定方向会在往后的发展中得到强化,所以组织过去的选择决定着其现在可能的选择。组织进化带来的利润增长决定了进化的方向,并最终使组织进化可能呈现出两种截然相反的轨迹:当利润递增发生时,组织进化不仅得到巩固和支持,而且能在此基础上一环紧扣一环,沿着良性循环轨迹发展;当利润递增不能发生时,组织进化就朝着非绩效方向发展,而且愈陷愈深,最终"锁定"(lock-in)在某种无效率状态。

对企业这样的经济组织而言,边际搜寻倾向的现实结果常常表现为组织进化的路径依赖性。通过分析边际搜寻倾向可以发现,组织进化不是随机的,它沿着某一路径或轨迹进行,而决定这一路径的因素是建立在组织的历史积累上的组织的能力。它一方面表现为在组织发展前期历史过程中所凝聚的、具有核心优势的能力存量,而这个能力存量又决定了现在及未来组织发展的取向。具体分析,组织的能力烙印了组织发展的历史,具有历史依存性,是组织特殊历史进程的产物,是组织进化的"遗产"。正如诺思指出的:"实际上路径依赖简单来说是对选择进行了限制,而并非无法选择。"组织能力的培育具有长期性,就是基于路径依赖的组织能力存量的积累不是朝夕完成的。另一方面,组织的能力也决定了组织未来发展的路径选择,尽管这种路径选择未必是最好的。任何事物的发展都会有某种程度既定的路径依赖,合理的路径依赖就是不断强化原有的促进事物增长的因素,使之更加完善,更加有生命力。组织的能力强调和发展组织的优势能力,这会导致组织优先选择的能力或技术可能并不是最优秀的,但由于其"先入为主",使组织的效益锁定在次好的状态,而不是最好状态。

五、组织惯习与组织变革——一个整合框架

对于组织管理而言,有些问题注定会一直受到关注,例如:组织内的什么要素会决定组织的生存与消亡?对于特定的(企业)组织,什么才是合理的管理之道?作为组织发展载体的组织变革,一旦带有了组

织管理者的目的意图,其发生的过程和机制是怎么样的? 上面介绍的几种理论已经或多或少把回答这些问题作为其主要内容了。前述的几种理论中至少能带给我们以下的一些启示:

(1)组织内存在着一股抵制变革的阻力(结构惰性),这使得在组织变革中,组织成员因为偏好于旧的行为方式而对变革进行隐性或显性的抵制。而且,这种阻力的大小会随着组织的不同而不同,一般而言,阻力的大小由组织的结构、规模和年龄等因素决定。

(2)组织内部发生的变革,无论其是自发产生的还是由组织领导者诱导发生的,都会经历一个变动——选择——保留的生态过程,组织内部存在一个内部选择环境对组织内部出现的各种变动进行选择。

(3)每一个组织的运行都存在组织惯例,这种惯例是组织的遗传因子,可以被复制和模仿,也可以发生变异(创新),产生新的组织惯例。惯例在组织中以"基因"形式传递技能和信息。惯例是相对稳定和可以继承的,具有某些惯例的企业或组织可能比其他企业或组织做得更好,惯例是可以选择的。惯例也是组织能力和竞争力的体现。

(4)对组织管理实践而言,讨论在计划之中的组织变革也许更有意义,而无论是对变革内容还是对变革过程的研究,都是为了更好地进行变革,从而达到预期的变革目的。

(5)组织会出现结构惰性也可以用经济学里的路径依赖现象来解释,"因为历史事件而发生的锁定",不管是状态依存型的还是行为型的,都在组织内形成了一种均衡,被锁定的行为和状态并非是最优的,但却难以打破。

各种理论从不同的视角,都在一定程度上解释了组织变革以及组织内的变革阻力,我们将从以上的理论出发,构建一个适合于管理学分析的组织变革理论框架。这个框架既不是对以上各种理论的整合,也不反对以上各种理论的研究成果,而是侧重于管理学视角,借鉴其他理论的方法,围绕组织惯习而提出的一个分析框架。

首先,我们需要重新界定两个核心的理论概念——组织惯习和组织变革。然后再逐步展开理论模型。

（1）组织惯习。

前文提到了两个重要概念——惰性和惯例，这两个概念分别是结构惰性理论和演化经济学中的核心概念。关于他们的详细介绍见前文，这里我们提出的组织惯习（habitual practice）对这两个概念进行了综合，我们把组织惯习定义为，组织内现有的行为方式的集合，这些行为方式的最基本的特征是难以更改或替换。

一旦组织惯习有了这一定义，其在组织内的作用就变得举足轻重了，组织惯习不但决定了组织的外在行为表现和外在绩效，而且决定了组织内所有成员行为的方向。因此，组织惯习是一个组织最重要的特征，关于组织惯习的产生过程以及组织惯习的影响因素，我们将在下文对理论框架的介绍中详细阐述。

（2）组织变革。

定义好了组织惯习以后，我们就能为组织变革（organizational change）下一个基于组织惯习的定义了。我们认为，组织变革是一种或多种新的行为方式对组织内原有组织惯习的完全或部分替代，而不管这种新的行为方式是来自于组织以外还是组织内自发产生的。一旦这样定义组织变革，变革内容的分析就变成对新行为方式和旧惯习分别是什么的回答，而变革过程和机制的分析就变为分析新的行为方式和旧惯习在组织内是如何斗争的。这部分内容我们将在下文中具体讨论。

我们不反对前面任何一种关于组织变革的定义，我们这样描述组织变革仅仅是为了使得对具体组织的分析变得更为可行和具体，其本质与前述的概念并无差异。

有了这两个核心概念的界定，我们提出一个组织变革的分析框架，分以下三个部分：（1）组织惯习的形成机制分析；（2）组织惯习的影响因素分析；（3）组织变革的作用机制分析。

（1）组织惯习的形成机制分析。

组织惯习作为组织内部现有行为方式的集合，必然是组织运作历史中长期选择的结果。对于组织而言，这种选择可以是主动的，也可以是被动的。当组织主动选择一种行为方式时，这一过程就是组织的适应过程；当组织被动接受一种行为方式时，这一过程就是环境的选择过程。组织内部的行为方式经过以往的选择过程和适应过程后,逐渐被固定了下来,成为了组织的惯习。因此当我们分析企业中某一种惯习的形成时,都可以从环境选择和组织的主动适应两个角度来考察。

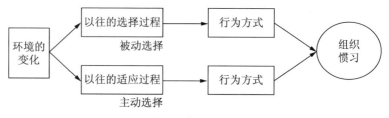

图15　组织惯习的形成机制

（2）组织惯习的影响因素分析。

组织惯习是在组织长期运作中动态形成的,分析其形成时要将组织放到历史过程中去考察。组织惯习最重要的特征是它本身带有对新的行为方式的抵制作用,这种作用其实就是种群生态学中所描述的结构惰性,因此那些对组织的结构惰性产生影响的因素,必然会对组织惯习产生影响。从前文对结构惰性理论的回顾我们知道,对结构惰性产生影响的因素主要有组织的结构复杂性、结构不透明性、组织的规模和年龄等。如果我们将这种结构惰性称为组织惯习的强度,那么这些因素就会影响组织惯习的强度,并进而影响组织惯习的作用。

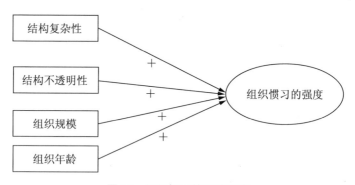

图16　组织惯习的影响因素

这些因素都会对组织惯习的强度产生正向的影响,如组织结构越复杂,则组织惯习的强度越高,即惯习对新行为方式的抵制作用越大。而结构不透明性代表了信息在组织内流动的顺畅程度,信息流通越顺畅则组织的透明性越高,反之亦然。因此我们这里的组织惯习的影响因素分析是一种静态分析,而前面对组织惯习形成过程的分析是一种动态分析。

(3)组织变革的作用机制分析。

我们将组织变革定义为,一种或多种新的行为方式对组织内原有组织惯习的完全或部分的替代,而不管这种新的行为方式是来自于组织以外还是组织内自发产生的。因此我们对组织变革作用机制的分析,就集中于研究组织惯习是如何与新的行为方式斗争的。此时,组织惯习的强度就作为最重要的自变量参与到变革中来。针对组织变革,我们提出以下的假设:

总命题:组织惯习是组织最重要的特征和标志,是组织发展的核心决定因素。

假设 1 组织惯习的强度越大,新的行为方式越难以获胜。

这一假设说明了组织变革中组织惯习与新的行为方式之间斗争的状态,惯习的作用是通过惯习中抵制变革的强度体现出来的,新方式进入组织时首先面临的是这种抵制的压力,而这种压力的体现往往比较微观,一般表现为作为个体的组织成员的行动。

假设 2 当新的行为方式与组织惯习发生冲突时,新方式越成熟并且越为组织成员所理解,其获胜的可能性越大。

新方式的成熟度在组织变革中发挥重要的作用,新方式一般有两个来源:(1)来自于组织外部;(2)来自于组织内部。第一种来源的组织变革往往是通过模仿或复制新方式,而第二种来源的组织变革往往是通过组织内部的创新活动。当然这种创新活动在组织内部可以是自上而下诱使产生的,也可以是自下而上自发产生的。不管是哪一种新方式,其成熟度将决定其命运。一般而言,来自于组织外部的新方式将较为成熟,变革时会较为有利,但来自于组织内部的新方式也有优势,见假设 3。

假设 3 新方式如果带入了原有惯习的一些要素,将更易获胜。这表明组织惯习中的某些部分比其他部分更为坚固和难以撼动。

与来自外部的新方式相比,由组织创新产生的新方式往往更多地带入了原有组织惯习的一些要素,这使得新方式在组织内容易被接受,遇到的抵制压力也较小,从而较为有利。组织惯习中的某些要素比其他部分更为坚固,对这一部分的改变将带来强烈的抵制作用。因此有必要分清惯习中的这两类要素。

假设 4 新方式如果能够在组织中产生"鲇鱼效应",则会影响组织结构的不透明性,从而对惯习的强度产生影响,进而增加了变革成功的可能性。

根据上文我们已经知道,组织结构会影响组织惯习的作用强度,其中组织中信息流动的通畅程度即透明性越高,惯习的强度越低。新方式如果能够增加组织结构的透明性,其获得成功的可能性将越大。例如,新方式可能在组织中构建有利于信息流通的"桥"(bridge),也可能改变组织中原有的信息流通方式。

假设 5 当旧的组织惯习被颠覆后,新惯习的形成将从零开始。而不是由新方式立即成为组织惯习。

旧的组织惯习被颠覆后,新方式并不能马上成为新的组织惯习,这依然需要经过一个演进式的惯习形成过程,而新方式将成为新的惯习的基础。在新惯习形成过程中,组织将非常脆弱,这也是一些变革初期成功最终却失败的原因。

假设 6 组织惯习是无形的,当它可以通过有形的组织成员表现出来,而组织的领导人由于其地位最接近于惯习的核心,会成为惯习最强的代言人。无论是非变革时期惯习的延续和强化还是变革时期惯习与新方式的斗争中,组织领导人都会发挥主导作用。

组织惯习往往深深的打上了组织领导人特别是组织创始人的烙印(这里的领导者是指那些伴随惯习一起形成的组织管理者),这可以从两个方面来理解:(1)组织领导者是组织惯习最自觉的实践者,组织惯习一定程度上就是组织领导者的行为方式;(2)组织领导者是组织惯习最坚定的维护者,当旧惯习遭遇挑战时,组织领导者会不自觉地对新方式加以遏制。

因此,组织变革过程就是一个组织惯习与新方式之间动态冲突的过程,如图 17 所示。

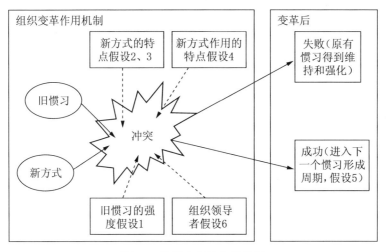

图 17　组织变革的作用机制

以上的这些假设和图揭示了组织惯习与新的行为方式斗争时的机制。我们将在下文的案例中详细阐述这些机制。

六、惯习的力量——对联想企业的二手资料研究

（一）联想企业历程

为了说明我们的理论框架,我们选取我国民族工业的代表企业——联想进行二手资料分析。我们的资料来源主要有:《联想风云》（凌志军著）、《联想喘息》（吕彤著）、《柳传志:联想为什么?》（搜狐财经2005年3月25日文章）、《2004年度人物——柳传志》（《环球企业家》2005年2月文章）以及其他网络材料。

我们将联想企业的历程简单介绍如下:1984年10月17日,公司"成立大会"上,共有11人参加,这些人全部来自中科院计算技术研究所,确定公司名称为"中国科学院计算技术研究所新技术发展公司",以"发展新技术"来自我标榜。创业之初"整个公司都像没头苍蝇一样到处乱撞",先是倒卖电子表、旱冰鞋,还有运动裤衩和电冰箱,然后又筹划着倒卖彩电。

1985 年 2 月 16 日,公司打出第一个路牌广告:技术先进、质量可靠、价格合理、信守合同。1985 年公司营业额 350 万元,利润 250 万元。主要包括:KT8920 大型计算机的代理销售,对外签订了 25 个合同,利润 60 万元;中科院购买了 500 台 IBM 计算机,将其中的验收、维修和培训环节给了公司,公司收取服务费 70 万元;为 IBM 北京中心代理若干项目,获利 7 万美元;倪光南任公司总工程师后,带来了 LX-80 联想式汉字系统,售出了 100 多套,带来了大约 40 万元毛利润。1985 年 5 月 8 日,在第一届计算机展览会上,对汉卡的宣传取得了成功,获得 55 万汉卡订单。

当时公司决心代理国外微机,却苦于没有代理许可证,第一单代理生意是通过香港中银集团的 12 台 IBM 微机。1986 年中,汉卡的产销流程不能适应飞速发展的需要,使得销售人员和研发人员之间的矛盾加剧,此时陈大有进入公司,为汉卡带来了"工程化",使汉卡度过了早期质量危机,1986 年公司售出 1 300 套汉卡。1987 年公司售出了至少 6 500 套汉卡和 1 000 多台 IBM 微机,带来 7 345 万的销售收入。1987 年,柳传志就相信未来中国计算机市场一定是个人计算机的天下,"公司早晚会走上这条路"。

1987 年末,公司与 AST[①] 签订代理协议。1988 年,"香港联想"成立,目的就是把海外订货中中间商 15% 的折扣赚下来。香港联想在最初的 4 个月里,通过代理 AST 微机,每月 900 万港元销售额和 55 万港元的利润。1988 年 10 月 7 日,柳传志说,我们要走 AST 公司的道路,几个星期之后,香港联想买回一座工厂 Quantum 公司,开发计算机板卡。这一年还有一件事就是联想汉卡获得"国家科技进步一等奖",公司借助媒体的新闻报道宣传汉卡。1989 年初,倪光南在香港的实验室里设计"286 微机",公司将"微机主板"和"整机组装"作为决胜的关键,虽然这两项业务都处于计算机行业利润链的最下游。1989 年三月,公司参加德国汉诺威交易会,展示"联想 Q286 微机"和主机板,

① AST 简介:两个香港人和一个巴基斯坦人办的美国公司。1982 年做出第一批电脑主板,适用于 IBM 微机,还适应各种兼容机,后来又聘请几个工程师研制 PC,组装整机销售到世界各地。1988 年有 1 500 多名员工,每年约有十几亿美元的销售额。我们将会发现,联想与 AST 有许多相似之处。

并大获成功,拿到了 2 073 台微机和 2 483 块主板的订单。1989 年夏天,公司推出第一个现金奖励制度,开展"优秀推销员活动"。1989 年公司收入 22 364 万元,增长了 71%。1989 年 11 月,"中国科学院计算所公司"正式更名为"联想集团公司",并且公开张扬,公司的未来将同微机联系在一起。

1990 年 3 月,联想 286 微机通过检验,获得第一年生产 5 000 台的生产许可证。此时,柳传志说:"让联想微机成为中国名牌"。1991 年共卖出了 8 582 台联想微机,这一年,联想的广告攻势非常强大,广告词"人类失去联想,世界将会怎样"路人皆知。

1992 年春,中央取消了微机进口调节税,两年内取消微机进口许可证。国家公布了"国产名牌微机名单",并决定"集中较大投资支持微机生产基地",这些名单里都不包括联想。中国台湾和美国产品蜂拥而至,出现了市场价格一周内下跌 4 000 元的情况。联想此时采用进攻策略,夺取市场份额,"必须让公众感到联想是最慷慨的供应商",李勤说,"把利润降到最低点,卖出三倍的机器。"

在这期间,杨元庆所领导的"计算机辅助设备部"(CAD 部)通过代理惠普公司的产品,开始熟悉"分销"的概念,并在 1992 年 4 月有了第一个代理商。从那时起,一种全新的销售模式出现在这家公司中,"分销制"类似于批发又不同于批发,其实质是确立稳定的代理商和销售渠道,将所有这些连接起来,构成庞大的销售网络。更为重要的是,杨元庆将在 CAD 部的经验带到了微机的销售中,这带来联想的成功也决定了联想未来的发展。

另外,此时汉卡已经日暮途穷,而主机板的销量虽然大,却无法盈利。联想此时找到了新的生存方式——家用电脑,1992 年 5 月成立了家用电脑事业部,并于 1992 年 10 月推出了"联想 1+1 家用电脑"。但此时的市场并不平静,1992 年冬 1993 年春成为中国计算机产业"从卖方市场向买方市场转变的转折点",康柏和 IBM 相继推出低价微机,价格战愈演愈烈,后方库存的压力更大,广告满天飞舞,联想也第一次没有完成销售目标。

到了 1994 年,国产微机更是完全败下阵来。1993 年,市场上国产微机仅占 22%,而外国微机占据了 78% 的市场份额,国产微机纷纷与外国公司合作。此时,联想成立微机事业部,柳传志把与微机有关的研发、生产、销售、物流供应和财务运作都交给了杨元庆,当时联想微机的销售额在公司只占12%。家用电脑事业部也并入微机事业部。杨元庆不仅推出了中国第一款"经济型电脑"——"E系列",更重要的是他成功地复制了"惠普模式"。"他采用世界上所有大公司一直采用的叠床架屋的结构,把销售的触角伸向这个国家的每一个角落,甚至不惜为此毁掉前辈用了十年心血建立起来的直销模式,并且冒着巨大的风险。""柳传志也支持他"。杨元庆将全国分为东北、西南、西北、中南、华北和华东六大销售区,把18位业务代表派出去,由俞兵统领长江以北,杜建华统领长江以南。杨走出北京,差不多走遍每一个省,每到一地恳求人家给联想微机做代理。到1994年底,联想在全国拥有了至少200家代理商,北京总部不再卖电脑了,但是电脑销量增长100%,达到4.5万台。此后的联想微机快速扩张,但杨元庆的做法并没有一直改变,他继续奉行富有侵略性的渠道策略以及不断推陈出新的产品策略。到了1997年,联想微机成为中国"市场销量第一"。

1998年联想高层在会议上,得出了"五条战略路线"的结论,即信息产业领域的多元化经营、重点发展国内市场、加大制造业的投入、加大研究和开发的投入、大力加强股市融资。公司副总裁陈国栋说:"我们的电脑组装业并不是纯粹意义的制造业,或者说只是制造业整个流程的最后一个环节。我们只是要抓住这个环节,最大限度地靠近市场,把他变成联想品牌的支撑点。"

进入新世纪后,联想微机业务波澜不惊,但关于联想的新闻从来没有停息,我们选取三个典型事件。

(1)联想综合门户网站"FM365"的失败。

2000年4月18日,请来当红明星作为代言人的"FM365"正式发布。为了能在"一年内进入国内第一方阵",联想大动作不断,花3 537万美元收购"赢时通",组建全国最大的财经网站,把5 000万元投入"新东方",建立全国最时髦的"教育在线";花1 000万元与全球著名软件厂商冠群公司组建"未来中国软件产业的老大",甚至还打算收购三大门户网站之一。2001年秋天开始的时候,FM365露出败相,10月份与美国在线组建的合资公司也没能挽回颓势,反而加快了它的死亡。到了 11 月,网站大规模裁员,联想转型互联网的努力也宣告失败。

（2）2000 年公司分拆为联想集团和神州数码。

联想从代理 AST 微机开始,代理业务一直是公司重要的组成部分,但随着联想自有品牌产品业务的规模逐渐扩大,杨元庆和郭为所各自代表的业务也出现了冲突,柳传志选择了将公司一分为二。主持自有品牌业务的杨元庆继承了公司名称、商标以及由此带来的价值 40亿元的无形资产。股票市场上的"00992"也归属杨元庆名下。郭为重新成立"神州数码有限公司"。拥有 6 亿元资产和大约 3 000 名员工,还拥有原来联想公司的代理、电子商务和系统集成业务。

（3）2004 年底联想集团收购了 IBM 的个人计算机业务。

2004 年 12 月 8 日,联想集团在北京宣布,以 12.5 亿美元收购IBM 全球 PC 业务,包括笔记本和台式机业务,具体支付为 6.5 亿美元现金及 6 亿美元股票。IBM 高级副总裁斯蒂芬-沃德出任联想集团新 CEO,杨元庆改任公司董事长。新联想在五年内有权根据有关协议使用 IBM 的品牌,并完全获得"Think"商标和相关技术。

以上,我们非常简要地介绍了联想集团的发展历程,我们选取了对我们的分析有帮助的材料,其他材料将在下面的分析中进行补充。

（二）对联想的分析

1. 联想组织惯习及其形成机制分析

组织中存在各种各样的惯习,由于资料的限制,我们仅仅讨论联想在公司战略上存在的组织惯习,并讨论它是如何形成的。我们认为,联想在 20 年的发展过程中在战略上逐渐形成了两种习惯性的行为方式,即关注于微机和关注于渠道及销售。这两种惯习是如何形成的呢? 我们使用上文的形成机制分析框架,在每一次外部环境发生变动时,都伴随着环境对组织的选择过程和组织主动的适应过程,这两个过程的结果是在组织中沉淀形成了一些行为方式,这些行为方式不断积累和强化,就形成了联想的组织惯习。我们把这个过程列在下表中,为了简化,我们仅选取几个典型的时间点,如表1 所示。

表 1　联想组织惯习形成机制

环境变动/环境状况	环境选择过程	组织主动适应过程
	保留的行为方式	保留的行为方式
公司成立之初,改革开放进入第七个年头,"科学的春天",计算机的研制是国家任务,中科院计算所一直在研制大型计算机。国务院批准《关于经济体制改革的决定》。全国物质依然匮乏。	• 中科院批准公司成立,公司得到一间小平房、三项权利和 20 万元,三项权利使得公司成为事实上的"无上级企业"; • 计算所的经历为公司增加了信誉; • 中科院提供机会所有人都干劲十足,积极在中科院内挖人才; • 先是倒卖电子表、旱冰鞋,还有运动裤衩和电冰箱,然后又筹划着倒卖彩电; • 路牌广告; • KT8920 大型计算机的代理销售; • 中科院购买了 500 台 IBM 计算机,将其中的验收、维修和培训环节给了公司,公司收取服务费; • 为 IBM 北京中心代理若干项目; • LX-80 联想式汉字系统的销售。	• 对中科院的归属感和安全感; • 以中科院下属企业的名义经营; • 业务活动集中于销售和服务; • 以直接销售和直接服务为主; • 所有人都是销售人员
1990 年前后,国内微机市场进一步成长,但几乎完全为国外品牌垄断,国内微机品牌几乎没有。	国内公司无一例外都是代理外国微机产品为主要营业收入,而顾客也倾向于接受一个外国微机品牌。 • 代理 IBM 微机; • 与 AST 签订代理协议; • 成立"香港联想"; • 买回一座工厂 Quantum 公司,开发计算机板卡; • 设计"286 微机"; • 正式宣布,联想的未来与微机联系在一起。	代理销售是主要的利润来源。 • 发展自有品牌; • 主机板卡和整机组装成为公司战略的关注点; • 销售力量进一步强大。
• 1992 年春,中央取消了微机进口调节税,两年内取消微机进口许可证。国家公布了"国产名牌微机名单",并决定"集中较大投资支持微机生产基地",这些名单里都不包括联想。中国台湾和美国产品蜂拥而至,出现了市场价格一周内下跌 4 000 元的情况;	• 联想没有被国家选择为"国产名牌"; • 市场利润空间被压缩,加上国内厂商盈利模式的同质化,在国外厂商进逼下,大量国内厂商倒闭或与国外公司合作; • 联想微机业务亏损,只能通过代理业务来弥补; • 汉卡逐渐被淘汰。	• 逐渐开始"两条腿走路",代理＋自有品牌

（续表）

环境变动/环境状况	环境选择过程 保留的行为方式	组织主动适应过程 保留的行为方式
1992年冬1993年春成为中国计算机产业"从卖方市场向买方市场转变的转折点"，康柏和IBM相继推出低价微机，价格战愈演愈烈，后方库存的压力更大，广告满天飞。	• 采用进攻策略，夺取市场份额，"把利润降到最低点，卖出三倍的机器"； • 成立了家用电脑事业部，推出了"联想1+1家用电脑"； • 代理业务进一步发展。	• 价格战的经历，更加了解市场； • 更加关注于微机，特别是家用电脑； • 通过代理业务，开始熟悉分销以及分析的流程。
• 到了1994年，国有微机更是完全败下阵来，市场上国产微机仅占22%，而外国微机占据了78%的市场份额； • 市场竞争更加激烈； • 人民币迅速贬值； • 外国品牌进入中国关税在下降。	• Intel公司和微软公司进一步压缩计算机厂商的利润； • 联想成立微机事业部，柳传志把与微机有关的研发、生产、销售、物流供应和财务运作都交给了杨元庆； • 推出了中国第一款"经济型电脑"——"E系列"； • 成功地复制了"惠普模式"； • 侵略性的渠道策略以及不断推陈出新的产品	• 完全放弃联想汉卡销售，"两条腿走路"； • 微机从战略的重点变成公司事实上的主要利润来源； • 市场运作和销售网络成为微机业务最强大的推动力

至1999年底，联想基本形成现有的组织惯习，即关注于微机和关注于渠道及销售。这两个惯习是联想发展中由选择过程和适应过程产生的行为方式逐渐累积而成的，后面的例子显示，这两种组织惯习在联想后来的变革中发挥了核心作用。

　　我们将这一形成过程进一步简化，把联想组织惯习分为萌芽阶段、建立阶段和巩固阶段，这样能够更直观地看出联想是如何一步步聚焦于微机和销售的。如图18所示。

　　2. 联想组织惯习影响因素分析

　　对组织惯习影响因素的分析，作为一种静态分析，可以通过组织种群层次上的大样本实证研究来验证，这在种群生态研究者的文献里已经大量出现了，而案例研究只能提供描述性的结果。在联想的案例中，由于缺少联想内部结构的数据，我们无法深入分析，但我们至少能得出以下的结论。

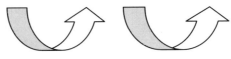

| 萌芽阶段:公司成立之初;
代表事件:代理业务是公司的主要利润来源;公司成员都是销售员;开始制造板卡和组装微机。 | 建立阶段:1995 年前后;
代表事件:成立微机事业部;
复制惠普模式,构建全国销售网络。 | 巩固阶段:20 世纪末;
代表事件:公司微机销量取得全国第一;
"五条战略路线"。 |

图 18 联想组织惯习形成阶段

联想的这两种组织惯习的强弱受联想组织的结构、规模以及年龄的影响,如果与其他企业进行比较分析,我们将会验证如前文的理论假设。

3. 联想组织变革的作用机制分析

联想的这两种组织惯习在联想后来发生的组织转型中发挥着核心作用,如前所述,我们将组织变革定义为一种或多种新的行为方式对组织内原有组织惯习的完全或部分替代,而不管这种新的行为方式来自于组织以外或组织内自发产生。我们以联想转型互联网来分析。

联想转型互联网,其本质是一种新的盈利模式对联想"微机＋销售"的组织惯习的挑战,并试图替代原有组织惯习。

联想 FM365 从发布到大规模裁员仅仅经历了 20 个月的时间,很多人认为如果网站能够挺过那个所谓"互联网冬天"将会非常成功,但如果分析具体情况我们会发现,网络经营与企业原有惯习发生了明显的冲突。这里我们针对上文的假设回答四个问题:(1)新方式是否足够成熟,并且能够为组织成员所理解?(2)新方式是否包括原有惯习的一些要素?(3)新方式是否对原有组织结构产生影响?(4)组织领导者在变革中发挥什么作用?

在 FM365 之前的网站,资金主要来自风险投资或股票市场,所有人都认为网站是一种趋势,但同时所有网站都在探索如何盈利,当时评价网站好坏只能从 PV(page view)判断。因此,新方式并没有足够成熟,更为关键的是新方式并没有为组织成员或至少是相关的组织成员所理解,这其中甚至包括杨元庆。这其中固然由于网站的盈利模式还没成熟,更多的恐怕是因为主要做销售出身的联想人并不能深刻理解网络。例如,杨元庆虽然承认因特网将会成为信息产业的第三次革命,他依然试图在互联网与过去的辉煌之间找到一个结合点,于是他推出了"功能电脑"。"功能电脑"的宣传中虽然出现了互联网,但其与以盈利为目标的网络产业还相差太远。而 FM365 的运作也与其他网站没有区别,甚至仅仅是照搬其他网站的运作方式。

原惯习中最重要的要素——渠道在新方式中我们很难找到,这恐怕是转型失败最重要的原因。因为这点,原有惯习会不顾一切抵制新方式的出现,这表现在公司里就是,在销售网络中摸爬滚打的联想成员很难会认同仅仅通过点击就能盈利的新方式,虽然网站所在部门成员大部分是新员工,但他们并不能完全与组织其他部门隔绝,所以来自组织其他部门的抵制不可避免,而且由于这个原因,抵制会十分强烈。

新方式也没有对联想的组织结构产生影响,FM365 属于联想信息服务事业部,与其他部门交流不多,这也使得新方式很难在整个组织中促进解冻。另外,组织的领导人在整个转型过程中看似一直支持,其实没有完全下定决心。除了上面"功能电脑"例子,还有就是,联想一边计划成为最好的"网络设备、网络服务和网络内容提供商",一边有宣布"他们的目标是 IBM、惠普、微软、思科、甲骨文等信息业巨人",这些公司里没有网络公司,所以新方式也没有得到组织领导者彻底的支持。

于是,由于这些原因,联想转型互联网的努力遭遇失败也是可以理解的。因此,并不是有没有坚持的问题,我们甚至可以预测,如果联想当时继续坚持,可能会在组织惯习和新方式间导致更严重的冲突,甚至为组织带来灾难性的后果。

除了转型互联网之外,联想的其他多元化动作也遭遇了挫折,这既可以看出联想的组织惯习的作用,又可以为以后的发展和转型提供策略性的思考。而联想的分拆以及收购 IBM 个人电脑业务,可以认为是对组织惯习的强化,其中特别引人注意的是收购 IBM 个人电脑业务,收购后的整合没有违背联想关注于"微机"的组织惯习,却一定程度上对联想关注于"渠道"的组织惯习构成了挑战,这是因为,IBM 是研发和技术主导的企业,这与联想的"贸工技"恰恰相反,我们不能仅仅看到二者的互补性,更要注意二者整合中必然产生的冲突,因为这对整合的成功甚至组织的生存至关重要。

关于组织领导者对组织惯习以及在变革中的作用,出现在联想中的"倪柳之争"非常典型。柳传志作为联想最重要的创始人,其主导作用在联想发展过程中无处不在,甚至可以说联想的性格就是柳传志的性格。"倪柳之争"出现的背景是,由于电脑性能的提高,"硬"汉字系统逐渐被"软"汉字系统所代替,汉卡也失去了市场价值,联想的组织惯习也更为明确。此时,汉卡以及汉卡的代言人倪光南必然会自觉或不自觉地对联想组织惯习构成威胁,而此时柳传志已经成为惯习最坚定的支持者,所以"倪柳之争"不可避免。

现在我们跳到联想之外看待联想的组织惯习,并将它与其他企业进行比较。比较适合拿来与联想做比较的企业是 AST 和宏基集团。前文我们已经介绍过,联想早期走 AST 的道路,现在依然能在联想身上看到 AST 的影子。联想从计算机产业利润链的最低层——板卡生产和整机组装开始,通过努力向渠道管理和品牌发展,但由渠道所带来的成功也使得联想越来越关注于国内市场和销售网络的控制,而丧失了向利润链更高层移动的动力。最近联想一系列的国际化努力(收购 IBM PC、加入奥运会 TOP 赞助商行列、更换商标为 Lenovo 等),都表明联想已经意识到了这一点,但此时的组织惯习比几年前更为坚固,此时的这些变革努力也将更为艰难。与其形成对比的是宏基集团,宏基成立时间仅比联想早两年,但宏基很早就开始国际化,并且宏基在品牌(如 Aspire 渴望计算机)和技术制造(如液晶显示器和微处理器技术)方面也走得很远,毫无疑问,现在的宏基已经成为联想的追赶目标。

4. 小结

由于材料不充分,对联想的分析依然显得粗糙,但已能说明理论框架。运用该理论框架,在数据充分的条件下,其结论就能为企业的经营提供策略性的启示。

参考文献

Aldrich, Howard E. , and Jeffrey Pfeffer, 1976, "Environments of Organizations", *Annual Review of Sociology*, 2:79—105.

Amburgey, D. Kelly, W. P. Barnett, 1993, "Resetting the clock: The dynamics of organizational change and failure", *Admin. Sci. Quart.* , 38:51—73.

Barnett, W. P. , G. R. Carroll, 1995, "Modeling internal organizational change" *Annual Rev. Sociology*, 21:217—236.

Burgelman, R. A. , (1983), "A Process Model of Internal Corporate Venturing in the Diversified Firm", *Administrative Science Quarterly*, 28:223—244.

Burgelman, R. A. , (1991), "Intraorganizational Ecology of Strategy Making and Organizational Adaptation: Theory and Field Research", *Organizational Science*, 2(3):239—262.

Burgelman, R. A. , (1994), "Fading Memories: A Process Theory of Strategic Business Exit in Dynamic Environments", *Administrative Science Quarterly*, 39(1):24—56.

DiMaggio, P. J. and W. Powell, (1983), "The iron cage revisited: Institutional iso-morphism and collective rationality in organizational fields", *American Sociological Review*, 48:147—160.

Hannan, M. T. , J. Freeman, 1977, "The population ecology of organizations", *Amer. J. Sociology*, 82:929—964.

Hannan, M. T. , J. Freeman, 1984, "Structural inertia and organizational change", *Amer. Sociological Rev.* , 49:149—164.

Hannan, Michael T. , Laszlo Polos, and Glenn R. C arroll, 2002a, "Structural Inertia and Organizational Change Revisited I: Architectural, Culture, and Cascading Change", *Research Paper 1732*, Graduate School of Business, Stanford University.

Hannan, Michael T. , Laszlo Polos, and Glenn R. C arroll, 2002b, "Structural Inertia and Organizational Change Revisited II: Complexity, Opacity, and Organizational Change", *Research Paper 1733*, Graduate School of Business, Stanford University.

Hannan, Michael T. , Laszlo Polos, and Glenn R. C arroll, 2002c, "Structural Inertia and Organizational Change Revisited iii: the evolution of organizational inertia", *Research Paper 1734*, Graduate School of Business, Stanford University.

Hannan, Michael T. , Laszlo Polos, and Glenn R. C arroll, 2003, "Cascading Organizational change", *Organization Science*, 14:463—482.

John P. Kotter, "Leading Change: Why transformation efforts fail", *Harvard Bussiness Review*, March-April, 1995.

Kelly and Amburgey, 1991, "Organizational Inertia and Momentum: A Dynamic Model of Strategic Change", *Academy of management journal*, 34: 591—612.

March, James G. , and Herbert Simmon, 1958, *Organization*, New York: Wiley.

Miner, A. , (1987), "Idiosyncratic Jobs in Formalized Organizations", *Administrative Science Quarterly*, 32:327—351.

Miner, A. , (1990), "Structural Evolution through Idiosyncratic Jobs", *Organization Science*, 1(2):195—205.

Miner, A. S. , (1991), "Organizational Evolution and the Social Ecology of Jobs", *American Sociological Review*, 56(6):772—785.

Miner, A. S. and S. J. Mezias, (1996), "Ugly Duckling No More: Pasts and Futures of Organizational Learning Research", *Organization Science*, 7(1): 88—99.

Nelson, R. R. and S. G. Winter, (1982), *An Evolutionary Theory of Economic Change*, Cambridge, MA, The Belknap Press of Harvard University Press.

Singh, Jitendra V. , David J. Tucker and Agnes G. Meinhard, 1988, "Are Voluntary Associations Structurally Inert? Exploring an Assumption in Organizational Ecology" Paper presented at the 48th Annual Meeting of the Academy of Management, Anaheim, CA.

W. 理查德·斯科特著,黄洋等译:《组织理论》(第4版),华夏出版社2002年版。

理查德·L. 达夫特著,王凤彬等译:《组织理论与设计》(第7版),清华大学出版社2003年版。

凌志军著:《联想风云》,中信出版社2005年版。

吕彤著:《联想喘息》,浙江人民出版社2003年版。

钱平凡:《组织转型》,浙江人民出版社1999年版。

青木昌彦著,周黎安译:《比较制度分析》,上海远东出版社2001年版。

盛昭瀚,蒋德鹏著:《演化经济学》,上海三联书店2002年版。

W. 沃纳·伯克:《组织变革——理论和实践》,中国劳动社会保障出版社2005年中译本。

生 态 篇

在华跨国公司生态环境管理影响因素研究

❏ 胡美琴

一、导　论

（一）研究背景

自世界环境与发展委员会发表《我们共同的未来》(Our Common Future)(1987 年)报告以来，企业环境管理问题开始受到理论界和企业界关注。联合国环境与发展大会在 1992 年进一步把经济和社会发展与环境保护联系起来，并通过了《21 世纪议程》和《里约环境与发展宣言》，提出了人类"可持续发展"的新战略和新观念。"三重底线"(triple-bottom-line)的概念认为企业在追求自身发展的过程中，需要同时满足经济繁荣、环境保护和社会福利三方面的平衡发展，为社会创造持续发展的价值，越来越多的企业开始将包括生态环境责任在内的企业社会责任作为公司行为规则的组成部分。经济全球化给各国利用全球资源带来了新的机遇，跨国公司作为能够有效整合全球资源的组织形式，在全球化进程中成为全球化的主要承载者和受益者，对全球经济、政治和社会生活的影响力日益加剧。跨国公司在对全球经济发展起极大的推动作用的同时，影响力不仅局限于资本和生产领域，而且逐步向生活和消费领域渗透，从而对生态环境产生巨大影响。在环境问题上与仅在一国经营的国内企业相比，跨国公司需要进行跨国界的环境管理，即需要面对各国不同的环境管制、利益相关者压力和各分支机构的内在特征，在环境管理的一体化和当地适应之间进行抉择。跨国公司具有的先进技术优势和创新能力，使其能够在经营所在东道国使用这些技术和管理系统。虽然目前对跨国公司是否要承担更多环境责任、对东道国生态环境的影响等问题上仍存在不同观点,但随着可持续发展和企业社会责任的观念逐渐得到认同,一些跨国公司已经开始积极寻求基于全球视角的生态环境管理战略。生态环境政策选择及其影响因素、环境行为对东道国的影响等成为跨国公司绿色管理问题的焦点。

跨国公司在全球范围进行战略和调整的基础上,进入 21 世纪后跨国公司进行了公司理念的调整,其核心是强化公司责任。随着联合国"全球契约"(global compact)概念的提出,跨国公司的公司责任对于企业自身的发展和全球经济发展的重要性凸显出来,并成为解决社会环境问题的积极力量。跨国公司在不同的东道国从事生产经营活动,其环境责任的界定和约束更为复杂和微妙。随着其全球一体化生产、营销和研发体系的建立,作为"全球公民"的跨国公司,在环境责任方面不仅要承担来自母国和东道国双重压力,而且在发展中东道国,政府和公众对跨国公司行为准则具有双重预期:他们既希望跨国公司为当地提供更多的资金、技术支持以及市场和就业机会;然而又担心跨国公司在当地的生产经营活动对本国的生态环境构成威胁。同时,在跨国公司从事生产经营活动的国家和地区中,众多的公共和私人部门共同构成了重叠的社会组织结构,对跨国公司设定了多元化的社会角色。在这种情形下,跨国公司必须对自己行为的社会影响进行更全面、准确的判断,并为抵消东道国的敌意、树立良好的公众形象付出努力。在全球环境监管规则日趋严厉的情形下,虽然跨国公司将不清洁投资转移到发展中东道国使之变成"污染避难所"(pollution heavens)的假说未得到实证支持,但跨国公司在环境规制水平相对较宽松的发展中东道国的环境行为仍然备受争议。尽管如此,生产转移和直接投资促进了东道国经济的发展,经济发展和环境保护之间的密切联系表明,经济发展为环境管理和环境保护提供了新的技术和机会;有助于扩散更为先进的环境保护技术和管理体系,也使人们有可能采取更有利于生态环境的消费模式。跨国公司具有解决环境问题的资金、技术和组织能力,通过将这些为回应严厉的环境规制而开发的能力转移到在宽松环境规则国家经营的子公司和供应商,可以成为解决全球生态环境问题必不可少的部分。这种能力的转移可以使当地的管理人员学习到先进的环境管理原则和技术,产生的溢出效应可以使东道国受益。

国内对于企业生态环境管理的研究尚处于起步阶段,已经有不少研究开始关注跨国公司在中国的生态管理。但已有文献对于跨国公司在中国的环境行为研究结论并不一致,其研究视角或者是基于跨国公司环境绩效与财务绩效的关系,或者是从环境规制对企业竞争力影响的角度;并未具体分析跨国公司在中国环境规制下生态管理的不同维度及其影响因素。现阶段随着我国可持续发展观念的深入,政府提出建设资源节约型、环境友好型发展战略,我国的环境规制从相对于工业发达国家的"宽松"型逐渐转向与国际先进监管模式和国际环境标准接轨,并开始关注公众环境意识的培育。已有研究不能充分解释在这一转型时期跨国公司在东道国的环境行为,考虑到跨国公司对我国经济发展和生态环境的影响,跨国公司在中国的环境保护中是否发挥足够的作用,如何将跨国公司生态管理纳入中国的环境保护体系,充分发挥跨国公司在中国环境保护和生态管理中的作用,对我国生态环境改善具有重要意义。

(二)基本概念界定

1. 环境及环境绩效

根据 ISO14001(2004 版)的定义,"环境"是指组织运行活动的外部存在,包括空气、水、土地、自然资源、植物、动物、人以及它们之间的相互关系。环境管理体系(environmental management systems)是组织管理体系的一部分,用来制定和实施其环境方针,并管理其环境因素,管理体系包括组织结构、策划活动、职责、惯例、程序、过程和资源。

对企业环境绩效(environmental performance)的概念有狭义和广义两个层次的理解。狭义的企业环境绩效指企业在现有环境标准中规定的以及其他可直接测量的环境指标上的表现。这些指标往往是定量的、标准化的,比如排污量数据等,一般用于对企业环境合法性的考察以及企业之间的直接比较。例如 ISO14001(2004 版)强调环境管理的系统化程序,其界定的环境绩效是"组织对其环境因素进行管理所取得的可测量结果"。广义的环境绩效指企业持续改善其污染防治、资源利用和生态影响等方面的综合效率和累积效果,体现其系统性和动态性,目前采用较多的是生命周期分析。

世界可持续发展工商理事会(WBCSD)提出了"生态效益"(eco-efficiency)指标架构,即"生态效益的获得,是在提供具有价格竞争力的商品和服务,满足人们需求并提高生活品质的同时,在商品和服务的整个生命周期内将其对环境的影响及自然资源的耗用,逐渐减少至地球能负荷的程度"。因此,生态效益是一种同时改善经济与环境绩效的概念。WBCSD据此提出了鉴定生态效益的7大要素:减少每单位产品和服务的原料使用量,减少每单位产品和服务的能源使用量,减少有毒物质的扩散,提高原料的可回收性,使可更新的资源达到最大限度的永续使用,延长产品的耐久性,加强每单位产品和服务的服务效能。

大多数研究都将积极性生态环境管理和环境绩效相联系,例如环境风险和责任的减少、废弃物和排放的减量、绿色形象等。Stead 和 Stead(2000)的研究中环境绩效是指服从、创新和采取国际认证标准。Aragon 和 Sharma(2003)界定的高水平环境绩效是指主动性的态度,预期未来的管制和社会趋势,设计或改变经营、流程和产品以防止(而不只是减少)负面环境影响。

2. 生态环境管理战略

OECD 的 2001—2010 年环境战略计划提出了在可持续发展方面中强化环境政策的成本有效性和可操作性的 5 个相互联系的目标:通过对自然资源的有效管理来维持生态系统的完整性;从经济增长中解耦环境压力;利用环境指标和数据为决策提供更多的信息;从社会和环境界面上提高生活质量;通过改善管理、加强合作更好地管理全球化带来的环境影响。其中通过对自然资源的有效管理来维持生态系统的完整性是 OECD 成员国的关键目标,这是从国家层面上对环境战略的界定,欧美国家也大多各自提出了具体的环境战略。

对企业层面的绿色管理和绿色管理战略概念学术界虽然存在不同的界定,但内涵基本趋于一致:绿色管理或环境管理是企业处理经营活动和自然环境相互关系时的行为模式,反映了企业把环境保护的观念融入企业经营活动,以及从企业经营的各个环节控制污染和节约能源的程度,以期实现经济、社会和环境保护等可持续发展的目标。

例如,ISO14001(2004 版)所指的环境管理体系(environmental management systems,EMS)被作为组织管理体系的一部分,用来制定和实施环境方针,并管理包括组织结构、策划活动、职责、惯例、程序、过程和资源在内的环境因素。在生态问题日益全球化的趋势下环境保护意味着战略机会而不是传统的遵守环境规制,企业必须在遵守规制和社会责任之外,通过降低成本或增加收益提高其竞争地位。研究者认为在环保问题上不应仅关注企业"是否应该绿色"而应进一步提出"绿色是否能够得到回报?"以及"何时"和"如何"得到回报的问题。这也导致绿色管理战略概念的出现——企业对环境问题的战略定位以及如何利用绿色管理作为战略性工具。Hoffman(2000)具体界定了绿色管理战略框架的 6 个方面:经营效率、风险管理、资本获得、市场需求、战略方向、人力资源管理。因此绿色管理战略涉及企业遵守环境规则的行为以及为减少生产经营对生态环境影响的自愿性行为。

二、企业生态环境管理研究综述

绿色管理问题源于 20 世纪 60 年代西方国家兴起的环境和社会运动,罗马俱乐部在 1972 年发表题为"增长的极限"(The Limits to Growth)的报告,唤起了人类对环境与发展问题的极大关注。该报告引起了国际社会对"经济的不断增长是否会不可避免地导致全球性的环境退化和社会解体"的广泛讨论。到 20 世纪 70 年代后期,人们基本上达成比较一致的结论,即经济发展可以不断地持续下去,但必须考虑发展对自然资源的最终依赖性。1987 年联合国世界环境与发展委员会发表了"我们共同的未来"的报告,系统分析和研究了可持续发展问题的各个方面,第一次明确给出了"可持续发展"的定义,理论界对生态环境的讨论逐渐发展到包括环境、社会和经济的可持续发展的探讨。可持续发展的三个层面包括环境、经济和社会,社会层面的可持续发展是学术界探讨较多的,而对企业如何进行可持续发展运行则是较弱的方面。将可持续的理念付诸实践是具有高度挑战性,虽然Elkington(1994)提出了"环境、经济和社会"三重底线被作为标杆,但由于其过于笼统,因而不同的公司对其理解也存在差异。研究者认为可以将可持续发展的原则运用于企业的产品、政策和实践中,延伸至企业层面。企业可以为环境保护问题产生积极作用,而不是传统上一直认为的企业只是产生"问题"的一方、政府是"解决问题"的一方。此后,企业管理人员和管理学界一直关注企业如何和为什么要将环境问题融入战略决策之中? 企业的环境响应行为各种各样,它的真正含义是什么?

早期绿色管理研究主要是探讨企业经营活动对生态环境产生不利影响时,企业是否应承担生态责任,也就是对企业社会角色的界定。社会层面的可持续发展是学术界探讨较多的方面,研究者主要利用案例和规范性理论分析的方法,剖析企业应满足包括经济、环境和社会绩效在内的三重底线要求,未对企业如何履行环境和社会责任提出解决方案。创新性环境技术和方法的出现为研究者将社会层面的可持续发展原则应用于企业创造了条件;生态管理行为的驱动因素、生态环境管理行为的选择以及生态管理与竞争优势的关系成为理论研究的主要方面。由于整合了环境科学、制度理论、组织理论、竞争优势理论、资源基础理论等相关理论工具,绿色管理逐渐具有跨学科的特点。在对理论模型构建和完善的基础上,大样本的实证分析方法的运用丰富了绿色管理研究的内容。

绿色管理研究中占主导地位的理论框架是:制度理论、竞争优势理论、资源基础观和企业社会责任观。它们从不同视角分析了企业绿色管理的动因、绿色管理战略选择以及绿色管理与竞争优势的关系等。此外,由于跨国公司对全球生态环境产生的影响,越来越多的研究开始以跨国公司理论解释企业环境行为,丰富了生态管理研究的理论基础。

(一)西方企业生态管理思想及环境监管模式演变

1. 企业生态管理思想演变

20 世纪 60 年代至 70 年代出现了环境和社会运动,公众逐渐认识到企业对生态环境的危害和影响。研究者开始关注可持续发展的观念。虽然一些学者提出重新界定企业角色会对企业的财务状况不利,他们主张回到严格的成本—收益框架中,只投资于能够在经济周期中得到回报的环境活动(Walley and Whitehead,1994);但仍有许多学者开始关注可持续发展的观念,并创新性地界定企业在经营时的社会角色并引发了对企业生态责任的研究。研究者认为企业需要从主要依靠技术手段解决人类与自然环境之间的问题的技术中心范式(technocentric paradigm)向更加重视自然环境的新环境范式(the new environmental paradigm)转变(Gladwin et al., 1995;Hart, 1997;Shrivastava, 1995),但大多数研究都未讨论如何建立影响企业竞争力的可持续发展模型框架。在实务上,这一时期大多数企业采取不遵守环境管制的对抗性策略,仅有少数企业开始采取主动型环境行为,如从1975年开始,3M公司采取了3Ps环境计划(pollution prevention pays program,3Ps),在全球范围内支持了4 400多个员工参与该项目;Dow's公司的WRAP(waste reduction always rays),这些项目为企业产生了巨额的成本节约。

(1)反应型生态管理模式。

20世纪80年代,公众和政府对污染控制和清洁环境的要求日益增强,为应对迅速变化、日趋严厉的政府环境管制,改变以往忽视甚至抵制环境管制的态度,企业开始采取各种反应型的生态管理模式:发布书面环境政策、报告,承诺遵守环境法规,设立生态环境管理人员和处理环境事务的部门,与环境利益集团建立更广泛的联系等;同时,环境因素也开始在资本投资决策中发挥更加重要作用。这一时期北美和西欧公司虽然开始遵守环境规则,但仍然只是将生态环境管理视为增加成本的行为;到80年代中后期,一些大公司认识到废弃物减量能产生成本节约。80年代后期的一些西方工业化国家的企业在取得环境绩效的同时,通过污染预防使生态效率得以提高,此外开发差异化绿色产品也使企业获得了竞争优势。少数在生态管理上的领先企业甚至开始在全面质量管理框架下实施主动型生态环境管理,并与供应商和客户建立了新型关系。生态管理研究对象集中于石油化工等污染严重的行业,以及汽车、钢铁、造纸和水泥等基础制造业。环境哲学、社会科学、环境技术和经济学的成果被拓展至管理学理论和实践领域并初步形成研究理论框架。

(2)主动型生态管理模式。

20世纪90年代,环境监管措施和标准更深入而具体,并从国内延伸至全球范围,企业经营活动对环境的影响受到来自国内外更加错综复杂的利益相关者的压力。许多企业采取措施减少资源浪费和污染,积极地寻求能够为企业创造竞争优势的主动型生态管理方法,如产品生命周期分析、为环境设计、环境会计、清洁技术等。90年代初期,许多美国公司采取了废弃物减量计划,并自愿实施内部环境审计。90年代中期以后,生态管理的研究开始从宏观层面向更微观的层面发展。研究对象不再局限于工业化国家的环境敏感性企业,跨国公司在东道国(尤其是发展中国家东道国)的生态环境管理和非制造企业的生态管理均成为生态环境管理研究的新领域。制度社会学、组织行为学、跨国公司理论等相关理论工具进一步丰富了生态管理理论,越来越多的研究关注的是企业绿色战略的选择和影响因素、如何利用绿色战略提高企业竞争力等问题。

2. 环境监管模式

对于全球经营的企业而言,可能面临多种环境监管模式。环境监管模式对制度机构而言实质上是其可利用的环境政策工具。学术界对环境政策工具的划分存在不同的标准。一般而言,这些环境政策包括:

(1) 环境监管法规或实施机制缺失:在许多欠发达国家发生这种情形,在这些国家的企业缺乏对发达国家开发的新环境技术的认识,尤其是当该国的国际化程度不高,竞争主要是在本土企业之间时。

(2) 命令—控制模式:通过环境立法强制性要求企业采取某种减少污染的技术将污染物技术指标或排放量降至一定数量。在以前,这种技术表现为"末端治理",美国、日本、德国和其他欧洲国家以前广泛使用这种技术。这种方式的优点在于可以确保环境业绩得到迅速改善,但对于企业而言缺乏灵活性和可操作性,通常这种方法只有与激励体系结合使用才能充分发挥作用。

(3) 激励体系:要求公司达到特定环境目标,但是由公司自己决定达到目标的具体措施和手段。这种管制可能是建立在污染税或市场化的污染许可的基础上的,这种方式为企业将环境成本内部化提供了激励,也为企业提供了更大的操作灵活性。企业会投资于较先进的环境技术,目的是遵守环境法规的要求。这种方式在加拿大和荷兰较为普遍,也越来越多地在美国得到运用并体现在美国环境保护署(EPA)的一些措施中。

(4)企业—政府合作:制度机构给予企业环境行为选择权,企业对环境行为进行自我约束,即采取高于环境规则的环境标准而不仅仅是遵守最低的环境要求。企业进行环境行为创新的激励并不是基于强制性的政府环境法规,而是基于企业的自愿性环境行为。

(二)制度理论对企业生态管理的解释

制度理论认为企业的环境行为是对场域压力的反应性行为,制度理论关注的是外部因素对组织决策的影响,强调组织面对的社会和文化压力对组织行为和结构的作用(Scott,1992)。制度社会学框架强调除"技术"和"效率"之外,影响企业采取特定组织行为的管制、规范和认知三个因素的重要作用,尤其是合法性过程和制度化的组织结构,为获得社会合法性,组织必须遵守正式和非正式的环境规则。

管制(regulatory)是政府制定和实施的正式规则,是在生态管理文献中研究最多的方面。环境污染具有外部不经济性,政府通过制定政策和措施对企业的经济活动进行调节,以达到保持环境和经济发展相协调的目标。企业回应于监管部门的强制压力,如果不能响应于这些压力就会对合法性和生存产生巨大的风险。规范(normative)是指特定组织情境中对形成合适的和合法行为的期望,是社会价值目标得以实现的合法性手段。认知(cognitive)是影响行为选择的文化因素,是被社会成员内部化、并嵌入于组织之中的信仰和价值观。规范和认知因素对于组织行为的选择具有重要影响,因为它们限制了预期的压力和组织可供选择的行为模式。因此 DiMaggio 和 Powell(1983)认为管理决策受到三种制度机制的强烈影响,即强制、模仿和规范同型性,也就是在组织中创造和传播共同的价值观、规范和规则,以在组织中形成相似的行为和结构并组成共同的场域。其中,场域是指组成制度生活共同领域的组织,如关键供应商、资源和产品的消费者,监管机构等。制度机构通过形成"正式规则"或"非正式约束"的法律、规则和规范,控制其他组织的行为(Henruques and Sadorsky,1996)。首次利用制度理论来解释企业的生态管理行为的学者是 Jennings 和 Zand-berger(1995),他们指出由于主要以管制和管制的实施形式出现的强制力是生态管理行为的主要推动力,每一行业的企业会实施相似的行为,在相同场域中的企业受到相似制度力量的影响。他们列举了 1979 年美国三里岛(Three Miles Island)核电站事件后,所有美国原子能电力行业的合法性受到影响,自此在美国不允许再建设核电站。在发现氟利昂对臭氧层的破坏作用后,影响了这些产品的生产和使用的合法性,并不久导致通过《蒙特利尔条约》的建立实施强制性制度约束,将氟利昂制造商驱逐出市场。Hoffman(1997)对美国石油和天然气行业的分析发现,在同一产业内的企业倾向于采取相似的战略以应对面临的制度压力。Delmas(2002)分析了驱动美国和欧洲企业采取 ISO14001 环境管理体系的制度因素,国家特定制度环境中管制、规范和认知对 ISO14001 认证成本和收益的影响,以及对 ISO14001 认证比例产生影响。其他研究分析了在不同场域中的企业受制于不同的制度压力,例如,Oliver(1991)指出,当组织成员在地域上更分散、相互之间没有作用力或者自治程度高时,制度规范会受破坏,这通常发生在企业进入新市场或生产新产品时。

1. 环境合法性

具体而言,制度理论解释企业的环境行为时,环境合法性和利益相关者压力是企业生态管理的主要驱动因素,影响了企业对生态环境管理的选择。

合法性(legitimacy)是指行为达到了社会结构性预期,是企业经营的"许可证",对企业长期生存至关重要。Suchman(1995,571—610)将合法性定义为:"在规范、价值观、信仰和概念社会结构体系中,主体的行为是令人满意的、合适的。"所有主体都需要得到合法性认定以生存,否则就会被排斥或淘汰。组织的生存依赖于合法性,因为得到合法性会使其获得生存所需资源,这些资源包括高素质的员工、政府许可、基金、消费者认可、媒体评价以及良好的声誉等。

合法性包括实用合法性、道德合法性和认知合法性三种类型。实用合法性(pragmatic legitimacy)是基于组织的自利性(self-intrest),由于组织行为会影响到外界相关方的福利,他们会监督企业的行为以确定产生的实际后果。因此实用合法性会演变成交易合法性（exchange legitimacy），即基于企业政策的预期价值而产生对该政策的支持。当企业为社会提供了经批准的、符合某一特定需求的服务或产品时（如低成本但高质量的产品），企业就被赋予"实用合法"。

道德合法性（moral legitimacy）反映了对组织及其行为的积极规范评价，与实用合法不同的是，道德合法具社会取向的——它不是依赖于某一行为是否会对评价者有益，而是根据该行为是否"正确"来判断。这种判断通常反映了该行为是否有利于社会福利的信仰。当然这种利他性并不必然代表完全利益追求，组织会提出有利于为自身的道德特征，并以象征式的姿态进行宣传。当组织不是以实用合法性中的交易，而是以规范性行为做了被社会认为"正确的事情"时，组织就被授以"道德合法"（Suchman，1995）。在这个意义上，社会愿意为更大收益放弃货币性价值。例如在可持续消费理念下，消费者越来越考虑个人消费的公共后果，并且试图运用购买权利引导社会规范。当他们决定购买商品时，不仅仅是考虑商品的本身，而且要关心商品的生产过程、使用过程和使用后的处置；甚至这些消费者还愿意为责任性的产品付出更高的价钱。星巴克公司按照公平贸易的原则从咖啡种植者手中采购咖啡豆，并建立起长期合作关系。同时，该公司还对咖啡产地的社会和社区项目进行投资，对环境进行治理。为了采购经过认证的公平贸易咖啡，其支付给咖啡种植者的价格往往会高于市场上咖啡的价格（殷格非，2006）。

认知合法性（cognitive legitimacy）是指一旦组织如此深地确立了在社会结构中的地位，以至于他们的出现被认为理所当然反之则被视为不合情理时，最终就能够得到认知合法性（Suchman，1995）。获得认知合法性的组织能够为社会成员的行为提供指导从而减少不确定性，像学校、教堂甚至微软公司这样的组织提供了这种确定性。制度理论认为，组织一直不断地处于主动或被动地为获取三种合法性中的某些或全部的过程中，以确保其生存（Oliver，1991）。

制度理论被广泛用来分析组织行为，处于同一环境中的组织由于受到合法性驱动而采取相似的行为，彼此之间形成"同型性"的特征。制度环境中的文化和法律体系等因素是国家特定性，Kostava 和 Zaheer(1999)利用 Scott(1995)所提出的制度环境的强制、认知和规范三个支柱分析跨国公司的合法性,这三个方面不一定是相互独立的,例如代表规范性的价值观会影响到认知,也会被强制性所影响。认知和规范是通过教育和社会化过程而出现的,强制则受到政府和利益交互作用过程影响。由于跨国公司是在两个或多个国家经营、多个分支机构通过共同的政策或战略相互联系,跨国公司面临的一个重要挑战就是如何获得在多个东道国的合法性。组织的合法性可以在跨国公司整体层面以及在特定东道国的分支机构层面上进行分析,跨国公司整体的合法性是指被其环境接受或认可,包括母国和东道国制度环境以及超国家机构,如全球性媒体和绿色和平组织,国际标准化组织(ISO)等国际性组织等;跨国公司分支机构的合法性是指获得特定东道国制度环境的认可。跨国公司作为整体的合法性是与分支机构合法性相互影响,跨国公司面临多个国家的制度环境,每一国家都有各自的强制、认知和规范特征,许多规则和强制性规定都是由当地政府和制度机构制定的,因而是国家特定性的;代表共同的社会知识和价值观、信仰和社会规范的认知和规范性也同样如此。

根据制度理论,组织可以通过表现出与制度环境"同型"(isomorphic)获得合法性,也就是采取与那些已经在其环境中得到制度化的、相似的组织形式、结构、政策和行为(DiMaggio and Powell,1983)。对于跨国公司而言,由于在多个国家经营而产生制度环境的复杂性和多样性,难以通过同型而获得合法性。然而也有观点认为,跨国公司试图在相互冲突的多个制度环境中获得合法性,他们不必适应当地环境而是可以通过与经营所在地的多个环境谈判获得合法性(Oliver,1991)。在全球型、母国中心型和多国型的公司中,全球型公司能够成功应对不同国家多种制度环境的要求,他们会采取在全球范围合法的超国家的结构、政策和行为,这也有利于确保内部一致性。多国型公司也相对易于管理外部和内部的合法性的关系,因为当存在内部不一致时,会试图适应每一当地的环境。而母国中心型公司在相互冲突的内部和外部合法性管理上面临较大的困难,因为他们的政策和行为不是建立在统一原则之上。东道国制度环境会对跨国公司子公司产生独立于母公司行为的直接影响,子公司行为因此与东道国场域趋于同型;然而,作为一个海外企业,东道国当地的制度环境的压力作用被缓冲,跨国公司并不一定采取与当地其他组织完全一致的行为。尤其是当该跨国公司相对比较强大,子公司对东道国当地的依赖程度较低时(Meyer and Zucker,1988)。在这一情况下,当地制度环境的直接作用受到限制。当地制度也可能会通过子公司员工而影响企业行为,员工对新行为的解释受到其认知和信仰的影响,这些认知和信仰是受其工作所在外部制度环境左右的。因此,即使由于所有权或其他因素使得子公司与东道国关系不密切,仍然可能通过作为制度承载者的员工受到当地制度环境的影响。

在获取合法性过程中,跨国公司会面临"外来性负担"(liability of foreignness)和"合法性溢出"(legitimacy spillovers)。在海外经营的企业会发生本土企业不会发生的成本,即外来性负担(Hymer,1960;Zaheer and Mosakowski,1997),产生外来性负担的原因来自多个方面,例如东道国缺乏对跨国公司的了解而通常以跨国公司所属行业或国家的已有行为作出判断,即成见(stereotypes)。"合法性溢出"是指人们对跨国公司在海外子公司的合法性判断可能会基于该跨国公司的所有子公司或在东道国的所有子公司,合法性溢出可以是正面的也可以是负面的。

Bansal 和 Clelland(2004)将环境合法性定义为:"企业环境绩效是令人满意的、得体的和适当的。"实施与外部制度环境一致的组织活动,是企业遵从外部制度环境并作为合法性的表现手段之一,外部制度环境迫使成员具有被社会公众认为合法的一致的价值观、规范、标准和预期。利益相关者根据其自己不同的规范、认知图和实用偏好评价组织的合法性。例如,如果企业发生了水污染,当地社区成员会担心其对人类健康的影响,而投资者更感兴趣的是与之相关的法律责任。在制度理论框架中,企业会努力达到而不是超过社会成员的预期,因为制度理论将关注的重点从获取高水平组织绩效的追寻风险的行为,转向支持利益相关者对稳定性和长期性的风险规避行为。

环境合法性对于企业的重要性在于,低水平的环境合法性将会给股价和公司盈利性带来风险。企业发出环境合法性信号,可以形成先发优势,提高企业声誉,并为企业在环境实践的话语权提供机会,从而获得认可并表现出社会响应(O'Donovan,2002)。具有环境合法性的企业通常被视为更"关怀"的企业(Livesey and Kearins,2002),可以避免不期望发生的、常常是代价高昂的来自监管部门、非官方组织、媒体或消费者团体等内部和外部的监督审查。环境合法的企业比不合法企业更易于获得资源,这些资源有助于进一步提高其环境绩效(Bansal and Clelland,2004)。因为在组织符合社会对环境绩效的预期时能获得环境合法性,所以它可以被看作是规范合法性的一种形式。由于环境绩效预期的价值取向,这种形式的合法性与文化密切相关。企业为获得社会合法性,要遵守所有的正式或非正式环境规制(Bansal and Roth,2000)。企业绿色战略的发展就是基于规范一致和模仿,例如,政府和环境职业界长久以来就把化工行业的 DuPont 公司作为业界的领导者,它通常处于行业标准制定者的位置,包括竞争对手在内的其他企业都在模仿它的做法。在新兴经济国家,政府会利用声誉好的大公司制定的环保政策作为范本和基础来制定管制规则。考虑到短期经济利益最大化和企业社会责任,环境问题就有可能成为企业形象的整体组成部分。当环境问题与企业形象正相关时,例如,企业想要成为"环境领导者"这一愿望会使管理人员积极地解释环境问题并诱导机会寻求行为而不是威胁规避。因此,管理人员认为环境问题对公司形象至关重要时,就更有可能将环境问题解释为机会而不是威胁。

2. 利益相关者压力

较早提出"利益相关者"概念的是 Freeman(1984),并将其界定为"影响企业行为或受企业行为影响的个体和群体"。Clarkson(1995)根据与企业联系的紧密程度区分了基本(primary)利益相关者和次级(secondary)利益相关者,基本利益相关者是指如果没有其参与和支持组织将不能生存,包括客户、股东、供应商和雇员等。次级利益相关者是影响组织并受组织影响,但并不与组织发生交易的利益相关者,对企业生存并不重要,如媒体、非政府组织等。组织是基本利益相关者组成的系统,其生存和成功依赖于组织为这些利益相关者创造价值并满足其需求和期望;基本利益相关者与企业之间形成正式的关系,对于企业生态环境管理的成功与否产生重大影响。当企业采取主动型生态环境管理时,对基本利益相关者的关系管理必不可少:员工的参与环境问题的解决和资金的投入是不可或缺的重要因素;成功的生态环境管理有助于构建企业与对环境友好产品感兴趣的客户之间的关系、改善与供应商关系。而对于在全球范围经营的企业而言,国际性的客户和供应商对于企业尤其重要。同时,在主动型生态环境管理下,企业为了合作解决环境问题和对相关信息的分享,企业也会与次级利益相关者相互之间发生关系(Sharma and Vredenburg,1998)。例如企业会利用行业中领先企业或竞争对手的环境行为作为标杆,以获得或维持全球范围的竞争性,国际自愿性环境规则被来自发展中和发达国家的企业作为制定生态环境管理的基础;由于主动型环境行为对企业声誉的作用,环境领先的企业力图在媒体上公开其环境行为,以塑造对其有利的公共形象。

Mitchell 等(1997)基于影响力、合法性和迫切性三个特征将利益相关者进行划分,管理人员根据这三个特征识别利益相关者的重要程度,同时利益相关者的重要性是处于动态变化的过程。Buysse 和Verbeke(2003)进一步将基本利益相关者区分为外部利益相关者(供应商和客户)和内部利益相关者(员工、股东和金融机构)。政府和其他监管机构作为公共利益相关者集团属于基本利益相关者。Henriques 和 Sadorsky(1999)区分了管制性利益相关者(政府、行业协会)、组织性利益相关者(客户、股东、供应商和雇员)、社区性利益相关者(非政府组织和社会团体)以及媒体。Waddock 等学者(2003)在基本和次级利益相关者压力基础上增加了所谓的"社会和制度压力",包括"最优"排名的增加或全球原则和标准的出现。

每一利益相关者对于环境保护都有自身的影响机制,Hoffman(2001)指出了最有可能影响企业层面环境行为的利益相关者,包括政府和监管机构、客户(消费者)、供应商、员工、股东、金融机构、当地社区和社会团体、非政府组织、竞争者、媒体。此外,管理人员的感知非常关键,因为是由他们决定哪个利益相关者更为重要,而他们的感知又受到自身价值观的影响。其他的研究得出和 Mitchell 等(1997)一致的结论：组织会采取不同的战略应对不同的利益相关者，战略随时间而变化（Egri and Herman，2000；Sharma，2000）。因此，企业不应仅是狭隘地将其战略管理决策限定在创造股东价值上，应当更广泛地考虑其他利益相关者的利益和预期，如客户满意度、服从管制、优秀企业公民、社会与环境责任等（Berry and Rondinelli，1998；Henriques and Sadorsky，1996；Shrivastava，1995）。

企业的环境意识是指环境行为与利益相关者的预期一致（Gupta，1994），企业会根据接收到和感知到的利益相关者压力而采取行动，因此，利益相关者压力对主动型生态环境管理非常重要。Henriques 和 Sadorsky（1999）认为主动型环境行为与组织和社区的强大压力有关，而反应型战略与管制机构和媒体压力有关。Buysee 和 Verbeke（2003）认为企业战略的绿色化和环境利益相关者管理之间存在联系，主动型战略源于内部利益相关者的压力（员工、股东）多于外部（客户、供应商），不过这也有可能是因为该研究中的样本公司为中间产品生产商，很少与最终客户接触。Klasson 和 Whybark（1999）将外部利益相关者的影响作为情境变量，包括公共关系（管理人员从公众处收集意见并向公众提供这种信息）和环境规制意识（企业对环境规则的知晓和对规制服从的评价），这两个方面与生态环境管理的主动性正相关。因此，环境主动性实质上是改善与利益相关者的关系，甚至是有可能影响它们（Russo and Fouts，1998；Sharma and Vredenburg，1998）。

企业有可能把环境问题作为公司战略的一部分，而不是仅仅服从政府的管制要求。这实质上是企业为了解决备受关注的环境问题并达到利益相关者的预期而采取的行为，如果企业的绿色战略是企图达到利益相关者预期，辨别出突出的利益相关者就成为企业的生态环境管理形成的重要步骤，因为并非所有的利益相关者对企业战略形成都同样重要。各利益相关者实施了强制、规范和模仿压力，促使企业实施高于环境标准的环境行为。组织可能会使用不同战略应对利益相关者，这些战略随时间转移而发生改变。

利益相关者对企业的生态管理产生各种压力，其中，最主要的压力来自政府强制性管制、客户、竞争对手、社区和非政府环保组织。

表 1　对企业利益相关者的主要分类

	Clarkson （1995）	Buysse 和 Verbeke （2003）	Henriques 和 Sadorsky （1999）
政府和制度机构	基本	监管者	管制性
客户/消费者	基本	外部、基本	组织性
供应商	基本	外部、基本	组织性
雇员/工会	基本	内部、基本	组织性
股东	基本	内部、基本	组织性
金融机构	基本	内部、基本	组织性
社区和社会团体	次级	次级	社区
非政府组织	次级	次级	社区
竞争对手	次级	次级	社区
媒体	次级	次级	媒体

（1）政府。

影响企业环境行为的最显著的压力来自各个执行强制性力量的政府部门，这些部门制定和实施环境法律法规。由于政府规制对不遵守环境行为规定了明确的惩罚，因此被认为是驱使企业改善环境行为的有效机制。政府对于企业进行 ISO14001 国际自愿性环境管理体系认证也产生重大影响，会对 ISO14001 环境管理体系认证以强制力发出明确的信号，对于通过认证的企业给予特别的待遇，帮助认证企业减少与该认证标准相关的信息和搜寻成本，并提供技术上的帮助。但是 Delmas 和 Toffle（2004）的研究结论发现政府环境监管部门和其他非市场行为者的压力对于企业环境管理体系的实施影响并不显著，其他利益相关者对企业施加的直接影响更大。国内对环境规制与企业竞争力的研究大多数是从环境政策工具的外部宏观机制的视角，认为环境政策工具作为一个诱导因素影响企业环境技术创新和改进活动，对企业的生态环境管理起到战略导向的作用（彭海珍，2004）。

（2）竞争对手。

大部分企业采取环境友好行为是因为想要和同业保持一致，除了政府部门，企业也会实施强制和模仿同型（coercive and mimetic iso-morphism）。企业会模仿成功的领先企业所采取的行为，对消费者的需求予以响应。较典型的例子来自汽车行业，1999 年 10 月福特公司要求所有供应商在 2001 年前必须通过 ISO14001 环境管理体系认证，6 个月之后通用汽车公司宣布了类似的政策，也即追随潮流效应（bandwagon effect），所有的汽车制造商都认为必须要求供应商通过 ISO14001 认证。其另一面则说明这并未真正推动创新，企业只是在模仿领先者的做法。

（3）行业。

作为行业协会成员的企业面临更多的规范和模仿压力，组织会模仿其关系网络中的其他组织的行为（King and Lenox，2000），一些研究发现行业协会会促使企业采取自愿性环境管理行为。这主要是因为当行业中的少数成员采取了不具环境责任的行为时，会影响整个行业的环境声誉。行业协会有助于推动高于强制性环境标准的制定，并对环境绩效水平不高的企业提供技术支持。商业集团对整个行业的环境声誉的关注主要是避免来自环境利益集团、媒体和政府部门的环境监督，并因此而导致新环境规则的出台。Kollman 和 Prakash（2002）分析了为什么英国、美国和德国在环境管理体系认证数量上差距如此之大。他们发现在是否进行认证以及通过何种认证的决策上，除了受到地区商会、供应商和环境监管机构之外，还很大程度上受到行业协会的影响。市场集中程度也影响到行业中生态环境管理行为的扩散，如果行业是由少数几家要求供应商采取某种环境行为的大型企业所主导，那么相对于市场分割程度大的情形，这种对供应商的要求的做法就更易于在行业中得到扩散。这也正是美国的汽车零部件供应商都采取相似的质量和环境行为的原因。

（4）客户。

随着公众环境意识的提高，人们已经不再局限于获得高质量的产品，同时还应该是安全、环保的。如 Elkingdon（1994）的调查结果显示，22 个国家中有 16 个国家的公民表示拒绝购买对环境有害的产品。客户—供应商关系可能是质量管理标准能够得以扩散的主要机制，一些研究已经发现企业的环境行为是受客户驱动的，例如，客户会影响企业环境计划的决策。对加拿大大型企业的调查发现，客户是仅次于政府的企业环境计划压力来源（Henriques and Sadorsky，1996）。越来越多的企业开展的产品回收计划有很大一部分是源于消费者的压力，在电脑行业中许多生产厂商对企业客户采取租赁而不是销售电脑的方式，就产生了在电脑使用周期或租赁期满时对电脑回收的需求。戴尔公司就在美国市场将回收旧电脑作为与销售新电脑相关联的业务。宝洁公司就成功地将环境保护与市场需求相联系，在 20 世纪 80 年代后期，该公司开始使用可循环的包装物和浓缩产品，以直接回应消费者对环境问题的关注，相应地在包装材料上运费的节约增加了企业的利润。Khanna 和 Anton（2002）发现美国企业中销售最终产品的企业比销售中间产品的企业采取更复杂的环境管理体系。发达国家的客户影响了发展中国家企业对环境规则的遵守程度和 ISO14001 认证，中国的出口型企业就比主要面向国内客户的企业面临更大的压力，因而采取更为严格的环境标准（Christmann and Taylor，2001）。拥有零售客户的企业采取更综合的环境管理体系，表明零售客户比其他类型的客户对企业生态管理行为施予的压力更大。

企业可以利用绿色作为营销手段吸引更多的商机并塑造正面形象，在只有部分消费者是具有环境意识时，为企业针对那些具有环境意识、对绿色产品需求弹性较低的客户进行市场细分创造了机会；企业可以对这些产品或服务设定较高的价格并获取较高利润。绿色消费对于推动企业的主动型生态环境管理具有重要影响，尤其是在为最终客户密切接触的行业（Arora and Cason，1995）。绿色消费的出现意味着消费者愿意为具有环境友好特征的产品或服务付出额外的价格，消费者可以将具有生态意识通过生态友好或绿色购买形式体现出来。例如，有机食品由于不使用人造原料、色素和杀虫剂等而对环境和人类健康有益，企业销售这类产品是由于这是一个日益增长的细分市场，为其扩大市场份额创造了机会。当然，消费者也可能会通过抵制环境声誉不良企业的产品，而对企业产生负面影响。Chan（2004）对北京和广州消费者的调查发现，随着生态产品在中国出现，当中国企业普遍利用环境营销手段时，中国消费者会从广告中寻找一致性的产品信息帮助其购买决策。尽管具有绿色购买意愿，但中国的消费者实际的绿色购买水平是非常弱的，原因之一是可选择的绿色产品品种较少。同时,中国的消费者一般认为环境保护的责任主要在政府,其次才是企业。当政府部门作为消费者出现时,会要求只采购那些对自身产品进行循环利用和回收的企业的产品,即生态采购。在德国、加拿大和美国,一些政府和非政府组织发起生态标签和环境认证项目,企业通过参与这些项目,向客户宣传在产品、管理体系和生产流程上的优异环境绩效。

(5) 供应商。

产品的环境影响来自于价值链上每一供应商或客户投入或产出影响的总和,如果企业在生产流程中使用了有毒物质,那么价值链上的所有企业都需要考虑如何处理。价值链末端的企业接收到最终客户对产品的绿色要求时,该企业就会促使供应商消除材料的有毒成份(Hoffman,2001)。目前跨国公司和国内成功企业都非常重视对供应方的环境评估,如沃尔玛公司并不拥有工厂,但替其他相关买卖方完成了这些工作,公司逐步施行环境保护标准要求,如果工厂出现违规,将取消出现违规事件的工厂的所有订单。通用电气公司曾经过分关注采购成本,由于所采购产品对环境保护不利,致使公司为了产品最终能够达到环保要求而大大提高了中后期处理成本,甚至致使最终产品达不到环保要求。公司近年改变策略加强了对供货方的环境评估,如果供应商达不到通用电气公司的环保要求,公司将取消与其合作。这种措施虽然增加了公司的采购成本,但减少了中后期的环保投入,不仅提高了最终产品的质量,更获得了可观的经济效益。阿尔卡特对供应商实施环境声明(ecodeclaration),在其“可持续发展采购宪章”中规定“商业道德规范方面的条款必须写进采购合同,必要时合同条款也应包括环境条款”。富士施乐对纸张厂商的“生态标志认证”和“绿色采购网络”(GPN)要求将纸张产品中必须包含一定数量的废纸纸浆作为唯一标准。

(6) 股东。

越来越多的股东在评价企业价值时考虑到环境因素,股东以及金融机构认为环境绩效水平低下的企业具有更高的风险,如果投资于这样的企业,需要更高的风险收益(Henriques and Sadorsky,1996),甚至会撤出资本或拒绝对贷款展期以表示对环境绩效的不满。投资者在做投资决策时,逐渐青睐于承诺可持续发展的公司,因为这些公司通过管理经济可持续性、环境和社会发展方面的风险而创造长期股东价值(Knoepfel,2001)。工业化国家出现的社会责任性投资对于吸引资本投资和公司股价具有重要影响,道琼斯可持续指数(Dow Jones Sustainability Group Index,DJSGI)就是根据企业可持续性绩效对企业进行评级的。进入道琼斯年度指数的公司必须经过公司可持续性评价(corporate sustainability assessment),采取专门标准对来自企业经济、环境和社会维度的机会和风险进行测评。

(7)自愿性环境保护组织及标准。

国际自愿性环境组织在环境保护中发挥越来越重要的作用,由于政府正式的环境规制在全球经济中对企业环境行为监管的能力不足,国际自愿性环境组织的影响逐渐延伸至企业的整个供应链之中,尤其是对于企业环境行为的自我约束的作用越来越明显(Christmann and Taylor,2002)。国际自愿性环境组织并不是传统意义上用来控制企业环境行为的政府命令型规范,而是得到更大范围利益相关者支持的非正式的网络,跨国公司和其全球供应网络因此面临了更大的来自国际自愿性环境组织的压力。自愿性环境组织代表着更大范围的社会和环境利益,在全球经济中,国际性的非政府组织补充了目前仍然主要由国家组织的法律和政治结构的不足。自愿性环境组织采取的方法包括从上街游行到更为复杂的公关活动,许多自愿性环境组织在消费者中享有很高的信誉,因此也会影响到市场中消费者的行为。在消费者越来越多地以跨国公司全球环境绩效为基础评价跨国公司的环境责任时,自愿性环境组织对消费者的影响就越来越重要,消费者会对企业在海外不负责任的环境行为予以回应。自愿性环境组织在环境保护方面的成功案例之一就是在 1995 年英国壳牌公司决定将报废的 Brent Spar 钻井平台沉入北海时,遭到德国绿色和平组织的抗议,并导致 1995 年 6 月壳牌在德国加油站的销售额下降了大约 11%,德国消费者对壳牌公司的评价也因此显著下降。这些压力迫使英皇壳牌公司改变了这一决定,取而代之的是以高额的成本在挪威海岸拆卸 Brent Spar 钻井平台。

超标准(metastandards)能够为管理体系提供通用的规则,

ISO14001 就是这种超标准之一。在所有自愿性环境规则中 ISO14001 是目前在全球范围最广泛的一种,使用环境管理体系是要求企业辨识、测度和控制其环境影响的管理流程。ISO14001 不是一个绩效标准而更多的是流程标准,其作用有两个:在企业层面上帮助企业加强环境控制的同时减少环境影响;在社会层面通过提供国际化的标准帮助可持续发展和国际贸易。企业可以通过内部环境管理体系增强而获益,也可以向外界发出企业对于环境行为承诺的信号。ISO14001 在政府、消费者、非政府环保组织、供应商等利益相关者中享有较高声誉和品牌认知度,有助于企业完成在环境、经济和社会等多个方面的绩效要求。企业可以通过第三方认证的方式获得该环境管理体系认证,如果没有第三方认证,企业就有可能宣称已经采取了环境管理体系,然而实际并非实施具体的生态管理行为。但 ISO 组织自身只是制定标准而并不提供认证。ISO14001 的局限性在于作为管理标准并未在当地政府规则之外规定企业环境行为的具体水平,标准意味着采取通用的模式,导致管理人员试图使其行为达到要求而不是最优;ISO14001 因此会诱导企业向基于规则的命令—控制决策模式发展而不是创新,降低企业对常规情境之外任何情形的反应能力。采取正式的环境管理标准不能确保生态管理的有效实施和自我约束,企业因此会在表面看来遵守了严格的环境规范而实质上只是有限的承诺;因此有必要区分有效的和象征性的行为。

各个企业的 ISO14001 认证情况并不一致,什么情况下管理人员认为 ISO14001 认证是有必要的?一般而言,市场需求和制度压力推动企业实施环境管理体系,但是任务可见性(task visibility)和环境影响透明度两个情境因素对企业 ISO14001 认证具有重要作用。其中任务可见性是指企业特定的工作是易于被观察或吸引公众的注意力,跨国公司一般更具较高水平的可见性,会更早地采取 ISO14001 认证。Jiang 和 Bansal(2003)认为企业的环境响应行为的制度、市场和管理控制等驱动因素中,管理控制反映了企业处理环境问题时的战略选择。已有研究之所以将 ISO14001 环境管理体系的实施视为自愿性环境行为的标志,其前提假设是环境管理体系将有助于提高环境保护能力。ISO14001 认证对企业内部的环境管理体系的功能性价值很小，对外部的认知、可信性和合法性则具有重要意义。如果没有直接的市场需求或制度压力，企业不大可能实施 ISO14001 认证。但是，当业务可见性很强，环境影响不透明（难以测量和沟通）时，程序合法性就显得重要。因此，这两个情境因素增加了企业实施认证的可能性。ISO14001 或其他环境管理体系标准并不意味着企业的"绿色"，而只是说明企业承诺对生态管理的持续改进，这种持续改进行为与企业的总体环境影响相比意义并不大。自愿性环境行为不仅是出于财务利益的考虑，而且也是获得社会合法性的需要。企业可以通过参加由政府或行业协会发起的自愿性环境项目，改善与监管机构的关系，并表明积极的环境立场。

3. 制度压力与生态管理：动态及权变的观点

已有研究分别利用资源基础观或制度理论解释企业的环境行为，较少将这二者结合起来。因此开始有一些学者尝试整合动态和权变的观点建立更为系统的理论框架，将社会层面的可持续发展分析的方法延伸应用于企业层面。环境管理文献提出企业会首先采取环境技术创新，然后将该行为予以制度化，Bansal（2005）对此提出质疑，通过对企业环境行为的纵向分析发现，在早期媒体的压力对企业环境行为影响最重要，随后企业的资源基础发挥作用。那么是什么导致企业对可持续发展承诺的理由随时间而发生了变化？在环境管理的早期阶段，由于环境问题的模糊性和外部性，制度压力的作用非常重要。例如 1989 年埃克森公司 Valdez 油轮石油泄漏事件和壳牌公司废弃 Brent Spar 钻井平台事件导致公众对环境问题的关注程度得到关注，并诱发了公众和监管部门的压力。当这些压力程度提高时，企业需要对此作出承诺并建立适当的制度关系以保护企业绩效不受威胁。

制度理论并不能充分解释企业的环境行为，越来越多的学者将其他领域的研究成果运用于制度理论框架，并应用动态分析的方法。组织的行为并不是严格回应于场域压力，也不是脱离于外部因素而自动形成的（Hoffman，2001），制度和组织的动态性紧密相连。首先，当制度力量渗透组织边界时，这种力量会被转化，因为管理人员会依据组织已有的历史和文化将它过滤和予以解释,例如企业已有环境技术会影响到企业把未来环境技术的选择视作机会还是威胁。其次,制度环境中可能包含相互冲突的制度压力,要求管理人员进行优先取舍。第三,跨国和多元化的组织在不同制度环境中经营,暴露在不同的制度和规范之中。尽管制度理论对生态环境管理的研究采用了动态、跨行业的分析,但并未指出为什么在同一产业同一场域中的企业,面对相同的压力会采取不同战略? 即制度力量是如何导致了产业内的"异质性"而不是"同质性"环境行为? 为什么有些企业采取超出管制的生态管理行为而另一些企业则仅仅服从管制? 制度理论不能对此予以充分解释。Aragon-Correa(1998)、Hart 和 Ahuja(1998)、Russo 和 Fouts(1997)等人的研究均指出,即使是在相似的管制、社会和公众政策情境下,企业的环境管理也存在差异。

根据战略选择理论,生态环境管理受到组织和管理选择的影响,由于自愿性生态环境管理中涉及利益相关者关系管理,意味着人力资源和管理解释对生态环境管理的重要作用。资源冗余程度、环境问题对企业形象的影响等又决定了管理人员将环境问题视为机会还是威胁,环境问题被管理人员视为机会的程度与自愿性生态环境管理正相关(Sharma,2000,pp. 681—697)(见图 1)。

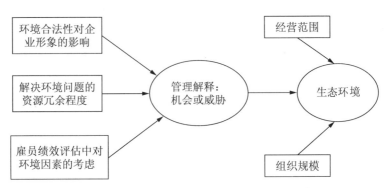

图 1　环境问题的管理解释对生态环境管理的影响

Ilinitch 等(1998)将企业环境行为划分为过程手段和结果手段,过程手段即内部环境管理组织体系,作为环境管理的组织情境决定了管理人员对环境问题的管理解释,因此影响到企业生态环境管理的选择。由于自愿性环境行为会增加产品生产或分销流程的复杂性以及管理人员的风险水平,当管理人员将新技术的不可预见性视为对于其工作和经营活动的威胁时,就可能会规避风险并寻求损失最小化而不是收益最大化,他们不大可能寻求创新性环境技术因为这会扰乱其现有的生产经营流程。

Delmas 和 Toffel(2004)补充了制度理论的内容,将制度压力与企业特征联系起来解释企业的环境行为。他们指出,企业会根据公司自身的组织特征对所面临的压力予以解释,并作出响应。在其理论模型中,企业对制度压力的感知不仅是利益相关者行动的函数,还受到企业特定因素的影响:包括已有环境绩效、母公司的竞争地位和组织结构等。这种"客观的"和企业"感知的"压力之间的差异导致了不同的战略响应。因此,企业在生态环境管理的差异不仅是由于制度压力不同,而且源于企业将客观压力转化为感知的压力的组织流程。

4. 制度压力与战略响应

近年来一些研究对于将组织视为外部控制系统消极适应机制的说法提出了质疑,他们认为,制度压力(尤其是强制力)会导致产业和企业层面战略差异而不是同型;虽然战略选择受到制度压力的约束,但组织和监管机构之间的关系会随时间而演化,场域的形成并非一个静态的过程(Hoffman,1999)。组织的行为并不是严格回应于场域压力的结果,也不能脱离于外部因素而自动产生,制度和组织的动态性紧密相关(Hoffman,2001)。随着研究的进一步深入,新制度学派提出,同一制度环境对于不同组织的作用并不相同,组织会根据自己在不同制度环境中的定位来选择各自合乎情理的行为方式并模仿其他组织的做法。制度理论研究的焦点从最初主要关注制度压力转变为同时考察制度压力和组织,其中代表性的研究来自 Oliver(1991)。在她的理论框架中,按照组织对环境响应的主动性程度,组织可以采取默从、妥协、回避、抗拒和操纵战略,它们反映了组织应对环境主动性的程度从弱到强的变化过程。其中默从战略是最被动的战略,而操纵是最主动的战略。此外,Oliver 还界定了驱动战略响应的五个制度因素:原因、构成要素、内容、控制、情境。

表 2　影响组织战略响应的制度因素

制度因素	含　义	制度压力与战略响应的关系
原　　因	制度压力的意图	社会和经济规范压力越大,组织越倾向于采取较被动战略
构成要素	组织面对的多个利益相关者	组织对利益相关者依赖性程度越大,越易于采取被动战略
内　　容	制度压力与组织目标的一致性程度	制度压力与组织目标一致性程度越高,组织越倾向于采取被动战略
控　　制	对组织实施制度压力的手段	制度压力获得强制手段或规范性制度的支持越多,组织越可能采取被动战略
情　　景	对组织施加制度压力的条件,即经营环境相互作用的程度	环境的互动关联程度越低,组织越倾向于采取主动战略

资料来源:Oliver(1991)。

　　操纵战略被界定为最主动的战略的原因在于这种战略试图改变制度压力的内容甚至是制度本身,而从组织的角度来看,这正表明组织希望以建设性方式参与制度形成过程。在 Hart(1995)构建的基于组织与环境关系的竞争优势概念框架中,也探讨了企业与政府监管部门之间存在较强的、会导致二者之间的长期合作的相互依赖关系;企业的发展要求其必须参与新标准和规则的制定。虽然在 Oliver(1991)的理论中,操纵是组织对制度政策进行挑战的自利行为,然而这种互动导致对制度的重新诠释将有益于所有的利益相关者。Goodstein(1994)及 Ingram 和 Simons(1995)对 Oliver 的理论框架中除操纵之外的其他四种战略进行实证检验并得到与其一致的结论。Etherington 和 Richardson(1994)分析了大学会计教育中的 5 种战略,并指出实质上可以从积极—消极两个活动性层面和负面—正面两种模式上了解企业的战略。其主要贡献是将妥协和操纵战略整合为积极—正面。这种重新分类将研究的重点从 Oliver 的主要关注制度转变为同时考察制度和组织,即从多个视角了解制度压力与组织响应的关系。

　　企业能够也确实可以选择多种战略应对制度压力,企业一方面会适应制度环境的要求,另一方面也试图改变和控制制度环境。在不同的环境下,组织可以采取多种应对方式。例如,政府为了减少污染可以要求企业购置特定的监控设备,也可以规定排污报告制度。当企业事先已经具备了监控设施时,会对前者予以默从,然而如果排污报告制度在企业看来要求过于严格、无效,或者政府无法对该制度的实施情况进行监控时,企业就会采取对抗策略。

对企业绿色管理行为的分析,应同时考虑到制度压力和企业战略响应。在全球日益严厉的环境保护政策下,企业与监管机构动态合作关系会对生态环境改善产生潜在积极影响(Child and Tsai, 2006);对环境监管机构和企业相互作用关系的分析为绿色管理研究提供了新的视角。在企业与环境监管机构的相互关系中,企业具有的讨价还价力量和战略选择能力对环境监管机构享有不对称权力的假设提出了质疑。企业可以与监管机构谈判,以谋求更有利的地位;为了对政府给予的选址、项目建设的批准或投资等优惠待遇作为回报,具有特定资源的企业(如跨国公司)会提供有利于环境绩效改善的技术资源,政府则可以利用领先企业开发的先进绿色管理技术和管理体系为标杆制定监管规则。

基于上述制度压力和企业战略主动性的分析,可以将企业的绿色管理划分为四种模式(如图 2 所示):

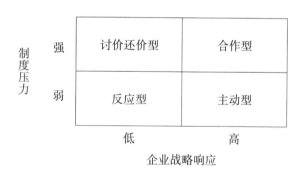

图 2　基于制度压力与战略响应的企业绿色管理模式

反应型模式是企业对低度环境规制的消极回应。在政府监管不充分时,绿色管理成本不能完全内部化;实施绿色管理的企业将承担高于其他企业的成本,企业将绿色管理视为产生额外成本的负担。企业因而只遵守当地环境标准并采取末端治理的手段,目的是获得合法性而不是为谋求竞争优势。当监管完全失效时,考虑到低水平的处罚成本,企业甚至会违规污染。在该模式下企业对政府环境保护监管规则影响非常少。

主动型模式是企业对低度环境规制的积极回应,企业采取高于政府环境监管标准的自愿性行为,目的不仅在于合法性而且还旨在获取先发优势:企业为获得生存所需的合法性地位,很大程度上依赖于与行业领先者的环保标准保持一致性的能力,而成功企业的环境管理政策通常会成为竞争对手模仿的对象。此外,当企业在绿色管理方面拥有资源优势和能力时,也有助于其实现绿色管理创新行为,例如进行ISO14001环境管理体系认证、产品生命周期分析等污染预防方法。在监管水平逐渐提高的趋势下,企业主动型绿色管理创新所产生的成本将能在长期得到回报。

讨价还价型模式是高水平制度约束下的反应性行为。当企业拥有相对稀缺的绿色管理资源时,企业面对政府严厉的制度压力可以选择的行为包括:利用法规存在的漏洞与监管机构谈判,以获得更有利的地位;或者承诺为当地创造就业机会、提供有利于环境绩效改善的技术,作为对政府给予优惠待遇的回报。在经济发展被置于环境保护之上时,企业以经济绩效作为威胁迫使监管部门容忍其低水平的环境绩效。

合作型是监管机构和企业间关系最为密切的一种绿色管理模式,在该模式下的企业和监管机构是双向合作关系。企业在实施高于监管标准的绿色管理同时,还积极为监管机构提供绿色管理的领先技术,参与并影响规则的制定。合作型模式的前提条件是监管机构和企业之间存在有效的沟通机制:环境规制和企业战略更具开放性,以实现生态环境改善和企业竞争优势的双赢。然而企业作为个体并不能影响东道国环境政策制定,作为行业协会或商会的成员能增强其在当地的影响力。

在反应型和讨价还价型模式下,企业行为未对环境规制产生影响。为应对制度压力企业只是采取适应性行为,这些行为可能因环境规制的弹性对生态环境产生消极影响。而在主动型和合作型模式下,企业积极采取高于政府环境标准的行为,并寻求与其合作的方式获得竞争优势。其他学者的研究结论也支持了这一观点,例如,高广阔

（2006）用博弈论的分析方法指出，当政府采取积极性政策时，企业最优选择是积极介入绿色管理活动，其结果是双方都受益。在政府采取非积极性政策的情况下，由于绿色管理的高成本将由企业单独承担其最佳选择是消极甚至放弃实施绿色管理，结果是双方的长远利益均受到伤害。

（三）生态环境管理与竞争优势

经济学理论认为，企业生态环境管理行为受经济绩效驱动。企业的生态责任来自于环境资源的有限性和不可再生性，企业在经营过程中获得了收益，应该为使用环境资源支付成本。这一分析方法是试图分析何种情况下企业的绿色行为是可以得到回报的，以及当企业采取高于环境管制标准的生态管理行为时管理人员的理性选择（Russo and Fouts，1997；King and Lenox，2001）。生态环境问题成为企业投资决策、产品开发、市场运营等过程中需要考虑的重要因素，20 世纪 80 年代以来，西方管理学界对生态管理研究中最受重视和具争议性的问题之一，就是企业环境绩效与经济绩效的关系，也就是企业绿色行为能否得到回报？（Does it pay to be green?）诸多学者从不同视角探讨了环境行为对经济绩效的影响，但已有研究并未获得一致性的结论，这也是战略管理尚未解决的问题。这一问题的关键在于对环境绩效与经济绩效之间的内部作用过程的分析和对其中激励因素的认识，以使企业的环境行为有助于促进和增强企业竞争优势、提高经济绩效从而获得竞争力。在实践中，越来越多的企业试图将环境保护纳入企业核心运营和战略管理体系，以期在保护环境方面具有突出表现的同时，创造产生竞争优势的机会。研究者的研究发现，环境保护的领先地位可以为企业取得竞争优势创造有利条件，例如通过污染预防提高资源利用率取得成本优势，或者通过绿色产品取得差异化优势从而获得高额的市场回报等。西方工业化国家的一些大型企业或者通过污染预防获得的环境效率实现成本优势，或者通过开发能够在特定市场获利的绿色产品实现差异化优势。对于生态管理与竞争优势关系的分析，传统生态管理理论、环境经济学和企业社会责任观都从不同的视角进行了分析。

1. 生态管理与竞争优势关系的不同观点

在传统的绿色管理理论下，环境保护与企业竞争力目标构成一种两难选择：有助于一个目标实现的措施必定会损害另一个目标。这一假设构成了环境规制与企业竞争力关系传统假设的基本内容。绿色管理的文献中探讨最多的问题之一就是环境管理的"双赢"战略，即在减少对生态环境负面影响的同时，通过创造各种竞争优势提高竞争地位，例如效率改进、满足消费者需求以及与利益相关者关系的管理。然而对产生"双赢"战略的环境管理最佳实践的分析主要是对已经成功实施环境管理企业的案例研究出发，例如3M公司的3Ps计划和陶氏化学公司的WRAP项目在减少废弃物的同时为企业节约了数亿美元。这些企业环境政策是对成功生态环境管理来源的事后解释，缺乏一致性理论用以分析在何种外部和企业特定条件下，生态环境管理能够产生竞争优势。这一领域的研究从不同的侧重点分析生态环境管理，例如环境技术的选择、环境技术创新、率先使用环境技术、绿色营销或者生态环境管理实施的组织因素等；但并未分析生态环境管理的不同维度的特征、差异以及相互之间如何发生作用。大多数案例研究中的竞争力来自于对特定的环境计划或环境投资的成本节约量化统计，因此，对竞争优势的测度通常依赖于企业绿色管理现状。

（1）环境经济学的观点。

传统的环境经济学分别从产业和国家层面分析特定的外部环境保护的压力、环境规制对竞争地位的影响。其基本假设是企业回应于环境规制投资于环境技术，这些投资是用于非生产性资产，会导致生产成本提高。因此，环境规制会对竞争能力产生负面影响。这些研究中的竞争能力是指国际竞争力，即位于高度环境规制国家的行业相对于位于其他具有不同规制国家的同行业的竞争力。这方面的实证研究分析了环境规制对竞争力的影响，并未构建企业对环境规制直接响应的模型。竞争力是以净出口、污染密集型产品贸易、对外直接投资和生产力等变量测算的（Jaffe et al., 1995），尽管大多数研究并未得到明显的结论，但还是显示出环境规制对产业竞争力微弱的负相关关系，也就是对于环境规制与竞争力的负相关关系的支持非常有限。这些文献的不足之处在于未能明确构建企业行为模型,未考虑到不同企业和不同行业对环境规制响应的差异。他们均假设所有企业在应对环境规制时都投资于降低污染技术或将生产重新选址于环境规制更宽松的国家。

对环境规制的动态观点认为,严格的环境规制会使得国内企业获得相对于在海外环境规制宽松国家企业的竞争优势(Porter and Van der Linde,1995)。在外部压力以及企业竞争重点从质量和成本向生态环保转移时绿色化不可避免,企业投资于绿色能力开发是由于环境规制被认为对产业绩效产生互补效应。环境规制可以成为企业获得竞争优势的机会,企业在寻求环境和绩效互补时,面临的更多的是管理挑战而非技术挑战,关键是了解环境绩效在满足客户要求和股东价值时的作用。企业经营活动与环境管制之间实质上存在着"双赢"的关系的假设,适当的环境管理战行为不仅可以减少经营活动对生态环境的负面影响,而且能够成为竞争优势的来源,创新性环境行为可以提高生态效率并抵消因改善环境行为产生的成本。在动态竞争性的环境中,企业寻求创新性方法解决环境问题,不仅可以降低总成本,也可以增加产品价值,因为污染等同于低效率。污染类似于质量缺陷,它揭示了产品设计或生产过程中的瑕疵。符合环境规范的创新能够更好地利用资源,创造更好的产品或提高产出水平因而可以抵消相关的成本。通过将环境问题融入战略计划,或者促使政府引进经济激励措施以提高企业有效反应,可以解决规制与绩效之间的冲突。

环境管制和环境创新之间的正相关关系虽然也得到许多实证研究的支持(Klassen and McLaughlin,1996;Judge and Douglas,1998),但是创新只是严厉的环境规制对于竞争优势获得的必要条件而非充分条件,创新还需产生相对于竞争对手的环境保护的低成本优势或者差异化优势。对这种关系的实证结论一般是基于案例得出的,如 Porter 和 Van der Linde(1995)列举了若干领先企业通过创新节约大量资金,尽管严格的环境规制有可能使企业获得竞争优势,但是否所有企业都能获得这种收益尚不清楚。这些案例中的公司也同样具有其他的企业特定的流程创新能力,它们对于实施责任性生态环境管理具有重要意义,这些企业能够通过生态管理获得成本优势并非巧合。因此,在研究环境规制与企业竞争力的关系时有必要考虑到组织特定因素。

(2) 企业社会责任观。

社会责任观分析企业对社会问题的响应,而环境责任是这些研究中所涉及的主要内容。这一领域主要探讨企业环境责任和企业绩效之间的关系,即作为生态环境管理的结果指标——环境声誉与经济绩效的关系。但大多数研究就环境责任以何种方式影响经济绩效缺乏较好的理论解释,只有 Russo 和 Fouts(1997)从理论上分析了责任性生态环境管理能够创造组织能力和无形资源。他们指出通过创造这些资源,以高水平的环境绩效为特征的责任性生态环境管理最终可以产生竞争优势。然而在其实证分析中并未包括可用来检验该理论的资源和能力指标,也未检验环境责任战略是否确实创造了有价值的、不可模仿的资源和能力。其他一些研究也对环境绩效和经济绩效之间的关系进行了评价,其中环境绩效以污染指标或评级机构对企业环境绩效的排名测度,经济绩效一般采用资本报酬率、市盈率或股票价格等。这些研究得到不一致的结果:分别得到环境绩效和经济绩效之间不相关、正相关或呈 U 形(具有中等环境绩效的企业在经济绩效上好于低水平和高水平环境绩效的企业)。例如,国内学者的研究指出从当期看,承担社会责任越多的企业,企业价值越低;但从长期看,根据关键利益相关者理论与社会资本理论,承担社会责任并不会降低企业价值(李正,2006)。

他们的研究缺陷在于没有将其他可能影响环境绩效和经济绩效的变量考虑进去,例如企业外部环境保护的压力,因此,不可能区分强制性和自愿性环境行为,而且大部分研究没有控制企业规模和企业特定资源和能力等。其次,采用了受环境行为之外因素影响的企业绩效指标,因此,环境绩效和经济绩效之间的相关关系不显著并不意味着这种关系不存在。或许是其他没有被控制住的因素影响了绩效,干扰了分析结果。然而,即使是存在显著相关关系,孰为因果也不是很清楚。正相关关系可能意味着只有具有高绩效水平的企业有充分的冗余资源投入于生态环境管理,因而表现出高于平均水平的生态环境管理。通过分析社会政策影响企业利润的方式,以及采用与生态环境管理的影响更相关的企业绩效指标可以克服这些缺陷(Wood and Jones,1995)。

2. 战略管理的视角

以上分析方法均未考虑到企业的资源和能力差异对生态环境管理和竞争力关系的影响,也未分析环境规制之外有可能影响二者关系的任何外部情境因素。此外,在分析单一国家内实施的生态环境管理时,这些研究忽略了跨国公司所面临的环境保护的外部压力所产生的特殊机会和挑战。生态环境管理对企业竞争力的影响,不仅取决于跨国公司在每一国家的生态环境管理内容,还受到跨国界生态环境管理的影响。利用战略管理理论有助于分析生态环境管理与竞争力之间的关系,因为竞争地位的决定因素是战略管理关注的中心问题;它也有助于探讨是哪些因素影响了生态环境管理和竞争力之间的关系。战略管理理论在分析竞争地位的来源时,存在两个基本的流派:产业结构理论和资源基础论。

Nehrt(1996)利用先发优势来分析生态环境管理的环境投资的时机和强度两个不同维度,对8个国家的50家纸浆和造纸企业进行实证研究,以分析污染预防投资的时间和强度与利润增长之间的关系。企业资源和其经营活动管制背景间存在关系,结果显示污染预防的先动者与利润增长之间存在正相关关系,也即存在环境投资的先发优势。与预期相反的是,对于新污染治理技术的投资与销售增长率之间是显著负相关关系。Nehrt 还建立了生态环境管理和竞争力因果关系模型并对其进行检验,这是以往实证研究中所没有的,早期的研究只强调了生态环境管理的竞争作用。但有一个尚未被考虑的问题是:环境投资的时机和强度对竞争力的作用在具有不同资源和能力的企业间是否存在差异。King(1995)则着重关注了生态环境管理的另一个维度:实施生态环境管理的组织,通过调查8家印刷制版行业企业的环境职能在组织中的专业化和一体化程度的作用,结果显示专业化的环境部门比作为组织职能部门之一的环境部门能更好地获得环境信息和创意,环境职能的专业化可以产生绩效改进。有关生态环境管理和环境组织对竞争力作用的研究采用了不同环境行为作为解释变量,但都没有对生态环境管理内容维度进行区分,其中只有 Nehrt

(1996)的研究中同时涵盖了时间和强度等多个方面。

一些研究在分析环境行为的竞争作用时将产业作为调节变量,因为在不同产业中,生态环境管理对竞争力的影响是不同的。调节生态环境管理与竞争力之间关系的产业特征包括产业成长率和污染治理强度。Russo 和 Fouts(1997)提出并实证检验了产业成长率对环境行为和经济绩效的调节效应,在他们的分析中,环境行为是以环境评级测量,而经济绩效是以资产报酬率表示。对 243 家不同行业企业的实证分析结论显示高成长率产业比低成长率产业更多地从环境行为中受益。污染治理成本的高低也可作为产业进入壁垒,污染治理成本高的产业会从严格的环境规制中受益,因为这可以阻止新竞争者进入,增强了企业的竞争优势和活力能力(Dean and Brown,1995)。

Shrivastava(1995)认为"环境技术"是获得竞争优势的驱动力,能够在使生产活动的生态影响最小化的同时增强企业竞争力。在其研究中"环境技术"是指使人类活动的环境负荷最小化并保护自然环境的生产设备、方法和流程、产品设计和产品交货机制,包括污染控制设备、生态测量工具和更清洁的生产技术等硬件,也包括如废弃物管理行为和保护环境导向的工作安排等经营方式。因此,环境技术演化为一系列技术和管理行为。环境技术影响了大多数经济部门的竞争领域,这是因为它可以作为新的产品理念和原材料或能源保护(例如太阳能发热和电子汽车等)的源泉,可以创造或拓展市场需求。而作为生产流程改进(如清洁技术和污染控制)的源泉,能够改变产业内或企业内生产成本。通过使产品或包装更具环境友好的特点,如"纯天然香皂"、"无氟空调"等能够提高产品质量和吸引力。将环境技术与战略管理整合能够使企业获得若干竞争优势,包括成本降低、收入提高、供应商关系、质量改进、领先竞争地位、减少责任、提高公众形象、在管制规范之前获得先发优势等。Shrivastava(1995)利用系统的组织观点提出 VITO 战略模型,即组织是由具有共同愿景(vision)的群体组成,管理着输入(input)、生产(throughput)和输出(output)系统。环境技术将组织的 VITO 各因素、组织间的关系与自然环境联系起来,环境技术的概念中的四个方面对企业的竞争优势产生不同的影响,如3M 公司的绿色特征(见表 3)。

表 3 　 3M 公司绿色特征

VITO 因素	3M 公司的特征
愿 景	承认环境责任,崇尚保护自然,遵守环境规制,相信污染预防会获得回报,全面系统的方法进行环境管理
投 入	能源节约,材料循环利用,减少有害物资使用,消除氟利昂的使用
生 产	改进生产效率,为环境改变生产流程、零污染目标、投资于污染预防、有利于成本降低的生命周期分析
产 出	环境友好的产品设计和包装物、废弃物的重新利用和循环、化学废弃物的焚烧

　　当企业需要遵守环境规则时,可能采取的措施有两种:第一种是在现有的设施或流程之上改进;第二种是寻求机会开发污染更少的流程、创造新产品和服务。后者是企业更符合逻辑的选择,因为它将日益增加的环境保护的需求作为创造经济优势的来源。企业将环境价值观与经营战略整合,以获得长期发展。对企业环境保护的压力可以推动企业进行环境创新并因此而获得回报,实施的关键是从企业总体战略利益出发考虑环境问题。随着环境管理与竞争优势关系的进一步深入研究,一些学者提出了"竞争性生态环境管理"的概念。Orsato(2006)根据竞争重点(基于流程和基于产品或服务)以及竞争优势的来源(差异化还是低成本),将竞争性生态环境管理划分为四种(见图 3)。

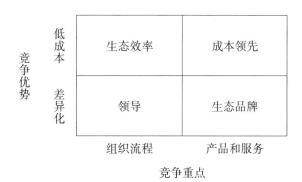

资料来源:Orsato,2006,48(2):127—143。

图 3 　 竞争重点和竞争优势来源下的竞争性生态环境管理

生态效率:在降低成本的同时减少经营活动对环境的影响,废弃物主要是由于对资源的使用缺乏效率;利用生态设计、生态效率创新手段可以产生新的经营实践。通过产业系统的重构,可以在企业边界之外实施这一战略,例如在产业生态中的闭环系统,企业间的相互合作可以获得对资源最大程度的利用。最终客户不可能为环境保护付出额外费用,企业只有提高生态效率降低成本的同时实现环境保护目标。

领先:企业不仅希望提高组织流程的效率,还希望让消费者和公众知晓他们所做的努力。他们愿意向外界沟通在环境管理上所做的努力:投资于环境管理体系认证,公布环境管理政策,进行非营利性的环境改进投资。这一战略可以使其产生差异化优势,公司形象也可以得到改善。当福特、通用汽车和丰田在 1999 年宣布要求供应商进行 ISO14001 认证时,首批获得该认证的企业就赢得优势。环境管理体系认证虽然在短期内形成一种先发优势,随着环境规制向更高、更严格的要求发展,环境管理体系就变成一般的非竞争性行为了。该战略会对企业形象产生间接影响,并最终影响消费者的购买行为。

生态品牌:基于产品环境特征的市场差异化,是四种战略中最直接的战略。在产品方面的环境管理被认为是更大范围的品牌战略的一部分,参与环境管理计划可以对产品进行营销和推广,以获得那些关心环境人士的细分市场。这种品牌战略之一就是进行产品认证,包括 GRI 指南、SA8000 标准和 Account Ability 1000 标准等。企业通过这些认证向外界显示其"环境负责"的态度,这也是易于实现的并在企业间具有可比性的"推销"环境责任的方式。实施这一战略的三个前提条件是:消费者愿意为生态差异化产品付出额外成本;消费者能够获得产品环境绩效的可靠信息;差异化难以被竞争对手模仿。

环境成本领先:只有当市场有能力为环境差异化产品支付溢价时,才能使用生态品牌战略。当价格竞争非常激烈时,企业采用彻底的产品创新(如原材料替代和排放减量),既可以降低成本又能减少对环境的影响。

国内学者赵景华和孔玲玲(2006,22:92—96)以关注环境保护的程度和关注经济利益的程度两个指标对在华跨国公司的循环型发展战略进行分类,在其构建的循环型发展战略方格图中区分了5种战略(见图4)。跨国公司在华子公司由于存在国别差异、行业差异、发展年限差异,在我国实施的循环型发展战略存在很大差异。由对环境的关注程度和自身利益的关注程度两个方面不同程度的组合构成的每一种循环型发展战略,其内涵也是不断变化的。从总体而言,跨国公司在华子公司已普遍重视循环经济的发展,达到双赢式循环型发展战略水平的企业越来越多。

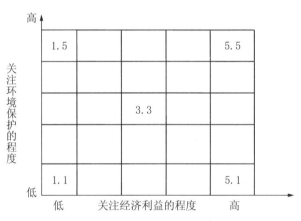

图4 跨国公司在华子公司循环型发展战略

3. 环境管理的资源、能力与竞争优势

制度理论认为外部力量影响企业决策,只有在受到政府严厉管制时,企业才会有意识地实施自愿性环境管理行为,然而尽管外部压力与自愿性环境行为正相关,但这种关系在一定情境下才会发生。虽然从动态的视角出发,环境管制能够激发企业的环境行为创新并产生竞争优势,但是否所有企业都能够获得这种收益?也许已有研究中通过环境规制获得竞争优势的企业只是例外情况并不具备普遍性。这些企业可能是由于一些企业特定因素而使其获得竞争优势。因此,必须结合企业特定因素来分析环境管理与竞争优势的关系,资源基础观确定了可持续竞争优势形成的两个关键前提:企业的资源和能力是有价值的以及有价值的资源和能力必须具备可持续性,即难以被竞争对手模仿。将这一理论框架应用于生态环境管理时,可以发现为了获得持

续竞争优势生态环境管理必须能够创造价值。产品市场上生态环境管理的价值是由所处产业、环境问题的特征以及企业资源和能力决定的。与产业组织观不同的是，仅仅是外部资源并不能产生有价值的资源，资源基础观强调企业能力及其机会之间的匹配。因为资源不能单独进行评价，其价值是由与市场力量的相互关系决定的。在某一产业和某一时期有价值的资源在其他产业或其他时间不一定同样有价值。

传统资源基础观忽视了生态环境对企业的限制，在生态问题日益严峻的情形下，对生态环境的忽视会使现有理论在解释企业竞争优势时显得不足。因为企业不可避免地受制并依赖于生态系统，企业的战略和竞争优势将建立在有利于环境可持续经济活动的能力之上。在资源基础观之前的环境管理文献中很少利用战略管理理论分析框架，资源基础观强调环境政策有助于形成组织优势，环境政策在导致成本内部化的同时也会由于形成组织能力而得到回报。资源基础观为企业环境管理研究提供了有利的分析框架：将绩效作为关键的结果变量，而且还采用了一些无形资产变量如技能、企业文化和声誉。

环境管理早期研究只关注于环境规制对于企业生态环境管理的影响，而并未打开"黑匣子"分析企业内部特征对生态环境管理竞争力的作用。生态环境管理的不同维度对企业绩效的影响是不同的，而且不同产业和不同企业也会采取各自不同的生态环境管理。企业从反应型战略向主动型战略转变需要组织在文化、组织结构、激励体系和工作责任的变革；环境保护应成为企业所有职能部门关心的问题，并获得相关支持。资源基础观认为竞争优势来源于企业对资源获取和管理的能力，如技术能力、对知识产权的所有权、领先的品牌、融资能力、组织结构和文化——这些都可以被企业利用来实现环境创新的目标和竞争优势，即资源基础观强调内部组织流程对竞争力的影响。为管理创新环境技术所产生的风险和不可预见性，管理人员需要冗余资源（slack）。冗余资源有助于在组织内实施某种战略或创造性行为，并应对外部经营环境进行调整，冗余资源提高了管理人员对创新环境技术所产生威胁的控制力。

Hart(1995)整合了生态环境对企业产生的机会和约束，拓展了传统的资源基础理论，并构建了基于企业与自然环境关系的竞争优势理论——自然资源基础观(natural-resource-based view),认为企业可以通过实现社会合法性目标获取竞争优势,外部利益相关者对企业可持续发展具有重要意义。社会对更清洁环境的预期会导致企业开发独特的、有价值和不可模仿的能力。根据自然资源基础观,企业生态环境管理能力的发展依次经过四个不同阶段:末端治理、污染预防、产品监控和可持续发展(见表4)。

表4 自然资源基础理论框架

战略能力	环 境 行 为	关键资源	竞争优势类型
污染预防	污染排放减量	持续改进	成本优势
产品监控	产品生命周期、成本降低	整合利益相关者	先发制人
持续发展	降低企业成长和发展的环境负担	共同愿景	未来竞争地位

资料来源:Hart,1995,20(4):986—1014。

(1)末端治理(end-of-pipe)。

污染的消除可以通过两种方式实现:控制和预防。控制的方式是指使用污染控制设备对污染物和排放物的填埋、储存和处理。预防是指通过原材料的替代、循环利用或流程创新减少、改变或预防污染物和排放物。投资于末端治理技术反映了企业在处理环境问题时是一种反应性态度,因为企业只投入有限的资源解决环境问题。末端治理实质是一种污染控制措施,也即在废弃物产生之后再予以清除;将废弃物掩埋或储存起来,需要耗费成本购入非生产性的污染控制设备。

(2)污染预防(pollution prevention)。

该战略是使用持续改进的方法实现明确界定的环境目标,而不是依靠高成本的末端治理资本投资来控制排放。在废弃物产生之前使之最小化或彻底消除,在生产过程中减少污染并生产出可用于销售的产品。与全面质量管理类似,污染预防需要持续改进和员工的广泛参与,而不仅仅是依靠成本巨大的末端治理的污染控制技术,因此依赖于员工参与默海技能的开发,使之难以模仿和观察。企业持续性地调整产品和生产流程,使污染降低至法定标准之下。从源头预防污染可以使企业以较低的成本遵守环境管制要求,并降低环境责任。这种战略是一种成本领先方法,其逻辑是污染预防能够通过降低生产成本而使企业得到回报,或有助于形成竞争能力。因为通过污染预防,减少废弃物意味着对所投入原材料的更有效的利用。企业能够获得显著的成本节约,产生相对于竞争对手的成本优势。

(3) 产品监控(product stewardship)。

由于价值链的每一步骤都会对生态环境产生影响:从原材料的获取、生产过程和已使用产品的处置,而这些活动在将来都必然面临"内部化"的趋势;企业需将外部利益相关者的生态观整合到产品的设计和开发流程中。产品监控实质是产品差异化战略,产品和生产流程的设计不仅是为了使生产过程产生的污染最小,而且还是为在整个产品生命周期中的环境负面影响最小化。这一战略的成功实施需要进行生命周期分析(LCA),用来评价整个产品系统对环境的负担,即原材料筛选、生产、分销、包装、消费和处置的整个过程。

尽管发达国家市场的企业日益受到降低产品周期成本的影响,但在最初阶段很少存在大的"绿色产品"市场,获得竞争优势的最佳方式在开始时还是通过抢先(preemption),这种竞争优势可以通过两种方式获得:优先或排他性地获得重要的、有限的资源(如原材料、选址、产能或客户),沃尔玛就在选址以开设折扣店方面、杜邦公司在全球范围对于二氧化钛(Titanium Dioxid)生产能力方面构建了先发优势;建立专为企业能力而设计的规则、规范和标准,以提高壁垒,这也成为许多成功的企业构建竞争优势的基础。如宝马公司的汽车循环产品监控战略就是很好的事例,1990 年,宝马在德国发起了"为分解而设计"的流程,希望在政府实施"回收"政策生效前获得先发优势。据此宝马兼并了德国的拆解加工厂作为专门循环利用机构,取得了相对于竞争对手的成本优势。这一项目使宝马较早就获得了回收的声誉,该公司的成功做法也使其成为德国的国家标准,其他汽车制造企业必须以较高的成本跟进。

(4) 可持续发展(sustainable development)。

可持续发展战略需要关注发展中国家的经济活动对生态环境的负面影响,跨国公司必须认识到发达国家的物质消耗和发展中国家的生态退化之间的联系;必须在发展中国家建立市场的同时减少经济活动产生的环境负担。企业建立可持续发展战略就意味着既要大量的投资也要有对市场发展的长期承诺,虽然这种投资不一定会导致短期收益的提高,然而对可持续发展的承诺会提高企业对未来绩效的预期。可持续发展战略受到强烈的社会—环境意识的驱动,企业追求可持续发展战略就意味着在相当一段时期使用和开发环境影响低的技术。通过开发清洁生产技术使企业成长过程产生的环境负担最小,它要求利益相关者之间达成被 Hart 视为"稀缺的"资源的长期共同愿景和强烈的道德观念。很少有公司有能力或市场力量改变整个社会技术体系,即使是马自达公司拥有氢转子技术(hydrogen rotary),在这种新技术流行之前,仍然需要重新培育燃料和服务基础设施并改变消费者的观念。这表明系统设计需要更大范围的合作,开发可持续能力和技术是重大挑战;对跨国公司而言,可持续发展意味着与东道国政府和企业合作,建设基础设施、人力资源和竞争优势。

Hart 的贡献是指出由于路径依赖和嵌入性,不同战略阶段之间是相互联系的;生态环境管理各阶段之间的转换需要企业特定资源的支持,只有经过资源的积累和演化才能使生态环境管理从较低层次发展到更高阶段。企业现有的全面质量管理能力、跨职能管理能力、构建共同愿景的能力会影响到企业实施生态环境管理的速度,但是他的研究没有指出这些资源会影响到企业从生态环境管理获取竞争优势的能力。继 Hart 之后的其他学者利用资源基础观的分析框架解释资源对企业环境行为以及环境竞争力的关系(Christmann,2000;Rugman and Verbeke,1998;Russo and Fouts,1997;Sharma and Vredenburg,1998)。企业管理人员对环境行为的选择部分是取决于组织的资源冗余程度,如果缺乏足够的资源,即使采取高于管制标准的自愿性环境行为有利可图,管理人员也没有选择余地而只能将环境绩效成本最小化。Christmann(2000)指出企业为获得成本优势需要互补性资产,对 88 家化工企业的实证分析显示,流程创新和实施能力是使最佳实践产生成本优势的互补性资产。尽管许多文献都指出企业的环境行为是受到经济驱动,必须在经济上是理性的,但只有当企业有能力承担高水平的环境绩效时才能作出这样的选择。环境管理资源和能力的"路径依赖"得到 Florida(1996)的分析支持,对 256 家美国制造企业的研究发现企业试图提高环境绩效时存在严重的路径依赖;与资源基础观的分析一致,环境绩效的提高来自于更大范围内企业创新并实施更有效的新制造系统,环境行为改善不能与这些活动相分离。

Bowen 和 Sharma(2005)利用组织行为理论和资源基础观,认为有助于生态环境管理开发和实施的资源种类依赖于该战略自身的特点。例如,财务资源本身并不能使企业转变为环境可持续性的公司,而对于简单的末端治理战略而言,寻求新兴技术和客户偏好的动态能力就显得过于复杂了。企业对于某些类型资源的拥有反而会成为生态环境管理的障碍,例如石油和天然气行业中的企业由于在钻探技术上具有特定能力,他们不愿意抛弃这些竞争性的、有价值的能力而完全接纳可更新资源技术。组织行为强调资源承诺是如何发生的,而不仅仅是能否获得资源。企业在开发和实施生态环境管理的资源上存在差异,由于生态环境管理依赖于资源配置以达到环境和经济目标,因此,战略可实现程度受制于企业所拥有的资源种类。

(四)生态责任和组织环境管理范式

制度理论强调合法性和制度化的组织行为,企业因此在各个外部利益相关者压力下,为获得合法性而需响应于外部压力,采取反应型环境行为。经济学的分析则认为企业的环境行为受到经济利益驱动,环境行为是基于其能够为企业产生竞争优势。但是这两种分析框架未能解决的问题是:为什么在相同的制度压力下,企业会采取不同的生态环境管理? 在不需面对合法性压力时,为何企业还可能采取一些自愿性环境行为? 对企业内部相关因素的分析有助于这些问题的解释,组织管理范式中的生态价值观以及组织中个体的环境理念有利于环境责任的形成,并影响到环境管理战略的选择。

1. 企业生态责任的兴起及不同的社会责任观

1987 年世界环境与发展委员会报告发表之后,企业管理人员和管理学界就一直关注"企业如何和为什么要将环境问题融入其战略决策中"? 可持续发展明确了企业对环境保护的积极作用,而不是传统意义上认为的企业只是产生"问题"的一方、政府是"解决问题"的一方。学术界探讨较多的是社会层面的可持续发展,对企业如何进行可持续发展则较少涉及。生态或环境责任作为企业社会责任中的重要组成部分,强调企业在生产经营过程中必须认识到对环境的影响,并应承担相应责任。各国以及国际组织制定了各种有关跨国公司社会责任的政策和标准:1976 年 OECD 制定了《跨国公司行为准则》,2000 年该准则重新修订后又加入了保护人权、反对行贿和环境保护方面的内容。SA8000(Social Accountability 8000)作为国际上第一个规范组织道德行为及社会责任的标准,以保护劳动环境、劳动条件和劳工权利为主要内容;虽然它和 ISO9000、ISO14000 以及 OHSAS8000 一样是非强制性标准,但是进行各类管理体系的认证已经是一个潮流,是企业关注质量、环境、职业安全健康、社会责任等内容的一个姿态表示;不仅在一定程度上表明企业在某一方面的业绩,而且表明企业在相关方面持续改进的管理措施与态度。《财富》和《福布斯》杂志在全球企业排名评比时,将企业社会责任标准作为评比标准中的一项。目前在西方发达国家无论是消费者、中介组织、企业以及政府都对企业社会责任十分重视。

关于企业是否应该承担社会责任,学术界一直存在争议,其中环境责任是企业社会责任中最早出现、也是最基本的部分。支持者最初将企业社会责任理解为实现企业利润最大化,Friedman(1983)认为利润先于伦理,企业的责任就是合法地增加利润,企业没有必要参与社会活动,企业的事业就是做生意(The business of business is business)。Levitt(1958)指出企业承担社会责任是一个危险的行为,社会问题让企业来解决,就必须赋予企业更大的权利,企业将逐渐演变为具有支配地位的经济、政治和社会权力中心。追求利润是企业的责任,解决社会问题是政府的责任。更多的学者主张企业有承担社会责任的必要性,企业社会责任是经济责任、法律责任和道德责任的协调统一;公司的社会责任观中应该包含着一种更广泛的、超出法律约束的社会契约。如果企业仅仅追求自身利润的最大化,必然会导致企业利益与社会利益分配的不平衡,或者很难保证企业利益与社会利益同步、同量增加。许多学者强烈支持社会责任报告和对企业道德、利益相关者权益的管理,提出传统财务报告不能满足当期所出现的公众对企业社会责任的问题分关注;企业应满足包括经济、环境和社会绩效在内的三重底线要求(Elkington,1999)。Carroll(1991)就提出了企业社会责任的金字塔模型,反映了经济、法律和道德的层极关系。在此基础上,Schwartz 和 Carroll(2003)建立了企业社会责任的三个相交圆(三领域)模型,认为企业社会责任是由经济、法律和道德责任组成的三维共同体,分别以三个圆表示,三个方面相互交错而有独立空间。同时满足经济、道德、制度三方面的动因状态是理想状态,可以同时满足社会各方面的要求(见图5)。

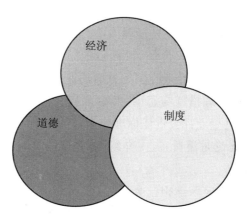

图5　企业社会责任三领域模型

2. 组织的环境范式

组织成员共有的价值观和信仰组成企业的管理范式,组织范式的内容影响了相关问题以何种方式被理解和实施。现代管理理论将人与自然相分离,如果组织科学要支持生态和社会可持续发展,就需要进行重新整合。在传统经济发展模式下环境保护与经济发展二者是不相容的关系,企业的环境管理行为因此被视为影响竞争力的因素。而在循环经济模式下,技术进步促进了企业经济目标与生态目标的协调,环境治理技术、废物利用技术、清洁生产技术的发展不仅减少了原材料、能源的消耗,而且减少了用于废弃物、有毒物质的回收处理费用。环境保护的思想体现在循环经济发展模式下企业的整个流程中,在这个过程中有可能会出现企业成本增加、不利于企业经济利益和竞争优势的情况,这时企业对环境保护的重视程度就成为企业制定生态环境管理的重要依据。在企业与生态环境的关系上存在不同的观点,企业环境范式(corporate environmental paradigm)大致经历了四个阶段的演变(Gladwin et al. ，1995)。

（1）技术中心范式(technocentric paradigm)。

其基本假设是自然,是由无限可分的物质组成的被动方,人类可以为创造自身利益而有权统治自然。最早可以追溯到17世纪科学革命。随着自由社会理论和看不见的手的出现,人类统治自然的偏见深深根植于西方的信仰中,主要依靠技术手段追求经济的增长并解决人类与自然环境之间的问题;过去2个世纪以来,西方社会以及企业组织的主流社会范式是追求经济的增长、私有财产权利和自由放任的政府,依靠技术作为进步的力量。其前提假设是人类不受自然规律的约束,并驾驭于自然环境之上,传统的经济和管理文献中均体现了这一思想。表现为资源的浪费、对自然环境影响考虑不充分、过分依赖于技术解决环境问题。建立于这种范式下的企业对环境问题的响应主要是对环境规范的遵守,缺乏综合的环境政策和计划,没有在环境目标与其他管理内容间建立相关联系。

（2）生态中心范式(ecocentric paradigm)。

其基本内容是人类的福利,是在地球财富之后处于第二位的衍生物,物质增长所增加的社会和环境成本超出了由生产和消费而产生的收益。增长会使人类和其他生物变得更穷而不是更富。经济秩序意味着更多的生态混乱,因此需要最低限度的发展战略。这是来自东方哲学中与自然秩序保持一致的思想,体现在动物权利活动家、人类栖息地生态保护主义者以及激进的环保主义者的信仰中。认为地球是脆弱的,对生物多样性、表层土壤的侵蚀,地表水资源的枯竭以及对生物地理化学物质循环的干预会对人类利益造成不可逆转的损害。目前人类的人口规模及对物质的需求已经超出了地球的长期承载力。人类和自然界是处于碰撞的过程,如果不进行迫切和彻底的改革将会产生全球范围的破坏和混乱。

（3）新环境范式(new environmental paradigm)。

西方社会逐渐意识到人类行为对环境造成的不可逆转的破坏,人们提出了约束经济增长,保护生态系统以寻求人类和自然的和谐关系。人类与自然是平等的而不是在自然规律约束之外,这种新范式的出现对于企业和自然环境的关系改变非常重要,"环境管理"或"生态中心管理"等概念的出现表明一些企业在生产经营中较从前更为重视自然环境。例如循环利用和废弃物管理的环境管理活动,认识到环境管理是竞争优势的来源,这表达了相当强的环境范式;而高层管理人员的环境友好的态度、对环境绩效的奖励、对可持续创新的支持、发起并参与环境合作、环境友好产品等生态中心标志和行为则表达了较强的环境范式。

企业新环境范式中的价值观和信仰的涵盖程度是不同的,传统的技术中心论范式要转向可持续中心范式(sustaincentric)。将可持续理念付诸实践是具有挑战性的,企业环境范式和生态价值观导致了"客观"压力与"感知的"压力之间存在差异,企业会依据组织环境范式或价值观对制度压力予以不同的解释。因此,在相同的制度压力下,企业会采取不同的环境响应行为。例如,石油生产企业和石油产品的消费者就会强烈抵制控制二氧化碳排放的法规,因为他们无法预测这种规定对其成本和竞争力的影响,而且在目前也缺乏相应污染控制技术。与主动型战略相关的环境管理最佳实践和流程比其他社会问题更复杂,需要组织和管理的深层次变革。例如产品监控要求在产品设计和开发流程中,整合各个外部和内部利益相关者的环境理念。

Starik 和 Rands(1995)从多个层面分析生态可持续组织的特征,即在生态、个体、组织、政治经济和社会文化五个层面上对生态可持续性组织形成的因素,并对它们之间的相互关系进行分析。组织在与其他层面和系统的相互关系中形成关系网络,管理人员可以利用这种关系网络的思想构建生态可持续性组织。除非组织具有强烈的环境范式,成功的环境倡议行为通常更多地依靠正式的语言和组织的正式章程。这也与已有研究中的观点一致:在组织中能够获得支持的是那些正式报告的、与战略方向一致的行为(Dutton and Ashford,1993)。例如使用正式的商务语言,而不是充满情绪化的环保主义者的语气更有可能促成环境问题成功解决。生态可持续组织通常表现的各种文化特征是口号、标志、典礼和其他有助于强化成员生态可持续性的事迹,发表在组织的沟通媒介上。许多跨国公司都会提出各自的环境口号,以醒目的方式公布在其网站或年度环境报告中。

3. 个体环境理念

如果人们关心地球的未来,就更易于从事环境行为。新环境范式揭示了不同环境友好行为和意图的相关关系(Cordano et al.,2004,2003;Dunlap et al.,2000)。组织环境范式的概念可以延伸至组织个体成员对环境问题的态度:管理人员为组织引入可持续发展的理念和行为、组织中的个体为企业提高生态可持续性带来了无数的创新资源。在生态可持续性组织理论多个模型中,生态价值观通常被作为重要的构成内容。已有文献指出环境规范、价值观和态度与环境友好行为相关,环境领导者的个体环境价值观是企业未来可持续共同愿景形成的重要驱动力(Flannery and May,1994),组织中个体的行为有助于诱发企业的环境意识。在过去数十年个体在组织与自然环境关系中的作用是重要的研究领域,个体对企业环境行为产生重要影响,例如麦当劳的总裁 Michael Roberts 和陶氏化学公司的 David Buzzelli 在组织内部所发起的环境运动被大众媒体所称道;3M 公司鼓励所有员工参加公司发起的 3Ps 计划,并成立了合作委员会来管理这一计划,委员会的成员来自于工程、制造、劳动、企业环境工程和污染控制部门以及产业卫生集团。

组织通常需要以可持续理念安排人力资源管理系统,例如在工作安排、招聘、培训和开发体系中考虑生态可持续因素。为提升组织成员的环境知识,生态可持续组织会激励成员以更具生态创新的方法改进企业生产流程和产品。生态可持续性的组织在预算、激励、沟通、组织结构和决策系统进行重新设计,以使员工得到授权从事可持续创新行为。因此管理人员需要更好地理解将个体环境知识转化为实际行动的影响因素;最为重要的是,组织需要在成员中深入而广泛地建立对生态可持续的承诺,形成基于环境价值观的共同文化(Starik and Rands,1995)。然而,环境问题对于管理人员而言通常难以理解:许多管理人员认为环境问题非常复杂而具科学性,使用许多技术语言;环境行为通常是产业活动的直接结果,管理人员不易获知其产品或流程缺陷的严重影响。环境问题的普遍性远远超出企业的其他问题。类似埃克森公司 Valdze 石油泄漏这样的环境危机事件影响到无数的物种和社区,增加了企业的财务负担。由于存在这些障碍,企业需要开展倡议行动提高和促进管理人员对环境问题的理解和行动。

对组织和自然环境关系的研究都认为受到激励的组织个体成员会带来有助于环境绩效提高的关键性理念并付诸行动。然而已有研究强调的是战略、组织、技术或规制等因素,很少涉及环境管理人员的态度,即为何环境管理人员会采取积极环境行为? 污染预防行为成功的关键在于有关技术变革和环境理念的态度,Cordano 和 Frieze (2000)利用计划行为理论(theory of planned behavior)对美国的 295 位环境管理人员实证分析发现,态度和其他社会心理学变量影响到环境管理人员的行为偏好。环境管理人员对污染物源头减量的行为偏好,受到管理人员对污染预防的态度、对环境规范的看法、行为控制和以往对于源头减量的行为的影响。环境管理人员的污染控制行为是与他们所感知到的组织对该行为的支持正相关的。而在组织中可能存在的沟通障碍阻止了环境行为管理:组织中许多管理人员都具有积极的污染预防的态度,但几乎感知不到要求其实施高于环境管制标准的改善环境行为压力,这说明组织未能对环境行为的改善提供足够经济激励。Shelton(1994)也认为这种沟通问题是战略性环境管理行为的主要障碍,环境管理人员不能为其他职能部门提供环境行为的经济利益,因而各职能部门的经理会将环境行为限制在仅仅遵守环境规制水平上。

组织中个体倡议解决环境问题的机制,不仅有助于环境问题的解决,也对组织创新、问题管理以及全球环境变化的心理和社会影响的研究提供了新的视角。Egri 和 Herman(2000)对 73 个盈利性和非盈利性环保产品或服务企业领导者的调查发现,这些企业领导者的个体价值观比其他类型组织的领导者更具生态性,领导者的行为对组织层面的生态管理的运行发挥作用。Ramus 和 Steger(2000)认为企业有关可持续承诺的价值观对员工行为具有重要影响,对欧洲领先企业中环境政策与和员工环境行动支持之间的关系发现,如果员工感知到组织对环境的高水平承诺时,会对创造性环境思想积极响应。Andersson 和 Bateman(2000)的研究发现,当高层管理人员倡议环境友好价值观、奖励环境行为并支持可持续创新时,组织中低层管理人员的环境行为领头羊(championship)作用更易于成功。倡议者或发起者如何将环境问题上升为战略计划?当企业将环境问题整合进总体战略时,组织中的个体如何成为这一变化的手段?环境问题的界定、包装和推广是主要的三个机制,而具有环境范式的组织影响了环境问题被理解的方式。员工可以成为环境问题的倡导者,管理人员需要为这些对环境问题感兴趣或具备相关技术的员工提供适当的平台。组织情境影响了成功环境倡导活动的作用,这包括组织环境范式、监管要求、竞争压力和反对者。成功的倡导行为评判标准有两个:高层管理人员的关注程度(为该行动命名,收集与该问题相关的信息,组织一个工作团队)和采取的行动(为该问题分配时间和资金,将之提到战略计划中)。

Sharma(2000)认为将环境问题视为机会还是威胁的管理解释影响到采取自愿性还是服从生态环境管理。在对加拿大88家石油天然气企业的实证分析发现,企业采取不同的生态环境管理,包括遵守环境规则或采取行业标准化的环境行为的服从性战略,以及自愿性的环境保护行为。这些行为与企业对环境问题的管理解释相关,将之视为机会还是威胁?而管理人员对环境问题的解释受到组织情境的影响,包括是否将环境合法性认定作为企业合法性的组成部分,以及管理人员创造性解决环境问题时资源冗余程度。环境管理的默海知识对企业环境管理意义重大,如何利用员工的默海知识对于环境管理的三个方面尤其作用巨大:确定污染源、危机事件管理和污染预防性方法的开发(Boiral,2000)。在现有的环境管理正式知识之外,企业需要鼓励对员工经验知识的分享和学习的气氛。对环境影响的控制曾经被认为是专门职能部门的责任,如今被认为是所有员工的责任,需要将环境问题融入其日常行为之中。这一整合需要利用更广泛的知识和"绿色学习组织"的构建。根据VBN(value-believe-norm)理论,个体的环境行为依赖于价值观、信仰和个体规范的共同作用,促使企业从事环境友好行为。跨国公司中中层管理人员如何将企业的生态可持续承诺在组织中内部化,并将该承诺传递给下属?为解释这一问题,Andersson等(2005)构建了基于VBN理论的跨国公司中层管理人员生态可持续支持行为的理论框架,他们认为组织中个体成员的环境行为不仅受到价值观、信仰和个体规范的影响,还受到组织价值观等情境因素的影响。中层管理人员对可持续支持行为主要来自于几个方面:感知的企业价值观、个体信念、对组织的信仰(对高层管理的信任)、组织行为规范。

(五)跨国公司环境管理行为及影响因素

1. 跨国公司实施全球标准化环境管理的压力

跨国公司环境管理行为的意义在于跨国公司在污染密集产业占据主导地位,通常需要同时在若干制度层面上遵守环境规制。而且,跨国公司还面临将环境实践扩散至多个国家的生产经营机构之中。恰当的战略应对环境规制对于跨国公司的重要性在于:国家层面的严厉环境规制会影响在国内外经营的跨国公司在某一特定国家相对区位优势,在跨国公司内部,管理人员需要确定与企业相关的各个分支机构的国家特定优势构架是否受到显著影响。此外,生态环境管理要求跨国公司开发绿色资源和能力,即企业特定优势。

许多国际管理的研究认为生产和产品的标准化是全球战略的关键因素,从国际管理的视角关注跨国公司全球生态环境管理的研究日益增加。对全球环境标准存在不同的看法:一种观点认为全球环境标准对跨国公司而言是利他性责任。例如在美国等工业化国家,严格的环境控制规范对生产力产生负面影响,迫使企业将资源用于环境审计、废弃物处置和诉讼等非生产性方面;当企业在宽松环境管制国家经营时,会违反当地的标准以降低成本。因此,违反当地环境法律可以节约成本,不必要地遵守更严格的环境标准是浪费,在具有低度环境管制标准国家经营的跨国公司如果采取高于当地标准(beyond compliance)的利他性行为将对股东不利。而另外一种观点则认为全球环境标准是价值增值型资产,其理由是:在利益相关者压力下,跨国公司即使遵守当地的环境管制,也会被要求对环境损害行为作出补偿;违反法规比遵守法规的成本更大,因为统一的标准意味着企业管理成本会更低,并且可以在所有全球子公司之间转移环境管理的知识;全球战略使跨国公司有可能将在高度环境管制国家的收益在全球所有区域进行平衡。采取单一严格的环境管制规范与全球竞争战略是一致的;虽然目前发展中国家环境管制不够充分,但随着 GDP 增长环境规范也会在发展中国家得到完善,跨国公司可以预期从采取严格的环境管制中获益。

跨国公司实施绿色管理的制度压力来源于企业内部制度以及母国和经营所在地的东道国制度两个方面，企业的战略选择不能脱离组织特定情境，Ghoshal 和 Nohria(1993)分析了组织中三个与全球化企业经营环境的匹配问题：正规化(formalization)、集权化(centralization)和规范整合(integration)。

正规：企业广泛制定书面政策管理日常经营活动，Ghoshal 和 Nohria(1993)认为采取书面政策和程序的跨国公司会在所有子公司中执行公开宣布的程序，并由此实施全球战略标准化。标准化在提高一致性的同时也限制了在当地的选择余地，例如对于化工行业正式的环境、健康和安全体系(EHS)往往是通过采取化工行业协会的"责任关怀计划"获得 EHS 管理水平的提高。因为管理环境行为的标准化官僚体制限制了各分支机构在当地的权限，企业必须制定符合和高于任何经营所在地的管理体系；通过环境标准正规化，企业总体的环境行为得到提高。

集权：企业的权力、控制和资源置于高层管理手中，对于跨国公司这意味着集中于公司总部。当企业实施集权化时，是通过权力控制保证集权的实现。集权也限制和消除了当地自治性，当子公司在当地的自治权受到削弱时，企业也将子公司对当地环境响应的选择权收回了。由于遵守规制是企业的最低要求，集权体制下的企业会在所有经营所在地被迫采取适合所有分支机构的环境管理体系。

规范整合：员工因社会化而形成一系列对其观念和行为产生影响的目标、价值观和信仰。企业的文化是由规范整合形成并反过来推动了这种整合。具有较高整合程度的企业，由组织的主流价值观和信仰(即组织文化)控制。尽管对价值观和信仰的控制是非正式的，但它仍然使整个企业行为同质化，规范整合的企业必须采取一致性的方法解决环境问题。为了确保遵守环境规制，环境管理体系之后的价值观和信仰会推动企业向高于当地标准的方向发展。这样做的目的只是为了实现在所有经营所在地都遵守规则。

由于各国存在不同的制度文化，在环境合法性的预期上东道国的利益相关者具有与母公司不同的预期水平，而且在不同国家之间也存在这种差异。跨国公司通常更多地依赖当地环境以获取生存所需资源,这种依赖性导致了其特别关注当地利益相关者合法性的需求,需要在东道国得到合法性认定。但是,由于环境保护的制度压力并非在所有国家都是相同的,这会影响到其在东道国通过环境管理所获得的合法性水平。跨国公司的行为有时会与当地企业通常的做法相偏离,这部分是由于海外跨国公司缺乏经验、信息和默海的知识面对当地的环境(King and Shaver,2001),部分是由于跨国公司依靠内部网络形成其生态环境管理(Rugman and Vebeke,1998)。许多生态管理研究在解释和预测特定的环境管理方法时,未能注意到当地制度环境的重要性。若干学者从企业层面研究了跨国公司的环境管理战略及其影响因素,并得到了一些不一致的结论,例如 Buysse 和 Verbeke(2003)对在比利时经营的 197 家跨国公司环境行为的分析,发现这些跨国公司与比利时本土的企业在环境管理上存在差异。企业如果要实施主动型环境管理,需要在 5 个相关方面的资源积累,即与绿色产品和生产技术相关的能力、员工的技能、跨职能部门的组织能力、正式的管理体系和战略计划流程重构。环境管理领先与环境规制重要性的提高并不相关,这意味着企业和政府之间的自愿性合作具有重要意义。生态环境管理与利益相关者管理之间的关系不如预期的显著,说明国家特定因素在其中起了关键作用。

2. 跨国公司生态环境管理全球一体化和本土化:演进的观点

跨国公司通过在世界范围内进行资源配置,形成全球性的生产、交换、分配和消费体系,将世界经济紧密联系在一起,环境问题是跨国经营的企业面对的全球一体化和当地响应两难中面对的独特的挑战。环境活动的全球化成为经营全球化的组成部分,即使只是在当地经营的企业由于可能面对全球竞争者,也不能忽视全球化的影响。正像通用电气公司所提出的:"成功的公司必须具备全球思维,同时致力于地方发展。"已有文献一般是从对环境规制的遵守、竞争能力的构建或对生态环境的影响等视角对企业的生态环境管理进行划分,不能全面描述在多个国家经营的企业生态环境管理特征。跨国公司全球经营的特点,突出了其在全球生态环境管理全球标准化或本土化的两难选择。由于总体战略全球化程度和在不同东道国面临的环境规制的多元化,跨国公司需要在生态环境管理本土化和一体化之间进行抉择,跨国公司必需获得或维持在所有经营所在地的合法性与当地制度环境保持一致。跨国公司竞争优势的一个重要来源是对全球范围内组织能力的利用,因此跨国公司也会对全球行为进行权衡。由于政府间在环境规制上的合作,使环境问题往往突破国家边界。一些学者开始利用国际管理理论和企业战略的观点,解释跨国公司的生态环境管理选择问题。如 Christmann 和 Taylor(2004)的研究发现追求全球战略的跨国公司更有可能通过环境政策标准化而对环境行为进行自我约束,即使公司并未在企业内部实施责任性环境行为,子公司在战略上也会采取高于当地政府的环境标准。

彭海珍和任荣民(2004)从跨界环境管理的视角将环境管理跨国界的组织方式划分为分散化、国际服从、集中化和全球一体化四种情形(见表5)。其中,分散化的组织方式是指分支机构追求独立的战略,缺乏跨界的环境政策、计划和程序;国际服从下跨国公司的分支机构遵守经营所在地的规则和法律,确保在全球范围内遵守东道国环境规制;集中化模式下所有分支机构均采取母国或公司内部环境标准,即使它们可能高于东道国的标准;全球一体化的模式在公司总体管理范式和目标驱动下,允许各分支机构根据当地条件开发和形成新的技术

表5 不同跨界环境管理战略的特征

	分散化	国际服从	集中化	全球一体化
环境管理焦点	当地适应	东道国法律	母国或公司内部标准	公司内部或国际标准
环境政策	无	满足和遵守所有标准	全球统一标准	努力成为全球环境领导者
全球环境政策和计划	无	无	预防污染、废弃物最小化、能源节约、环境培训	绿色研发、防止气候变暖、生物多样性、与利益相关者沟通
跨界环境控制程序	无	确保服从母国和国外管制的程序、环境审计、监督	根据公司内部标准审计、编制环境报告、培训	信息交流、生命周期分析、第三方环境审计

资料来源:彭海珍、任荣明,2004,11:62—66。

和实,并进行全球范围的水平一体化。他们着重从组织方式的视角,分析了跨界环境管理实践的内部和外部决定因素。由于该理论模型未进行实证检验,未对企业生态环境管理行为进行界定,也没有给出划分四种跨界环境管理组织的判断标准。

3. 跨国公司战略主动性与环境管理选择

全球化企业一旦离开其母国就会面临维持合法性的严峻挑战(Kostova and Zaheer,1999),因为合法性对企业的经营至关重要,跨国公司必须符合或超出面对的合法性挑战(DiMaggio and Powell,1983)。例如,全球性企业因为规模更大具有更大的透明度,被预期在建立声誉和环境保护时比本土企业做得更多。寻求有效的解决方案之一就是在全球任何地区使其环境绩效高于经营所在地的标准,这样可以避免管理合法性的困扰。企业进入海外市场面临文化、经济、管制和社会压力多元化,产生了与国内市场不同的不确定性和复杂性,企业很有可能寻求减少不确定性和复杂性的方法。其中最为简单的方法就是限制国际化情境中产生不确定性和复杂性的因素。环境问题本身就是不确定性和复杂性的最大源头之一(Hoffman,2001)。如果企业只是需要符合环境法规的要求,那么达到当地环境监管部门设定的标准就能够实现这一目的,而且影响企业达到这些要求的因素比较易于确定。而面对全球化压力,更多的企业试图实现更系统的转变,例如达到可持续目标、生产流程的彻底改变以实现零生态足迹、与客户和供应商的合作以确保他们的行为是环境友好的。

在传统制度理论下,跨国公司与东道国制度机构之间是单向的监管关系,制度机构对企业政策和行为提供规范性指南并进行约束。企业的环境行为是对制度压力的回应,当面临东道国宽松的环境规制时,跨国公司会选择反应性的生态环境管理,遵守当地的最低环境规制标准以获取环境合法性地位,而不是实施高于环境规制标准的自愿性环境行为。当东道国的环境规制严厉时,企业会选择比当地的社会或政治压力更小的经营环境,他们会威胁将资本从具有敌意的环境中撤出(如图6所示)。

生 态 篇

图6　基于规制压力的跨国公司环境行为

　　跨国公司有可能因为东道国存在的环境规制滞后,而发挥非常消极和反应性作用甚至使之成为"污染避难所"。但另一方面,当东道国采取严厉的环境政策时,建立在跨国公司与东道国制度机构动态关系基础之上合作也可能对东道国生态环境改善产生潜在积极影响(Child and Tsai,2006)。传统制度理论分析环境管理行为时存在的局限性在于过分强调组织对制度的适应而忽视对制度的影响,很少涉及跨国公司对环境政策制定的作用。在解释企业的环境行为时,仅仅从制度理论或企业战略方面并不能充分解释跨国公司的环境行为。在跨国公司与制度机构的相互关系中,由于跨国公司具有讨价还价力量和战略选择的能力,这打破了环境规制机构享有不对称权利的假设。企业可以利用法规存在的漏洞与制度机构谈判,以获得更有利的地位;或者通过许诺给予有价值的社会收益的行为(如为当地创造就业机会)与监管部门谈判。为了对政府给予选址、基础设施建设的批准(项目建设)或投资鼓励等优惠待遇,跨国公司会提供有利于提高当地环境绩效的技术资源作为回报。而博弈论认为在长期的双方关系中,为实现其目标双方最好是合作而不是以牺牲另一方为代价的短期收益最大化,二者之间可以发展基于合作而不是对立的关系。因此,环境政策的实施通过监管机构和企业之间的合作可能会更有效,尤其是对于发展中东道国。政府可以利用具有良好声誉的大型跨国公司的环保规则作为范本和基础来制定管制规则。

（六）西方环境管理研究述评

　　国内外环境管理文献对企业环境管理战略及影响因素,是从不同的维度进行考察的。生态环境管理的驱动因素中制度压力、竞争力和组织管理范式中的生态责任被认为是最主要的方面。此外,组织内部特定因素也对于生态环境管理的实施产生影响。对于跨国公司环境管理行为的分析成为环境管理文献中的主要方面,已有研究成果为本文提供了理论基础,但已有研究缺乏一致性的结论为本文提供了研究的空间。正如一些学者所指出的,对于究竟是何种因素引发了企业的积极环境管理活动,尤其是运营层面的行为的解释,至今仍然是非常有限的(Klassen,2001);无论是研究方法还是理论构建上,环境管理还正处于发展的早期。

Nehrt(1996)研究了不同国家环境规制差异所引起的跨国公司环境投资的时机和力度,并实证检验了企业由此而获取的先发优势;Rugman 和 Verbeke(1998)从较宏观层面研究国际环境政策和跨国公司战略间的关系,并构建了在国际和国内环境监管压力下公司战略的形成机制的理论分析框架;Porter 和 Van der Linde(1995)是从产业层面分析环境规制对环境创新和竞争力的作用。

上述研究中均未包括组织特定因素的影响,随着环境管理研究的深入,对生态环境管理的研究不仅从国家和产业层面,还逐渐延伸至企业层面所采取的具体环境行为。虽然在 Hart(1995)的自然资源基础观中企业资源和能力对于生态环境管理的实施密切相关,Sharma(2000)也着重分析了组织特定因素对环境行为的影响,然而环境规制的影响是作为外生变量。Jennings 和 Zandberger(1995)以制度理论框架分析了以外部的强制、规范和认知为特征的制度压力是企业环境行为的主要驱动力,Delmas 和 Toffle(2004)还进一步在此基础上增加了管理人员对于制度压力的感知因素,补充了传统制度理论的不足,然而在制度理论框架下"技术"和"效率"因素的缺失削弱了该理论的解释力度。

随着竞争性生态环境管理概念的出现,理论界和企业界认识到整合经济和经济目标、创造生态环境管理的重要意义。Hoffman(2000)提出企业的环境保护的驱动来自于五个方面:强制性、国际化、资源、市场和社会。有若干研究结合了国际管理理论分析企业层面跨国公司环境行为,Dowell 等(2000)发现跨国公司在发展中国家采取全球统一环境标准与市场价值的相关性,但并未说明环境标准与企业价值的因果关系;Christmann 和 Taylor(2001)研究了跨国公司环境行为自我约束水平与企业股权中外资比例、海外销售额占总销售额的比例以及国内客户中跨国公司的比例等呈正相关关系;Christmann(2004)认为不同的外部利益相关者对跨国公司全球环境政策标准化的不同维度产生不同的压力,但其模型中只涉及政府、客户和行业三类利益相关者。Christmann 和 Taylor(2002)研究国际环境自愿倡议组织对企业环境自我约束的作用,企业根据其对生态环境管理重要性的考虑和现有资源和能力形成最优生态环境管理。

西方企业绿色管理作为企业社会责任研究的重要领域,融合了经济学、制度社会学、组织行为学、跨国公司理论、资源基础论等相关理论,不仅在绿色管理的动因、绿色管理与竞争优势的取得、绿色管理战略选择等研究领域获得了丰富成果,也拓展和补充了传统管理理论、制度理论和经济学理论的内容,已有研究的局限性也为未来该领域的进一步发展指明了方向。在分析企业环境行为时,已有文献或者主要分析外部制度压力的作用,或者强调企业内部组织特定因素确定作用,或生态环境管理对竞争优势的影响。因此,尚缺乏一个较全面的概念模型,不能充分预测企业环境行为。

从生态环境管理的影响因素来看,跨国公司作为全球经营的企业,在其全球标准化的总体环境政策体系中,为应对东道国现有的环境制度和利益相关者要求,究竟应采取何种生态环境管理也是值得研究的方面。因为这不仅是跨国公司在东道国获得合法性认同的手段,在企业竞争重点发生转移的趋势下这也越来越成为其取得竞争优势的有效途径和现实需要。我国的企业绿色管理研究处于早期发展阶段,西方企业绿色管理研究为我国的绿色管理理论和实践提供了一些借鉴和启示。

三、理论模型与假设

国内外环境管理的文献对于企业生态环境管理选择的影响因素作出过探讨,一些研究还提出了生态环境管理选择的理论模型,并对其进行了实证检验,这为本研究提供了丰富的理论基础。然而,已有文献对于企业生态环境管理的讨论也存在诸多不足,在分析企业的环境行为时已有研究分别从不同的视角进行探讨，但不能全面反映企业环境行为的驱动力。在环境管理行为的不同维度中，有些是企业面对外界压力和企业特征而采取的改善环境绩效的行为，而另一些可能是企业采取的策略性行为，并不能产生实际的生态环境改善。其次，已有环境管理的理论模型是基于工业化国家环境监管模式和市场机制，采取的生态环境管理测度指标也适用于工业化国家的情境。本文在已有研究的基础上，结合跨国公司在我国环境管理的现状和实证研究的需要，提出了一个跨国公司生态管理主动性和环境政策标准化影响因素理论模型，以较全面地反映跨国公司生态环境管理选择的驱动因素（见图 7 所示）。在本模型中，将影响因素确定为四个方面：竞争性、合法性、生态责任和资源，并作为模型的自变量，但由于自变量的影响作用不同，将竞争性、合法性和资源作为第一层解释变量，将生态责任作为第二层的解释变量。生态管理主动性和环境政策标准化是因变量。此外，本文还提出企业解决环境问题的资源除了对生态环境管理

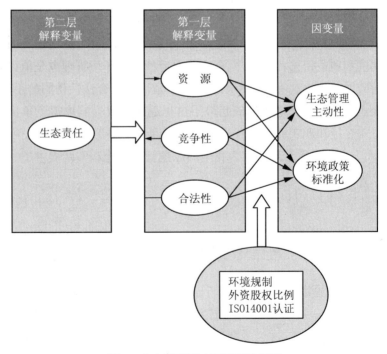

图 7　生态管理影响因素理论模型

的直接作用之外,还会作为中介变量,通过对竞争性、合法性和生态责任的影响产生间接作用。环境规制、外资股权比例、产品出口比例等情境因素及企业特征等作为调节变量,影响了相关自变量与因变量间的关系。本文将 ISO14001 国际环境管理体系认证作为调节变量,而未采取已有研究的做法作为环境绩效的评价指标。

本文所构建的跨国公司生态环境管理影响因素的综合模型,突破了已有文献关注单一维度不能全面解释企业环境行为的不足;而且与国外文献偏重于从母公司的视角研究跨国公司生态环境管理一体化不同的是,本研究是从东道国的视角考察跨国公司在东道国的环境行为,是对环境管理理论的补充和拓展。由于根据已有研究和我国的实际情况构建理论模型,样本数据也来自跨国公司在东道国分支机构,对于解释跨国公司在环境管制转型期发展中国家东道国的环境行为具有重要的理论价值和现实意义。

四、主要理论贡献及启示

(一)主要研究结论

本文在文献回顾基础上,构建了跨国公司生态管理主动性和环境政策标准化影响因素模型,对竞争性、合法性、生态责任和资源等因素的直接影响、相关变量的间接影响,以及环境规制、外资股权比例和 ISO14001 的调节作用作出了符合理论逻辑的假设。然后对在华经营的跨国公司子公司、合资合作公司进行问卷调查。本文的实证分析结论如下:

在生态管理主动性影响因素模型中,竞争性和合法性正向影响跨国公司生态管理主动性,资源作为中介变量时,不会对竞争性、合法性和生态责任产生影响,只有当资源与竞争性同时出现时,对生态责任产生明显的完全中介作用;当同时引入竞争性和合法性变量时,也会对生态责任和环境管理主动性的关系起到部分中介作用。

在环境政策标准化影响因素模型中,竞争性和资源正向影响跨国公司环境政策标准化,资源对于合法性和生态责任具有完全中介作用,即合法性和生态责任在环境政策标准化模型中直接作用并不显著,但通过资源作为中介,对于环境政策标准化产生正向影响。

在调节变量中,环境规制对于除资源之外的其他影响因素均未产生调节作用。外资股权比例对生态责任与环境政策标准化的关系具有正向调节作用的假设得到验证,对合法性与环境政策标准化关系的调节作用不显著。ISO14001 环境管理体系认证对竞争性、合法性与生态管理主动性和环境政策标准化的关系的负向调节作用的假设都得到支持。

(二)合法性印象管理和绿色形象塑造

为获得外界的合法性认同,企业不需要在环境管理体系上的创新行为,将环境管理作为公关策略,积极对外宣传其环境政策和易于被公众获知的环境行为,能够进行绿色形象塑造。一些跨国公司非常热衷于获得包括环境保护在内的各种官方或民间组织颁发的社会责任荣誉,因为他们认识到这对于提升企业形象和美誉度的重要性。目前大多数人认为绿色营销的概念仅仅是指对产品或服务的环境特征进行广告或推广,并使用"环境友好"、"自然"、"可循环"、"生物可降解"等术语来表示绿色。然而,由于这些术语的含义模糊性,它们有时也被用来误导公众。一些企业甚至利用其作为对产品高定价和高质量的依据,也就是一些被称为"绿色"的企业实际上只采取了非常有限的绿色行为。Hoffman(2001)描述了美国企业环境管理的制度化过程:20 世纪 70 年代环境管理被认为是由少数领先企业倡导的奇谈怪论,在 90 年代环境管理变成一种信条,如今很难找到企业不标榜自己实施了可持续发展行为的。因此未来研究的一个重要方向就是发现在可持续行为背后隐藏的真相。已有研究虽然指出了企业可能存在"印象管理"(impression management)的现象,例如,国内研究指出在华跨国公司的绿色管理或绿色营销是一种权宜之计(高广阔,2003),但并未深入分析跨国公司在东道国是否存在这种现象以及其产生的原因。本文通过对跨国公司生态环境管理影响因素的探讨,分析了在环境管制宽松国家经营的跨国公司环境管理中的合法性印象管理问题,并以制度理论解释了其产生的原因。

　　由于发展中国家东道国环境规制水平低于母国,跨国公司有可能对环境行为采取双重标准。虽然强制、认知和规范性反映了同一制度环境下的不同方面,他们会诱发企业采取某种社会行为模式不同的驱动因素(强制、同型和规范),从而产生不同种类和不同水平的行为,根据 Kostova 和 Roth(2002)的观点,跨国公司子公司在"制度双重性"(duality)下为了合法性采取某种制度化的正式行为,但并不相信它对于组织的真正价值。由于行为模式具有实施(implementation)和内部化(inernalization)两个维度,因此当某种行为实施程度很高,但内部化程度很低时就会发生礼仪式行为(ceremonial adoption)。实际上企业采取的是符合法律规范但难以实施的行为,当强制制度要求采取该行为,而认知和规范不支持该行为时,即当子公司正式遵守母公司要求但并不将之视为有价值、没有产生积极态度时,礼仪式行为就产生了。根据制度理论,礼仪式行为的产生主要是由于对该行为或信仰的价值不确定,但又面对环境的强大制度压力。当某种行为转移至海外时,增加了该行为真实价值的不确定性。跨国公司子公司在制度双重性下,其合法性压力尤其强大和复杂:子公司不仅要考虑东道国外部和母国内部的合法性要求,而且还难以对这两方面的压力进行协调。在双重效应下,跨国公司子公司的员工因为缺乏正确理解该行为的知识而不能确定行为的效果。跨国公司就有可能采取一些新的生态环境管理以在最基本层面上应对制度压力,在这种情况下,采取环境管理体系只是一种象征性行为,并不会提高企业的环境绩效。虽然跨国公司强调在世界范围内提供同样高质量的产品和服务,但环境管理领域中的实证研究并不足以支持这种观点。例如欧盟近年来一直推动其跨国公司在对外投资时采用和母国母公司相同的管理和环境标准,并取得了一定的成效,但仅有少数企业执行母公司的环境标准。2005 年卡夫食品被绿色和平组织指出其产品采用与欧洲市场不同的"双重转基因标准",虽然绿色和平组织则认为他们应该在全球市场执行相同的标准,但该公司承认在欧洲、美国及中国市场采用不同的原料,不过他们认为按照中国的国情,其在中国生产和销售的所有产品均符合中国的法规。联合利华被指责立顿牌速溶茶氟化物超标,因为美国食品与药品管理局(FDA)规定瓶装水及饮料中每升所含氟化物标准不得超过 2.4 ppm,而中国市场上销售的立顿速溶茶氟化物每升含 6.5 ppm,但我国对氟化物目前还没有相关标准。

企业实现绿色和竞争优势的最大障碍来自企业的战略和其所创造的资源和能力。这一障碍表明企业可以通过在总体经营战略中融入环境问题而获益。实施生态环境管理的资源具有路径依赖和嵌入性特征,由于生态环境管理的各个阶段具有一定的逻辑顺序,如果企业试图将其产品差异化为赋予"绿色"或"环境责任型"特征,然而继续在生产时产生大量的废弃物和高排放,企业就会面临高风险,因为利益相关者能够轻易揭露这种言行不一致,并导致企业可信性和声誉受到破坏。目前来华投资的大多数是总部设在发达国家的跨国公司,其全球内部环境标准水平一般而言高于中国目前的环境规制要求,跨国公司具备实施环境管理的资源和能力。企业通过在发达国家市场建立的污染预防和产品监控实践,有助于企业获得差异化声誉,企业可以在新兴的发展中国家市场逐渐建立可持续发展战略。嵌入性意味着如果没有其他资源支持,开发新的资源就更为困难。人们可能会认为最有效的预防污染的方法就是改变产品的设计(即产品监控)而不只是改变生产流程。如果污染预防能够减少流程步骤,因而削减循环时间,提高对市场的反应,并有助于产品监控战略。与产品监控相关的各职能部门的合作和利益相关者的整合,可以辨识出减少排放物的机会。也就是,如果企业只是纯粹按照顺序行动,就不能取得战略协同优势;环境绩效提高是通过污染预防、产品监控能力的同时积累才能实现。

虽然环境管理能够产生各种竞争优势,但为何许多企业还是不会尽快采取环境管理行为? 这主要源于采取环境管理存在一些障碍:首先环境管理需要新设计、新的启动成本、对现有流程的转换和人员培训成本,环境管理会增加先期成本。虽然环境管理也能减少运营、原材料、能源、维护、废弃物处置、污染控制和环境责任等方面的成本,但是环境管理的投资回收期比传统投资项目(如厂房设备、市场开发)回收期长;这会使在主要以财务绩效评价体系高度竞争的、基于短期绩效考核的管理人员受挫。其次还存在阻碍生态环境管理的资源,特定资源内在的刚性阻碍了企业对总体经营环境变化的调整和适应,形成

"能力陷阱"使得企业在现有流程基础上探索新技术并不具竞争力。资源冗余也会妨碍企业对主动性战略的需求，以规避与外部利益相关者的合作。

在发达国家，投资者在评价企业价值时会考虑到环境问题对企业产生的收益和责任，在环境规制严厉的发达国家，制度和法律体系支持公众对清洁环境的权利，因此污染者必须为环境破坏行为付出代价。但是对于环境规制宽松的发展中国家，管制者较多使用环境法律、法规和强制性标准等传统环境工具对企业进行监督，一旦发现环境违规，则采取处罚和罚金。这些强制手段对企业环境绩效改善产生了一定的积极影响。但由于投入到监督活动中的资源不充分，结果缺乏与强制性规制实施相关的适度监督，导致许多企业有机会躲避管制。而且低的处罚成本导致传统环境工具失灵，无法对企业环境管理产生激励。由于地方政府希望吸引外资，其下属的地方环保部门在跨国公司的污染问题上，受到的限制比较大；另一方面，由于跨国公司相比国内企业表现得好，所以也不会成为国家环保总局的注意重点，由此造成监管空隙。政策制定者需要重新思考环境规制对跨国公司的影响，例如环境利益集团和非政府组织向公众披露企业环境行为，提高消费者的环境意识，对政府施加压力促使其约束污染者的行为，即使这种行为发生在海外。通过这些手段可以将低水平的环境行为转化为不好的公共形象，并最终降低企业的价值。具有远见的管理人员就会倾向于维持高水平的环境行为。对于环境政策制定者而言，严厉的环境规制并不一定导致企业的环境创新行为。

在新兴市场国家中，在政府管制框架下环境保护问题上企业的战略选择，传统上存在两种相互矛盾的观点：第一种强调制度约束，尤其是在政府或政治对企业事务的干预严重滞后的新兴经济中；第二种则认为企业如果可以通过投资和采用新技术方式对新兴经济市场起重大推动作用，那么企业就能够选择与自身战略相适宜的环境政策。综合来看，这两种观点认为考察新兴经济中企业的环境行为必须同时考虑制度约束框架和企业的战略。在制度理论视角中，企业是被动而且是反应性的。在政治视角下，企业在与环境的关系中具有主动性作用。不能简单地将制度政策和企业战略分离开来，应该在动态过程中考察二者如何适应。跨国公司会与东道国政府谈判，以使当地对其实施法规强度和方式上具有一定弹性。即使是在制度约束严厉的情形下，企业也可以通过创新方式采取适应性行为（Child and Tsai，2005）。Porter 的"双赢"假设忽视了企业资源和能力与规制的匹配问题，尤其是在发展中国家，很多时候正是缺乏创新的内部实施条件。因此制度机构应将创新途径留给企业，在标准的制定上给予企业选择权；减少不确定性，以制度机构和企业间的合作来实现。例如，海尔参与了 86 项中国国家标准的制定和修订，拥有企业标准 5 730 项。将企业间的技术水平的竞争、专利竞争转向标准的竞争从而获得行业话语权。当政府采取积极性支持政策时，企业最优选择是积极介入绿色管理活动。这时，参与绿色管理活动的双方处于博弈均衡状态，其结果是双方都受益（高广阔，2006）。

从公共政策的角度，在新兴市场国家低水平的制度约束不仅源于法制不充分，也可能是实施的有效性不够。发展中国家确实可以通过降低环境标准吸引外资，但这种方式下引进的跨国公司通常是竞争力弱的、污染密集型的企业，这些企业不会投资于一流的厂房和设备。在利用东道国低水平的环境规则获得短暂的收益之后，这些企业最终会被采用全球环境标准的、具有全球竞争力的企业所替代，因为后者能够从严格的环境规制中获得竞争性和市场利益。发展中国家可以采取渐进式的环境目标，并与世界领先的跨国公司合作，制定和实施有助于环境问题"双赢"的政策。发展中国家与海外公司合作进行环境改善的方式有设定标准、监督和控制、技术合作三种主要手段，尽管国内和国际管制无疑是发达国家提高环境管理的主要驱动力量，但在发展中国家，市场是主要的驱动力量，尤其是在那些环境管制严重失效的发展中国家（World Bank，2000）。市场对环境管理提高的驱动作用部分是源于发达国家的跨国公司在发展中国家设立子公司，并实施先进的环境实践活动和技术，部分是由于环境标准和行为沿着价值链向发展中国家的供应商、分销商和客户扩散（UNEP，2003）。目前发展中国家与跨国公司在价值链上的环境合作大多是基于规则和控制，海外公司很少向发展中国家的合作方本土企业提供资源和专家（Jeppesen and Hansen，2004）。

　　此外,生态责任正经历一个逐渐觉醒的过程,在我国发展循环经济的总体战略下,企业基于生态责任的管理范式转变成为必然。本研究发现组织层面的生态范式或个体的环境理念并不是生态环境管理的主要驱动因素,但资源、竞争性以及合法性是促使生态责任产生作用的重要中间机制,这为我国环境政策制定者就如何通过诱导企业生态责任提高环境绩效提供了线索:跨国公司对环境合法性的认同、获取绿色竞争能力的需求以及解决环境问题的资源水平是目前较为显著的影响变量;政府可以利用制定强制性的规范,结合基于市场的环境管理手段以及消费者选择形成对企业生态责任的间接压力,促使其真正采取与母公司一致的标准化环境行为。

　　从政策制定者的角度,为提高合法性驱动的有效性,在制定环境法规时,应充分考虑到竞争性因素的激励机制。例如使用基于市场的机制,使跨国公司环境合法性能够转化为成本优势,并通过市场获得差异化优势。增强企业解决环境问题的资源水平是有效手段,当引入竞争性因素时,基于成本和差异化优势的获取的动机,跨国公司更有可能实施与母公司一致的生态环境管理。环境管制必须摒弃以往为企业提供技术解决方案的监管方法,允许有助于在流程、技术和产品上创新的有弹性的监管方式。政策制定者可以通过提供有利于创新污染预防和为环境设计的激励,取消对不可再生资源的补贴等,创造宽松的经营环境。同时,政府还需与世界范围的行业协会、消费者群体合作,制定统一的通用的国际性环境认证标准。这可以降低由于国内和国际市场的标准和规则不一致产生的复杂性和不确定性。环境规制必须从预先设定技术解决方案转向有利于流程、技术和产品创新的弹性管制。对政策制定者而言,在决定环境政策工具之前,需要考虑到其受规制企业的同质性或异质性问题。如果企业在流程创新和实施能力上具有较大差异,那么允许企业对环境技术的选择的规制将能够有助于改变企业在产业中的竞争地位,一些企业甚至会离开该产业并因此改变产业内的结构。而如果企业在流程创新和实施能力上是同质的,那么环境规制对产业结构的影响就不大。

　　政府应严格环境法律法规制定和执行的有效性,并依据国内需要制定适宜的环境标准。中国目前作为新兴市场,其稳定而快速的经济增长趋势，使其在与跨国公司的博弈中谈判力量得到增强，足以吸引更具生态可持续性的海外直接投资。也更有可能要求在华跨国公司采取全球一体化的环境政策和行为，而不是以遵守当地环境规则为主要目的，甚至表现出与本土企业环境管理趋同的绿色管理"中国特色"。虽然在日益严厉的压力下，跨国公司出于全球范围企业形象和竞争优势，跨国公司发生产业漂移（industrial flight）从而造成污染避难所的说法未能得到实证支持，然而目前尤其需要注意的是跨国公司的"绿色形象塑造"问题。在环境政策标准化的三个维度中，设定环境绩效全球标准和环境运营政策标准化才能真正产生跨国公司在东道国环境行为的自我约束，环境沟通标准化易于被当作"绿色公关策略"。因此，政府一方面要鼓励企业对环境管理信息的公开披露，使企业的环境行为受到公众监督；另一方面还需认识到环境行为具有不易观察的内在性特征，如何提高环境信息质量是值得关注的方面。

管理人员必须认识到，在有限的时间范围内，采取某些主动型环境方法并不必然会产生竞争优势。重要的是采取长期一致的战略，因为采取一致性主动战略的组织能通过获得不确定性环境下的回报形成动态能力。在决定选择何种环境管理行为之前需要分析现有的资源和能力，并选择与现有经营战略和资源匹配的生态环境管理。企业不能盲目采用环境管理文献中所建议的方法，并预期实施环境管理的最佳实践有助于自动产生绿色和竞争效果。本研究的结果表明，对一些企业而言实现绿色和竞争优势确实比一些环境管理文献中所说的更困难。企业需要选择与现有资源和能力匹配的环境行为，因为有些资源和能力（例如互补性资产）是在企业战略中产生的，生态环境管理形成的起点是经营战略以及资源和能力。缺乏实施环境管理行为的资源和能力的企业最好还是在其他企业之后实施生态环境管理，可以从先行实施生态环境管理的企业学习和模仿成功的环境行为。中国正在转变发展理念，积极推进可持续的发展模式。作为追求社会和环境目标的跨国公司，如果在中国新一轮经济社会发展中更加注重环境责任，一定会找到更多的商机，在中国的经营和发展中获得成功。在20世纪80年代，通过销售产品转让技术，跨国公司把先进的产品和设备等硬件引进中国；在90年代，通过大规模建立制造企业，跨国公司把现代企业制度引进中国；在 21 世纪，通过强化公司责任，跨国公司应该而且能够把先进的环保理念引进中国，跨国公司完全可以成为中国可持续发展的积极因素。

参考文献

Andersson, L. M., and Bateman T. S., "Individual Environmental Initiative: Championing Natural Environmental Issues in U. S. Business Organizations", *Academy of Management Journal*, 2000, 43(4):548—570.

Andersson L., Shrivarajan S., Blau. G., "Enacting Ecological Sustainability in the MNC: A Test of an Adapted Value-belief-norm Framework", *Journal of Business Ethics*, 2005, 59(3):295—305.

Aragon Correa, "Strategic Proactivity and Firm Approach to the Natural Environment", *Academy of Management Journal*, 1998, 41(5):556—567.

Aragon-Correa and Sharma S., "A contingent resource-based view of proactive corporate environmental strategy", *Academy of Management Review*, 2003, 28(1):71—88.

Arora S. and Cason T. N., "An experiment in voluntary environmental regulation: Participation in EPA's 33/50 program", *Journal of Environmental Economics and Management*, 1995, 28(3):271—287.

Ashford NA., "Understanding technological responses of industrial firms to environmental problems: implications for government policy", In Environmental Strategies for Industry: International perspectives on research needs and policy implications, Schot J., Fisher K. (eds), Washington, DC: Island Press, 1993:227—310.

Bansal P. and Roth K., "Why companies go green: a model of ecological responsiveness", *Academy of Management Journal*, 2000, 43(4):717—736.

Bansal, P., "From issues to actions: the importance of individual concerns and organizational values in responding to natural environmental issues", *Organization Science*, 2003, 14(5):510—527.

Bansal P. and Hunter T., "Strategic explanations for the early adoption of ISO 14001", *Journal of Business Ethics*, 2003, 46(3):289.

Bansal P. and Clelland I., "Talking trash: legitimacy, impression management, and unsystematic risk in the context of the natural environment", *Academy of Management Journal*, 2004, 47(1):93—103.

Bansal P. , "Building sustainable value through fiscal and social responsibility", *Ivey Business Journal*, 2005, 11(1):1—8.

Benjamin B. and Matthew A. &. Frederick L. , "Gaining competitive advantage through environmental investments", *Business Horizons*, 1995, 38 (4): 37—47.

Berry M. A. and Rondinelli D. A. , "Proactive corporate environmental management: a new industrial revolution", *Academy of Management Executive*, 1998, 12(2):38—50.

Brown, A. D. Nacissism, "Identity and legitimacy", *Academy of Management Review*, 1997, 22(3):643—686.

Buysse, K. and Verbeke A. , "Proactive environmental strategies: A stakeholder management perspective", *Strategic Management Journal*, 2003, 24 (5): 453—470.

Boiral O. , "Tacit knowledge and environmental management", *Long Range Planning*, 2002, 35(3):291—317.

Bowen F. and Sharma S. , "Resourcing corporate environmental strategy behavioral and resource-based perspectives", *Academy of Management Best Conference Paper*, 2005, 1(1):1—6.

Carroll, A. B. , "The pyramid of corporate social responsibility: toward the normal management of organizational stakeholders", *Business Horizons*, 1991, 34(4) July/August: 39—48.

Chan, R. Y. K. , "Environmental attitudes and behavior of consumers in china: survey findings and implications", *Journal of International Consumer Marketing*, 1999, 11(4):25—51.

Chan, R. Y. K. , "Determinants of Chinese consumers Green Purchase Behavior", *Psychology and Marketing*, 2001, 18(4):389—413.

Chan, R. Y. , "Consumer responses to environmental advertising in China", *Marketing Intelligence &. Planning*, 2004, 22(4):427—437.

Child, J. and Tsai T. , "The dynamic between firm's environmental strategies and institutional constraints in emerging economics: Evidence from China and Taiwan", *Journal of Management Studies*, 2005, 42(1):95—125.

Christmann. P. , "Effects of 'best practices' of environmental management on cost advantage: The role of complementary assets", *Academy of Management*

Journal, 2000, 43(4):663—680.

Christmann. P and Taylor. G. , "Globalization and the environment: Determinants of firm self-regulation in China", *Journal of International Business Studies*, 2001, 32(3):439—458.

Christmann. P and Taylor. G. , "Globalization and the environment: Strategies for international voluntary environmental initiatives", *Academy of Management Executive*, 2002, 16(3):121—113.

Christmann. P. , "Multinational companies and the natural environment: Determinants of global environmental policy standardization", *Academy of Management Journal*, 2004, 47(5):747—760.

Clarksson. M. B. E. , "A stakeholder framework for analyzing and evaluating corporate social performance", *Academy of Management Review*, 1995, 29(1): 92—117.

Cordano, M. , and Frieze, I. H. , "Pollution reduction preferences of U. S. environmental managers: Applying Ajzen's theory of planned behavior", *Academy of Management Journal*, 2000, 43(4):627—641.

Cordano, M. , Frieze, I. H. and Ellis K. M. , "Entangled affiliations and attitudes: An analysis of the influences on environmental policy stakeholders' behavioral intentions", *Journal of Business Ethics*, 2004, 49(1):27—40.

Darnall N. , Henriques I. and Sadorsky P. , "An international comparison of the factors affecting environmental strategy and performance", *Academy of Management Best Conference Paper*, 2005, 1(1):1—6.

Dean T. J. and Brown R. L. , "Pollution regulation as a barrier to new form entry: Initial evidence and implications for future research", *Academy of Management Journal*, 1995, 38(1):288—303.

Delmas M. A. and Toffel M. W. , "Stakeholders and environmental management practices: an institutional framework", *Business Strategy and the Environment*, 2004, 13(4):209—222.

DiMaggio, P. J. and Powell, W. W. , "The iron cage revisited: institutional isomorphism and collective rationality in organizational fields", *American Sociological Review*, 1983, 48(2):147—160.

Del Brio et al. , "Environmental managers and departments as driving forces of TQEM in Spanish industrial companies", *The International Journal of Quality & Reliability Management*, 2001, 18(4/5):495—511.

Dowell, G. , Hart, S. , and Yeung, B. , "Do corporate environmental standards create or destroy market value?", *Management Science*, 2000, 46(8):1059—1074.

Dunlap, R. E. , K. D. Van Liere, A. G. Mertig and R. E. Jones, "Measuring endorsement of the new ecological paradigm: A revised NEP scale", *Journal of Social Issues*, 2000, 56(3):425—442.

Egri, C. P. and Herman, S. , "Leadership on the North American environmental sector: values, leadership styles, and contexts of environmental leaders and their organizations", *Academy of Management Journal*, 2000, 43(3):571—604.

Ehrenfeld J. R. , "Putting spotlight on metaphors and analogies in industrial ecology", *Journal of Industrial Ecology*, 2003, 7(1):1—4.

Elkington J. , "Towards the sustainable corporation", *California Management Review*, 1994, 36(2):90—100.

Elkington J. , "Triple bottom line revolution—reporting for the third millennium", *Alstralian CPA*, 1999, 69(10):75—78.

Esty D. C. and Porter M. , "Industrial ecology and competitiveness: Strategic implications for the firm", *Journal of Industrial Ecology*, 1998, 2(1): 35—44.

Flannery, B. L. and May, D. R. , "Environmental ethical decision making in the U. S. metal-finishing industry", *Academy of Management Journal*, 2000, 43(3):642—662.

Florida, Richard, "Lean and green: The move to environmentally conscious manufacturing", *California Management Review*, 1996, 39(1):80—105.

Friedman M, "The social responsibility of business is to increase its profits", *New York Times Magazine*, 1970, 9(13):122—126.

Freeman ER. , *Strategic management: A stakeholder approach*, Boston MA: Pitman Ballinger, 1984:1—22.

Frosch R. A. and Gallopoulos N. E. , "Strategies for manufacturing", *Scientific American*, 1989, 261(9):94—102.

Gerde V. and Logsdon M. , "Measuring environmental performance: use of the Toxics Release Inventory and other US environmental database", *Business and the Environment*, 2001, 10(1):269—285.

Ghoshal, S. and Nohria, N. , "Horses for courses: organizational forms for multinational corporations", *Sloan Management Review*, 1993, 34(2):23—34.

Gladwin, T. N. , Kennelly, J. J. and Krause, T. , "Shifting paradigms for sustainable development: implications for management theory and research", *Academy of Management Review*, 1995, 20(4):874—907.

Gupta, M. C. , "Environmental management and its impact on the operation function", *International Journal of Operations and Production Management*, 1994, 15(8):34—51.

Hart, S. L. , "A natural-resource-based view of the firm", *Academy of Management Review*, 1995, 20(4):986—1014.

Hart S. L. and G. Ahuja, "Does it pay to be green? An empirical examination of the relationship between emission reduction and firm performance", *Business Strategy and the Environment*, 1996, 5(1):30—37.

Hart, S. L. , "Beyond greening: Strategies for a sustainable world", *Harvard Business Review*, 1997, 75(1):66—76.

Henriques, I. , and Sadorsky, P. , "The determinants of an environmentally responsive firm: An empirical approach", *Journal of Environmental Economics and Management*, 1996, 30(3):381—395.

Henriques, I. , and Sadorsky, P. , "The relationship between environmental commitment and managerial perceptions of stakeholder importance", *Academy of Management Journal*, 1999, 42(1):87—99.

Hill, C. W. L. , *International business: competing in the global marketplace* (4th ed.), Boston: McGraw Hill, 2003:1—22.

Hoffman, A. J. , "Technology strategy in a regulation—driven market: lessons from the U. S superfund program", *Business Strategy and the Environment*, 1996, 5(1):1—11.

Hoffman, A. J. , *From heresy to dogma: An institutional history of corporate environmentalism*, San Francisco: New Lexington Press, 1997:1—23.

Hoffman, A. J. , "Institutional evolution and change: environmentalism and the U. S. chemical industry", *Academy of Management Journal*, 1999, 42(4): 351—371.

Hoffman, A. J. , "Linking organizational and field-level analyses—the diffusion of corporate environmental practice", *Organization and Environment*, 2001, 14(2):133—156.

Hoffman, A. J. , *Competitive environmental strategy: A guide to the changing business landscape*，Washington DC：Island Press，2000：1—29.

Hunt C. B. & Auster E. R.，"Proactive environmental management：avoiding toxic trap"，*Sloan Management Review*，1990，31(2)：7—18.

Hutchinson C.，"Integrating environmental policy with business strategy"，*Long Range Planning*，1996，29(1)：11—23.

Jiang Ruihua & Bansal. P.，"Seeing the need for ISO14001"，*Journal of Management Studies*，2003，40(4)：1047—1067.

Jaffe. A. B.，Peterson. P. R. Portney and Stavins，"Environmental regulation and the competitiveness of U. S. manufacturing：what does the evidence tell us?"，*Journal of Economic Literature*，1995，3(2)：132—163.

Jennings，P. D. & Zandbergen，P. A.，"Ecologically sustainable organizations：An institutional approach"，*Academy of Management Review*，1995，20(4)：1015—1052.

Jeppesen S & Hansen MW，"Environmental upgrading of Third World enterprises through linkages to transnational corporations：Theoretical perspectives and preliminary evidence"，*Business Strategy and Environment*，2004，13(4)：261—274.

Khanna，M & Anton，WQ.，"Corporate environmental management：regulatory and market-based pressures"，*Land Economics*，2002，78(4)：539—558.

King，A.，"Innovation from differentiation：Pollution control departments and innovation in the printed circuit board industry"，*IEEE Transactions on Engineering Management*，1995，42(3)：270—277.

King A.，"Retrieving and transferring embodied data：Implications for the management of interdependence within organizations"，*Management Science*，1999，45(7)：918—935.

King，A & Lenox，M.，"Does it really pay to be green? An empirical study of firm environmental and financial performance"，*Journal of Industrial Ecology*，2001，5(1)：105—116.

King AA & Shaver JM.，"Are aliens green? Assessing foreign establishments' environmental conduct in the United States"，*Strategic Management Journal*，2001，22(11)：1069—1085.

Klassen，R. D. & McLaughlin，C. P.，"The impact of environmental management on firm performance"，*Management Science*，1996，48(2)：1199—1215.

Klassen R. D. & Whybark D. C.，"Environmental management in operations：

The selection of environmental technologies", *Decision Sciences*, 1999, 30 (3):601—631.

Klassen R. D. , "Plant-level environment management orientation: the influence of management views and plant characteristics", *Production and Operations Management*, 2001, 10(3):257—275.

Kogut, B. , "Designing global strategies: Profiting from operational flexibility", *Sloan Management Review*, 1985, 27(1):27—38.

Konar & Cohen, "Information as regulation: The effect of community right to know laws on toxic emissions", *Journal of Environmental Economics and Management*, 1997, 32(1):109—124.

Kostova, T. , & Roth, K. , "Adoption of an organizational practice by subsidiaries of multinational corporations: Institutional and relational effects", *Academy of Management Journal*, 2002, 45(1):215—233.

Kostova, T. , & Zaheer, S. , "Organization legitimacy under conditions of complexity: The case of the multinational enterprise", *Academy of Management Review*, 1999, 24(1):64—81.

Korten. D. , *When corporations rule the world*, San Francisco CA: Berrett-Koehler Publishers, 1995:1—139.

KPMG, "KPMG survey analyzes CR reporting across the globe", *Corporate Responsibility Management*, 2005, 2(2):2—13.

Levitt T. , "The dangers of social responsibility", *Harvard Business Review*, 1958, 36(5):41—50.

Luken R, Stares R. , "Small business responsibility in developing countries: a threat or an opportunity", *Business Strategy and the Environment*, 2005, 14 (1):38—53.

Mark S. Schwartz & Archie B. Carroll, "Corporate Social Responsibility: A three domain approach", *Business Ethics Quarterly*, 2003, 13(4):503—531.

Marxwell, John W. , Lyon, Thomas P. & Hackett, Steven C. , "Self-regulation and social welfare: The political economy of corporate environmentalism", *The Journal of Law & Economics*, 2000, 43(2):583—619.

Mitchell, R. K. , Agle, B. R. and Wood, D. , "Toword a theory of stakeholder identification and salience: defining the principle of who and what really counts", *Academy of Management Review*, 1997, 22(4):853—886.

Majumdar, S. K. , & Marcus, A. A. , " Rules versus discretion: the productivity consequences of flexible regulation", *Academy of Management Journal*, 2001, 44(1):170—179.

Matouq M. , "A case-study of ISO14001-based environmental management system implementation in the People's Republic of China", *Local Environment*, 2000, 5(4):415—433.

Murphy P. E. , "Developing, communicating and promoting corporate ethics statements: a longitudinal analysis", *Journal of Business Ethics*, 2005, 62(2): 183—189.

Nehrt C. , "Maintainability of first mover advantages when environmental regulation differs between countries", *Academy of Management Review*, 1998, 23(1):77—97.

Noda T & Bower J. L. , "Strategy making as integrated processes of resource allocation", *Strategic Management Journal*, 1996, 17 (Summer Special): 159—192.

OECD, *Environmental strategy for the first decade of the 21st cencury*, UN: OECD environment ministers, 2001:1—5.

Oliver, C. , "The antecedents of deinstitutionalization", *Organization Studies*, 1991, 13(4):563—588.

Orsato R J. , "Competitive environmental strategies: When does it pay to be green?", *California Management Review*, 2006, 48(2):127—143.

Patten, D. M. , "Give or take on the internet: An examination of the disclosure practice of insurance firm web innovators", *Journal of Business Ethics*, 2002, 36(3):247—259.

Porter, M. E. & van der Linde, C. "Green and Competitive: Ending the Stalemate", *Harvard Business Review*, 1995, 73(5):120—134.

Portugal E, Yukl G. , "Perspectives on environmental leadership", *Leadership Quarterly*, 1994, 5(3/4):271—276.

Reinhardt F. , "Market failure and the environmental policies of firms: economic rationales for beyond compliance behavior", *Journal of Industrial Ecology*, 1999, 3(1):43—73.

Ramus, C. A. , & Steger, U. , "The roles of supervisory support behaviors and environmental policy in employee 'ecoinitiatives' at leading-edge European companies", *Academy of Management Journal*, 2000, 43(3):605—626.

Rothenberg, S. , Pil, F. K. , and Maxwell, J. , "Lean, green and the quest for superior environmental performance", *Production and Operations Management*, 2001, 10(3):228—243.

Rosenzweig, P. M. , & Singh, J. V. , "Organizational environments and the multinational enterprise", *Academy of Management Review*, 1991, 16 (2): 340—361.

Roome, N. , "Developing environmental management strategies", *Business and the Environment*, 1992, 1(1):11—24.

Richy, Y. K. Chan. , "Environmental attitudes and behavior of consumers in China Survey findings and implications", *Journal of International Consumer Marketing*, 1999, 11(4):25—52.

Rugman & Verbeke, "Corporate strategies and environmental regulations: An organizing framework", *Strategic Management Journal*, 1998, 19(4):363—375.

Rugman A. M. & Verbeke. A. , "Corporate strategy and international environmental policy", *Journal of International Business Studies*, 1998, 29 (4): 819—834.

Rugman A. M. & Verbeke. A. , "Subsidiary-specific advantages in multinational enterprises", *Strategic Management Journal*, 2001, 22(3):237—250.

Saha, M. & Darnton, G. , "Green companies or green con-panies: Are companies really green, or are they pretending to be?", *Business and Society Review*, 2005, 110(2):117—157.

Scott, W. Richard, *Organizations: rational, natural, and open systems*, Englewood Cliffs N. J: Prentice Hall, 1992:23—35.

Sharfman M. P. , et al. , "A model of the global and institutional antecedents of high-level corporate environmental performance", *Business and Society*, 2004, 43(1):6—36.

Sharma S. and Verdenburg H. , "Proactive corporate environmental strategy and the development of competitively valuable organizational capabilities", *Strategic Management Journal*, 1998, 19(8):729—753.

Sharma S. , "Managerial interpretations and organizational context as predictors of corporate choice of environmental strategy", *Academy of Management Journal*, 2000, 43(4):681—697.

Shetzer, L. , Stackman, R. W. , & Moore, L. F. , "Business-environment attitudes and the new environmental paradigm", *Journal of Environmental*

Education, 1991, 22(4): 14—21.

Shrivastava, P., "The role of corporations in achieving ecological sustainability", *Academy of Management Review*, 1995, 20(4): 936—960.

Shui-Yan Tang, Ching-Ping Tang, Carlos Wing-Hung Lo., "Public participation and environmental impact assessment in Mainland China and Taiwan: Political foundations of environmental management", *The Journal of Development Studies*, 2005, 41(1): 1—32.

Starik M. & Rand G. M., "Weaving an integrated web: Multilevel and multisystem perspectives of ecologically sustainable organizations", *Academy of Management Review*, 1995, 20(4): 908—935.

Stead, J. G., & Stead, E., "Eco-enterprise strategy: standing of sustainability", *Journal of Business Ethics*, 2000, 24(4): 313—329.

Stern, P. C., T. Dietz, T. Abel, G. A. Guagnano and L. Kalof, "A Value-Belief-Norm theory of support for social movements: The case of environmentalism. human", *Ecology Review*, 1999, 6(2): 81—97.

Stern, P., "Toward a coherent theory of environmentally significant behavior", *Journal of Social Issues*, 2000, 56(3): 407—424.

Stavins, R. N., "The challenge of going green", *Harvard Business Review*, 1994, 72(4): 38—39.

Suchman, M. C., "Managing legitimacy: Strategic and institutional approaches", *Academy of Management Review*, 1995, 20(3): 571—610.

Thorensen J., "Environmental performance evaluation-A tool for industrial improvement", *Journal of Clean Production*, 1999, 7(5): 365—370.

Waddock, S. A., Bod well, C, and Graves, S. R., "'Responsibility': The new business imperative", *Academy of Management Executive*, 2003, 16(2): 132—148.

Walley, N., & Whitehead, B., "It's not easy being green", *Harvard Business Review*, 1994, 72(3): 46—52.

Wilson R., "The developing world looks to ISO14000 for help", *Pollution Engineering*, 1998, 30(2): 37—38.

Winn, S. F. & Roome, N. J., "R&D management response to the environment: current theory and implications to practice and research", *R&D Management Review*, 1993, 23(2): 147—160.

Wood, D. J., & Jones, R. E., "Stakeholder mismatching: A theoretical problem in empirical research on corporate social performance", *International Journal of Organizational Analysis*, 1995, 3(3):229—267.

Walley, N. , & Whitehead, B. "It's not easy being green", *Harvard Business Review*, 1994, 72(3):46—52.

Jennings, P. D & Zandbergen, P. A. , "Ecologically sustainable organizations: An institutional approach", *Academy of Management Review*, 1995, 20(4): 1015—1052.

Kostova, T. , & Zaheer, S. , "Organization legitimacy under conditions of complexity: The case of the multinational enterprise", *Academy of Management Review*, 1999, 24:64—81.

Freeman ER. , *Strategic Management: A Stakeholder Approach*, Pitman/Ballinger: Boston, MA. 1984.

Clarksson, M. B. E. , "A Stakeholder Framework for Analyzing and Evaluating Corporate Social Performance", *Academy of Management Review*, 1995, 29 (1):92—117.

Chan, R. Y. , "Consumer responses to environmental advertising in China", *Marketing Intelligence & Planning*, 2004, 22, 4:427.

Christmann. P & Taylor. G. , "Globalization and the environment:Strategies for international voluntary environmental initiatives", *Academy of Management Executive*, 2002, 16(3):121—13.

Jiang Ruihua & Bansal. P. , "Seeing the need for ISO14001", *Journal of Management Studies*, 2003, 40(4):1047—1067.

Hart, S. L. , "A natural-resource-based view of the firm", *Academy of Management Review*, 1995, 20(4):986—1014.

Child J & Tsai T. , "The dynamic between firm's environmental strategies and institutional constraints in emerging economics: Evidence from China and Taiwan", *Journal of Management Studies*, 2005, 42(1):95—125.

Porter, M. E. & van der Linde, C, "Green and Competitive:Ending the Stalemate", *Harvard Business Review*, 1995, 73(5):120—134.

Nehrt C. , "Maintainability of first mover advantages when environmental regulation differs between countries", *Academy of Management Review*,1998, 23 (1):77—97.

Shrivastava, P. , "The role of corporations in achieving ecological sustainability", *Academy of Management Review*, 1995, 20:936—960.

Bowen F & Sharma S., "Resourcing corporate environmental strategy behavioral and resource-based perspectives", *Academy of Management Best Conference Paper*, 2005, 1:A1—A6.

Starik M & Rand G. M., "Weaving an integrated web: Multilevel and multisystem perspectives of ecologically sustainable organizations", *Academy of Management Review*, 1995, 20(4):908—935.

Cordano, M., & Frieze, I. H., "Pollution reduction preferences of U. S. environmental managers: Applying Ajzen's theory of planned behavior", *Academy of Management Journal*, 2000, 43:627—641.

Ghoshal, S., & Nohria, N., "Horses for courses: organizational forms for multinational corporations", *Sloan Management Review*, 1993, 34(2):23—34.

Hoffman, A. J.,"Linking organizational and field-level analyses—the diffusion of corporate environmental practice", *Organization and Environment*, 2001, 14 (2):133—156.

Kostova, T., & Roth, K., "Adoption of an organizational practice by subsidiaries of multinational corporations: Institutional and relational effects", *Academy of Management Journal*, 2002, 45:215—233.

薛求知:《无国界经营》,上海译文出版社1997年版,第1—227页.

赵景华:《跨国公司在华子公司成长与发展战略角色及演变趋势》,《中国工业经济》,2001,12(1):61—66.

傅京燕:《环境成本内部化与产业国际竞争力》,《中国工业经济》,2002,6(1):39—44.

Bartlett, C. A. 和 Ghoshal, S.:《跨边界管理——跨国公司经营决策》,人民邮电出版社,2002:1—55.

李建发,肖华:《我国企业环境报告:现状、需求与未来》,《会计研究》,2002,4(1):42—50.

彭海珍,任荣明:《环境政策工具与企业竞争优势》,《中国工业经济》,2003,7(1):75—82.

彭海珍,任荣明:《信息披露对环境管理的激励分析》,《山西财经大学学报》,2003,12(1):74—77.

高广阔:《当代跨国公司实施绿色管理的动因及行为分析》,上海:复旦大学博士后学位论文,2003:1—30.

薛求知,高广阔:《跨国公司生态态度和绿色管理行为的实证分析——以上海部分跨国公司为例》,《管理世界》,2004,6(1):106—110.

梁桂全:《企业社会责任:跨国公司全球化战略对我国企业的挑战》,《WTO 经济导刊》,2004,12(1):91—92.

杨丹辉:《跨国公司的社会责任及其制度约束》,《经济管理》,2004,3(339):26—29.

王立彦,李伟:《环境管理体系认证审核的成本效益——对实施环境标准 ISO14000 企业的调研》,《山西财经大学学报》,2004,26(4):1—6.

环境与发展研究所:《企业社会责任在中国》,经济科学出版社 2004 年版.

陈荣秋,马士华:《生产运作管理》,机械工业出版社 2004 年版.

彭海珍:《环境管制对企业国际竞争力影响的内在机制研究》,上海交通大学博士学位论文,2004:1—20.

彭海珍,任荣明:《环境管制与企业竞争力》,《生产力研究》,2004,2(1):141—143.

杨东宁,周长辉:《企业环境绩效与经济绩效的动态关系模型》,《中国工业经》,2004,4(1):43—50.

彭海珍,任荣明:《跨国公司在东道国环境实践的研究》,《中央财经大学学报》,2004,11(1):62—66.

殷格非等:《中国企业社会责任调查报告》,《WTO 经济导刊》,2005,9(1):39—41.

薛求知,侯仕军:《海外子公司定位研究:从总部视角到子公司视角》,《南开管理评论》,2005,8(1):60—65.

金碚:《资源与环境约束下的中国工业发展》,《中国工业经济》,2005,4(1):5—14.

马力,齐善鸿:《公司社会责任理论述评》,《经济社会体制比较》,2005,2(118):138—141.

曾国军:《跨国公司在华子公司战略角色演变——以业务范围和竞争能力为框架》,《南开管理评论》,2005,4(1):67—72.

高广阔:《基于绿色管理的跨国公司与发展中国家讨价还价模型研究》,《中国工业经济》,2006,7(1):53—58.

毛蕴诗,汪建成:《日本在华跨国公司基于竞争优势的全球战略》,《中国软科学》,2005,3(1):89—98.

王志乐:《2006 跨国公司中国报告》,中国经济出版社 2006 年版.

国家环保总局:《中国绿色国民经济研究报 2004》,北京:国家环保总局,2006:1—5.

中华人民共和国国务院新闻办公室:《中国的环境保护 1996—2005》,北京:国务院,2006:1—10.

朱庆华,耿勇:《中国制造企业绿色供应链管理实践类型及绩效实证研究》,《数理统计与管理》,2006,4(1):392—399.

李正:《企业社会责任与企业价值的相关性研究》,《中国工业经济》,2006,2(1):77—83.

赵景华,孔玲玲:《跨国公司在华子公司循环型发展战略》,《经济管理》,2006,22(1):92—96.

金碚,李钢:《企业社会责任公众调查的初步报告》,《经济管理》,2006,3(1):13—16.

黄德春,刘志彪:《环境规制与企业自主创新》,《中国工业经济》,2006,3(1):100—106.

马昌博,徐楠:《跨国公司在华污染调查》,《南方周末》,2006,10(26):1—5.

李正:《企业社会责任与企业价值的相关性研究》,《中国工业经济》,2006,2(1):77—83.

戈爱晶,张世秋:《跨国公司的环境管理现状及影响因素分析》,《中国环境科学》,2006,26(1):106—110.

高广阔:《基于绿色管理的跨国公司与发展中国家讨价还价模型研究》,《中国工业经济》,2006,7(1):53—58.

后　记

在《组织与战略管理中的新制度主义视野》即将出版之际,谨对下列机构和人士表示由衷的感谢。

首先,感谢上海世纪出版集团格致出版社的社长何元龙先生,他一直很关心高校的经济管理教学和研究工作。我大约在2008年9月才和他谈此书的出版工作,尽管出版社2008年第四季度的工作重点是忙于筹备和出版"中国改革30年研究丛书",但他还是很痛快地答应下来,争取此书在年底前出版。编辑王炜先生多次就此书的内容和我进行交流,并很有耐心地答复我的有关问题。另外,选题策划部主任麻俊生先生也对此书的出版给予了很多关注和支持。

其次,感谢本书的资助人任洪青先生,他经常与我交流企业经营的心得。虽然此书属于学术性专著,与企业管理的实践距离较大,但他仍非常慷慨地愿意表示支持本书的出版。此外,我所在的华东理工大学商学院工商管理系主任骆守俭老师和其他老师们也非常理解我的研究工作,一直予以支持和帮助。

再次,感谢参与此书的研究和写作工作的诸多老师和同学们,在2006—2007年的这两年中,你们对新制度主义的理论及其应用的热情一直鼓舞着我。许多同学至今还保持与我的学术性交流关系。

2008年,制度理论在国内管理学界的推广走出了实质性的第一步。在中国人民大学徐二明教授的倡导和联系下,于2008年11月在广东外语外贸大学成功地举办了首届"制度理论与企业战略工作坊"。该次会议的成功,与广东外语外贸大学的校领导和院领导的大力支持和周到安排分不开,也与香港中文大学吕源教授的热切关心有关,他动员了所在的管理学系以及香港大学商学院中从事制度理论与战略选择的教授们,和国内的中国人民大学、清华大学、南京大学、复旦大学、中山大学、华南理工大学、华东理工大学、南京理工大学、四川大学、电子科技大学、武汉大学、汕头大学、上海外国语大学等30多所高校的组织与战略的学者相聚在一起,讨论制度环境对企业战略的影响问题。据此,有理由相信,制度理论将对中国组织与战略研究的推进将在2009—2010年度会有更大更多的发展。

最后,应当说明的是,我们对新制度主义及其在组织与战略中的应用的研究还处于初级阶段,欢迎有关的专家和老师们批评指正。

郭　毅

2008 年 12 月

图书在版编目(CIP)数据

组织与战略管理中的新制度主义视野:理论评述与中国例证/郭毅等著. —上海:格致出版社:上海人民出版社,2008.12

ISBN 978 - 7 - 5432 - 1552 - 8

Ⅰ. 组… Ⅱ. 郭… Ⅲ. 组织管理学-研究 Ⅳ. C936

中国版本图书馆 CIP 数据核字(2008)第 193369 号

责任编辑 王　炜
美术编辑 路　静

组织与战略管理中的新制度主义视野
——理论评述与中国例证
郭毅　胡美琴　王晶莺　刘亦飞 等著

出　　版　世纪出版集团　格致出版社
www.ewen.cc　www.hibooks.cn
上海人民出版社

(200001　上海福建中路193号24层)

编辑部热线 021-63914988
市场部热线 021-63914081

发　　行　世纪出版集团发行中心
印　　刷　上海商务联西印刷有限公司
开　　本　635×965 毫米　1/16
印　　张　22.5
插　　页　2
字　　数　313,000
版　　次　2009 年 1 月第 1 版
印　　次　2009 年 1 月第 1 次印刷
ISBN 978 - 7 - 5432 - 1552 - 8/F・135
定　　价　36.00 元